Elya: Das Bündnis der Welten

Dana Müller-Braun wurde Silvester ’89 in Bad Soden im Taunus geboren. Geschichten erfunden hat sie schon immer – Mit 14 Jahren fing sie schließlich an, ihre Phantasie in Worte zu fassen. Als das Schreiben immer mehr zur Leidenschaft wurde, begann sie Germanistik, Geschichte und Philosophie zu studieren. Wenn sie mal nicht schreibt, baut sie Möbel aus alten Bohlen, spielt Gitarre oder verbringt Zeit mit Freunden und ihrem Hund.

Dana Müller-Braun

# elva

## Das Bündnis der Welten

im.press
Carlsen

Von Dana Müller-Braun außerdem als E-Book bei Impress erschienen:
Elya 1: Der weiße Drache
Elya 3: Das Licht der Finsternis
Die Königlich-Reihe
Die Nyxa-Reihe
Die Schattenorden-Reihe

FSC
www.fsc.org
MIX
Papier aus verantwortungsvollen Quellen
FSC® C083411

Ein *Impress*-Titel im Carlsen Verlag
Januar 2020

Umschlagbild: shutterstock.com © Nina Buday / Lana B / Carlos Amarillo; pixabay.com © BubbleJuice
Umschlaggestaltung: Dana Müller-Braun, formlabor
Corporate Design Taschenbuch: bell étage
ISBN: 978-3-551-31892-3

www.impress-books.de
CARLSEN-Newsletter: Tolle Lesetipps kostenlos per E-Mail!
Unsere Bücher gibt es überall im Buchhandel und auf carlsen.de.

Wenn du Schwerter hebst, um Frieden zu stiften,
denk daran, dass du eine Stimme besitzt.
Denn Krieg ist das Gegenteil von Frieden und Liebe
ein Teil von ihm.

Für die Personen, bei denen ich nie kämpfen musste,
um meine Stimme zu finden und Frieden zu säen.
Meine Familie.

# 1. Kapitel

»Deine Beine, Lya!«

Schwer atmend sehe ich hinab.

»Dein Ziel nie aus den Augen lassen!«

Ein Schlag trifft mich, als ich gerade wieder zu Myr aufschauen will. Ich stöhne und beuge mich vor, um das Blut auszuspucken. »Ich kann nicht mehr!«

»Willst du das deinen Feinden auch sagen?!« Er lacht herablassend.

»Meine Feinde kann ich anders töten!«, knurre ich voller Hass. Voller Mordlust.

Myr hebt seine Brauen. »Du kannst gar nichts, wenn du dich weiterhin nur verwandelst, wenn du wütend bist.«

»Wütend? So nennst du meinen Zustand nach Levyns Tod?!«

Er zuckt kurz zusammen. »Schluss für heute«, brummt er dann und löst die Handschuhe von seinen Fingern. »Denk an deine Beinarbeit, daran, dein Gesicht immer zu schützen. Und bitte, bitte behalt deinen Feind im Auge, Lya.«

»Warum? Weil Levyn mich hier in Acaris eingesperrt hat und demnächst Scharen von Boxkämpfern eintreffen werden?«

Ich mache eine wegwerfende Geste, woraufhin Arya leise lacht. Mein Blick wandert zum Fenster, wo sie sitzt und uns amüsiert zusieht.

»Glaub mir, Lya, hier in Acaris hast du mehr Spaß. Levyn sitzt in der Welt der Finsternis und liest ein altes Buch nach dem anderen, um herauszufinden, wie er dir dein Herz zurückgeben kann.«

»Kein Wunder, dass ihr ständig bei mir herumlungert«, maule ich, obwohl ich froh bin, dass sie hier sind. Froh, dass sie mich von Levyns Verschwinden, den Bildern seines toten Körpers in meinen Träumen und Tharys ablenken und mich normal behandeln. Nicht so, als wäre ich plötzlich ein Monster mit grauen Haaren.

»Was wirst du zur Krönungsfeier tragen?«, lenkt Arya ab.

Ich atme tief durch. »Tharys hat mir irgendein Kleid machen lassen.«

»Oh, in den passenden Farben zu seinem Outfit?« Sie zwinkert mir lasziv zu.

»Wohl kaum«, ist alles, was ich zurückgebe. Tharys wird dort mit seiner Verlobten auftauchen, also bin ich an dem Abend nicht mehr als eine Freundin, die bei ihm lebt. Eigentlich bin ich auch ohne diese Krönung nicht mehr als das. Außer der Tatsache, dass wir uns ab und zu von allem anderen ablenken. Er von seiner bevorstehenden Krönung und ich, ja ich …

»Ich dachte, ihr schlaft miteinander. Darf der Thronfolger seine Mätresse etwa nicht zur Krönung mitnehmen?« Arya schmunzelt, aber ich höre den Vorwurf in ihrer Stimme.

»Ich habe kein Herz. Schon vergessen? Ich darf also machen, was ich will. Auch wenn es auf euch herzlos wirkt«, zische ich und entledige mich des Tapes um meine Finger.

»Levyn denkt vielleicht, du seist herzlos. Wir wissen es besser. Und Myr und mir ist durchaus bewusst, wie du am nächsten Tag aussiehst, wenn du mit Tharys das Bett geteilt hast. Voller Schuld.«

Aryas Blick lastet argwöhnisch auf mir. Sie will mich aus der Reserve locken.

»Schuld wem gegenüber? Levyn? Jemandem, der mich nie wollte und mich dann hier zurückgelassen hat? Sicher nicht.«

»Nicht ihm gegenüber. Dir gegenüber, Lya. Damit verrätst du dich selbst. Aber es ist nicht meine Aufgabe, dir zu sagen, mit wem du in die Kiste springen sollst.«

Myr beißt sich unruhig auf seiner Unterlippe herum. Ihm ist dieses Thema mehr als unangenehm. Nicht nur, weil Tharys sein Bruder ist und Levyn sein bester Freund. Nein, vor allem, weil es hier um mich und mein Sexleben geht. Vor ein paar Wochen hat er mir diese kleinen Pillen gegeben, die Drachen nehmen, wenn sie nicht schwanger werden wollen. Aber gesagt hat er dazu nichts.

»Richtig. Es ist nicht deine Aufgabe!«

Ich wende mich ab, um in mein Zimmer zu gehen. Arya aber erhebt sich und kommt auf mich zu. Ihre hellen Haare fallen wie weiche Wellen um ihr Gesicht und bedecken Teile ihrer zarten Haut. Doch ich weiß mittlerweile, so elfenähnlich, wie Arya wirkt, so kantig und brutal ist sie in ihrer Seele.

»Hör endlich auf, dich selbst zu bestrafen!«, sagt sie dicht neben meinem Ohr. Myr hört nicht mehr zu oder tut zumindest so.

»Womit sollte ich mich selbst bestrafen? Und weshalb?«

»Indem du jemanden bei dir hast, den du nicht liebst, um zu verhindern, dass du dir selbst eingestehen musst, dass du immer noch fühlst, Lya. Dass du mit Tharys schläfst, weil du ihn gerettet hast und nicht Levyn. Und das vor dir selbst begründen willst.«

»Tharys bedeutet mir etwas!«, gebe ich zwischen zusammengepressten Zähnen zurück.

Arya nickt und schenkt mir ein engelsgleiches Lächeln. »Ich weiß, dass er dir etwas bedeutet, sonst würdest du das nicht tun. Aber du liebst ihn nicht.«

Ich presse meine Lippen aufeinander und nehme allen Mut zusammen, zu gehen. Ich will nicht über mein Liebesleben oder meine Gefühle reden. Darüber, dass ich immer noch fühle. Dass ich es fast schon mehr tue als zuvor.

Während ich gehe, lege ich meine Hand auf die Brust. Nichts. Nur Leere. Grausame Leere, die mir beweist, dass etwas nicht stimmt. Aber eine Sache hat Levyn übersehen, als er mich hier zurückgelassen hat. Mein Herz mag aufgehört haben zu schlagen. Aber meine Seele ... Meine Seele lebt.

Ich verbringe den Rest des Tages, wie ich sie in den letzten drei Monaten auch verbracht habe. Essen. Lesen. Schlafen. Hauptsache, keine Sekunde übrig lassen, in der ich mir Gedanken machen könnte. In der ich an *ihn* denken könnte.

Als ich abends auf meinem Bett liege und halbherzig in einem Buch lese, klopft es an meiner Tür. Ich ziehe meine Brauen zusammen. Tharys wird morgen gekrönt. In Acaris steht dem zukünftigen König in der Nacht davor eine Salbung und danach der Geschlechtsverkehr mit seiner Frau bevor, damit er als echter Mann zum König wird. Er kann es also nicht sein.

»Ja?«, frage ich, lasse das Buch aber nur ein wenig sinken.

Und trotz allem ist es Tharys, der in meiner Tür steht und mich mit seinen grellgrünen Augen anfunkelt.

»Was machst du hier?«, frage ich irritiert.

»Na ja, der Brauch besagt, dass ich heute Nacht das Bett mit meiner Zukünftigen teilen soll«, raunt er und kommt näher.

»Dann solltest du jetzt wohl bei deiner Verlobten sein«, entgegne ich kühl. Und auch das, was ich da sage, lässt mich kalt. Etwas, das mir Aryas Worte nur noch bewusster macht.

»Lya, du weißt, dass ich diese Verlobung löse, sobald ich König bin.«

Ich verkrampfe mich. In den letzten Monaten habe ich immer wieder gehofft, er würde nicht darüber reden. Nicht etwa, weil ich gern eine Ehebrecherin bin, nein. Sondern weil ich Tharys niemals geben könnte, was er will.

»Ich …«, stammle ich und lege das Buch zur Seite, während er vor meinem Bett stehen bleibt.

»Du willst nicht meine Zukünftige sein?«, hakt er nach. Seine Augen werden hart.

»Ich will einfach nichts sein«, entgegne ich wahrheitsgetreu.

»Lya, hör auf damit. Das Thema hatten wir schon so oft. Du bist so viel mehr, als du dir selbst einzureden versuchst.«

»Und du hast etwas Besseres verdient.«

Er verzieht den Mund, bevor er sich neben mich auf das Bett schmeißt. Seine Hose rutscht ein wenig hoch und erlaubt mir einen Blick auf seinen Knöchel, um den sich das Ende eines Tattoos schlängelt. Warum ist mir das nie aufgefallen? Ich bin einfach blind für Tharys. Was meine Aussage nur bestätigt.

»Es gibt nichts Besseres.«

Ich schnaufe. »Können wir nicht einfach wieder zu dem Punkt zurückgehen, an dem wir abgemacht haben, dass das nur … Zeitvertreib ist?«

»Das ist es für dich?«

Ich nicke, obwohl das natürlich nicht ganz stimmt. Aber auch Tharys ist nicht wirklich ehrlich. Ja, er mag mich. Er mag mich sogar sehr. Aber ich sehe es in seinen Augen. Spüre es in der Art, wie er danach neben mir liegt und seine Arme um mich schlingen will. Er will mehr. Das mit mir, das, was er von mir bekommt, ist nicht das, was er sich wünscht. Nicht das, wovon er träumt.

»Du gibst mir die Schuld, oder?«, fragt er vorsichtig.

»Wofür?«

»Dafür, dass du mich und nicht ihn gerettet hast. Dafür, dass ich der Herrscher der Welt des Lichts bin, und dafür, dass du ihm dein Herz gegeben hast.«

Ich presse meine Zähne zusammen. Ich weiß, dass er keinerlei Schuld an alldem trägt. Ich weiß es, weil ich allein schuld daran bin.

»Tharys«, murmle ich, beuge mich zu ihm und streiche ihm eine dunkelblaue Strähne aus dem Gesicht. »Ich gebe dir nicht die Schuld.«

»Aber du willst, dass sich deine Entscheidung richtig anfühlt.«

Na super. Noch einer. Soll er sich doch mit Arya zusammentun.

»Möchtest du ... Also ... Lässt es dein Brauch zu, dass wir heute Nacht einfach nur ... beieinander sind?«, frage ich mit belegter Stimme.

»Soll das heißen, dass du kuscheln willst?« Er hebt belustigt einen Mundwinkel.

»Nebeneinanderliegen«, korrigiere ich ihn.

Er lächelt, nickt dann und zieht mich in seine Arme.

Diese Momente, in denen wir uns einfach so, ohne Sex, nah sind, gibt es nur selten. Vor allem, weil ich es nicht kann, wenn wir davor intim waren.

*Levyn sieht mich herablassend an. Er sitzt auf einem schwarzen Thron, lacht und blickt auf mein Halsband.*

*»Dachtest du, dass du mich derart hintergehen kannst und ungeschoren davonkommst?«, fragt er mit bitterkalter Stimme, die von den schwarzen Wänden widerhallt.*

*Ich sage nichts. Ich versuche es, ja. Aber es ist, als wäre meine Zunge zentnerschwer.*

*»Du hast also nichts zu deiner Verteidigung zu sagen?« Er hebt eine Braue. »Tötet sie!«*

*Eine Klinge legt sich an meinen Hals. Eine kalte metallene Klinge, die mir den Verstand raubt.*

*»Nein!«, schreie ich, doch es ist zu spät. Die Klinge zieht ihre Linie und ich ersticke. Ich ringe noch nach Luft. Spucke Blut. Aber Levyns Gesicht verschwimmt vor mir.*

»Lya!«

Ich schreie. Immer und immer wieder. Und plötzlich gleiten diese Schreie sogar über meine Lippen. Hinaus aus meinem Mund.

»Lya!«

Ich blinzle, als mich etwas schüttelt. Mich grob an meinen Schultern zurück in die Realität holt. Tharys' grüne Augen starren mich voller Sorge an.

Als ich begreife, wo ich bin, platzen die Tränen aus meinen

Augen. Tharys zieht meinen Körper an sich und streicht mir sanft über den Kopf.

»Es war nur ein dummer Traum, Lya.«

Ich nicke an seiner Brust. Dabei weiß ich, das war nicht nur ein Traum. Das war viel mehr.

* * *

»Er tötet Leute!«

Arya und Myr mustern mich skeptisch, während sie sich den Mund mit Pancakes vollstopfen.

»Nehmt ihr mich überhaupt ernst?!«, schreie ich sie an.

»Levyn ist kein Mörder, Lya.«

»Ich habe es aber gespürt! Ich habe sein Herz gespürt!«

»Meinst du nicht, dass es vielleicht einfach ein Traum war, der …«

»Der was?«, unterbreche ich Myr.

»Na ja, der von dem Teil deines Unterbewusstseins kommt, der sich schuldig fühlt.«

Ich lasse mich in meinem Stuhl nach hinten sinken. Natürlich habe ich darüber nachgedacht. Genau aus diesem Grund habe ich auch gezögert, ihnen davon zu erzählen. Aber … ich habe Levyns Schmerz gespürt. Seine Seele, die geschrien hat.

»Lya, ich bin erst vorgestern hier angekommen. Und als ich gegangen bin, war Levyn noch kein blutrünstiger Mörder«, versucht Arya mich zu beruhigen.

Aber es hat keinen Sinn. Ich kenne Levyn. Und ich spüre ihn. Ich spüre ihn, seit er mein Herz in seiner Brust trägt. Und dieser Traum war kein normaler Traum.

»Tharys hat dich sicher gut beschützt.«

Ich werfe Arya einen vernichtenden Blick zu. Die aber zuckt nur belustigt mit den Schultern und vergeht sich weiter an den Pancakes. Ich kann keinen Bissen essen. Immer wieder tauchen Bilder vor mir auf, wie Levyn am Herd steht und diese dummen Dinger brät.

»Wird er ... Wird er heute Abend ...«

»Ja, er wird erscheinen. Er muss erscheinen«, beantwortet Myr meine unausgesprochene Frage.

Ich schlucke schwer. Seit drei Monaten war Levyn nicht hier. Er hat mir nicht einmal über Arya oder Lucarys eine Botschaft zukommen lassen, die sich mit ihren Aufenthalten hier abwechseln, damit ich nicht allein bin, und wahrscheinlich, um Levyn Bericht zu erstatten, ob ich schon ein seelenloses Monster geworden bin. Myr hingegen ist die ganze Zeit bei mir geblieben.

»Was ist?«, fragt Arya, als sie meinen unsicheren Gesichtsausdruck bemerkt.

»Ich will ihn nicht sehen«, brumme ich und esse eine Erdbeere.

»Du kennst ihn doch. Er lässt sich kurz blicken und weg ist er«, wendet Myr ein.

Ich verziehe nur den Mund. Denn obwohl ich seine dummen Sprüche manchmal vermisse, will ich ihn wirklich nicht sehen. Will den Hass nicht spüren, den ich gespürt habe, als er zusammen mit Arya und Lucarys gegangen ist und mich hiergelassen hat. Ich will mich nicht weiter schämen. Nicht dieses Gefühl der Schuld spüren. Ich will es einfach nicht. Und schon gar nicht will ich wieder diesen Blick sehen, den er mir das letzte

Mal zugeworfen hat. Als wäre ich nur noch zur Hälfte oder sogar überhaupt nicht mehr die Person, die er kannte.

Und gerade als ich mir vornehme, ihn einfach nicht wahrzunehmen, spüre ich seine Gegenwart wie einen Sturm über mich hereinbrechen. Meine Glieder zucken. Mein Atem stockt.

Levyn ist hier.

* * *

Jusya steckt mir meine Haare zusammen, während ich das Gefühl unterdrücke loszuschreien. Vor allem, weil Levyn seit Stunden hier ist, aber ich ihn nicht zu Gesicht bekommen habe. Nein, er hat es nicht für nötig gehalten, mir wenigstens Hallo zu sagen.

Als Jusya fertig ist, ziehe ich das weiße Kleid an, das Tharys auf mein Bett hat legen lassen, und gehe zusammen mit Myr, der vor meiner Tür gewartet hat, hinunter in den Thronsaal. Mittlerweile nehme ich die Schönheit der blau schimmernden Diamanten nicht einmal mehr wahr.

Der Thronsaal ist prunkvoll geschmückt und mit Bänken ausgestattet. Vorn, neben dem Thron, sitzt Myrs Vater, der nur ins Leere starrt. Es hat nicht lange gedauert, bis die Wasserdrachen und vor allem die Bewohner Acaris' begriffen haben, dass Nyla seinen Geist zerstört hat und Tharys schnellstmöglich König werden muss. Sie selbst wurde eingesperrt und redet seitdem kein Wort mehr.

»Dritte Reihe«, raunt Myr mir zu und deutet auf eine der Holzbänke, die mit weißen Lilien verziert sind.

Ich dränge mich an einigen Drachen vorbei, bevor ich an unserer Reihe ankomme und mein Blick auf ... Levyn fällt.

Meine Seele brennt wie Feuer. Das Getuschel um mich herum erstirbt in meinen Ohren. Levyns Blick ist stramm nach vorn gerichtet.

Mein Mund öffnet sich. Will seinen Namen sagen. Will irgendetwas sagen. Aber wie in meinem Traum versagt mir die Stimme.

»Soll ich mich neben ihn setzen?«, flüstert Myr.

Ich schüttle den Kopf und setze mich. Neben Levyn, der so tut, als würde er meine Ankunft gar nicht bemerken. Aber seine Hände spannen sich unruhig an und sein Atem geht schneller. Kurz meine ich sogar zu hören, wie er meinen Geruch einatmet.

Er wendet sich einer jungen Frau neben sich zu und sagt etwas, das sie zum Lachen bringt.

Dunkelheit umhüllt mich. Dieser vertraute Geruch. Dieses Gefühl, anzukommen. Aber auch Wut, unbändige Wut.

»Sagst du mir jetzt nicht einmal mehr Hallo?«, durchbreche ich ihr Kichern.

Levyn lehnt sich angestrengt nach hinten, bevor er mir einen düsteren Blick zuwirft, der meine Brust brennen lässt. »Hallo, Lya.«

Am liebsten würde ich schreien. Ihn anschreien und meinen Körper, weil er mir mit dem Klang seiner Stimme das Gefühl gibt, endlich wieder zu Hause zu sein.

Ich starre Levyn ausdruckslos an, der sich längst wieder von mir abgewandt hat. Ich hingegen kann meinen Blick nicht von ihm nehmen. Nach einer Regung suchend starre ich auf seine Hände, die sich mittlerweile wieder entspannt haben.

Um mich herum wird es immer stiller. Ich wende meinen Blick ab.

Levyn beugt sich leicht zu mir und bringt damit meinen Atem zum Stillstand. »Achtung, kleiner Albino. Dein Lover kommt. Du willst doch nicht seine Krönung verpassen, nur um mich anzustarren«, raunt er dicht neben meinem Ohr.

Wie vom Blitz getroffen hebe ich meinen Kopf und berühre mit meiner Wange seine. Kein Zischen. Kein Schmerz, der in seinen Augen aufflackert. Stattdessen brandet Zorn in ihnen, als er den fehlenden Schmerz bemerkt.

Bevor ich etwas erwidern kann, rammt Myr mir seinen Ellbogen in die Taille. Ich richte meinen Blick auf den Mittelgang, wo gerade Tharys in seiner blauen Robe entlangschreitet und Levyn einen argwöhnischen Blick zuwirft. Der allerdings schenkt ihm nur ein süffisantes Lächeln.

Der Wasserdrache, eine Art Priester, der die Krönung durchführt, spricht in einer uralten Sprache der Wasserdrachen, was es mir noch schwerer macht, der Zeremonie zu folgen. Als er die Krone schließlich über Tharys' Kopf hält, leistet der seinen Schwur, ebenfalls in der Sprache der Wasserdrachen.

»Ihh swere triuwe de fulka de wazzertrahho. Wone min herton in irn sela. Min wizza sin irn giferto. Sin irn bidarfa min geri. Ut min geist abafaran aba erda.«

»Ich schwöre Treue dem Volk der Wasserdrachen«, übersetzt Myr flüsternd für mich. »Wohne mein Herz in ihren Seelen. Mein Wissen sei ihr Gefährte. Seien ihre Bedürfnisse auch mein Verlangen. Bis mein Geist von dieser Erde verschwindet.«

Der Priester lässt die Krone auf seinen Kopf hinabsinken und Tharys wird augenblicklich von einem blauen Licht ummantelt. Es sieht wunderschön aus und lässt mich Levyn für ein paar Sekunden vergessen. Aber nur so lange, bis der sich neben mir erhebt.

Ohne zu begreifen, was ich da tue, greife ich nach seinem Arm. Er sieht mit angehaltenem Atem zu mir herab.

»Können wir bitte reden?« Die Stimme, die meinen Mund verlässt, ist anders, schwächer, als sie eigentlich klingt.

Die anderen Drachen um uns herum erheben sich ebenfalls und verneigen sich vor Tharys. Alle bis auf die anderen Herrscher, die majestätisch stehen bleiben, weil es sich für Könige nicht gehört, sich zu verneigen. Und keiner von ihnen steht über einem der anderen.

»Es gibt nichts zu reden, Lya.«

»Bitte!«, flehe ich und presse meine Lippen aufeinander, um nicht an der Schuld zu ersticken, die meine Kehle erfüllt.

»Schön«, sagt Levyn knapp und zieht mich dann mit sich in Richtung Terrasse.

Ich spüre Tharys' Blick auf mir, als wir hinaus in die kühle Luft treten.

Als Levyn stehen bleibt und mich loslässt, starrt er mich erwartungsvoll an. »Rede!«

»Was soll das?!«

»Was soll *was*?«, entgegnet er.

»Dein Auftritt hier. Die Tatsache, dass du mich seit Monaten ignorierst und mir nicht die Chance gibst, darüber zu reden.«

»Du kannst dich gern bei jedem hier ausweinen, Lya. Auch an Tharys' nacktem Körper. Aber ich habe keine Zeit für diesen Unsinn.«

»Wir waren mal Freunde«, entgegne ich, weil mir nichts anderes einfällt.

Er atmet genervt und schwer aus. »Wir waren nie Freunde.«

Ich schlucke. Will noch etwas sagen, aber ich kann nicht. Meine Brust füllt sich mit brennender Säure.

»Alles in Ordnung, Lya?«

Ich schließe meine Augen, als ich Tharys' Stimme erkenne. Ich will ihn anschreien, wegzugehen, und gleichzeitig will ich nichts mehr, als dass er mich hier wegbringt. Weg von Levyn.

»Keine Sorge, König der Wasserdrachen. Ich nehme sie dir nicht weg«, sagt Levyn tonlos. Beinahe so, als würde er ihm ganz sachlich die Wahrheit sagen. »Außerdem stehe ich nicht so auf Dreiecksgeschichten.«

Tharys tritt näher und mustert mich, als würde er an mir nach Wunden suchen. Aber die, die Levyn mir zugefügt hat, kann er nicht sehen. Niemand kann sie sehen.

Das bläuliche Wasser um uns herum sieht heute verdammt rot aus. Als würde darüber ein Feuer brennen.

Ich blicke hinauf in Levyns dunkle Augen, die immer noch auf Tharys gerichtet sind. Mustere die dunklen Schatten in ihnen, rieche den vertrauten Duft und etwas in mir spürt diese Verbundenheit mit ihm. Spürt sie und den Schmerz, den er mit seiner Abweisung in meiner Seele hinterlässt. Und als ich das alles spüre, erwürgt mich die Scham und etwas in mir fleht danach, hier rauszukommen. Weg von Tharys und dem, was ich mir und ihm antue. Weg von unseren Berührungen. Von dem, was ich getan habe.

Levyns Augen zucken kurz und richten sich dann auf mich. Und als ich seinen Blick erkenne, begreife ich, dass er gerade alles, was ich gedacht habe, mit angehört hat. Er presst seine Lippen aufeinander.

Tharys kommt einen Schritt näher.

»Verschwinde!«, knurrt Levyn.

»Das hier ist mein Königreich, Levyn. Bruderschaft hin oder her«, sagt Tharys bedacht und ruhig. Ich höre Levyns Kiefer unruhig knacken.

Bruderschaft? Was meint er damit? Etwa ein unausgesprochenes Gesetz zwischen Herrschern?

»Verschwinde von hier oder ich breche dir jeden Knochen einzeln, Tharys!«

Blinzelnd versuche ich zu begreifen, was Levyn da macht. Aber ich weiß es längst. Er hat meine Gedanken gelesen und die waren … eindeutig. Ich will nicht länger hierbleiben. Bei Tharys.

»Ich werde Lya nicht bei dir lassen. Du hast gar nichts bei ihr zu suchen! Sie gehört mir!«

»Ich gehöre dir?!«, wiederhole ich irritiert.

Levyn und Tharys tauschen seltsame Blicke.

»Was soll das bedeuten? Spinnst du?« Ich wende mich von Tharys ab und sehe zu Levyn. Er fixiert ihn, als würde er jede Sekunde auf ihn losgehen.

»Er meint gar nichts«, weicht Levyn aus.

»Ihr könntet ihr so langsam die Wahrheit sagen, meint ihr nicht?!«, ertönt Aryas Stimme hinter mir.

Ich zucke zusammen und starre dann alle drei nacheinander an.

Arya seufzt, kommt auf mich zu und leckt sich über ihre Lippen. »Levyn hat einen kleinen Handel mit Tharys geschlossen.«

Levyn funkelt Arya böse an.

»Was für einen Handel?«, wende ich mich an ihn. Sein Blick

landet schuldbewusst auf mir. »Was für einen Handel, Levyn!?«, fordere ich lauter.

»Ich halte mich von dir fern, dafür macht er dich wieder zur Herrscherin der Lichtwelt«, sagt er knapp. Seine Stimme ist rau und belegt.

Ich öffne fassungslos meinen Mund. »Und wie soll das funktionieren?!«

Levyn schweigt.

»Indem er dich zur Frau nimmt«, erklärt stattdessen Arya.

Meine Lippen beben. Levyn wendet seinen Blick schuldbewusst von mir ab und dann sehe ich Tharys an, der dasteht, als hätte ihm gerade jemand einen Pfeil in die Brust gejagt.

»Und was sollte das? Ich war hier. Bei dir. Was hätte es geändert, wenn Levyn sich nicht von mir ferngehalten hätte?!«, fahre ich ihn an. Ich kann meine Gedanken kaum ordnen.

Tharys lacht kalt auf. »Du hättest mich doch keine Sekunde beachtet, wenn er hier gewesen wäre. Jeder Blinde sieht, wie besessen du von ihm und seiner Scheißdunkelheit bist!«

»Das ist nicht deine Entscheidung!«, schreie ich ihn an.

»Du hast keine Ahnung, wer er wirklich ist! Du siehst nicht einmal, dass er dir einen Sklavenring umgelegt hat, um dich gefügig zu machen, so wie alle anderen Frauen vor dir!«

Levyns Mund verzieht sich mit einem Knurren.

»Dieser Typ ist gefährlich, verdammt noch mal!«

»Wag es, Tharys! Wag es, noch ein weiteres Wort zu sagen, und ich reiße dein schönes Acaris in die Dunkelheit!« Levyns Stimme ist ein leises, raues Grollen, das mir eine Gänsehaut über den Körper jagt. »*Du* hast keine Ahnung, wer ich bin.«

»O doch, Levyn! Das weiß ich! Jeder weiß es. Und dank Nyla

weiß auch Lya, was du Lyria angetan hast. Und trotzdem steht sie hier und hält *mich* für den Bösen, während ihr Herz in deiner Brust schlägt!«

Levyn sieht Tharys einfach nur an. Bedrohlich, ja, aber trotzdem bin ich mir sicher, dass er nichts unternehmen wird. Und wenn er es täte, würde er wahrscheinlich wirklich die ganze Stadt mit in den Untergrund reißen. Und das weiß er. Das ist der Grund, warum er nicht handelt.

»Lya, komm mit mir!«

»Nein!«, wehre ich ab. »Ich werde bei keinem von euch bleiben! Ich bin nicht euer Scheißspielzeug!«, brülle ich ihn an und gehe.

Dass weder er noch Tharys mir folgt, beweist mir nur noch mehr, wie sehr sie der Meinung sind, dass ich sowieso auf sie angewiesen bin. Nicht ohne sie kann.

»Myr!«, flüstere ich ihm zu, als ich an ihm vorbeigehe, und deute ihm, mir zu folgen. Mit erhobenen Brauen geht er mir nach, bis wir in meinem Zimmer angekommen sind.

»Was ist los?«, fragt er irritiert und beobachtet mich, während ich all meine Sachen aus meinem Schrank herauszerre und in meinem Zimmer verteile. »Ähm ... Lya?!«

»Diese beiden Idioten haben einen Handel geschlossen! Kannst du das fassen?!«

»Könnte ich vielleicht, aber ich habe ehrlich gesagt keine Ahnung, wovon du sprichst.«

»Levyn hat Tharys versprochen, sich von mir fernzuhalten, damit er mich heiratet und ich wieder Herrscherin des Lichts werde!«

Myr starrt mich fassungslos an. »L ... Levyn hat das getan?«

»Sie beide!«, entgegne ich, während ich Kleider zerreiße, die Tharys mir hat machen lassen. »Ich verschwinde von hier!«

»Und wohin gehen wir?«

»Wir?!«

»Na ja, ich bin auch sauer«, sagt er lachend.

Als ich gerade kurz davor bin, in sein Lachen einzustimmen, springt die Tür auf. Arya mustert das Chaos mit geweiteten Augen. »Mistest du aus?«

»Ich gehe!«, zische ich.

»Wo gehen wir hin?!«, fragt sie interessiert.

»Ihr habt sie doch nicht mehr alle!«, brumme ich, während ich mir das weiße Kleid vom Leib reiße und es in eine Ecke pfeffere, bevor ich mir die schwarze Hose und das Oberteil überziehe, mit denen ich hergekommen bin. »Ich gehe allein.«

»Wir werden dich nicht allein gehen lassen. Und du wirst es sicher auch nicht schaffen ... ohne uns«, wendet Arya ein.

»Ihr seid Levyns beste Freunde!«

»Na und? Er darf so was nicht tun! Er ist verrückt geworden!«, mischt sich Myr wieder ein.

Ich zucke fürchterlich zusammen, als es laut gegen die Tür hämmert. Ich renne zu ihr und schließe den Riegel. Schwer atmend lehne ich mich dagegen.

»Lya. Lass mich rein. Ich erkläre dir alles«, raunt Levyn, als wüsste er genau, dass ich direkt hinter der Tür stehe.

»Ich bin es ehrlich gesagt leid, dass du mir im Nachhinein immer alles erklären willst!«, fauche ich.

»Lya ...«

Ich atme tief ein.

*Ich kann nicht bei Tharys bleiben. Ich kann aber auch nicht mit dir gehen. Ich kann es einfach nicht. Ich bin nicht mehr das Mädchen, das von dir beschützt werden will. Hinter dessen Rücken du Dinge entscheidest, nur um mich zu schützen.*

Ich kann es nicht aussprechen, deshalb denke ich es.

»Lya, ich …«

»Nein, Levyn. Ich werde gehen!«

»Nein!«, knurrt er hinter der Tür.

Ein lautes Poltern lässt mich erneut zusammenzucken. »Bringt mich hier weg!«

Arya und Myr starren mich wortlos an, während Levyn beinahe die Tür eintritt.

»Los!«, schreie ich.

Sie tauschen seltsame Blicke, bevor sie auf mich zukommen und meine Hand ergreifen.

»Hol Luft, Lya! Hol tief Luft!«, flüstert Myr mir zu.

Schon im nächsten Moment bin ich umgeben von erdrückend kaltem Wasser. Ich strample und bemühe mich, etwas zu erkennen. Ich ertrinke. Woher kommt dieses ganze Wasser? Schwarze Dunkelheit umhüllt mich. Ich werde sterben.

Als ich gerade einfach irgendwohin schwimmen will, greift eine Hand nach mir und zieht mich mit sich. Immer weiter und weiter. Ich schwimme, strample. Bemühe mich, gegen den Druck in meiner Lunge und das Verlangen, zu atmen, anzukämpfen, bis ich endlich Licht erkenne. Ich schwimme weiter, trete gegen das kalte Wasser und tauche endlich auf. Atme. Sauge die Luft in mich ein. Die kühle Luft, die mich umgibt.

»Raus hier!«, keucht Myr und zieht mich weiter, bis wir am Ufer ankommen. Hustend werfe ich mich auf den Boden und ringe nach Luft, bis ich mich umdrehe und auf den See hinter uns blicke. Ich erkenne ihn. Es sieht zwar alles ein wenig anders aus und das Licht hier ist nicht rot, sondern gelb, aber es ist der See, durch den Myr und ich nach Acaris gekommen sind.

»Sind wir …«, keuche ich.

»In der sterblichen Welt, ja. Levyn kann hier momentan nicht her. Er …«

Arya spricht nicht weiter. Stattdessen richtet sie sich auf und wringt einige Stellen ihres Kleides aus. Im Gegensatz zu mir hatte sie keine Zeit mehr, sich umzuziehen, weshalb sie immer noch den gelben Stofffetzen trägt.

»Lasst uns irgendeine Hütte finden, wo ich mir andere Klamotten besorgen kann«, flucht sie und stapft durch das dichte Gras.

»Arya mag Kleider nicht sonderlich«, flüstert Myr mir lachend zu.

* * *

Nachdem wir stundenlang herumgelaufen sind und die Sonne bereits untergeht, erscheint endlich eine kleine Hütte vor uns.

»Wundere dich nicht, die leben hier im hintersten Schweden noch, als wären sie Wikinger«, erklärt Myr, während Arya bereits gegen die Tür hämmert. Ein Mann mit einem langen Bart, der zu einem Zopf geflochten ist, öffnet. Er mustert Aryas Aufzug.

»Wir brauchen einen Unterschlupf für die Nacht.«

»Weil sie«, Arya deutet auf mich, »sonst euer Blut trinkt!«

Ganz langsam wandern die Augen des bärtigen Mannes zu

mir. Warum zum Teufel sollte ich sein Blut trinken? Ist Arya bekloppt geworden?

»Du weißt, wer wir sind«, sagt sie bedrohlich.

Er hebt nur seine Brauen und mustert mich weiterhin.

»Sie ist der Nidhöggr. Der Totendrache!«

Der Mann zuckt kurz, lässt seinen Blick aber immer noch skeptisch auf mir ruhen.

Arya wendet sich ab und kommt zu mir. »Du bist die Einzige, deren Fährte die Venandi noch nicht kennen. Wenn wir uns in der sterblichen Welt verwandeln, würden sie uns sofort aufspüren. Also musst du dir Schuppen wachsen lassen, damit der Idiot uns glaubt«, flüstert sie mir zu.

Ich schlucke, schließe meine Lider und konzentriere mich auf die Schuppen. Auf mein Gesicht. Auf die Macht, die ich in meinen Gliedern spüre. Und dann zuckt das Brennen erst durch meine Schläfen und dann ganz langsam um meine Augen herum.

Der Bärtige starrt mich ungläubig an. »Kommt herein«, sagt er dann und geht in die Hütte.

Wir folgen ihm, nachdem ich die Schuppen habe verschwinden lassen. Im Inneren sitzt eine Frau am Tisch und mustert uns ohne jegliche Angst.

»Ihr seid Drachen?«, fragt sie beinahe tonlos, lässt ihren Holzlöffel in ihre Suppe sinken und erhebt sich.

»Ja. Das sind Myrian und Elya und ich bin Arya.«

»Ich bin Kjell und das ist meine Frau Grimhild«, erklärt der Mann und deutet auf die Bänke um den Tisch, damit wir uns setzen. Während er Suppe vom Kamin in weitere Holzschüsseln verteilt, geht Grimhild an einen Schrank und holt eine Tüte mit Steinen heraus, die sie zu uns an den Tisch bringt, in Becher fallen lässt und sie anschließend mit Wasser befüllt.

»Zieht euch aus, bevor ihr euch an den Tisch setzt!«, befiehlt sie nüchtern. Ich kann die Angst in ihren Augen zwar deutlich erkennen, aber sie bleibt ganz ruhig. Bleibt die Hausherrin, die uns nicht gestattet, mit nassen Klamotten an ihrem Tisch Platz zu nehmen. »Merit, bring ihnen trockene Kleidung!«, ruft sie zu einer kleinen Nische unter dem Dach.

Es dauert einen Moment, aber dann klettert ein blondes Mädchen, beladen mit Klamotten, die kleine Holzleiter herunter und überreicht uns die Sachen. Wir bedanken uns höflich, während Merit sofort wieder in ihrer Nische verschwindet und Grimhild mit ausgestreckter Hand dasteht. Sie lässt keinen Widerspruch zu, also entledigen wir uns all unserer Kleider, bis wir nackt vor ihr stehen und uns dann die ausladenden Stoffe überziehen. Ich mustere mich und die anderen. Myr hatte recht. Wir sehen aus wie Wikinger.

Grimhild nimmt unsere nassen Sachen und hängt sie vor dem Kamin auf. Kjell bittet uns, Platz zu nehmen, und das Erste, was ich tue, ist, mein Mineralwasser komplett auszutrinken. Ich spüre, wie die Kraft langsam wieder durch meine Adern fließt.

Auch die anderen beiden setzen sich, trinken ihr Mineralwasser und beginnen ihre Suppe zu essen. Keiner spricht ein Wort, bis wir unsere Löffel niederlegen und sich auch Grimhild wieder zu uns gesellt.

Kjell lehnt sich ein wenig nach hinten und mustert uns. »Das letzte Mal, als wir Besuch eines Drachen hatten, ist bereits achtzehn Jahre her. Ich war noch ein kleiner Junge und habe genau hier mit meinen Eltern gesessen«, sagt er trocken, fast so, als würde er eine Geschichte erzählen. »Ich gehe davon aus, dass dieselben Regeln gelten wie auch damals. Wir geben euch Mineralien, Essen und ein Bett für die Nacht und ihr werft einen Schutz gegen die Anguis über einen von uns.«

Ich presse meine Lippen aufeinander und mustere Arya, die Kjell bedrohlich fixiert. Dann aber steht sie auf, geht zu ihrem Kleid und zieht einen kleinen metallenen Anhänger heraus. Als sie ihn auf den Tisch legt, mustere ich die seltsame Form. Es sieht beinahe aus wie ein Anker, mit Runen verziert.

»Ein Anhänger in Form des Mjölnir«, erklärt Myr neben mir. »Der Hammer des Thor.«

Ich bemühe mich, meine Kenntnisse über die nordische Mythologie aufzurufen, als Kjells Blick mich trifft.

»Thor besaß einen magischen Hammer, den Mjölnir. Er war so geschmiedet worden, dass er nie sein Ziel verfehlte und immer wieder zurück in seine Hand flog.« Er nimmt den Anhänger in die Hand und deutet auf die Runen darauf. »Dies ist die Nachbildung des Hammers. Die Rune, die in der Mitte steht, ist die R-Rune. Sie beschützt Menschen durch die Kraft des Thor, wenn sie in den Krieg ziehen oder auf ein Schlachtfeld gehen.«

Ich beiße mir auf die Unterlippe und beobachte das wunderschöne Schmuckstück mit den faszinierenden Runen, die im roten Kaminlicht leuchten.

»Thor tötete einst den Midgardwurm mit seinem Hammer. Ein Schlangenwesen. Deshalb beschützt dieser Anhänger uns vor den Anguis.«

»Und der Drache, der damals hier war, hat euch einen solchen Anhänger nicht dagelassen?«, hake ich nach.

»Doch, das hat er«, erklärt Kjell und lehnt sich wieder nach hinten. »Merit trägt ihn. Und diesen hier wird fortan Grimhild tragen.« Er schiebt den Anhänger über den alten Holztisch zu seiner Frau.

»Und warum denkt ihr, dass ihr vor den Anguis Schutz braucht, aber vor uns nicht?«, frage ich geistesabwesend.

Myr zieht neben mir scharf die Luft ein.

»Weil Drachen für unseren Schutz sorgen. Das haben sie schon bei unseren Vorfahren getan. Deshalb ist der Kopf aller Wikingerschiffe in der Form eines Drachenkopfes geschnitzt.«

»Aber was ist mit dir? Wie schützt du dich, wenn dein Kind und deine Frau diese Anhänger tragen?«

»Ich werde kämpfen«, sagt er nüchtern.

Ich reibe mir nachdenklich über mein Gesicht.

»Eure größte Sorge sollten zurzeit nicht die Anguis sein. Die Venandi planen etwas. Das hat sich bis zu uns herumgesprochen. Sie brennen Dörfer nieder. Städte. Sie nehmen die sterbliche Welt ein.«

Ich verenge meinen Blick, als er so selbstverständlich über die Venandi und die sterbliche Welt redet. Als wüsste er, dass es noch mehr Welten gibt.

»Ich werde jetzt noch weiteres Holz sammeln. Der Junge soll mir dabei helfen. Das Mädchen schläft oben bei Merit und du hast noch ein Gespräch mit Grimhild vor dir.«

Ich hebe meine Brauen und warte nur darauf, dass Myr und Arya sich empören, aber sie gehorchen und ich bleibe allein mit Grimhild zurück, die mir ein Fell bringt und es mir um meine schmalen Schultern legt. Sie wartet noch einen Moment, bis

Arya in der Nische verschwunden ist, bevor sie sich setzt und ihr Blick auf mich fällt.

»Du bist nicht der Nidhöggr«, stellt sie fest und füllt mein Glas nun mit irgendeinem Schnaps. Die Steine darin zischen leicht. »Der Drache, der Kjell damals hier besuchte … er war der Nidhöggr. Du bist sein Gegenstück, auch wenn du …« Sie mustert meine dunkelgrauen Haare. »Auch wenn du dich ihm bereits angepasst hast.«

Ich schlucke. Levyn war hier? Vor achtzehn Jahren?

»Der Nidhöggr war aber nicht das erste Mal da. Vor vierhundert und vor zweihundert Jahren besuchte er schon unsere Vorfahren. Es gibt sehr detaillierte Aufzeichnungen über seinen Besuch vor zweihundert Jahren. Das ist auch der Grund, warum wir euch auch noch nach Jahrhunderten Zuflucht gewähren. Und auch diese Begegnung werden wir für die Nachwelt festhalten.«

Sie legt ihre schmächtigen Finger aneinander. Ich mustere ihre blonden Haare, die sie zu einem wunderschönen Zopf geflochten hat, und ihre jugendliche Haut. Sie kann nicht viel älter sein als ich.

»Und was wollte der Nidhöggr von euch?«, frage ich vorsichtig und mustere die hölzerne Hütte und die unzähligen Töpfe und Schilde, die an der Wand hängen und das Licht des Kamins tanzend beleuchten.

»Der Nidhöggr, oder wie er bei euch heißt: der schwarze Drache, war schwer verwundet worden. Er blutete und bat um Hilfe, die meine Vorfahren ihm gewährten. Als sie seine Wunden versorgten, bemerkten sie, dass er keinen Herzschlag besaß. Auf seiner Brust prangte eine große Wunde, die sich aber durch seine Kräfte bereits schloss. Brunhild, Kjells Vorfahrin und Herrin des Hauses, forderte eine Erklärung dafür und er schwor ihr, dass er ihr die Geschichte aufschreiben würde, wenn er überleben würde. Also pflegte sie ihn weiter, bis er wieder genesen war. Bevor er ging, hielt er sein Versprechen und schrieb seine Geschichte auf.«

Mein Herz pocht laut. So laut, dass ich mir sicher bin, selbst Merit und Arya können es laut und deutlich hören. Ich bemühe mich, meinen Atem zu beruhigen, während Grimhild sich zu mir beugt.

»Deine Freunde wissen das. Sie wussten es, als sie dich hierhergebracht haben. Sie haben es genau deshalb getan. Du sollst seine Geschichte lesen. Sie verstehen. Und ich gestatte es dir, weil ich spüre, dass auch in deiner Brust kein Herz schlägt.«

Ich blinzle und lege eine Hand auf meine Brust. Da ist nichts. Aber wie habe ich dann gerade mein Herz pochen gehört? Wie kann ich es jetzt immer noch hören, da mir doch meine Hand ganz deutlich beweist, dass unter meiner Brust nichts schlägt?

»Er weiß, dass du hier bist«, erklärt Grimhild und ich muss nicht einmal fragen, wen sie meint. »Der schwarze Drache hat zum Dank an meine Vorfahren einen Schutz um diese Hütte gelegt, der ihn sofort spüren lässt, wenn jemand die Türschwelle überschreitet, der nicht zur Familie gehört. Er schwor, uns zu beschützen, wenn ein Feind durch diese Tür tritt. Aber er weiß, dass die Venandi seine Fährte kennen und herkommen, wenn sie ihn hier spüren. Und damit würde er uns, aber auch dich in Gefahr bringen.«

Ich lausche dem heftigen Pochen, das sich so real anfühlt. So nah. Als würde mein Kopf auf seiner Brust ruhen.

Grimhild steht auf und holt ein altes, zerfleddertes Buch zu uns an den Tisch. In den Einband sind weitere Runen geschnitzt worden.

»Ich werde zu Bett gehen. Du hast die Wahl, ob du es lesen möchtest oder nicht.«

Mit diesen Worten erhebt sie sich und geht. Ich sehe ihr noch einen Moment lang nach, wie sie mit ihrem langen Gewand die Leiter hinaufklettert, und starre dann wieder auf das Buch. Fahre mit meinen Fingern über die eingestanzten Runen und spüre förmlich die Macht, die dieses Buch in sich trägt. Die Geschichten, die über all die Jahrhunderte darin gesammelt wurden.

Levyns Herzschlag wird immer schneller. Und ich weiß, ich spüre, dass er nicht will, dass ich es lese. Trotzdem schlage ich es auf und blättere herum. Ich muss nicht lange suchen, denn ich erkenne Levyns Handschrift sofort.

# 2. Kapitel

*Levyn*

Ich war seit Tagen unterwegs. Ich konnte nicht fliegen, weil kein Luftdrache in meiner Nähe war. Aber ich musste zu ihr. Lyria hatte die Venandi um sich geschart, sie zu ihren Sklaven gemacht und sich und ihnen damit größere Macht gegeben, als man sich vorstellen konnte.

Endlich erkannte ich den riesigen Felsen und die Flussenge des Rheins vor mir. Oben saß wie immer Loreley und sang ihre Lieder. Sie hallten durch die Wasserenge, echoten vom Fels und ließen das Wasser beben. Ich war angekommen. Am heulenden, lauernden Felsen. Dem Lorley. Dank der wunderschönen Sirene, die oben auf ihrem Vorsprung saß, benannten die Menschen den Felsen nach ihr. Loreley. Aber ich kannte noch die alten Bezeichnungen und auch ihre Bedeutung. Lurren – heulen, schreien. Genau das, was Loreley tat, um die Seefahrer in den Abgrund zu reißen.

Ich lief weiter, bahnte mir einen Weg zu ihr. Lauernd, bedächtig. Loreley war nicht nur eine Sirene. Sie war die mächtigste Wassernixe, die es gab, und besaß magische Fähigkeiten. Als ich näher trat, erkannte ich Nyla, die Loreley die Haare kämmte und die Perlen und das Gold, das aus ihnen rieselte, in einer Kiste sammelte.

Loreley war nicht die böse Gestalt, für die die Menschen sie hielten. Sie tötete nicht aus niederen Beweggründen. Sie wollte nicht einmal töten. Aber ihre Stimme ließ ihr keine andere Wahl. So beschenkte sie die Familien der toten Seefahrer mit dem Gold und den Perlen, die ihre Haare beherbergten.

Als ich noch einen Schritt näher trat, verebbte ihr betörender Gesang. »Levyn«, hauchte sie mit ihrer melodischen Stimme und drehte sich mir zu.

Ich erstarrte, als ich ihr wunderschönes Gesicht sah. Nyla bedachte mich mit zornigen Blicken. Sie hatte es noch nie gemocht, wenn ich Loreley ansah.

»Was kann ich für dich tun?«

»Ich brauche deine Hilfe. Deine … Kräfte«, sagte ich und fixierte Loreley, um mein pochendes Herz zu überspielen.

Loreley redete nur deshalb mit mir, weil ich ihr nicht so verfallen war wie all die anderen. Sie hasste es. Sie sah es als Bürde an, die sie zu tragen hatte. Denn seit dem Tod ihres Geliebten war sie nicht mehr in der Lage zu lieben, war aber mit dem Fluch belegt, dass ihr all die Männer sofort verfielen. Einzig meine Dunkelheit erlaubte es mir, mich von ihrer Aura nicht vollkommen besessen zu machen.

»Wobei brauchst du meine Hilfe, Herrscher der Finsternis?«

Sie machte eine Handbewegung, damit Nyla verschwand. Die gehorchte, wenn auch nur widerwillig. Loreley legte ihre mit blauen Bemalungen verzierten Beine übereinander und ihren Kopf schief. Ihre goldenen Haare glichen denen der anderen Nixen in keiner Weise. Aber Loreley war anders. Sie war weder so wie die Wasserdrachen noch wie die Nixen. Sie war einzigartig.

»Lyria ... Sie ... Sie nutzt die Verbindung zwischen dem schwarzen und dem weißen Drachen, um mich von ihr besessen zu machen.«

»So? Es gelingt also doch einer Frau auf dieser Erde, dich um den Finger zu wickeln.« Sie lachte singend. Ihre Stimme hallte in unendlichen Nuancen von den Felswänden wider und versuchte meine Sinne zu benebeln.

»Du musst mein Herz nehmen. So wie du es damals bei dir selbst getan hast.«

Sie verengte ihren Blick und musterte mich argwöhnisch. »Das willst du? Du weißt, was der Preis dafür ist?«

»Ja, Lor. Ich verliere mein Herz und werde nie wieder lieben können.«

»Das ist aber nicht alles. Lyria wird ebenfalls ihr Herz verlieren«, sagte sie ruhig.

Ich trat einen Schritt näher. »Hat er auch sein Herz verloren? Dein Geliebter?«

Niemand wusste, wer er war oder wie er hieß. Loreley hatte dafür gesorgt, dass sich niemand an ihn erinnerte.

»Ja.«

»Aber ... er ist gestorben.«

»Nein, Levyn. Er ist erst gestorben, als ich kein Herz mehr besaß und mir seines nahm. Es ihm heraussog. In Wahrheit hat er mich verlassen und mir damit das Herz gebrochen, das ich dann hingab, weil ich es nicht mehr haben wollte.«

Ich schluckte. Diesen Teil der Geschichte hatte sie auch geheim gehalten. Also hatte sie ihren Geliebten getötet, weil sie so schrecklichen Liebeskummer verspürt hatte. Und wollte ich von Lyria freikommen, musste auch ich sie töten. Das war der Preis.

»Also verliere ich mein Herz und nehme ihres. Und dann? Sie kann nicht sterben, wenn ich lebe.«

»Erklär mir zuerst, warum es so wichtig ist, dass du dein Herz verlierst, Levyn.« Sie tippte sich nachdenklich auf ihre Oberlippe.

»Durch diese Verbindung bilden wir ein Gleichgewicht, das es so nicht geben darf. Meine Welt verschwindet. So wie auch die Welt des Lichts nach und nach verschwindet. Die Venandi gelangen in die sterbliche Welt, weil die Grenzen durch dieses Gleichgewicht verschwimmen. Die Anguis werden auch bald die Grenzen meiner Welt verlassen können. Es sterben Menschen. Ich darf Lyria nicht weiter lieben.«

»Weißt du, was ich in den letzten Jahrhunderten gelernt habe, während ich hier auf meinem Felsen saß und den untreuen Männern beim Sterben zusah? Ich habe ihn nie geliebt. Hätte ich ihn geliebt, hätte ich ihm sein Herz niemals genommen. Und ich hätte auch meines nicht gegeben. Denn wenn es um Liebe geht, Levyn, wird das Herz des anderen für einen selbst immer an erster Stelle stehen. Egal was es will und wie sehr es dein eigenes Herz verletzt.«

Ich dachte über ihre Worte nach. Darüber, ob ich Lyria wirklich liebe. Ob ich hier wäre und Loreley um so etwas bitten würde, wenn ich sie wirklich und wahrhaftig lieben würde.

»Lass dir noch eines gesagt sein, Levyn Leroux, Herrscher der Finsternis. Wenn du dein Herz hingibst, bekommt Lyria genau das, was sie will.«

»Wie sollte es das sein, was sie will?«, stieß ich verwirrt hervor.

Loreley musterte mich. Sie verschlang mich beinahe mit

ihren hellblauen Augen. »Du hast es immer noch nicht verstanden, oder, Levyn? Nach all der Zeit, die du schon in ihrer Nähe bist.«

Ich kniff die Augen zusammen. Suchte nach dem, was sie meinen könnte. Doch da war nichts. Was hatte ich übersehen?

»Wovon redest du, Lor?«

»Davon, dass Lyria nicht der rechtmäßige weiße Drache ist. Sie besitzt nur seine Seele und sein Herz. Mein Herz.«

Ich stockte. Bilder prasselten auf mich ein. Bilder von Lyria, aber auch von Lor, die nicht wie ein normaler Elementdrache aussah. Keine grünen Augen. Keine blauen Haare. Sie war ...

»Du warst der weiße Drache«, stellte ich fest.

Sie nickte und deutete mir mit zwei Fingern, näher zu kommen. »Um mich von meinem Schmerz zu erlösen, musste ich ihr mein Herz und die Seele des weißen Drachen geben. Und glaub mir, auch wenn ich kein Herz mehr besitze, ich bereue diese Entscheidung jeden Tag meines Lebens.«

»Aber ... Wie ist das möglich?«

»Lyria fand mich in meiner dunkelsten Stunde. Emyoel hatte mich wegen einer Nixe verlassen. Ich wünschte ihr den Tod. Stattdessen fand ich einen Weg, sie beide zu bestrafen, denn Lyria berichtete mir von einem Ritual, das mir all den Schmerz nehmen und dieser kleinen Nixe das Herz brechen würde, weil auch Emyoel sein Herz verlieren würde und nicht mehr fähig wäre, sie zu lieben. Die Bedingung, die sie mir nannte, war die Seele des weißen Drachen. Ich versprach sie ihr, woraufhin sie mir erklärte, dass sie mich und die Nixe schwer verletzen musste. Emyoel hatte nur eine Möglichkeit. War nur imstande, eine von uns zu retten. Wiederzubeleben, nachdem wir gestorben waren. Das war Emyoels besondere Kraft. Das ist die Kraft eines jeden Wasserdrachen. Die Wiederbelebung einer Person in seinem Leben. Da ich wusste, wie er sich entscheiden würde, zweifelte ich ihren Plan an. Aber Lyria erzählte mir vom Bündnis der Welten. Sie erklärte mir, dass Emyoel Teil der Tafelrunde war und somit ewig an seinen Schwur gebunden wurde. Einen Schwur für den Erhalt der Wasserdrachen. Denn er war ihr rechtmäßiger König. Und ich war die Königin, denn wir waren schon seit zwei Jahrhunderten verheiratet. Also musste er sich für mich entscheiden.

Ich glaubte ihr. Ließ mich auf den Handel ein und darauf, dass sie mir die Seele des weißen Drachen nehmen würde. Alles, was sie dafür brauchte, war mein herzloser Körper, der nach meinem Tod wieder erwachen würde, weil du, Levyn, irgendwo auf dieser Welt lebtest und mein Leben an deines gebunden war. So lange, bis Lyria mir die Seele nehmen würde. Also bestellte Lyria Emyoel und die Nixe zu sich. Sie wussten nichts von dem Hinterhalt. Als ich plötzlich bei ihnen auftauchte, begriff Emyoel zwar, dass es eine Falle war, aber es war zu spät. Lyrias Wachen verletzten die kleine Nixe tödlich und rissen mir das Herz heraus. Nur durch die Verbindung zu dir, Levyn, überlebte ich noch eine Weile. Ich sah dabei zu, wie Emyoel sich wehrte. Gegen die Spaltung seiner Seele. Aber er hatte keine Chance. Er war Mitglied des Bündnisses und somit gezwungen, die Königin seines Reiches zu schützen.

Er belebte mich wieder. Nicht seine dreckige Geliebte. Doch als Emyoels Geist wieder vollständig war, gab er der Nixe sein ganzes Herz, damit sie überlebte. Er starb innerlich, während sie sein ganzes Herz raubte.

Ich stand auf und rannte auf sie zu. So wie es der Plan war. Emyoel störte es nicht. Er hatte jegliches Gefühl für mich oder die Nixe verloren. Und als ich mich über sie beugte, raubte ich ihr ganzes Herz – ihres und Emyoels, das sie in ihrem trug, während Lyria mir meine Seele raubte.«

Ich starrte sie fassungslos an. Das konnte unmöglich passiert sein. »Wie konntest du ihr das Herz nehmen? Und wie konnte sie es Emyoel nehmen?«

»Das, Levyn, ist eine uralte Gabe der Drachen. Das Organ, musst du wissen, spielt dabei keine Rolle. Es lebt weiter in deiner Brust. Ohne zu schlagen. Was bedeutet es, wenn das Herz nicht mehr schlägt?«

»Dass man tot ist«, sagte ich kühl.

»Richtig.«

»Aber keiner von euch war tot!«, wandte ich ein.

»Wir waren es in der Welt der Sterblichen, aber nicht in der Welt der Dämmerung. Und das ist der Grund, warum auch ich irgendwann das Herz verloren habe, das ich der kleinen Nixe gestohlen habe. Ich bin in die Welt der Sterblichen gegangen und es hat keine Woche gedauert, bis ich nicht mehr als eine wandelnde Tote war. Denn in allen anderen Welten entscheidet dein Herz, deine Seele, ob du lebendig bist oder tot. In der sterblichen Welt allerdings bestimmt es dein Körper.«

»Warum lebst du dann?«

»Weil Lyria meine Seele genommen hat. Und ohne Seele kann man nicht sterben. Man ist verdammt, auf dieser Welt zu verweilen. Für immer.«

»Menschen, die keine Seele haben, können nicht sterben?«, hakte ich noch einmal nach.

Loreley nickte. »Der Tod ist für die Menschen nicht verständlich, weil sie sich daran festhalten, dass ihre Seele nicht einfach weg sein kann, wenn ihr Körper aufhört zu leben. Aber der Tod funktioniert genau andersherum. Der Körper stirbt erst dann, wenn deine Seele genommen wird, um höhere Kräfte zu entwickeln und das Universum vollständig zu machen. Als Lyria mir meine Seele raubte, nahm sie nicht wie abgemacht nur die des weißen Drachen. Sie nahm alles. Und durch das Leben in dem Herz der Nixe, das ich mir nahm, überlebte mein Körper. Überlebte den Moment. Und als ich dann in die Welt der Sterblichen ging, um mein Herz vollends zu verlieren, konnte der Tod mich nicht finden. Mich nicht holen, weil dort keine Seele war, die er hätte holen können. Und so lebte auch mein Körper weiter.«

»Warum genau erzählst du mir das alles?«, fragte ich, als mir das alles allmählich zu ehrlich und zu detailliert vorkam. Vor allem für eine Frau ohne Herz und ohne Seele.

»Weil du Lyria das Herz nehmen und mir meine Seele zurückgeben wirst, damit ich sterben und die Seele des weißen Drachen zurückkehren kann, bis der nächste rechtmäßige weiße Drache geboren wird. Und du bekommst das, was du willst. Du verlierst dein Herz und sie wird sterben.«

»In Ordnung«, sagte ich, ohne nachzudenken. Lyria musste sterben. Wenn ich vorher noch gezögert hatte, war mir spätestens jetzt klar, wie krank sie wirklich war.

»Eine Bedingung gibt es noch«, flüsterte Loreley mit ihrer melodischen Stimme und lächelte mich kühl an. »Die kleine Nixe von damals. Ich habe sie nie ganz ausgesaugt, weshalb sie in dieser Welt hier überleben kann. Du kennst sie.«

Ich verengte meinen Blick und sah zu der kleinen Schachtel, in der das Gold und die Perlen lagen. »Nyla«, stieß ich dann hervor.

»Ganz recht. Ich will, dass du sie nach meinem Tod verführst. Ich will, dass du ihr dreißig Jahre lang vorspielst, sie zu lieben, nur um sie dann zu töten. Ich will, dass sie es weiß. Dass sie sieht, dass es ihr Geliebter ist, der sie sterben lässt. Ich will, dass du ihr das Herz brichst, so wie sie meines gebrochen hat.«

Ich sog die kalte Luft um mich herum ein und sah an den Klippen hinab. Warum sollte ich das tun?

»Nyla und Lyria arbeiten schon seit mehr als einem Jahrhundert zusammen. Sie wollten, dass du zu mir kommst. Lyria wollte genau das. Aber was sie nicht gesehen hat, ist, dass ihr Plan diesmal nicht aufgehen wird, weil ich vorher dein Herz nehmen werde. Ich werde dich sterben lassen. Hier und jetzt. Ich werde dir das Herz nehmen und dich wieder zum Leben erwecken. Und in dem Moment, in dem dein Herz herausgerissen wird, wird auch ihres herausgerissen. Nur dass sie sterben wird, weil du lange genug tot sein wirst, damit die Seele des weißen Drachen ihren Körper verlässt und deine Wiederauferstehung nicht durch eure Seelen auch sie wiederbelebt. Wenn du stirbst, wirst du ihre Seele sehen können, und ich will, dass du sie in dich aufnimmst. Den Teil der Seele, der mir gehört. Hast du das verstanden?«

»Ich verstehe dich, Lor. Aber warum sollte ich einem Mädchen dreißig Jahre lang etwas vorspielen, nur um sie dann zu vernichten? Das kann ich nicht.«

»Das wirst du, Levyn. Das wirst du, weil du bereits einen Schwur geleistet hast.«

»Ich habe nichts geschworen!«, knurrte ich voller Zorn.

»Doch, das hast du. Du hast es in dem Moment getan, als dein Blut auf mein Gold und meine Perlen tropfte.«

Ich verengte meine Augen und sah hinab. Hinab auf meine blutende Hand. Hinab auf die Kiste, die von roter Flüssigkeit übersät war.

»Ein kleiner, unbedeutender Zauber, den mir deine Trance verschafft hat, als du meiner betörenden Stimme gelauscht hast.« Sie blinzelte und lächelte amüsiert. Aber trotzdem wirkte es kalt und herzlos. »Oh, Lyria ist da. Also können wir beginnen.«

Ich sah mich panisch um, doch ich erkannte sie nirgends. Bis mich die Lumen blendeten, die ihren weißen Körper umgaben. Ich wollte etwas sagen. Wollte das alles verhindern. Einen anderen Weg finden, Lyria loszuwerden. Doch da rammte sich etwas gegen meine Brust. Mit unmenschlicher Kraft stieß sich Loreleys Hand durch meinen Brustkorb und riss mein Herz heraus. Ich wünschte, ich hätte es gespürt. Schmerzen gespürt. Aber mein Körper zuckte nur noch leblos, während ich zu Boden sank.

Ich hörte noch Lyrias schmerzverzerrten Schrei. Sah noch, wie sie sich die blutende Brust hielt, bevor ich vollends in Dunkelheit gehüllt wurde.

* * *

Etwas tanzte vor meinen Augen herum. Ein Licht. Nein, zwei Lichter. Das eine war mir so vertraut, dass ich sofort wusste, was es war. Die Seele des weißen Drachen. Ich konnte Lyria retten. Ja, ich konnte es jetzt und hier tun. Konnte beide Splitter ihrer Seele ergreifen und mit mir zurückziehen. Ihre normale Seele und die des weißen Drachen. Aber ich wollte es nicht. Meine uralte Seele verbot es mir. Redete auf mich ein, dass Lyria diese Seele nur gestohlen hatte. Also griff ich nach dem anderen Teil, umklammerte es in meinem Geist und ... schnappte nach Luft.

Grelles Licht ummantelte mich. Loreley tauchte über mir auf. Ich spürte, wie sie meinen Geist nach ihrer Seele durchsuchte. Und spürte auch, als sie sie mir nahm.

Ich setzte mich auf, wollte verhindern, dass sie sie in sich aufnahm. Dass sie starb und damit den Handel besiegelte. Aber da atmete sie bereits tief ein, schenkte mir noch ein letztes Lächeln und stürzte sich in die Tiefe.

Ich fühlte nichts. Rein gar nichts. Nicht einmal mehr meinen Herzschlag. Und ich wusste, alles, was mich vor dem retten konnte, was ich gerade geworden war, war die Seele des weißen Drachen.

# 3. Kapitel

Ich blinzle. Blinzle, um wieder in der Realität anzukommen, aber auch die Tränen weg. Es ist, als wäre ich nicht mehr vollständig ich gewesen, sondern auch Levyn. Ich habe es gespürt, als wäre mir das alles passiert.

Grob schlage ich das Buch zu und starre in die düster gewordene Hütte. Ein Teil von mir hofft, dass es nicht nur an dem Feuer liegt, das beinahe ausgebrannt ist, sondern dass Levyn mich holt. Zu ihm, in die Welt der Finsternis. Ich spüre seine Schmerzen so intensiv, dass ich nichts dagegen tun kann.

Die Tür springt auf, und während Kjell sofort zum Feuer geht, um neues Holz aufzulegen, kommt Myr zu mir und legt mir eine Hand auf die Schulter. »Grimhild hat es dir gezeigt«, stellt er viel eher fest, als dass er es fragt.

Ich nicke trotzdem.

»Er ... Er würde uns vermutlich umbringen, wenn er wüsste, was wir getan haben. Dass wir dich hergebracht haben. Aber er hatte nicht genug Mut, es dir zu sagen. Dir seine Geschichte zu erzählen. Er musste damals diesen Schwur einlösen. Er hat fast ein halbes Jahrhundert mit Nyla verbracht. Aber ...«

»Aber töten wollte ich sie nie.«

Levyns Stimme reißt mein Herz entzwei. Warum habe ich ihn nicht kommen gespürt?

»Ich habe diesen Mord so geplant, dass er schiefgeht. Es war ein Weg, den Schwur zu erfüllen, aber sie nicht zu töten. Denn Nyla war nur ein unschuldiger junger Drache, der sich in den falschen Mann verliebt hatte. Ihr meine Liebe vorzuspielen – daran führte kein Weg vorbei.«

Er kommt langsam auf mich zu. Seine Umrisse sind umgeben von dunklen Schemen. Von seiner Dunkelheit. Ich schlucke. Versuche meinen Körper zu beruhigen, aber er ist zu schwach.

»Du musst hier weg. Genauso wie ich.«

Er kommt noch näher. So nah, dass seine Nähe mich beinahe erdrückt.

»Warum? Weil ich sonst sterbe, weil ich kein Herz besitze?«, entgegne ich kühl.

Er schließt seine Augen, und als er sie wieder öffnet, sind sie bedeckt von schwarzen Schleiern. »Ja«, sagt er knapp und stemmt seine Hände auf dem Tisch ab. »Ich werde eine Lösung finden. Werde dafür sorgen, dass du wieder hier sein kannst. Dass dein Herz wieder schlägt. Aber jetzt ... musst du weg hier.«

Aus dem Augenwinkel sehe ich, wie auch Grimhild und Arya zu uns stoßen. Grimhild verneigt sich sogar vor Levyn. Er schenkt ihr ein warmes Lächeln.

»Ist sie wirklich gestorben?«, frage ich in die Stille.

»Wer? Lyria oder Loreley?«

Ich verenge meinen Blick. »Lyria.«

Wieder schließt er seine Augen, was Antwort genug für mich ist. Lyria lebt. Ohne die Seele des weißen Drachen und ohne Herz. Und wahrscheinlich war ich genau deshalb in der sterblichen Welt sicher.

»Sie …«

»Hast du sie geliebt?«, frage ich, ohne zu beachten, dass sie alle zuhören. Ich muss es wissen. Und diesmal wird er mir eine Antwort geben müssen.

»Es ist kompliziert. Das, was ich für sie gefühlt habe, ist das Einzige, was ich je in dieser Intensität für einen Menschen gefühlt habe. Ob es Liebe war … das kann ich dir nicht sagen, Lya.«

Weil er keinen Vergleich hat. Diese Erkenntnis trifft mich, auch wenn ich nicht wirklich weiß warum.

»Aber die Liebe unter Freunden, das, was ich für euch alle empfinde, ist größer als diese Besessenheit von Lyria.«

»Hast du nicht gerade erst gesagt, dass wir keine Freunde sind?«, frage ich nüchtern. Meine Sinne nehmen ihn kaum noch wahr. Nehmen nicht einmal mehr die Wärme des neu entflammten Feuers wahr.

»Ich bringe dich jetzt in die Welt der Dämmerung, Lya. Du wirst hier sterben. Ein paar Tage würde das Leben in dir reichen. Die Seele in dir. Aber nicht länger.«

Ich atme tief ein, nicke dann aber. »Du wirst dann allerdings gehen.«

Levyn wirft mir einen argwöhnischen Blick zu.

»Du verschwindest von mir. Und wenn Arya und Myr bei dir sein möchten, gehen sie mit dir. Aber ich möchte nicht mehr … bei dir sein.«

Ich will es nicht zugeben, doch ich habe Angst vor ihm. Angst, dass er mit mir das machen könnte, was er mit Lyria oder Nyla gemacht hat. Angst, dass er mich aus lauter Willen, mich zu beschützen, an Tharys verkauft. Aber vor allem habe ich Angst davor, dass er sich in meiner Nähe immer schuldig fühlen wird, weil mein Herz in seiner Brust schlägt. Und das will ich nicht. Ich will nicht, dass er meinetwegen leidet. Will, dass er lebt. Ohne ständig daran erinnert zu werden, wer ihn erst getötet hat, um ihm dann wieder das Leben zu schenken.

Levyn bedenkt mich mit einem traurigen Blick und ich bete, dass er nicht wieder in meinen Gedanken herumgeschnüffelt hat. »Und wo willst du hin?«

»Einfach nur weg …«

Levyn stockt und sieht sich aufmerksam um. Er beginnt zu schnuppern, wie ein Tier, und starrt dann wieder mich an. »Ihr verschwindet! Jetzt!«, knurrt er und sieht auch Arya und Myr an. »Die Anguis kommen.«

Der Satz schlägt mir in mein Gesicht. Das hat der Kerl im Wald damals auch gesagt. Levyn. Es war also wirklich Levyn.

Bevor ich etwas einwenden kann, bevor ich sagen kann, dass ich mit Levyn kämpfen will, schnappt Arya sich meinen Arm und ich lande unsanft auf dem Boden. Rotes Licht strahlt vom Himmel auf uns herab. Und ich starre ungläubig auf die Leere vor mir.

»Warum hast du das getan?!«, schreie ich sie an, doch ehe ich noch etwas sagen kann, verschwindet Arya wieder und lässt mich allein zurück.

Mit brennendem Herzen sitze ich stundenlang da und starre in den rötlichen Himmel. Starre in die Luft vor mir, dorthin, wo Levyn gerade noch war. Wäre ich nicht so verdammt unfähig, könnte ich selbst zwischen den Welten wandern. Aber ich bekomme es nicht einmal hin, Kampfsport zu erlernen. Ich bekomme nichts hin, weil meine Konzentration immer irgendwo ist. Nur nicht bei mir selbst.

Ich höre Levyns Herz in meinen Ohren pochen, als wäre es mein eigenes. Ich höre es und konzentriere mich allein darauf, denn es ist das Einzige, was mir beweist, dass er noch am Leben ist. Wobei ich selbst sterben würde, würde Levyn ...

Nein ...

Ein Gedanke, eine Erinnerung, zuckt durch meinen Körper. Daran, was ich in dem alten Buch in Levyns Haus gelesen habe.

*Ändert sich das Wesen des weißen Drachen, hat das nicht nur diesen einen Effekt. Durch die Verschiebung des Gleichgewichts wird das Leben des schwarzen Drachen an das des ehemals weißen gebunden und dessen vorherige Bindung erlischt.*

Das heißt, dass Levyns Leben nun an mich gebunden ist. Also sollte ich sterben, wird er auch sterben, aber wenn er stirbt ... lebe ich. Und wenn ich lebe ... Also kann ihm gar nichts passieren, solange ich lebe. Ich atme erleichtert aus, bis ich Geräusche hinter mir höre. Mein Puls beschleunigt sich, als ich sie ganz deutlich spüre. Venandi. Ich drehe mich um und dieses Mal fühle ich, wie ein Teil meines Geistes die Bedrohung durch das Bündnis zu allen anderen jagt.

Ich erkenne die Frau sofort. Ich hätte sie damals im Wald bei ihrem ersten Angriff schon töten sollen. Sie sagt nichts. Sie steht einfach nur da, zusammen mit zwei weiteren weißen Gestalten, und sieht mich an.

»Nette Show«, sagt sie dann endlich.

Ich hebe meine Brauen, nachdem ich mich aufgerichtet und mich ihnen kampfbereit entgegengestellt habe. »Was? Das in Acaris? Wollt ihr etwa einen Nachschlag?«

Die Frau lacht. Ihre beiden männlichen Begleiter schweigen allerdings. »Nicht nötig. Wir haben nur eine kleine Botschaft«, wehrt sie mit einer wegwerfenden Handbewegung ab. »Da du jetzt von Lyria weißt ... Sie möchte dich gern kennenlernen.«

Ich lache erschrocken und irritiert auf. »Was? Habt ihr den Verstand verloren?!«, entgegne ich.

»Zügle deine Zunge, Kleine!«

Ich verenge meinen Blick. Fixiere sie und bemühe mich gleichzeitig nach der Kraft in mir zu suchen. Ich spüre sie deutlich. Spüre sie, aber sie entgleitet mir immer wieder.

»Der schwarze Herrscher hätte dich besser in der Umgehung der Manipulation ausbilden sollen, statt dir diesen unbrauchbaren Sklavenring umzulegen.«

Sie blockieren meine Fantasie. Blockieren sie so sehr, dass ich nichts tun kann. Also muss ich sie ablenken. Zumindest so lange, bis jemand vom Bündnis kommt und mir hilft.

»Lyria möchte das, was du ihr gestohlen hast.«

»Die Seele, die *sie* gestohlen hat, meint ihr?« Ich lache wieder. Herablassend und desinteressiert. »Ein kaltes, herz- und seelenloses Wesen wollt ihr zu eurer Herrscherin?«

»Da wir genauso sind, liebe Elya, ist es genau das, was wir wollen. Ja. Und dank dir wird sie dann die Seele des weißen Drachen besitzen.«

»Mit Sicherheit nicht«, wehre ich gelangweilt ab. So als wären sie mir nicht maßlos überlegen.

»Du wirst mit uns kommen müssen. Diese Welt wird bald sowieso nicht mehr existieren.«

Mein Blick fällt auf jemanden am Himmel. Zwei fliegende Gestalten, die sich nähern. Ich presse meine Augen zusammen, damit die Venandi nicht bemerken, dass ich etwas gesehen habe. »Ihr habt keine Chance«, lache ich.

»Dir wird niemand zu Hilfe kommen, Kleine. Die Anguis beschäftigen deinen kleinen schwarzen Herrscher zu sehr. Und er hat einen Schwur geleistet, diese dummen Wikinger zu beschützen. Also was willst du gegen uns tun? Du bist ganz allein.«

»Ist sie nicht!«, knurrt Perce und schlägt die beiden Begleiter der Frau mit ihren Flügeln zu Boden, während sie ihr grün glänzendes Schwert zückt und Naoyl, Levyns Halbbruder, neben ihr landet. »Du!«, knurrt sie und rennt auf die Frau zu. Die verengt ihren Blick und stoppt Perce damit mitten in ihrer Bewegung. Schreiend fällt sie zu Boden und verkrampft sich immer wieder. Reißt an ihren Haaren herum, als wollte sie sich mit ganzer Kraft aus der Manipulation befreien, in der sie gefangen ist.

Naoyl tritt vor und rammt der Frau seine Faust ins Gesicht, was Perces Schreie kurz verklingen lässt.

Ich atme die kühle Luft ein und endlich, endlich bekomme ich meine Kräfte zu fassen. Ich schreie und stoße ihnen damit eine gewaltige Druckwelle entgegen. Licht strömt aus meinem Körper, auf sie zu. Aber das Licht, mein Licht, kann ihnen nichts anhaben. Sie sind Gestalten der Welt des Lichts. Doch was soll ich sonst gegen sie einsetzen?

Perce erhebt sich und nun ziehen auch die drei Venandi Schwerter. Das Klirren der Klingen, die aus einer Scheide gezogen werden, ist zu laut. Zu viel …

Ich sehe mich um. Nach und nach erscheinen immer mehr Venandi um uns. Zwischen ihnen scharen sich grünhaarige Menschen, die ihre Zungen schnalzen lassen. Lange gespaltene Zungen. Anguis.

Mein Kopf dröhnt, als Hunderte Manipulatoren in meinen Geist eindringen wollen. Mir meine Fähigkeiten rauben wollen. Die Schuppen um meine Augen ziehen sich fast ganz zurück, bis ich wieder einen furchterregenden Schrei ausstoße. Sie dürfen mir meine Macht nicht nehmen. Dann sind wir vollends verloren.

Ein Venandi stürmt auf Naoyl zu. Dutzende schließen sich ihm an. Mit gezückten Schwertern.

Ich muss etwas tun. Wieder stoße ich Licht hervor und wieder kann es ihnen nichts anhaben. Nur die Anguis werden nach hinten geschleudert und verkrampfen sich auf dem Boden.

Als gerade beinahe zwanzig Venandi um meine Freunde herumstehen, hebe ich meine Hände und schreie wieder.

Stille. Stille und Bewegungslosigkeit. Aber nicht nur die Venandi und die Anguis sind in der Zeit stehen geblieben. Nein. Auch meine Freunde. Die einzige Chance, die ich habe, ist, sie alle zu töten, um meine Freunde zu retten. Aber wie soll ich das tun? Wie soll ich hundert Menschen ermorden, während sie wie angewurzelt sind? Sich nicht wehren? Das ist dann keine Verteidigung mehr. Es wäre Mord.

Etwas schießt durch meinen Kopf, durch meinen Körper.

*Sie haben euch weggelockt. Sie greifen die Luftdrachen an.*

Mir stockt der Atem, als ich höre, was Tym durch das Bündnis schickt. Die Bedrohung, die ich mit jedem seiner Worte spüre. Beinahe meine ich, durch seine Augen sehen zu können, wie die Stadt der Lüfte in Flammen steht.

»Mom«, wispere ich und sinke auf die Knie, lasse aber nicht meine Hände fallen. Ich brauche einen Plan. Ich muss … Ich muss in ihre Seelen sehen.

Ich atme langsam durch und fixiere Perce und Naoyl, während ich immer noch die Zeit beherrsche, fast meine ganze Kraft in sie hineinstecke. Ich wühle mich durch. Höre jedes Wort in Gedanken, das Myr zu mir gesagt hat.

*Grabe nach ihrem Geist. Nach schlechten Erinnerungen, die sie mittels ihrer Fantasie beschönigen. Brich durch die Barrieren, die sie erbaut haben.*

Ich suche und suche. Und dann endlich spüre ich etwas in meinem Kopf aufblitzen. Als würde zusätzlich zu meinem Bewusstsein noch ein zweites erscheinen.

»Erwache aus dieser Starre!«, befehle ich Perce, während ein anderer Teil meines Geistes immer noch nach Naoyl sucht. »Beweg dich!«

Nichts passiert. Ist es überhaupt möglich, sie dazu zu bringen? Ich bin es doch, die gerade die Zeit anhält.

Ich schließe kurz die Augen und schon bin ich neben Perce. Mein Körper fühlt sich taub an. Ich beherrsche Raum und Zeit. Aber was nützt mir das, wenn meine Freunde hier festgenagelt sind?

Ich bin gerade kurz davor, eines der Schwerter zu nehmen, um sie alle nacheinander umzubringen, als eine Stimme in meinem Kopf auftaucht.

*Schließt sie aus, Herrscherin.*

»Was?!«, frage ich in die bewegungslose Stille, als plötzlich ein Flackern neben mir mein Lumen zum Vorschein bringt.

*Ihr müsst Euch darauf konzentrieren, nur die Feinde festzuhalten. Nicht Eure Freunde. Schließt Eure Freunde in Eurem Geist aus!*

Ich presse meine Lippen aufeinander und die Augen zu. Bemühe mich, das umzusetzen, was das Lumen sagt. Aber meine

Kräfte werden immer schwächer. Ich werde sie nicht länger aufhalten können. Ich muss sie alle töten.

*Ihr könnt es!*

Ich nehme all meine Kraft zusammen und konzentriere mich auf die Venandi und die Anguis. Sage meinem Verstand immer wieder, dass Perce und Naoyl nicht meine Feinde sind. Und dann, als mein Geist – meine Macht – nicht gehorcht, schreie ich innerlich. Ich befehle es. Ich bin nicht länger der Untertan meiner Macht und ihrer Launen. Ich beherrsche sie. Und nicht andersherum.

Ein Husten lässt meine Lider nach oben schnellen. Naoyl und Perce bewegen sich langsam auf mich zu, während die Feinde starr stehen bleiben.

»Habt ihr die Bedrohung gehört?«

Perce nickt.

»Fliegt! Ich werde sie noch einen Moment aufhalten und dann … nachkommen.«

Mit *nachkommen* meine ich, wieder den Raum zu beherrschen. Am besten sogar so sehr, dass ich direkt bei den Luftdrachen bin. Es ist nicht weit von hier. Myr hat mir einmal im Training erzählt, dass die Strecken in der Welt der Dämmerung viel kürzer sind als die in der sterblichen Welt. Und auch nicht von Ozeanen getrennt. Deshalb sind wir auch so schnell von Amerika nach Schweden gekommen.

»Aber du …«

»Los!«, schreie ich sie an. Meine Kräfte werden so schwach, dass einige der Venandi sich bewegen. Ich spüre, wie sie meinen Geist attackieren wollen. Mich manipulieren wollen. Aber ich bin stärker.

Naoyl und Perce tauschen seltsame Blicke. Dann breiten sie ihre Flügel aus und fliegen los. Unter brennenden Schmerzen halte ich die Zeit noch so lange an, bis sie außer Reichweite sind. Dann lasse ich die Mauer aus Bewegungslosigkeit fallen, schließe meine Augen und lande mit voller Wucht auf einem Felsvorsprung.

Schreckliche Schmerzen zucken durch meinen Arm. Hustend ziehe ich mich mit meinen aufgeschürften Armen weiter, um nachzusehen, wo ich bin. Doch als ich hinab in die Tiefe sehe, dreht sich mir beinahe der Magen um. Ich würge vor Schmerz und Schwindel und lasse mich auf den Rücken fallen, damit meine Wunden wieder heilen. Aber das tun sie nicht. Natürlich nicht. Mein Körper ist nicht mehr unsterblich.

Ich hieve meinen Oberkörper ein wenig hoch und starre auf meinen Arm, aus dem ein gebrochener Knochen herausragt. Die Haut ist aufgerissen und das Blut fließt hinaus wie aus einem Bach. Mit zusammengebissenen Zähnen umfasse ich meinen Arm und ramme den Knochen zurück an seinen angestammten Platz. Ein bestialisches Schreien entfährt mir. Entfährt mir immer wieder. Die Bewusstlosigkeit greift nach mir und erst jetzt bemerke ich, dass ich nicht mehr verwandelt bin. Mit meiner letzten Kraft lehne ich mich gegen die Bewusstlosigkeit auf und rufe meine Schuppen hervor. Sie rammen sich wie Messer durch meine Wangen und lassen mich vor Schmerz knurren. Aber mein Körper gewinnt im verwandelten Stadium an Kraft, also reiße ich mir ein Stück meines Oberteils ab und binde es unter schrecklichen Schmerzen so fest ich kann um meinen Arm.

Und erst als ich das getan habe, höre ich sie. Die Schreie. Ich sehe mich unruhig um und dann erkenne ich über mir das

Schloss der Luftdrachen. Überall darum herum fliegen Luftdrachen und bemühen sich mithilfe einiger Wasserdrachen unter ihnen, die Flammen zu löschen.

Ich richte mich auf, ohne meinen Arm zu belasten. Ich muss es tun. Muss jetzt endlich wieder diese Flügel hervorrufen.

Als ich gerade meine Augen schließen will, sehe ich, wie einige der Luftdrachen ihre Flügel verlieren. Sie stürzen mit grausamen Schreien in die Tiefe. Stürzen an mir vorbei und ich kann nichts tun. Nichts ausrichten.

Ich balle meine Hände zu Fäusten. Die Angst, mir Flügel wachsen zu lassen, steigt mit jedem Luftdrachen, den die Venandi so manipulieren, dass sie sich zurückverwandeln und abstürzen. Ich nehme all meinen Mut zusammen, schließe meine Augen und schon spüre ich die Wucht der Flügel durch meinen Rücken rammen. Ich schlage zu. Mein Körper erhebt sich, aber augenblicklich stürze ich wieder zu Boden und lande auf meinem geschundenen Arm. Ich schreie wieder. Wieder und wieder. Weine bittere Tränen, die sich mit dem Dreck des Steines unter mir vermischen.

Ich muss also wieder den Raum beherrschen. Ich muss. Und ich muss so aufkommen, dass ich dieses Mal nicht meine Knochen splittern lasse.

Ich schließe meine Augen und arbeite mich in kleinen Stufen von Felsvorsprung zu Felsvorsprung vor, bis ich endlich oben auf einem riesigen Plateau des Palastes stehe. Um mich herum Hunderte kämpfende Venandi und Drachen. Anguis schlängeln sich über den Boden, und als einer auf mich zukommt, zögere ich nicht lange, sondern nehme einem toten Luftdrachen das Schwert aus der Hand und steche zu. Der

Anguis schreit fürchterlich, windet sich und verwandelt sich wieder in einen Menschen, bevor das Leben aus seinen Augen weicht. Das Schwert in seiner Brust.

Ich erschaudere und weiche ein paar Schritte zurück. Ich flehe mich selbst an, meinen Geist, wieder zu Verstand zu kommen, aber der Anblick dieses toten Körpers lähmt mich. Bringt mich innerlich um.

»Lya!«

Myr reißt mich von dem Abgrund weg, den ich beinahe hinabgestolpert wäre, und schlägt mir mit der flachen Hand ins Gesicht.

»Er wollte dich töten! Komm zu dir!«

Ich nicke wie in Trance, und erst als er mich ein weiteres Mal schlägt, erwache ich aus meiner Starre. Die Schreie der Kämpfenden lassen mich zusammenzucken.

»Los, wir müssen den König finden!«

Myr zieht mich hinter sich her, bis ich endlich selbst laufen kann. Ich verbanne die Bilder des toten Menschen. Auch wenn er ein Anguis war, als Leiche sah er so menschlich aus, dass sich die Schuld in meine Brust brennt.

»Wo sind Arya und Levyn?«, schreie ich ihm durch den Lärm zu, während Myr in den Palast hinein und durch Korridore rennt.

»Er ist noch bei Grimhild und Kjell«, antwortet er, während er mich in einen Raum zieht. In den Thronsaal.

Wir erstarren beide in unserer Bewegung. Ein einziger Venandi sitzt auf dem Thron. Um ihn herum zwei Dutzend tote Wachen und zu seinen Füßen kniet ein Mann mit blonden Haaren und einer Krone auf dem Kopf. Der König.

»Schön, dass ihr auch endlich da seid«, haucht der Venandi mit einer bitterkalten Stimme. Seine Augen sind so hell, dass es mir eine Gänsehaut über den Körper jagt.

Bewegungslos stehen wir da, bis er mit einer Handbewegung die Türen hinter uns laut zuknallen lässt. Ich zucke unmerklich zusammen. Die Kraft verschwindet aus meinem Körper. Meine Schuppen verschwinden und der Schmerz in meinem Arm raubt mir beinahe mein Bewusstsein.

»Meine Lakaien haben euch also zur Genüge abgelenkt. Schön«, sagt er, steht auf und hebt seine Hände.

Mit einem ohrenbetäubenden Donnern stürzen die Wände neben uns ein. Steine prasseln herunter. Schreie ertönen.

»Eure Welt ist schon lange eine Schande für diese Erde.«

Mit erneuten Handbewegungen reißt er Kronleuchter aus der Wand, lässt sie in der Luft herumwirbeln.

»Oh«, sagt er dann und grinst amüsiert, während er seine Hände wieder sinken lässt. »Endlich ist auch unser Ehrengast gekommen.«

Ich sehe mich um. Niemand ist hier. Nur wir, der Venandi und der König zu seinen Füßen.

Der Venandi richtet seine Finger auf den König und hebt ihn mit unsichtbarer Macht in die Luft. »Der König der Luftdrachen. Welch Schande, dass er vor einem Wesen des Lichts niederknien muss.«

Er schließt die Augen und ganz langsam bildet sich ein Schleier des Lichts um ihn. Lumen. Lumen, die sich auf die Seite der Venandi geschlagen haben.

Ich suche in meinem Kopf nach etwas, das ich tun kann. Nach Gestalten der Welt der Dunkelheit, den Schemen. Aber sie sind, anders als die Lumen, an die Welt der Dunkelheit gebunden.

Ich suche weiter. Rufe nach Hilfe. Sende die Bedrohung durch das Bündnis.

Hände, starke Hände, schlagen gegen die Tür hinter mir. Aber sie alle sind zu schwach.

Ich atme die kühle Luft ein. Es muss auch Gestalten der Dämmerung geben. Und als Herrscherin der Elemente sind sie mir ergeben. Sie müssen …

Ein Wesen taucht so plötzlich vor mir auf, dass ich zurückschrecke. Der Schmerz in meinem Arm betäubt mich. Ist das nur eine Halluzination?

Ich blinzle, starre auf das Wesen vor mir. Umgeben von rötlichem Licht steht es da. Eine schwarze Kapuze über den Kopf gezogen. Ein wunderschönes Gesicht … eine Hälfte, denn die andere besteht nur aus wabernden Schatten.

»Ihr habt uns gerufen?«, fragt es mit einer Stimme, die mich völlig benebelt. Am liebsten würde ich seine Hand nehmen und mit ihm gehen. Wo auch immer es mich hinbringt.

»Was seid ihr?«

Der Venandi und Myr starren mich so unverhohlen an, dass ich mir sicher bin, nur ich kann diese Gestalt sehen.

»Wir sind Zwielichter. Die Gestalten der Welt der Dämmerung«, erklärt es ruhig und legt seinen Kopf schief.

»Ich …« Meine Stimme versagt.

*Ich brauche eure Hilfe! Die Luftdrachen brauchen eure Hilfe.*

Durch die Gefühle, die das Wesen mir in mein Bewusstsein schickt, weiß ich, dass sich die Zwielichter normalerweise aus unseren Angelegenheiten heraushalten. Aber …

*Ich befehle euch, mir zu helfen!*

Das Zwielicht mustert mich wieder mit schief gelegtem Kopf, während die Schatten seiner einen Gesichtshälfte heftiger herumwirbeln.

»Was tust du da?!«, knurrt der Venandi und sieht mich mit erhobenen Brauen an. Ich sinke auf die Knie, als er mich so abrupt zurückholt, das Zwielicht verschwindet und ich den Schmerz in meinem Arm wieder spüre.

Als ich gerade denke, dass diese Zwielichter mich im Stich gelassen haben, *uns* im Stich gelassen haben, springt die Tür hinter mir auf. Der Venandi knurrt bestialisch, während unzählige dieser Gestalten hereinstürmen. Auf ihn zu. Er lässt seine Hand nach vorn schnellen. So stark, dass der König gegen eine der Wände knallt. Sein Körper fällt nicht zu Boden. Ich lasse meinen Blick zu ihm wandern. Ein eiserner Stab ragt aus seiner Brust und hält ihn an der Wand. Blut rinnt aus seinem Mund.

»Wir müssen hier weg!«, raunt Myr neben mir.

Ich nicke wie betäubt, doch als wir uns umdrehen, sind es nicht nur Zwielichter, die hereinstürmen. Auch Anguis bahnen sich ihren Weg zu uns. Kämpfen gegen die Zwielichter. Doch auch die Lumen stürzen sich auf sie. Sie haben keine Chance. Nicht, wenn die Gegner so extrem in der Überzahl sind.

Ich greife innerlich nach meiner Kraft. Aber da ist rein gar nichts. Dieser Venandi ist zu mächtig. Er steht einfach nur da und lächelt, während seine Untertanen kämpfen. Er lächelt und hält meinen Geist gefangen.

Myr zieht mich mit sich. Hinaus aus dem Raum, hinein in weitere Schlachten. Hinein in schreiende, blutende Drachenmassen. Und hinaus auf das riesige Plateau.

Wo ist meine Mutter?

Ich sehe mich unruhig um, bis hinter mir der Venandi auftaucht und mich grausam ansieht. Er lächelt wieder. Dann hebt er seine Hand und lässt sie sinken. Mit ihr bricht der Berg neben ihm. Eine Lawine aus Steinen stürzt hinab. Myr zieht mich in letzter Sekunde weg, bevor mich einer von ihnen erwischen kann.

»Lya, er hat es auf dich abgesehen. Lauf weg!«, knurrt Myr und stellt sich vor mich, um mir Rückendeckung zu geben.

Erinnerungen schießen durch meinen Kopf. Ich sehe Levyn. Seine aufgeschnittene Kehle. Und mich, die zu Tharys geht, wie eine Marionette ihrer Welt. Ihn heilt.

»Nein!«, schreie ich voller Hass, doch der Venandi hält mich gefangen.

Ich beuge mich über Levyn, küsse seine Tränen von seinem Gesicht. Aber er erwacht nicht. Levyn ist tot. Ich weine und schreie. Spüre unmenschliche Schmerzen in meinem Kopf. Mein Herz schlägt noch und hindert mich beinahe am Atmen.

»Levyn!«, schreie ich. Aber ich schreie nicht seine Leiche unter mir an. Ich rufe nach ihm. Er … Ich brauche seine Hilfe. Er muss …

Vor mir erscheint die Leiche meiner Mutter. Aufgespießt, so wie der König. Ihre Augen quellen unmenschlich aus ihren Höhlen hervor.

Mein Körper verkrampft sich. Schluchzend kämpfe ich gegen diese Fantasien an. Fantasien, die sich so echt anfühlen.

Als ich gerade zu ihr stürmen will, werde ich wach und starre auf den Venandi. Er mustert meinen zusammengekauerten Körper mit einer kranken Belustigung.

Und dann erschüttert etwas Gigantisches den Berg. Lässt ihn erzittern. Ich sehe nach hinten und erkenne eine schwarze Gestalt, die gerade auf dem Plateau gelandet ist. In der Hocke sitzt er da, seine Hand auf dem blutigen Steinboden vor sich abgestützt. Dann, ganz langsam, hebt er seinen Kopf. Levyns schwarze Augen richten sich auf den Venandi, als könnte er ihn allein durch seine Blicke töten. Und tatsächlich weicht der ein Stück zurück.

»Das hier«, knurrt Levyn und erhebt sich mit der Eleganz und Bedrohlichkeit eines Raubtieres, »hat jetzt ein Ende.«

Der Venandi lacht auf, doch verstummt sofort, als Levyn seine Hände vor der Brust zu Fäusten ballt und sie, während er sie öffnet, zu Boden schnellen lässt. Schwarze Giganten schießen aus seinen Fingern. Nehmen den Boden ein und kringeln sich zu Löchern. Schwarzen Löchern.

Ich öffne meinen Mund vor Schreck, während Levyn langsam auf den Venandi zuschreitet. Er nimmt all das Licht. Seine schwarzen Löcher tun es. Seine Macht ist unersättlich, sie nimmt alles ein, lässt meinen Körper beben und sie alle erstarren. Doch bevor er bei dem Venandi angekommen ist, wirft er einen Blick auf mich. Die Dunkelheit breitet sich weiter aus. Er ist diese Dunkelheit. Ihr Herrscher. Ihr Komponist. Er lässt die schwarzen Löcher um sich herum tanzen und singen. Lässt sie mit den Ängsten der Wesen um uns herum spielen.

Ich wusste immer, dass Levyn mächtig ist. Aber das hier beweist mir, dass er mehr ist als das. Viel mehr. Er ist der Untergang. Die Dunkelheit höchstpersönlich. Und er wird alles vernichten, was sich ihm in den Weg stellt. Was sich ... mir in den Weg stellt.

»Verschwindet sofort! Alle! In die Welt der Finsternis!«, befiehlt er laut.

Fassungslos sehe ich dabei zu, wie sämtliche Drachen um mich herum … verschwinden. Nur ich bleibe hier. Denn ich kann nicht zwischen den Welten wandern.

»Sie kannst du vor deinen schwarzen Löchern nicht retten, schwarzer Herrscher!«, spuckt der Venandi ihm entgegen. Doch Levyn beachtet ihn nicht. Er starrt nur weiter mich an.

»Nutz deine Kraft. Beherrsche Raum und Zeit!«

Mit diesen Worten schießt er die schwarzen Löcher weiter aus seinen Händen hinaus. Sie vernichten alles. Jedes Licht. Jeden Venandi. Ich spüre, wie sie auch mein Licht nehmen wollen. Wie sie näher kommen und mich mit sich reißen wollen.

Ich blinzle und stemme mich gegen ihre Macht. Nutze meine Kraft, um mich hier zu halten. Aber ich bin zu schwach. Zu langsam.

»Lya!«, knurrt Levyn mit rauer Stimme. »Du bist die Herrscherin des Lichts. Du bist schneller als das Licht.«

Ich presse meine Lippen aufeinander. Das schwarze Etwas rast auf mich zu. Zieht meinen Körper zu sich, als würde es mich in die Länge ziehen. Es will alles von mir nehmen. Will mich in sich aufnehmen. Mein Licht.

Die dunkle Oberfläche erreicht mich und ganz plötzlich ist da nur noch rotes Licht. Im Inneren dieses dunklen Monsters. Eine Wand aus Feuer, die mich zu Asche werden lassen wird.

Ich bemühe mich, an Levyns Worte zu denken. Ich beherrsche das Licht. Ich bin schneller als es. Schneller, als dieses schwarze Loch mich zu sich reißen kann.

Meine Lider senken sich, während ich in mir nach meiner

Macht suche. Sie ist wieder da. Greifbar. Der Venandi hat keinen Einfluss mehr auf mich.

Ich schreie und nehme all das Licht, das mir zur Verfügung steht, um zu entfliehen, zu entkommen.

Als ich erneut den Rand der Schatten erreiche, stoße ich noch ein letztes Mal zu. Und plötzlich stehe ich wieder vor dem Venandi, der mich mit aufgerissenen Augen anstarrt. Einige weitere Venandi und Anguis stehen hinter ihm. Die Angst steht ihnen ins Gesicht geschrieben.

Ich werfe einen Blick auf Levyn. Er ist dunkler als je zuvor. Aber kurz flackert etwas in seinen Augen auf. Etwas Gutes. Bevor es verschwindet und er seine schwarzen Giganten über sie hinwegfegen lässt.

Es bleibt nichts übrig. Rein gar nichts. Kein Licht. Kein Leben. Nur Levyn und ich, wie wir in der Finsternis stehen und uns ansehen. Ich brauche kein Licht, um seine dunklen Augen zu erkennen, und er auch nicht.

Für Stunden sehen wir uns einfach nur an. Die Schemen tanzen um ihn herum. Die Schatten wabern in seinen Augen. Er atmet schnell und schwer. Und etwas zwischen uns brennt wie ein Feuer. Dann hebt Levyn seine Hand und lässt seine Finger nach hinten schnellen, als würde er etwas über die Schulter werfen, und das rote Licht der Dämmerung erhellt das Plateau. Niemand ist mehr hier. Nicht einmal mehr eine Leiche. Keiner der Toten.

Doch dann erkenne ich grüne Gestalten, die von hier verschwinden. Sie ... verschwinden einfach. Natürlich. Anguis sind Gestalten der Finsternis. Levyns Macht kann ihnen nichts anhaben. Trotzdem flüchten sie.

Ich will meine Hand heben. Licht auf sie schießen, um sie aufzuhalten, sie zu verbrennen. Aber Levyn greift nach meinem Handgelenk und stoppt mich.

»Sie werden ihre Strafe bekommen.«

Ich nicke zögerlich und sehe hinauf in seine dunkelgrünen Augen. »Das … Das ist also deine Macht?«

Er verengt seinen Blick. »Ja, Lya. Das ist meine Macht. Und wären die Drachen nicht von hier verschwunden, hätte ich sie alle in die Finsternis gerissen.«

Seine Stimme klingt belegt. Rau. Seine Macht ist eine Bürde. Ein Fluch und ein Segen. Und beinahe hätte sie auch mich getötet.

Er sieht sich mit finsterer Miene um. »Lyria war hier.«

# 4. Kapitel

»Er hat mich in die Welt der Finsternis geschleudert, als er auf dem Plateau gelandet ist«, sagt Myr zum hundertsten Mal.

»Ich weiß, Myr. Levyn wusste, dass du nicht mehr genug Kraft hast, um mich mitzunehmen. Du brauchst kein schlechtes Gewissen zu haben«, entgegne ich, während ich den Boden vom Blut reinige.

Myr räumt ein paar Trümmer weg und mustert mich nachdenklich. »Willst du nicht zu ihr gehen?«

Ich atme tief ein und zucke mit den Schultern. »Ich … Ich kann nicht«, ist alles, was ich herausbekomme.

Meine Mom hat diesen Angriff nur mit leichten Blessuren überlebt, und ja, wäre sie gestorben, würde ich mir wünschen, noch ein Gespräch mit ihr führen zu können. Aber sie hat mich so lange belogen. Sie hat verhindert, dass ich herausfinde, wer ich bin, und Fylix zur Seite gestanden, als er mich eingesperrt hat. Und obwohl sie selbst ein Mensch und kein Drache ist, hat sie mich belogen. Wusste schon immer, wer und was ich bin und wie einsam und falsch ich mich gefühlt habe. Trotzdem hat sie es verheimlicht.

»Dann rede wenigstens mit Levyn«, bittet er mich.

Ich verziehe den Mund. Und als ich gerade etwas dagegen sagen will, berührt er meine Schulter.

»Bitte.«

Ich nicke widerwillig, lasse den Lappen auf dem Boden liegen und streife durch die hellen Korridore. An den weißen Steinwänden klaffen riesige Löcher und die Böden sind mit rotem Blut bedeckt. Ich seufze und konzentriere mich darauf, Levyn zu finden. Schließlich klopfe ich an seine Tür, nachdem ich ihn nirgends sonst gefunden habe, und tatsächlich ertönt seine Stimme von innen. Ich trete ein und schließe die Tür hinter mir. Levyn liegt auf seinem Bett, umgeben von dicken alten Wälzern.

»Was ist das?«, frage ich beiläufig und räume ein paar von ihnen zur Seite, um mich auf die Bettkante zu setzen.

»Das nennt man Bücher, kleiner Albino.«

»Witzig«, brumme ich und werfe einen heimlichen Blick in einen Spiegel an der Wand. Als Albino kann man mich sicher nicht mehr bezeichnen. Meine Augen sind mittelgrau. Genauso wie meine Haare.

»Myr hat mir erzählt«, raunt er und greift sanft nach meinem Arm, »du würdest Böden schrubben, statt deine Wunden verarzten zu lassen.«

Ganz langsam schiebt er meinen Ärmel hoch und beginnt die Bandage abzunehmen. Schmerzen zucken durch meinen Körper.

»Meinst du, dass das heldenhaft ist? Für mich wirkt es nämlich viel eher ziemlich selbstzerstörerisch.«

»Ich hatte so was noch nie«, flüstere ich.

»Was? Einen offenen Bruch?«, entgegnet er schmunzelnd.

»Eine Wunde ... Eine Verletzung, die sich nicht sofort geschlossen hat. Der Schmerz erinnert mich daran, dass ich doch irgendwie menschlich bin.«

»Ich denke, das hast du jetzt lange genug gefühlt.«

Er schiebt seinen eigenen Ärmel hoch und hebt sein starkes Handgelenk zu mir. Ich spüre, wie meine Zähne und die Gier in mir wachsen. Als ich eine Weile einfach nur sein Handgelenk angestarrt habe, entdecke ich eine Bemalung auf seinem Unterarm. Vorsichtig schiebe ich sein Oberteil weiter hoch und mustere die Schlange und den Drachenkopf. Die dunkle Tinte schimmert ganz leicht silbern.

»Du hast dir den Drachen tätowieren lassen, so wie Menschen ihn sich vorstellen?«, lache ich und fahre mit meinen Fingern darüber.

»In der asiatischen Kultur ist der Drache ziemlich wertvoll. Etwas, das sie verehren. Drachen stehen zum Beispiel für Reinheit und Hoffnung, aber auch für das Böse und Rache.«

»Und was hat das mit dir zu tun?«

»Als ich mir das habe stechen lassen, Lya, war Rache alles, woran ich Tag und Nacht gedacht habe. Ich weiß, dass du mich sehr oft nicht verstehst und dir wünschst, dass ich klarer wäre. Aber ich bin ein klarer und aufrichtiger Mensch. Ich würde für die Menschen, die ich liebe, sterben. Und ich werde alles tun, um unsere Welten zu schützen. Dich zu schützen. Doch ich war lange Zeit ein anderer. Zerfressen von Hass und Rachegedanken. Besessen von Macht und einer Frau, die mir diese Macht versprach. Ich ließ dieses Tattoo in meine Haut brennen, um mich immer wieder daran zu erinnern, dass ich diese Person nie wieder sein möchte. Dass ich der Drache sein will, den sie in mir sehen. Ich will mich meiner Sünden reinwaschen und ich will mich jeden einzelnen Tag daran erinnern, dass es Hoffnung gibt. Vielleicht sogar Hoffnung für mich.«

Ich streiche ein letztes Mal über seine Bemalung, bevor ich in seine dunklen Augen sehe. Ein seltsames Gefühl ergreift Besitz von mir. Etwas, das sich nach Ankommen und Zuhause anfühlt.

Ohne nachzudenken, lasse ich seinen Arm los und lege meine Finger an seine Brust. Fühle den rhythmischen Herzschlag, der mit meiner Berührung schneller wird.

»Fühlst du wieder?«

Er sagt unendliche Sekunden lang nichts. Sieht mich einfach nur an. Mit all seiner Macht und Finsternis.

»Nicht mehr als vorher.«

»Also hast du vorher gefühlt?«

Meine Brust füllt sich mit brennender Säure.

»Ich denke, dass du dir diese Frage selbst beantworten kannst. Schließlich kann ich dir jetzt nichts mehr vormachen.«

Ich presse meine Lippen aufeinander. Er hat recht. Mein Herz schlägt nicht mehr. Aber an meinen Gefühlen hat das nichts geändert.

»Also hat es dir einfach Spaß gemacht, den herzlosen schwarzen Herrscher zu spielen?«, frage ich ohne Vorwurf in meiner Stimme.

Er verengt seinen Blick. »Ich habe dennoch anders gefühlt. Das ist auch etwas, das du wissen solltest. War es nicht genau so bei Tharys?«

Mein Atem stockt. Ich weiß, worauf er anspielt. Vor alldem hätte ich mir niemals vorstellen können, noch einmal mit jemandem zu schlafen, für den ich keine Gefühle habe. Aber bei Tharys war es so leicht. So …

»Ist das etwa deine Entschuldigung dafür, Frauen in dein Bett gelockt zu haben, für die du nichts empfunden hast?«

Er zuckt mit den Schultern. »Dafür brauche ich keine Entschuldigung. Keine Ausflüchte. Ich bin, was ich bin. Und ich war nie unehrlich. Genauso wenig wie du. Also musst du dich nicht dafür schämen, dass du es auf jede erdenkliche Weise mit Tharys getrieben hast.«

Er sagt es so nüchtern, so kalt, dass ich ihn am liebsten schlagen würde.

»Was soll das? Ich bin in Frieden hergekommen. Bist du etwa eifersüchtig?«

Sein Mund verzieht sich zu einem süffisanten Lächeln. Ganz vorsichtig streckt er seine Hand nach meinem Gesicht aus und streicht mir eine Strähne aus dem Gesicht. »Nein, Lya. Eifersucht steht mir nicht. Und du bist ein freier Mensch. Etwas, das ich dir versprochen habe, als der Ring dort zum ersten Mal deinen Hals schmückte.« Er leckt sich nachdenklich über seine Lippen. »Was denkst du?«

Ich sehe ihn an. Überlege, ob ich ihm antworte oder nicht. Er stellt mir nur eine Frage. Er hätte die Möglichkeit, es mir zu befehlen, denn anders als bei den Wasserdrachen hat dieser Sklavenring hier seine ganze Macht.

»Ich denke, dass ich das mit Tharys getan habe, weil ich gehofft habe, ihn lieben zu können.«

»Und warum hast du das gehofft?«

Ich schließe kurz die Augen, als die Bewusstlosigkeit nach mir greifen will, die schon den ganzen Tag wie eine Warnung in meinem Kopf herumschwirrt. Ich bin zu schlimm verletzt, um seine Hilfe nicht anzunehmen.

»Weil er ehrlich ist. Und ... weil er gut ist. Er ist einer von der guten Sorte«, sage ich schwach.

Levyn mustert mich mit einem düsteren, getrübten Blick, dann hält er mir wieder sein Handgelenk hin und legt es an meine Lippen. Schuppen stoßen durch meine Augen und ich spüre, wie meine Zähne langsam wachsen. Und als in mir das Verlangen steigt, den Schmerz loszuwerden, beiße ich zu. Trinke sein Blut, als wäre es mein Lebenselixier.

Levyns andere Hand streicht ganz sanft über meine Haare. »Eines Tages, Lya, wirst du genau so einen Menschen für dich finden. Und ich werde euch ziehen lassen. Irgendwo dorthin, wo niemals Krieg sein wird, der dein Glück zerstören könnte.«

Ich höre seine Worte kaum. Spüre seinen angespannten Körper unter mir und schmecke das eiserne Blut in meinem Mund.

Als ich endlich absetze und meine Wunde nach und nach heilt, bedenkt Levyn mich mit einem seltsamen Blick, bevor er mir Blut aus meinem Mundwinkel wischt. Sein Daumen verharrt eine Weile an der Stelle, während sein Zeigefinger mein Kinn kitzelt.

»Wie geht es jetzt weiter?«, frage ich in die angespannte Stille hinein und mustere seine harten Gesichtszüge.

»Ich weiß es nicht. Die Venandi sind schlau genug, um sich in der Welt des Lichts zu verstecken und nur ab und zu hier zu erscheinen. Dort kann ich ihnen nichts anhaben. Keiner kann ihnen dort etwas anhaben. Außerdem müssen wir mit Tharys sprechen. Er ist schließlich der aktuelle Herrscher der Lichtwelt. Und ich muss einen Weg finden, die Anguis unter Kontrolle zu bekommen. Und dann wäre da noch …«

»… Lyria«, vervollständige ich mit belegter Stimme.

Er nickt. »Ich begreife den Zusammenhang nicht. Das macht

mich wahnsinnig. Warum jetzt? Was verspricht sich Lyria von alldem?«

»Was wollte sie damals?«, frage ich nachdenklich.

»Lyria war schon immer der Meinung, dass Menschen es nicht wert sind zu leben. Sie wollte sie vernichten. Aber eigentlich wollte sie auch die Venandi vernichten. Wahrscheinlich war es ihr Ziel, dass nur die Drachen überleben und alle Welten beherrschen. Mit ihr als Königin.«

Ich presse meine Lippen aufeinander. »Was hat man davon, wenn nur noch Drachen übrig bleiben?«

Levyn sieht mich einfach nur an. »Frag mich was Leichteres. Es hat schon immer Kriege gegeben. Schon immer Menschen oder Drachen oder andere Gestalten, die mehr Macht wollten. Mehr Land. Einfach mehr.«

»Du aber nicht. Du magst sie ... die Menschen.«

Er verengt seinen Blick. »Ich sehe keinen Unterschied. Ich bin auch ein Mensch. Irgendwo tief in mir unterscheide ich mich nicht von ihnen. Wir sind sie, nur dass wir uns verwandeln können.«

»Denkst du, Nyla hat eigenmächtig gehandelt? Oder war das auch Lyria?«

»Ich habe keine Ahnung. Ich befürchte aber, dass Lyria mit allem, was passiert, etwas zu tun hat.«

Ich nicke und lege mich auf das Kissen neben ihm. Meine Lider werden schwer, während Levyn seinen Blick nicht von mir abwendet.

»Willst du über das mit Tharys sprechen?«

Ich atme tief ein. »Hör einfach auf, immer zu entscheiden, was das Beste für mich ist. Vertrau mir und gib mir die Chance, die Dinge selbst zu regeln. Mich selbst zu beschützen. Mehr gibt es da nicht zu reden, denke ich.«

»In Ordnung«, raunt er. »Aber wenn du dich in Gefahr bringst, werde ich trotzdem auftauchen und die kleinen Bastarde, die dich angreifen, ins Jenseits befördern.«

Mir entfährt ein kleines Kichern, bevor die Müdigkeit mich in einen traumlosen Schlaf reißt.

* * *

Die nächsten Tage verbringen wir damit, den Luftdrachen zu helfen, den Palast wiederaufzubauen und die Verwundeten zu verarzten. Als Myr und ich nach einer Woche kaum noch etwas ausrichten können, beschließt er, mir die Stadt zu zeigen.

Aeria, die Stadt der Luft, liegt ein wenig abseits des Palastes, und als wir über den kleinen Bergpass auf die andere Seite gelangen, stockt mir beinahe der Atem, als ich ein Tal erkenne, umringt von den gigantischen Gipfeln.

»Das mit dem Fliegen sollten wir wirklich in Angriff nehmen.«

Ich werfe Myr einen unsicheren Blick zu, während wir den schmalen Weg hinunter ins Tal gehen. Die Sonne brennt heiß über uns und trotzdem weht ein kühler Wind durch meine Haare.

»Ich glaube, ich kann nicht fliegen«, murmle ich, während ich jedes Haus und jeden kleinen Weg unter uns mustere. Die Stadt ist wunderschön und wurde zum Glück von den Venandi verschont.

»Jeder Drache kann fliegen. Das ist nichts, was man lernen

muss, Lya. Es ist in deinem Blut. Du musst dir nur endlich selbst vertrauen.«

»Jaja«, brumme ich.

Nach einer halben Ewigkeit kommen wir endlich unten an. Wir gehen durch die Straßen von Aeria und alles hier wirkt so extrem auf mich, dass es mir die Sprache verschlägt. Die Häuserwände aus weißem und rotem Stein sind mit wunderschönen Zeichnungen von Menschen mit Flügeln verziert und die Eingänge von Zackenbögen umarmt. Einige der Häuser schmückt ein kleiner Turm auf Dachterrassen, die von verschnörkelten Zäunen umringt sind. Alles hier erinnert mich an den orientalischen Baustil der Menschen.

Hinter den Bergen scheint das rote Licht des Himmels und lässt die Stadt der Luft in einem warmen Licht daliegen. Drachen gehen an uns vorbei und einige von ihnen grüßen Myr. Der führt mich über eine steinerne Treppe hin zu einem kleinen Marktplatz, auf dem reger Betrieb herrscht. Die Händler schreien ihre Waren und Preise hinaus, während ältere Frauen in langen Gewändern vor den Ständen stehen und um Stoffe, Lebensmittel oder Vasen feilschen.

»Willkommen in Aeria«, lacht Myr, als er meinen beeindruckten Blick sieht. »Durch die perfekte Lage mitten in diesem Gebirgspass wurde die Stadt noch nie angegriffen. Die Gebäude sind also Jahrtausende alt.«

»Ich habe es mir bei den Luftdrachen ganz anders vorgestellt. Steriler und kühler irgendwie.«

»Hier im Osten der Dämmerung sind die Drachen sehr von dem arabischen und dem asiatischen Stil beeinflusst gewesen.«

Ich nicke und folge Myr über den Marktplatz zu einem kleinen Café. Wir setzen uns an einen Tisch vor dem Geschäft und Myr bestellt uns zwei heimische Getränke, als ein Luftdrachen-Mädchen kommt, um uns zu bedienen.

»Levyn hat mich gefragt, ob er und die anderen nachher vorbeikommen können«, sagt er, als wir bereits unseren Mocca vor uns stehen haben. Ich nehme einen Schluck und werfe ihm einen irritierten Blick zu.

»Warum muss er dich das fragen? Er ist dein Herrscher.«

Ich lache, als Myr angeekelt das Gesicht verzieht.

»Natürlich ist er das. Aber er ist vor allem mein Freund, Lya. Und er hat mich nie anders behandelt.«

»Was ist eigentlich mit dem Plan, Verbündete zu finden? Steht der noch?«, frage ich ablenkend und nehme einen weiteren Schluck von dem warmen Getränk.

»Natürlich. Und nach dem Angriff auf den Palast werden wir hier vielleicht gute Chancen haben. Trotzdem wäre es mir natürlich lieber, Aeria wäre verschont geblieben. Aber ... Die anderen Drachen sehen einfach nicht die Gefahr, die wir sehen.«

Ich wende mich nachdenklich von ihm ab und lausche dem Getose auf dem Marktplatz, bis ein paar Meter weiter eine kleine Band anfängt, Musik zu machen. Auch die klingt ziemlich orientalisch. Ein warmes Gefühl durchströmt mich, während ich die Augen schließe und einfach nur der Musik zuhöre. Genauso wie in Acaris fühle ich mich hier so sehr zu Hause, wie ich mich in der sterblichen Welt nie gefühlt habe.

»Siehst du das da oben?«, fragt Myr und deutet auf eines der Häuser, das wie ein kleiner Palast aussieht. Auf der Dachterrasse neben dem kleinen Turm tanzen wunderschöne Frauen in langen gelben Kleidern. »Das ist das Bordell von Aeria«, flüstert er.

Ich ziehe verwirrt meine Brauen zusammen. »Bei den Drachen gibt es Bordelle?«

»Sie nennen es hier Etablissement, aber ja. Du müsstest doch eigentlich wissen, dass auch Drachen ein Sexleben haben. Oder?«

Er zwinkert mir zu, während sich mir der Magen umdreht. Ich habe das mit Tharys zwar nie bereut, aber ich fühle mich falsch. Falsch, weil das, was ich getan habe, nicht meinen Prinzipien entspricht.

»Auf jeden Fall sind die Feynen sozusagen Levyns Spioninnen.«

Ich erinnere mich daran, dass Levyn mir von ihnen erzählt hat, als es um die Nornen ging. Sie gehören zu den Luftdrachen. So wie die Nixen zu den Wasserdrachen.

»Wie sehen sie aus? Und was können sie?«, frage ich nachdenklich.

»Ihre Flügel sind beinahe durchsichtig und sie haben ... nun ja ... magische Fähigkeiten.«

»Willst du mir gerade erzählen, dass sie zaubern können?«, frage ich und starre ihn an, suche nach Belustigung in seinem Gesicht. Etwas, das mir sagt, dass das hier nur ein dummer Witz ist.

»Na ja, *zaubern* würde ich das nicht nennen. Aber was sie wirklich können, weiß keiner so genau. Sie sind sehr sparsam mit Informationen über sich selbst. Man weiß nur, dass sie begabte Seherinnen sind«, erklärt Myr, während sein Blick auf einer von ihnen haftet. Ich folge ihm und verenge meine Augen, als ich ihre Flügel entdecke. Sie sind wirklich fast nicht zu sehen.

»Myr!«, mache ich und schnipse vor seinem Gesicht herum. »Und was heißt, dass sie Levyns Spioninnen sind?«

»Das ist so wie mit den Nixen. Am meisten erfährt man, wenn man ... nun ja ... Männer bezirzt.«

»Das ist irgendwie ... krank«, murmle ich und trinke meinen Mocca aus.

»Krank ist immer nur das, was man selbst nicht kennt. Sie leben so und wollen es so.«

»Gibt es so was bei den anderen beiden Elementdrachen auch?«

»Bei den Erddrachen gibt es die Druiden. Sie werden unter uns auch Heildrachen genannt. Was ja schon verrät, was sie besonders gut können. Aber auch sie haben magische Fähigkeiten. Bei den Feuerdrachen sind es Feuergeister. Manche bezeichnen sie als Hexen oder Hexer. Du hast eine von ihnen bereits kennengelernt.«

Ich werfe meinen Kopf fragend nach hinten.

»Nyss«, erklärt Myr, was meine Augenbrauen sofort in die Höhe schießen lässt.

»Nyss ist eine ... eine Hexe?«

»Zuallererst ist sie ein Drache. Ein Feuerdrache. Mit der Macht, Dinge zu sehen. Vorherzusehen und vor allem zu zaubern, wie du es nennst.« Er lacht, während mein Frühstück gern den Weg zurückfinden würde. Nixen, Feynen, Druiden und ... Hexen?! »Aber was meinst du, warum sie rote Haare hat? Und warum die Menschen irgendwann anfingen, rothaarige Frauen als Hexen zu verbrennen?«

»Aber sie sind nicht alle Prostituierte, so wie die Nixen und die Feynen?«

»Ich würde die Nixen an deiner Stelle niemals in ihrer Gegenwart so bezeichnen. Sie schlafen nicht für Geld mit Männern. Sie bezirzen sie nur. Und die Feynen nehmen auch kein Geld dafür. Sie sind zu Teilen das, was Menschen als Feen bezeichnen, und zu anderen Nymphen. Sie machen das, was sie da tun, einfach sehr gern. Und ihre Bezahlung sind Informationen.«

Ganz plötzlich wird es still um uns. Die Musiker hören auf zu spielen und ein ganz leises Raunen geht durch die Straßen und fegt über den Marktplatz hinweg. Ich sehe mich irritiert um. Erkenne, dass sich die Menschen um mich herum leicht verbeugen. Und als ich gerade nachsehen will, woher dieses Verhalten kommt, spüre ich ihn. Ich muss nicht einmal hinsehen. Und trotzdem schaue ich dabei zu, wie Levyn, gefolgt von Arya, Perce, Tym und Naoyl, auf uns zuschreitet. Die Menschen verbeugen sich vor ihm. Vor Levyn. Aber warum?

Als sie bei uns angekommen sind, bedenkt Levyn mich mit einem skeptischen Blick. Wahrscheinlich liegt es an meiner Aufmachung. Die einzigen Klamotten, die ich dabeihatte, waren zerrissen und voller Blut, weshalb Lylith, die Tochter des toten Königs, mir ein paar Kleider gegeben hat. Das weiße, das ich jetzt trage, ist kürzer und weiter ausgeschnitten als jedes andere Kleid, das ich bisher getragen habe. Und wahrscheinlich erinnert die Farbe ihn an das, was ich einmal war.

Sein Blick wandert hinauf zu meinen grauen Haaren, hin zu meinen Augen. Ein Zucken durchfährt meine Brust, als in seinen ein grünes Funkeln aufblitzt.

»Habt ihr Lust auf Gesellschaft?«, fragt Levyn gelassen, seinen Blick immer noch fest auf mich gerichtet.

»Sicher«, sage ich stark, obwohl mein Körper innerlich bebt.

Sie ziehen sich einen weiteren Tisch und Stühle zu uns und setzen sich.

Als endlich auch die Menschen wieder anfangen, ihrem Treiben nachzugehen, und die Musiker erneut ihre melodischen Songs spielen, beuge ich mich zu Levyn, der sich neben mich gesetzt hat. »Warum verbeugen sie sich vor dir?«

»Weil ich ihr Regent bin, bis Lylith gekrönt wird«, erwidert er ruhig und gelassen.

»Aber warum?«

»Weil ich diese Stadt gerettet habe. Und das ist eine der Regeln der Welt der Dämmerung. Stirbt der König oder die Königin in einem Kampf, regiert derjenige, der den Kampf gewonnen hat.«

»Und wenn die Venandi gewonnen hätten? Lyria?«

»Dann hätte sie regiert, ja. Und es wäre ihr freigestellt gewesen, ob sie Lylith den Thron besteigen lässt oder ihn selbst behält.«

Ich schlucke Steine. Und obwohl diese Regel Sinn ergibt, kommt sie mir grausam vor. Nur weil man einen Kampf verliert, verliert man automatisch seinen Thron und ist auf die Gnade des Gewinners angewiesen?

»Ich habe eine Krönung veranlasst. In drei Tagen ist Lylith die rechtmäßige Königin.«

Während er das sagt, winkt er die Bedienung zu sich und bestellt irgendetwas, das ich nicht verstehe. Arya, die neben ihm sitzt, wirkt angespannt. Bei seinen Worten über die Krönung, aber auch bei dem Anblick des Marktplatzes. Die Bedienung mustert sie, als würde sie etwas sagen wollen. Arya aber zwingt sie mit ihren Blicken zu schweigen.

»Und …«, er neigt seinen Kopf leicht zu mir, »was möchtest du, Lya?«

Ich blinzle benommen. »Das, was du nimmst«, stottere ich, weil ich keine Ahnung habe, was es hier gibt.

Auf Levyns Lippen zeichnet sich ein süffisantes Lächeln ab. »Dann für uns alle dasselbe«, richtet er sich wieder an die Bedienung und beißt sich leicht auf die Unterlippe. »Wir brauchen einen Plan. Und da ich dich nicht weiter ausschließen will, dachte ich mir, ich frage dich.«

»Du fragst mich was?«, entgegne ich stockend.

»Was du machen würdest. Was du vorschlägst.«

Ich beiße die Zähne zusammen und löse mich aus unserem Augenkontakt. Und in diesem Moment spüre ich, dass ich Levyn so schnell nicht mehr loswerde. Aber ich fühle auch, dass ich das gar nicht mehr will. Ja, ich war enttäuscht über seine Übereinkunft mit Tharys und ich wollte ihn von mir fernhalten, damit er nicht ständig daran erinnert wird, dass mein Herz in seiner Brust schlägt. Aber … Ich bin mehr ich als jemals zuvor, wenn Levyn bei mir ist. Und aus irgendeinem seltsamen Grund, den ich nicht benennen kann, glaube ich, dass es Levyn auch so geht. Vielleicht hat er begriffen, dass es keinen Sinn macht, mich irgendwo einzusperren und für mich zu entscheiden. Ja, vielleicht hat er begriffen, dass er damit leben kann, mein Herz in seiner Brust zu tragen, weil ich damit leben kann. Weil ich noch ich bin.

Ich atme schwer und denke über seine Frage nach. »Ich verstehe diese Welten nicht genug. Du bist der Herrscher der

Finsternis, aber die Anguis gehorchen dir nicht. Genauso wenig wie die Venandi mir oder jetzt Tharys. Also müssen wir sie bekämpfen.«

Levyn verengt seinen Blick und rückt ein Stück näher. »Wir brauchen uns. Ich kann die Venandi schlagen und du die Anguis.«

»Aber bei alldem dürfen wir kein Gleichgewicht herstellen«, sage ich vorsichtig. Sage es, weil ich so gern hören würde, dass wir es auch so schaffen. Dass wir nicht unsere eigenen Welten und die der Menschen zerstören würden, wenn wir ... ja, was? Wenn wir uns näherkämen? Steht das überhaupt im Raum?

»Ohne Gegensätze kann diese Welt nicht existieren«, bestätigt Levyn meine Aussage.

»Ich muss also wieder ... weiß werden.«

»Genau. Und dafür brauchst du dein Herz.«

»Und ich kann es dir nicht einfach aussaugen?«, frage ich lächelnd.

Levyn starrt mich unverhohlen an. Sein Blick huscht immer wieder zu meinen Lippen, die zu einem Grinsen geformt sind.

»Du solltest öfter lächeln, Lya.«

Mein Herz – das, das nicht mehr schlägt – macht einen Satz. Meine Seele brennt, lodert, giert nach etwas.

»Also?«, hake ich schnell nach.

»Du könntest es mir aussaugen, ja. Aber dadurch würde dein Herz nicht wieder zu schlagen beginnen. Du würdest nur eine Weile intensiver spüren.«

»Und was wäre, wenn du mein Herz behältst und ich ... so wieder weiß werde?«

»Das ist unmöglich«, raunt er.

Ich werfe einen Blick zu den anderen, die gerade unsere Getränke in Empfang nehmen, während sie in irgendein Gespräch vertieft sind. »Aber ich bin nicht anders als vorher«, gebe ich zurück.

»Du bist kein Wesen der Welten mehr, Lya. So wie ich es lange Zeit nicht war. Dein Körper ist tot. Dein Herz schlägt nicht mehr. Du bist genau genommen ein Wesen der Unterwelt. Und damit nicht mehr imstande, durch und durch ein Lichtwesen zu sein.«

Ich habe erwartet, dass mich das, was er da sagt, treffen würde. Aber das tut es nicht. Vor allem, weil ich mich nie für das Lichtwesen gehalten habe, das sie alle in mir gesehen haben. Das, was ich jetzt bin, das ist meine Wahrheit. Und Levyn weiß das genauso gut wie ich. Er will es nur nicht wahrhaben.

»Hier.« Er schiebt mir eines der Getränke vor die Nase und hebt sein Glas, um mir zuzuprosten.

Das bittere Zeug benebelt meine Sinne. Myr und Arya kichern immer wieder, während ich mich bemühe, geradeaus zu sehen.

»Wir gehen«, sagt Levyn plötzlich und erhebt sich zusammen mit den Männern am Tisch.

»Wohin geht ihr?«

»Zu den Feynen«, erklärt Myr.

»Ich komme mit.«

Levyn wirft mir einen unsicheren Blick zu. Ich sehe ihm an, dass er es verbieten will, aber er reißt sich zusammen und nickt einfach nur. Also gehen wir alle.

* * *

Als wir das Innere des Etablissements der Feynen betreten, öffnet sich mein Mund automatisch. Staunend betrachte ich die mit Stoffen verhängten Wände und die Liegewiesen aus wunderschönen Mustern, die überall in kleinen Nischen Platz bieten. Der Geruch von Lotus steigt mir in die Nase. Die dazugehörigen Räucherstäbchen und Schalen stehen auf kleinen verschnörkelten Tischchen, auf denen auch unzählige kleine Kerzen brennen.

»Levyn.«

Eine melodische Stimme erklingt, bevor die Frau, zu der sie gehört, hinter einem roten Vorhang hervortritt. Ihre Haare fließen um ihr Gesicht und über ihre Brust wie flüssiges Gold. Meine Augen wandern zu ihren fast durchsichtigen, leicht glänzenden Flügeln, die aber sofort verschwinden, als sie meinen Blick bemerkt.

»Komm«, flüstert sie und streckt mir ihre Hand entgegen. Ich blinzle, zögere. Frage mich, ob diese zierliche Hand wirklich mir gilt, bis sie erneut sagt: »Komm!« Also ergreife ich sie und lasse mich von der schönen jungen Frau in eine große Nische ziehen. Wir nehmen alle Platz. Die Feyne setzt sich neben mich und mustert mich ununterbrochen.

»Ich bin Lya«, sage ich irgendwann, um diese Situation etwas zu entspannen.

Die Feyne lächelt. »Ich bin Shakysa«, haucht sie mit ihrer engelsgleichen Stimme.

»Gibt es Neuigkeiten?«, fragt Levyn ausdruckslos.

»Sicher«, antwortet Shakysa und lächelt ihn fordernd an.

Levyn presst seine Lippen aufeinander.

Myr lehnt sich nach vorn. »Ich bezahle.«

Shakysa lacht bezaubernd bedrohlich und schüttelt ganz leicht ihren Kopf. »Diese Wahl treffe ich.«

Levyn sieht erst mich an, dann scheint er den Abstand zwischen mir und der Feyne mit Argwohn zu inspizieren. »Die Mädchen gehören nicht zum Deal«, sagt er ruhig, aber ich höre die Angespanntheit in seiner Stimme.

»Sie sind hier. Also gehören sie dazu«, entgegnet Shakysa.

Was hat das mit uns zu tun? Ich sehe irritiert zwischen den beiden hin und her.

»Schön. Ihr wolltet ja unbedingt dabei sein«, knurrt Levyn mit einem vorwurfsvollen Blick auf mich.

Ich verenge meine Augen.

»Gut. Dann wähle ich Lya.«

Levyns Kiefer knackt unruhig.

»Wofür wählst du mich?«, frage ich wie ein dummes Kind. Ich habe keine Ahnung, was hier gespielt wird.

»Sie wählt dich, um die Nacht mit dir zu verbringen. Das ist ihre Bezahlung«, erklärt Levyn. Seine Stimme ist ein raues, bedrohliches Knurren. Aber er hält sich zurück.

»Du kannst es aber auch ablehnen. Dann allerdings werde ich euch keine Informationen geben.«

Ich mustere die zarte, schöne Gestalt und ihre klaren Augen. Ihr Wille ist stark. So stark, dass sie das, was sie sagt, umsetzen wird, würde ich mich verweigern. Aber was soll das heißen, die Nacht mit ihr verbringen? Ich schiebe den Gedanken beiseite und nicke. »Gut, dann soll es so sein.«

Alle am Tisch starren mich an. Ihre Augen durchbohren mich beinahe. Ihre Mienen sind versteinert. Bis auf die von Shakysa. Sie lächelt bezaubernd schön.

»Die Venandi sammeln ihre Truppen in der Welt des Lichts. Sie schicken immer wieder Legionen in die Welt der Dämmerung und in die sterbliche Welt, um durch kleinere Angriffe ihre Feinde zu schwächen.«

»Wie viele Männer haben sie?«

»Tausende.«

»Wie ist das möglich?«

»Sie haben einen Weg gefunden, Anguis zu erschaffen. Sie züchten sie. Machen sie zu ihrer Armee. Sie werden von Tag zu Tag stärker.«

»Natürlich«, brummt Levyn und fährt sich nachdenklich über sein Kinn. »Anguis kann ich nichts anhaben.«

»Richtig. Aber jemand anders kann es«, sagt Shakysa, ohne ihren Blick von mir zu nehmen.

»Lya?«, hakt Levyn nach.

»Lya und der König der Wasserdrachen. Aber nur, wenn sie vereint sind. Als Herrscher und Herrscherin der Welt des Lichts.«

Ich schlucke schwer.

»Was soll das heißen … *vereint*?!«, knurrt Levyn und ballt seine Hände zu Fäusten.

»Du weißt, was es als Drache heißt, sich zu vereinen, Herrscher der Finsternis.«

»Aber ich weiß es nicht«, wende ich ein.

Shakysa bedenkt mich mit einem liebevollen Blick. »Wenn Drachen sich vereinen …«

»Es reicht«, unterbricht Levyn sie.

Ich starre ihn ungläubig an. »Keine Geheimnisse mehr!«

Er atmet wütend aus und deutet Shakysa dann, weiterzureden.

»Wenn sie sich vereinen, binden sie ihre Leben aneinander. Einer von ihnen trägt dann das Leben der beiden in sich. Er schützt es, und stirbt der andere, hält er ihn am Leben. Stirbt er aber selbst ... dann sterben beide.«

Ich öffne meinen Mund, um etwas zu sagen, aber nichts verlässt ihn. »Aber warum tut man so etwas?«, frage ich dann endlich, als ich meine Stimme wiedergefunden habe.

»Weil das Liebe ist. Das Herz der Person zu schützen, als wäre es das eigene. Es in sich zu tragen und es nur dann abzugeben, wenn man damit das Leben des anderen rettet.«

Shakysa lehnt sich leicht nach hinten.

»Wenn der ohne das Leben in sich stirbt, kann man ihm ... dieses Leben geben?«, frage ich irritiert.

Shakysa nickt und meine Augen wandern ganz langsam zu Levyn.

»Wir ... Wir sind vereint? Deshalb konnte ich dich zurück ins Leben holen?«

Levyns Blick haftet auf mir. Es dauert eine halbe Ewigkeit, bis er den Kopf schüttelt. »Nur die beiden uralten Seelen gehören zusammen. Das hat nichts mit uns zu tun, Lya.«

»Aber ... wir lieben uns nicht.«

Stille. Levyns Gesicht bleibt hart und undurchschaubar. Er sagt nichts. Stattdessen erhebt Shakysa wieder das Wort.

»Eure Seelen tun es. Eure Seelen, die des schwarzen Drachen und die des weißen – sie ... lieben sich.«

»Hast du auch noch was Nützliches zu erzählen?!«, wendet Levyn zornig ein. Ich schlucke schwer und bemühe mich, ihn nicht mehr anzusehen.

»Eine Sache wäre da noch«, sagt Shakysa sanft. »Die Venandi haben einen Vorteil, weil sie etwas wissen, was keiner weiß.«

»Und das wäre?«

»Ich weiß es nicht, Levyn. So funktioniert unsere Kraft nicht. Wir sehen manchmal Dinge, die wir nicht zu fassen bekommen. Aber das, was ich sehen kann, ist, dass es ihnen einen Vorteil verschafft. Zwar haben sie es noch nicht geschafft, diesen Vorteil auch wirklich zu nutzen. Aber sie sind dabei.«

Levyn hebt seine Brauen. »Sehr informativ.« Seine Stimme klingt bedrohlich. Er ist sauer. Sauer, weil sie mir verraten hat, dass unsere Seelen irgendwie ... verbunden sind. Und dass ich mich eigentlich mit Tharys vereinen müsste.

Shakysa hält mir wieder ihre Hand hin. »Lass uns gehen.«

Mein Körper bebt und meine Hand zittert, als ich sie in Shakysas lege. Alle am Tisch mustern mich, teils betreten, teils argwöhnisch, als ich mit ihr gehe. Nur Myr bringt es fertig, mir seltsame Morsezeichen mit den Augenbrauen zu geben und seine Lippen zu einem anzüglichen Grinsen zu verziehen.

Shakysa zieht mich eine kleine Wendeltreppe hinauf, in einen weiteren Raum voller kleiner Nischen. In einer von ihnen weist sie mich an, mich hinzusetzen, bevor sie den leichten Vorhang zuzieht und sich neben mir niederlässt. Ganz vorsichtig streicht sie mir eine Strähne aus dem Gesicht und fährt mit ihrem Finger über meine Wange.

»Du brauchst keine Angst vor mir zu haben. Ich bin niemand, der jemanden zu etwas zwingt, was er nicht will«, haucht sie liebevoll, richtet sich wieder auf und schenkt Wein in zwei Gläser ein. Sie reicht mir eines und lehnt sich mit ihrem in der Hand wieder nach hinten. »Ich wollte mit dir allein sprechen.«

Mein Körper entspannt sich ein wenig. »Und worüber?«, frage ich vorsichtig.

»Was weißt du über uns?«

Ich lausche einen Moment der orientalischen Musik, bevor ich sie ansehe. Ihre goldenen Augen funkeln mich ehrlich an.

»Nur, dass ihr magische Fähigkeiten habt.«

»Magische Fähigkeiten?«, fragt sie lächelnd.

»Also nicht?«

»Na ja, wir sind Seherinnen. Wir sehen Dinge. Auch diejenigen, die in der Zukunft liegen.«

»Und was siehst du bei mir?«, frage ich und nehme einen großen Schluck des Weins, während Shakysa, deren Arm auf dem großen Kissen hinter uns ruht, ihren Finger über den Glasrand wandern lässt und einen melodischen Ton erzeugt.

»Keine Zukunft«, haucht sie nachdenklich, beinahe traurig.

»Was heißt das? Dass ich sterbe?« Meine Stimme zittert unruhig.

»Ich weiß es nicht«, gibt sie zu und betrachtet ihr Glas. »Ich sehe deinen Tod nicht. Normalerweise müsste ich ihn sehen können und nicht deine fehlende Zukunft.«

»Liegt es daran, dass ich kein Herz mehr habe?«

Sie verengt ihren Blick und schüttelt dann ganz langsam ihren Kopf. Das Gold ihrer Haare bewegt sich sanft im Rhythmus ihres Gesichts.

»Hast du mich ausgewählt, um mir das zu sagen?«

»Nein«, sagt sie klar und trinkt etwas von ihrem Wein. »Ich habe dich ausgewählt, weil ich deine Macht gespürt habe, als du mein Etablissement betreten hast. Und weil ich auch gespürt habe, dass es einen Teil dieser Macht gibt, von dem du nichts weißt. Und ich habe gehofft, dass deine Zukunft wiederauftaucht, wenn ich dir davon erzähle.«

Sie hebt ihr Glas und leckt sanft die Tropfen des roten Weines vom Rand. Ich bin mir sicher, dass diese Frau jeden in ihren Bann ziehen könnte. Selbst mir fällt es schwer, ihr zu widerstehen. Mein Körper fühlt sich auf eine seltsame Weise zu ihr hingezogen. Zu ihr, ihren Lippen und ihrer Zunge.

»Dann versuch es!«, sage ich fest und verenge lauernd meinen Blick.

Shakysa lächelt mich gierig an. »Weißt du, warum wir Feynen Kurtisanen sind?«

Ich presse meine Lippen aufeinander. »Nicht wirklich.«

»Wir sind Seherinnen, ja. Und wir sehen einen Teil nur dadurch, dass jemand vor uns steht. Aber wirklich alles wissen wir nur, wenn wir die Person küssen. Deshalb sind wir Kurtisanen.«

Mir stockt der Atem, während Shakysa näher rückt. »Also musst du mich küssen, um zu erfahren, welche Macht in mir lauert?«

Sie nickt.

Ich beiße unruhig auf meine Unterlippe, setze dann mein Glas an und trinke den Wein aus. »Schön«, sage ich und sehe in ihre goldenen Augen. Etwas blitzt in ihnen auf, bevor sie ihre Hand an meine Wange legt und näher kommt. Immer näher und näher. Ihr Geruch und ihre Aura benebeln mich. Meine Lippen gieren nach ihren. Bis sie meine ganz leicht berühren. Ein zarter, unschuldiger Kuss, der meine Brust beinahe auseinanderbrechen lässt. Es ist, als würde sie in meine Seele sehen. Als würde ich ihr dabei zusehen, während ich ihre kühlen

Lippen auf meinen spüre. Ihre Hand wandert in meinen Nacken und für einen winzigen Moment zieht sie mich näher an sich. Presst meine Lippen auf ihre, bis sie mich ganz leicht küsst und von mir ablässt.

Als sie ihre Augen wieder öffnet, leuchten sie heller als zuvor. Ein Hunger liegt in ihnen. Aber sie lehnt sich wieder nach hinten und streicht erneut ganz sanft über den Rand ihres Glases. Nachdenklich, bedacht. Dann endlich sieht sie mich wieder an.

»Du bist in großer Gefahr, Elya.«

»Warum?«, frage ich mit bebender Stimme.

Sie sieht wieder hinab auf ihr Glas, als müsse sie das, was sie gesehen hat, erst zusammensetzen. Verarbeiten.

»Du beherrschst nicht nur alle Elemente, Elya ... Du bist diese Elemente.«

»Was soll das heißen?«

»Du bist gestorben, aber wieder erwacht.«

Ich nicke.

»Du bist ...« Ihre Stimme versagt. Und das, obwohl sie bisher so kalkuliert gewirkt hat. So sicher und klar.

»Was bin ich?«

»Du bist die Luft, das Wasser, die Erde und das Feuer. Du bist das Licht und die Dunkelheit. Die Dämmerung. Aber du bist auch die Zukunft und die Vergangenheit. Die Gegenwart ... und das Leben und der Tod.«

»Aber ...«

Sie bringt mich mit einer Handbewegung zum Schweigen und rückt ganz dicht an mein Ohr. »Die Macht, von der du nichts weißt, Elya, ist es, neue Welten und Rassen zu erschaffen.«

Ich stocke. Will etwas sagen. Aber plötzlich ertönen laute Schreie.

Shakysa sieht nachdenklich zu unserem Vorhang. Sie bewegt sich nicht. Sieht einfach nur auf den Vorhang, als würde sie auf ihr Schicksal warten. Als sie etwas hört, greift sie nach meinem Arm und zieht mich zu sich. »Lya, du wirst entscheiden müssen. Dein Herz oder sein Herz. Leben oder Tod. Du wirst wieder einsam sein, um sie zu schützen.«

Ich starre sie atemlos an. Was soll das bedeuten?

»Lass sie alle gehen, wenn es so weit ist. Du gehörst nicht hierher. Du bist mächtiger und anders. Du wirst alles verändern. Aber du musst … sie gehen lassen.«

Ich löse mich aus ihrem Griff und erhebe mich, will zu meinen Freunden rennen, weil ich sie nicht gehen lassen kann, als jemand den Vorhang zur Seite schiebt und mit der Eleganz einer Raubkatze hineintritt. Ihre Schönheit blendet mich. Ihre kühle, mordlustige Miene lässt das Blut in meinen Adern gefrieren. Ich rieche Rauch. Höre Schreie. Aber ich kann mich nicht bewegen.

Die Frau sieht mich abwertend an. Als wäre ich Abschaum. Ein kleines Tier, das sie am liebsten zerquetschen würde. Ich mustere ihr rabenschwarzes Haar und die dunklen Augen, ihre finstere Aura – und weiß sofort, wer sie ist.

»Lyria«, entfährt es mir.

Ihre Brauen heben sich ganz leicht. Dann wandert ihr Blick zu Shakysa. Ohne nachzudenken, schiebe ich mich vor sie.

Lyria schnaubt belustigt. »Dich kleine Hure will ich schon seit Jahrhunderten tot sehen.«

Ihre Stimme erschlägt mich beinahe. Es ist, als würde sie

damit Eis und Feuer und den Tod auf mich herabrieseln lassen. Sie hebt ihre Hand und schleudert mich mit einer winkenden Bewegung zur Seite. Unsanft pralle ich gegen eine der verzierten Wände.

»Levyn hat immer viel zu viel von dir gehalten«, sagt sie tonlos und richtet ihre Hand auf Shakysa.

Ich schreie auf. Knurre. Doch Lyria hebt ihre andere Hand in meine Richtung und kettet mich an die Wand, so wie ich es einmal mit Arya und Myr gemacht habe, als ich mich zum ersten Mal richtig verwandelt habe und Levyn beinahe getötet hätte. Sie besitzt meine Kräfte.

Voller Schrecken sehe ich dabei zu, wie Shakysa gegen die unsichtbaren Hände an ihrem Hals kämpft. Ihre Lippen laufen blau an und ihr Körper bewegt sich hin und her. So als würde sie nach Luft schnappen wollen.

»Nein!«, schreie ich und versuche mich aus der Starre zu lösen. Rufe all meine Kraft auf. Aber Lyria ist stärker.

»So dumm Nyla auch ist«, sagt sie an mich gerichtet, »mit diesem vorgetäuschten Ritual, indem Levyn starb und damit auch du starbst, konnte sie nach Teilen der Seele des weißen Drachen greifen, bevor du wieder erwacht bist, und hat mir so genug Macht von dir abgezapft. Also, Kleine, hör auf, dich zu wehren.«

Ich starre erst Lyria an und dann zu Shakysa hinüber, die mir einen ängstlichen, aber auch verstehenden Blick zuwirft. Ein letztes Mal versucht sie krampfhaft Luft zu holen, bevor der goldene Schimmer aus ihren Augen verschwindet und ihr Körper schlaff zu Boden sinkt.

Meine Lippen beben. Fassungslos starre ich auf Shakysa,

warte, dass sie sich wieder bewegt. Sie kann nicht tot sein. Sie darf es nicht.

Lyria lässt ihre Hand sinken, aber ich sehe es nur aus dem Augenwinkel. Ich kann meinen Blick nicht von Shakysa nehmen. Kann es nicht begreifen. Will es nicht.

»Nun zu dir.«

Lyrias Stimme ist ein bedrohliches Hauchen. Sie tritt näher. Als plötzlich Levyn hinter ihr erscheint. Er sieht erst auf Shakysas Leiche, dann zu mir und dann …

»Lyria!« Hass erfüllt seine Stimme. Seine Augen beginnen rot zu glühen. »Lass deine Finger von ihr!«

»Bemüh dich nicht«, lacht Lyria und hebt nur ihre Hand, als Levyn auf sie zustürmen will, und er erstarrt. Sie dreht sich ganz langsam zu ihm. »Du dummer, dummer Junge!«, knurrt sie. Jetzt ist ihre Stimme nicht mehr herzlos und kühl. Nein, jetzt kann man all den Schmerz und all die verzweifelte Liebe in ihr hören. »Du wusstest, dass ich mich rächen würde. Und da du mir alles genommen hast, werde ich dir jetzt das nehmen, was du am meisten begehrst.«

Levyns Augen glühen, bevor schwarze Schatten sie ummanteln. Er knurrt bestialisch auf und löst sich aus dieser Starre. Er ist stärker als Lyria. Schwarze Schuppen rammen sich durch seine Haut. Dunkelheit erfüllt den Raum. Hüllt meine Seele ein. Er schlägt seine Hände nach unten. Die schwarzen Löcher fließen aus ihnen heraus. Doch bevor er Lyria zerfetzen kann, sie mit seiner dunklen Macht verschlingen kann, legt sie ihre Hand auf meine Schulter und Levyns Gesicht verschwimmt vor meinen Augen.

# 5. Kapitel

Schmerzen erfüllen meinen Körper, als ich wach werde. Ich kralle meine Finger in den warmen Sand unter mir und öffne blinzelnd meine Augen. Das Sonnenlicht blendet mich. Eine stark brennende Sonne. Über mir. Wo bin ich?

Ich blicke nach oben, dorthin, wo die Sonne durch Gitter scheint, und sehe mich dann in dem kleinen Raum um. Eher ein Loch, umgeben von Steinwänden.

Ich höre Schreie. Schreckliche Schreie, die den Tod derjenigen prophezeien, aus deren Mündern sie kommen. Ich spüre ihre Qualen, als wären es meine eigenen.

Meine Haut ist verbrannt und an einigen Stellen aufgeschürft. Und ich bin mir sicher, dass mein Körper von Blutergüssen übersät ist.

Ich versuche mich zu erinnern, wie ich hierhergekommen bin, aber alles, woran ich mich erinnere, sind Shakysas Leichnam und Levyns bestialische Schreie.

Schwach und ausgetrocknet warte ich darauf, dass jemand kommt. Dass Lyria kommt. Aber niemand erscheint. Tage- oder wochenlang ist alles, woran ich erkenne, dass ich und die schreienden Menschen nicht allein sind, dass täglich etwas Wasser und trockenes Brot durch die Gitter zu mir hinabgeworfen werden. Ich stürze mich jedes Mal darauf, als wären es meine Drogen.

Erst nach mehr als einer Woche zügle ich mich so weit, dass ich mir das Wasser für den Tag einteile. Es kostet mich so viel Überwindung, dass ich manchmal stundenlang dasitze und weine. Heule, schreie. Mit dem Wasser rede, als wäre es mein Feind und Freund zugleich.

Meine Lippen sind nicht mehr als spröde, raue Rinden eines Baumes. Schmerzend pochen sie. Gieren nach Wasser. Nach Schatten. Aber Schatten bietet mir nur die Nacht.

Ich warte darauf, dass ich aufhöre zu fühlen.

Die Abwechslung von Tag und Nacht, von Sonne und Mond lässt mich glauben, dass ich in der sterblichen Welt bin. Aber meine Seele fühlt noch genauso wie zuvor. Spürt den Schmerz über Shakysas Tod. Spürt die Sehnsucht nach meinen Freunden – aber vor allem nach Levyn.

Als ich bereits einen Monat hier sein muss, höre ich Räder über Schotter fahren. Oder ich bilde es mir nur ein. Schon längst habe ich begonnen, Stimmen zu hören. Meist die von Myr, der mir erklärt, wie ich mich befreien kann. Einige Male habe ich auf sie gehört. Habe meine schwachen Finger in die Steine gekrallt und versucht hinaufzuklettern. Mit all meiner Kraft. Bis meine Fingernägel blutig gesplittert sind. Aber jedes Mal bin ich gefallen. Und jedes Mal konnte ich mich tagelang nicht bewegen. Nicht richtig atmen. Die Schmerzen waren so schlimm – sind so schlimm –, dass ich manchmal einfach nur gehofft habe, meine Lunge würde aufhören zu arbeiten. Mich und meinen geschundenen Körper sterben lassen.

Als das Gitter über mir knarrend abgenommen wird, beginne ich zu begreifen, dass ich mir diese Geräusche nicht eingebildet habe. Eine Seilleiter wird hinuntergelassen und eine herrische männliche Stimme befiehlt mir hinaufzuklettern.

Ich bewege mich nicht. Sehe einfach nur hinauf durch die blendende Öffnung. Bis eine Flasche Wasser dort oben erscheint. Der Mann hält sie in die Öffnung und wedelt damit herum. Und wie eine Maus, die Käse sieht, richte ich mich unter Schmerzen auf und umklammere schwach die erste Stufe.

Ich ziehe mich hinauf. Minuten oder Stunden vergehen. Mein Körper streikt, aber gleichzeitig verlangt er mit allem, was von meinem Lebenswillen übrig geblieben ist, nach diesem Wasser.

Krächzend und vor Schmerzen stöhnend komme ich oben an und reiße meinen Körper über das Loch hinweg auf den sandigen, heißen Boden. Der Mann wirft die Wasserflasche vor mich. Mit meiner letzten Kraft öffne ich sie und trinke. Trinke und trinke. Lecke am Rand entlang, als längst nichts mehr da ist.

Dann fällt mein Blick auf einen Holzkarren mit einem Käfig. Ich blinzle, als ich darin ein Mädchen erkenne. Sie sieht jung aus.

Der Mann hebt meinen Körper an, trägt mich zu dem Karren und schmeißt mich zu dem Mädchen in den Käfig. Er verschließt ihn hinter mir und setzt sich dann vor uns. Erst jetzt entdecke ich das schwarze Pferd, das den Karren zieht. Träume ich etwa?

Ich sehe mich um. Meine Augen tränen und brennen, aber ich mustere die Dünen um uns herum. Sand. Wüste. Sonst ist hier nichts.

Nach einer gefühlten Ewigkeit, in der ich zu begreifen ver-

suche, wo ich hier bin, sehe ich das Mädchen neben mir an.
»Wo sind wir?«

Ich erkenne meine eigene Stimme nicht. Sie ist rau, kratzig und kühl. Bar jeglicher Emotionen.

Das Mädchen schweigt, und erst als es einen unsicheren Blick auf unseren Fahrer wirft, begreife ich warum.

Ich lasse meinen Blick an ihr hinunterwandern, bis er an einer Flasche hängen bleibt. Sie hat sich das Wasser also eingeteilt.

Meine innersten Triebe wollen Besitz von mir ergreifen. Wollen sie töten, nur um ihr Wasser trinken zu können.

Ich blinzle und zwinge mich, zu widerstehen. Zwinge mich, dieser Gier nicht nachzugeben. Ich denke an Levyn, berühre den Ring um meinen Hals, um wieder zu mir zu finden. Aber ich weiß, dass ich kaum noch da bin. Ja, dass ich sie töten würde, um an dieses Wasser zu kommen, wenn da nicht dieser winzige Gedanke an Levyn wäre. Levyn, der immer das Gute in mir gesehen hat. Und ich halte mich daran fest. Kralle mich an dem Gedanken fest, dass ich gut bin. Dass Lyria mich nicht brechen kann.

Das Mädchen folgt meinem Blick und begreift, was gerade in meinem Kopf vor sich geht. Sie weicht ein Stück zurück, dann aber nimmt sie die Flasche, trinkt einen Schluck und reicht sie mir.

Meine Lippen beben und am liebsten würde ich schreien. Schreien, weil ich sie am liebsten dafür töten würde und sie es mit mir teilt. Tränen wandern meine Wangen hinab.

Ich nehme das Wasser und trinke es aus. Als ich die Flasche weglege und wieder das Mädchen ansehe, versuche ich die Erinnerungen loszuwerden. Sie zu verbannen. Aber es hat keinen Sinn. Meine verbrannte Haut erinnert mich an die Wochen ... Monate, die die Sonne auf sie hinabgebrannt hat. Mein schmerzender dürrer Körper macht mir nur allzu deutlich, wie viel Hunger ich habe. Wie sehr mein Körper leidet.

Und der Gestank. Der Gestank, der sich in meine Haare, in meine Klamotten und auf meine Haut gelegt hat, ruft mir den Geruch dort unten immer wieder in mein Bewusstsein. Meinen Geruch. Den Gestank, der sich über die Zeit und die pralle Sonne dort unten gesammelt hat und mich immer wieder krank gemacht hat. So krank, dass ich mich unzählige Male übergeben und es damit immer schlimmer gemacht habe.

Am Anfang habe ich all das, was mein Körper hat loswerden müssen, vergraben. Aber irgendwann hat meine Kraft nicht mehr ausgereicht. Irgendwann habe ich damit gelebt.

Das Mädchen mustert mich nachdenklich, während ich ohne weitere Tränen weine. Wo bin ich? Und wo sind sie? Wo sind meine Freunde und warum haben sie mich so lange hiergelassen?

»Ich bin Lya«, sage ich schließlich schwach. Meine Brust brennt vor Verlangen, endlich wieder eine Stimme zu hören. Eine echte Stimme, die mir beweist, dass ich nicht längst tot bin.

»Nalya«, sagt sie so leise, dass ich nicht weiß, ob sie wirklich geredet hat oder mir mein Verstand nur wieder einen Streich spielt.

»Weißt du, wo er uns hinbringt?«

Sie nickt.

Mit meiner letzten Kraft stemme ich mich nach oben und

setze mich. Lasse meinen Körper gegen die heißen Holzstäbe sinken.

»Wir kommen in ein Ausbildungslager«, flüstert sie, während sie immer wieder unsichere Blicke auf den Mann vor uns wirft.

»Für was?« Ich kämpfe gegen meine schweren Lider an, die mich in die Dunkelheit reißen wollen.

»Für Drachenkämpfe.«

Ich erschaudere so sehr, dass die Bewusstlosigkeit endgültig Besitz von mir ergreift.

* * *

Als ich wach werde, hält der Karren. Ich sehe mich um und entdecke dicke Steinmauern. Ein Tor, das gerade geöffnet wird. Der Karren bringt uns in einen Innenhof, wo er wieder hält und der Mann den Käfig öffnet. Unsanft packt er meinen Arm und schleudert mich auf den Boden. Nach mir auch das Mädchen, das sich aber sofort aufrichtet und dann mich zwingt, ebenfalls aufzustehen.

»Zeig ihnen keine Schwäche!«, zischt sie.

Ich halte mich taumelnd auf meinen Beinen, die immer und immer wieder nachgeben wollen. Ich habe keine Kraft. Nicht einmal mehr die Willenskraft, mich stark zu präsentieren. Vor wem auch immer.

Ein Mann schlendert auf uns zu. Sein Körper ist in ein weißes Gewand gehüllt und Sandalen schmücken seine Füße. Ich kämpfe immer und immer wieder gegen die aufkeimende Übelkeit. Aber schon dort unten in der Zelle habe ich gelernt, dass sich zu übergeben alles noch schlimmer macht. Den Durst. Den Hunger.

Ich erschaudere bei den Erinnerungen an das, was ich getan habe.

»Eure neue Ware, Konsul«, sagt der Mann, der uns hergebracht hat.

Der Konsul betrachtet uns abwertend, bevor er einen klimpernden Beutel in die Hand des Mannes legt und der mit seinem Karren wegfährt. »Entschuldigt die Umstände, aber wenn ihr gebrochen seid, bevor ihr herkommt, lernt ihr schneller und effizienter«, sagt er kühl und macht dann eine Handbewegung, woraufhin Frauen zu uns eilen und uns ins Innere des Gebäudes tragen. Sie ziehen mich aus und stellen mich unter eine kühle Dusche, wofür eine von ihnen immer wieder Wasser in Eimern in einen Behälter schüttet, der in einer Art selbst gebautem Duschkopf endet und das Wasser auf mich rieseln lässt. Ich nehme es kaum wahr. Spüre das Wasser kaum. Als ich etwas davon trinken will, schlägt mir eine von den Frauen auf den Mund, zieht mich aus der Dusche und legt mir neue Kleider an. Danach werde ich in einen Raum geführt, in dem einige Tische stehen. Alles hier wirkt so … alt. Als wäre ich geradewegs im Mittelalter gelandet.

Ich setze mich und keuche, als sie mir Essen und Trinken vorsetzen. Ich schlinge es hinunter. Schlinge, bis ich mich übergeben muss und dafür wieder einen Schlag auf meinen Mund kassiere.

»Dein Körper ist das nicht mehr gewohnt! Iss langsam!«, knurrt mich das Mädchen, das mich auch gewaschen hat, mit einem seltsamen Akzent an und gibt mir ein neues Brot. Ich bedanke mich mit einem Nicken und esse es, so langsam meine Gier es zulässt.

Als ich fertig bin, bringt sie mich in ein Zimmer und weist mich an, mich hinzulegen. Ich schlafe innerhalb von Sekunden ein.

* * *

Nach weiteren Tagen, in denen ich nichts anderes tue, als zu essen, zu trinken und zu schlafen, tritt der Mann während des Mittagessens zu uns. Der Konsul.

»Ich begrüße euch«, spricht er kühl und bedacht. »Ab morgen beginnt euer Training. Verzeiht, aber vorher werdet ihr eine Brandmarke erhalten. Ich kann nicht riskieren, dass ihr eure vollen Fähigkeiten ausschöpft, also wird es euch einen Teil eurer Macht nehmen.«

Sein Blick wandert zu mir und hin zu dem Sklavenring an meinem Hals. Wie sehr habe ich mir in diesem Kerkerloch gewünscht, Levyn könnte mich damit aufspüren. Oder das Bündnis könnte mich hören. Aber jede Bedrohung, die ich durch das Bündnis geschickt habe, ist an etwas Großem abgeprallt.

»Ihr seid Sklaven. Und ihr werdet dazu ausgebildet, in einer Arena zu kämpfen. Drachenkämpfe machen uns alle reich. Auch euch. Also gebt euer Bestes.«

Mit diesen Worten verschwindet er und an seine Stelle treten zwei Männer. Drachen. Ich erkenne es sofort. Ihre braune Haut und die erdbraunen Haare. Sie tragen nur helle Hosen, ihre Oberkörper sind nackt. Erddrachen.

Ich schließe benommen meine Augen. Wo bin ich hier? Wie

kann das hier in der sterblichen Welt existieren, ohne dass es einer von uns weiß? Ohne dass einer von meinen Freunden mich hier finden kann? Ohne dass ich aufhöre zu fühlen, weil ich kein Herz habe?

»Kommt!«, sagt einer der Männer.

Wir alle erheben uns. Nalya, ich und vier weitere junge Frauen, mit denen ich nie ein Wort gewechselt habe. Aber ich habe ziemlich schnell begriffen, dass sie alle Drachen sind. Nalya ist ein Wasserdrache, wohingegen zwei der anderen Feuerdrachen und die anderen beiden Luftdrachen sind.

Wir folgen ihnen nach draußen, wo bereits ein Feuer brennt und ein großer, bärtiger Mann einen Eisenstab hineinhält.

Meine Lippen beben. Wir alle stehen da und starren auf dieses Ding, als wäre das unser Ende. Und wahrscheinlich ist es das auch, denn wenn diese Brandmarkung unsere Kräfte schwächt, wird keiner von uns je fliehen können.

Nach und nach sehe ich dabei zu, wie sie die Hälse der jungen Frauen brandmarken, bis Nalya dran ist und bei der Verbrennung keinen Ton von sich gibt.

Als ich vortrete, nehme ich mir vor, genauso stark zu sein wie sie. Aber als der bärtige Mann meinen Sklavenring nach unten schiebt und das Eisen in meine Haut rammt, als ich das Zischen meiner Haut höre und das verbrennende Fleisch rieche, schreie ich mit all meiner Kraft. Schreie und kämpfe gegen die Übelkeit. Kämpfe gegen die Stimme in mir, die meinen Willen endlich brechen will. Die mich zwingen will, aufzugeben. Mich zu beugen. Ich balle meine Hände zu Fäusten und schwöre mir innerlich, stark zu bleiben. Wenigstens so lange, bis Levyn da ist. Bis Myr da ist. Bis ich endlich wieder bei ihnen bin und Levyn diese Bestien in die Finsternis reißen wird. Erst dann – und nur dann – werde ich mir erlauben, mich und das, was ich getan habe, um zu überleben, aufzugeben.

* * *

Nachdenklich starre ich die Decke über mir an. Stelle mir vor, ich würde auf die Tropfen aus Levyns Welt starren. Und obwohl ich weiß, dass es nichts bringt, suche ich in meinem Geist nach meinem Lumen. Rufe es. Aber ich weiß, ich spüre, dass es hier nicht herkann. Dann berühre ich ganz leicht den Ring um meinen Hals. Rufe nach Levyn statt nach dem Lumen. Suche nach unserer Verbindung. Nach dem Bündnis. Nach irgendetwas. Und als ich resigniert meine Hand sinken lasse, höre ich es. Höre das monotone Pochen eines Herzens.

Ich berühre meine Brust, aber dort ist nichts. In meinen Ohren pocht es trotzdem weiter. Und es wird schneller. Immer schneller, als Levyn begreift, dass ich ihn spüre. Dass ich nach ihm rufe. Ich umklammere diese Verbindung. Halte mich an dem Geräusch seines Herzens fest.

»Ich brauche dich«, flüstere ich in die Dunkelheit.

Zum ersten Mal in meinem Leben gebe ich vor mir selbst zu, dass ich jemanden brauche. Dass ich ihn brauche. Und ausgerechnet jetzt tue ich es. Jetzt, da er mich nicht hören kann.

Ich drehe mich um und lausche weiter Levyns Herzschlag, bis ich stumm weinend einschlafe. Doch bevor ich mich der Müdigkeit komplett hingebe, höre ich wieder eine Stimme, die nicht da ist.

*»Ich werde dich finden.«*

Ich weiß nicht, ob es Levyn ist oder eine Täuschung meines Verstandes, weil ich mir so sehr wünsche, dass er mich hört. Aber es ist mir egal. Levyn wird mich finden. Mit diesem Gedanken schließe ich meine Augen.

*Ich sehe hinauf in den dunklen Himmel, der durch einen riesigen Vollmond beleuchtet wird. Meine Sinne sind geschärft. So als wäre ich schon ewig hier. Als wäre ich eins mit dieser Welt.*

*Meine Augen wandern hinab zu einem weißen Wolf. Ich kenne ihn. Kenne ihn so gut. Er ist mein Freund. Mein Verbündeter. Trotzdem spüre ich etwas. Jemand ist hier, der nicht hierhergehört. Jemand Fremdes.*

*»Artis, such den Eindringling!«, befehle ich, doch als mein Wolf verschwindet, um auf die Suche zu gehen, legt sich eine Klinge an meinen Hals.*

Unruhig werde ich wach und berühre den Ring an meinem Hals. Dieser Traum war so real, dass ich Stunden brauche, um wieder in der Realität anzukommen.

* * *

Das Training unterscheidet sich kaum von Myrs Training. Nur dass ich ständig Schläge mit Stöcken einstecken muss, weil ich meine Verwandlung immer noch nicht unter Kontrolle habe.

Als ich es nach Wochen immer noch nicht vollständig schaffe, verwandeln sich die Erddrachen und reißen mich mit ihren riesigen Schweifen um. Schleudern mich meterweit.

Einer von ihnen besitzt einen Schweif, der von Stacheln übersät ist. Und zum Glück rammen sie sich nur ein einziges Mal in meinen Körper. Die Schmerzen sind unerträglich und es dauert weitere Wochen, bis die Wunden endlich geheilt sind.

Es gibt nur ein weiteres Mädchen, das schwächer ist als ich. Ein Luftdrache. Ihr rechter Flügel ist seit einigen Jahren gelähmt und so ist sie nicht imstande zu fliegen. Für diese Tatsache, dafür, dass sie immer wieder versucht zu fliegen, es aber nicht schafft, erntet sie ebenfalls Schläge – zuerst mit Stöcken, irgendwann dann mit ihren mächtigen Schweifen.

An einem Tag, als ich gerade beim Training von den Beinen geholt werde und im Staub liegen bleibe, sehe ich sie auf dem Sandplatz neben mir liegen. Sie weint stumm. Ihr Körper ist dürr und ausgemergelt. Übersät von Wunden. Und dann sehe ich es. Sehe in ihren Augen, dass sie aufgibt. Nicht diesen Kampf – nein, ihr Leben.

Ihre leeren Augen treffen mich. Flehen mich an, etwas zu unternehmen. Aber was soll ich schon tun?

Ich rapple mich auf, gehe zu ihr und helfe ihr beim Aufstehen. Sie kann kaum laufen. Kaum reden. Aber kurz bevor wir in dem Raum ankommen, in dem wir die Speisen zu uns nehmen, hält sie mich am Arm fest. Ich drehe mich zu ihr.

»Töte mich!«

Ich weite erschrocken meine Augen. »Nein!«

»Bitte!«

Mit angehaltenem Atem sehe ich sie weiter an. Warte darauf, dass ich etwas in ihrem Blick sehe. Einen Willen, zu überleben. Aber da ist nichts. Nur die Sicherheit, dass sie sterben will.

»Mach es doch selbst!«, zischt meine verbitterte Stimme und macht mir gleichzeitig bewusst, was aus mir geworden ist.

»Ich kann nicht ... Es wäre eine Schande. Ich würde nicht aufsteigen können. Niemals.«

»Aufsteigen? In den Himmel?«, frage ich irritiert und halte die Hand gegen die brennende Sonne.

»Nenn es, wie du willst. Aber bitte bring mich dorthin!«

Mit diesen Worten geht sie. Sie geht und ich bleibe wie erstarrt zurück.

Ich esse nichts. Sitze einfach nur da, bis unsere Trainer uns wieder auf den Platz rufen, wo die zweite Trainingseinheit ansteht. Gegeneinander kämpfen. Und als ich gegen sie kämpfen muss, als sie mich mit ihren flehenden Augen anstarrt, treffe ich eine Entscheidung. Ich treffe sie, obwohl ich weiß, dass sie mich für immer verfolgen wird.

Der Erddrache, der den Kampf überwacht, gibt uns zwei Schwerter. Zur Belustigung der Menschen in der Arena sollen wir die Kämpfe so vielseitig wie möglich gestalten und am besten hinauszögern. Also lernen wir auch das hier.

Ich greife an. Sie wehrt sich kaum. Und als sie vor mir auf dem Boden liegt ... wehrlos ... steche ich zu, bevor ich es mir anders überlegen kann.

Wie in Trance stehe ich auf und taumle nach hinten. Ich spüre kaum etwas. Fühle nichts ... einfach nichts. Sie ist jetzt da, wo sie sein wollte – und das war richtig. Auch wenn es nichts von mir übrig lässt.

Ich ernte Schläge, bis ich auf dem Boden liege und mich krümme. Aber auch das bemerke ich kaum. Ich huste Blut und Staub, wünsche mir zu sterben, bis sie endlich aufhören und mich einfach liegen lassen. Die ganze Nacht. Und während ich daliege und einfach immer weiter weine, schluchze ich einen Namen. Immer und immer wieder. So lange, bis meine Kehle kaum noch einen Laut von sich gibt.

Levyn.

* * *

In den nächsten Wochen trainiere ich noch härter – vor allem, um zu vergessen, oder vielleicht auch, um endlich wieder etwas zu fühlen.

Der Konsul beobachtet uns manchmal beim Training, und als er an einem Tag verkündet, dass wir morgen in die Stadt fahren, um dort unsere ersten Kämpfe zu absolvieren, bebt mein Körper.

Nalya mustert mich traurig, als wir zusammen beim Abendessen sitzen. »Du schaffst das schon«, raunt sie leise und sieht sich unruhig um. Die Aufseherinnen haben es darauf angelegt, uns immer dann zusammenzutreten, wenn wir miteinander reden. Sie hingegen unterhalten sich ständig miteinander.

Ich zucke mit den Schultern. »Und wenn ich sterbe, verliere ich auch nichts«, gebe ich kühl zurück.

Ein Brennen lässt mich aufschrecken. Ein Brennen an meinem Hals. Ich berühre den Sklavenring und sehe mich hoffnungsvoll um. Aber Levyn ist nicht da. Ich hätte seine Anwesenheit längst gespürt, denn Shakysa hatte recht. Unsere Seelen, so seltsam das auch ist, sind verbunden. Sie lieben sich. Lieben sich mehr, als ich je imstande sein werde zu lieben.

Ich nehme meinen Teller, räume ihn weg und gehe ohne ein weiteres Wort in mein Zimmer. Ich will Nalya nicht der Gefahr aussetzen, zusammengeschlagen zu werden, wenn sie morgen um ihr Leben kämpfen muss.

* * *

Am nächsten Tag werden wir in Karren in die Stadt gefahren. Dieses Mal müssen wir nicht in Käfigen sitzen, denn keiner von uns würde weglaufen. Wohin auch? Und mit welcher Kraft?

Als wir in der Stadt ankommen, wirkt alles bekannt auf mich und trotzdem so fremd. Als wäre das hier eine uralte Welt. Und mittlerweile bin ich mir sicher: Das hier ist nicht die Gegenwart. Ich muss mich im Mittelalter befinden. Aber wie ist das möglich?

»Ihr werdet unserer Herrscherin vorgeführt und dann zum Amphitheater gebracht«, erklärt der Konsul, der vorn auf dem Wagen sitzt. Neben mir keucht Nalya auf, als wir endlich begreifen, dass wir nichts anderes sind als Gladiatoren. Nur dass wir dazu Drachen sind und den Menschen eine Show darbieten sollen.

Ich beiße wütend die Zähne aufeinander, während der Karren in einem Innenhof hält. Riesige, pompöse Gebäude erstrecken sich um uns herum, aber viel Zeit zu staunen habe ich nicht. Der Mann, der den Karren gefahren hat, packt mich am Arm und schleift mich durch eine Tür in das Innere des Palastes, hinein in den Thronsaal, wo wir alle gezwungen werden, uns hinzuknien und den Kopf auf den Boden zu richten.

Schritte ertönen. Bedrohliche, bedachte Schritte. Ich erschaudere, als sich Finger unter mein Kinn legen und mein Gesicht anheben.

Lyria. Wie versteinert starre ich in ihre rabenschwarzen Augen, die mich mit abartiger Genugtuung mustern. Eine weiße Krone thront auf ihrem Kopf und blendet mich beinahe. Ich schreie innerlich, bemühe mich aber, Haltung zu bewahren.

»Dieser Gladiator ist ziemlich schmächtig. Meint ihr wirklich, dass sie einen guten Kampf bieten kann? Ich wette vier Aureus, dass sie zuerst stirbt«, lacht sie kalt.

Ich blinzle. Aureus? Im alten Rom wurden Goldmünzen so bezeichnet. Aber ich kann unmöglich im alten Rom sein.

Lyria sieht mich an und lächelt, als würde sie jetzt zu einem Schlag ausholen. »Oder was meinst du? Liebster?«

Sie dreht sich nach hinten und mein Blick fällt auf ... Levyn. Mir stockt der Atem. Er sieht anders aus. Aber trotzdem ... ist er es. Seine dunklen Augen, die dunklen Haare und diese kleine Narbe an seinem Kinn. Seine muskulöse Brust ist umhüllt von Stahl. Eine Rüstung ... Ich kann nicht klar denken. Kann meine Gedanken nicht ordnen. Was tut er hier? Und warum spüre ich ihn nicht?

Levyn betrachtet gelangweilt seine Fingernägel, bevor er aufblickt und mich ohne jegliche Emotion ansieht. »Ich wette zehn Denaten darauf, dass sie sie alle tötet.«

Lyria lacht und schlägt ihre Hände zusammen, als wäre sie ganz entzückt von diesem Wettspiel. Ich hingegen kann nur Levyn anstarren.

»Heute Abend findet ein Bankett statt. Es ist Brauch, dass die Geldgeber sich dort ansehen können, wofür sie dieses Geld gelassen haben. Also richtet sie schön her!«, sagt sie zu ein paar

Dienern und geht dann wieder zu Levyn. Setzt sich neben ihn auf den Thron und ergreift seine Hand.

In meinem Kopf beginne ich zu rechnen. Nachzudenken, wann im alten Rom Gladiatorenkämpfe ausgetragen wurden. So alt kann Levyn unmöglich sein. Also wenn das hier die Vergangenheit ist, kann das nicht der Levyn von damals sein. Oder doch? Er hat mir nie verraten, wie alt er wirklich ist.

Hände packen und tragen mich mit sich. Ich starre immer noch Levyn an, der seinen Blick längst von mir genommen hat. Das kann unmöglich Levyn sein. Es ist ... unmöglich. Oder hat Lyria ihn unter ihrer Kontrolle? Ist das der Grund, warum niemand kam, um mir zu helfen?

Die Dienerinnen waschen mich und legen mir Gladiatorenkleidung an. Einen weißen Lendenschurz und ein Oberteil, das meinen Bauch frei lässt. Mir ist es egal. Selbst als sie meine zerzausten Haare durchbürsten und mein Kopf immer wieder feurig zieht, verziehe ich keine Miene.

Wenn Lyria Levyn unter Kontrolle hat, muss ich einen Weg finden, ihn und mich zu befreien. Ich muss! Aber wie? Wie, ohne dass ich meine volle Kraft nutzen kann? Jedes Mal, wenn ich in den letzten Wochen nach meiner Macht greifen wollte, hat dieses dumme Brandmal an meinem Hals es verhindert. Mich und meinen Geist so lange verbrannt, bis ich aufgegeben habe.

Wie in Trance schlendere ich zu dem Bankett. Immer wieder schlägt mir mein Wachmann in den Rücken, wenn ich stehen bleibe. Ich will dort nicht sein. Will Lyria nicht sehen. Und vor allem Levyn nicht, denn das ist nicht wirklich Levyn. Nicht der, den ich kenne.

Trotzdem werde ich irgendwann in den Thronsaal geschubst und von allen angestarrt. Nicht nur ich. Auch die anderen Mädchen werden beäugt, als wären wir frische Ware. Vor allem aber tut es ihnen allen Nalya an. Natürlich. Sie ist stark und kräftig. Sie sieht im Gegensatz zu mir gesund und kampfbereit aus.

Die Menschen um uns herum essen und feiern, während wir nur hier sind, um präsentiert zu werden. Stundenlang stehen wir einfach nur da. Mitten im Saal. Hin und wieder kommt jemand zu uns, begutachtet uns von Nahem und geht wieder. Lyria verfolgt das alles mit kranker Belustigung. Bis Levyn sich erhebt und auf uns zukommt. Langsam geht er die Reihe entlang und hält vor mir inne. Er mustert mich. Scheint nach etwas zu suchen.

»Woher kenne ich dich?«, fragt er kühl.

Ich schlucke Steine und räuspere meine raue Stimme, bevor ich antworte. »Ich weiß es nicht.«

»Ich weiß es nicht, *Herrscher*«, verbessert er mich.

Ich presse meine Lippen aufeinander.

»Was für ein Drache bist du?«

Ich funkle ihn böse an. Was ist das hier? Ein Spiel? Ein erneuter Versuch, mich zu beschützen, ohne mich einzuweihen?

»Verpiss dich, Levyn!«, knurre ich voller Zorn, aber so leise, dass nur er mich hören kann.

Seine Brauen schießen in die Höhe. »Zügle deine Zunge«, ist alles, was er sagt.

»Gegen wen kämpfen wir? Drachen oder Menschen?«

Er verengt seinen Blick. »Gegen Menschen.«

Ein kalter Schauer läuft mir über den Rücken.

»Zumindest in der ersten Runde. Dann tretet ihr gegeneinander an.«

Seine Stimme ist rau, genauso wie Levyns Stimme. Alles an ihm ist so wie bei ihm. Bis auf die Art, wie er mich ansieht.

»Ich fordere eure Herrscherin zum Kampf heraus!«, sage ich laut. So laut, dass mich jeder hören kann. Und meine Worte verfehlen ihre Wirkung nicht. Sofort stoppt die Musik und auch die Gespräche verstummen. Levyns Augen weiten sich, während sich Lyrias verengen.

Es herrscht minutenlang eine mörderische Stille, bis Lyria anfängt zu lachen und jeder in diesem Raum in ihr Gelächter einstimmt. Bis auf Levyn. Er mustert mich mit ... Anerkennung.

»Du törichtes Mädchen kannst niemanden zu einem Kampf herausfordern!«, lacht sie.

»Warum? Habt Ihr etwa Angst?«

Wieder verstummt das Gelächter und stattdessen geht ein Raunen durch die Reihen. Ich fixiere Lyria. Spüre ihre Wut bis hierher.

»Angst?«, fragt sie herablassend. »Ich könnte dich mit meinem kleinen Finger zerquetschen!«

»Beweist es!«

Wieder dieses Raunen. Levyn, oder wer auch immer diese Kopie vor mir ist, sieht mich ängstlich an.

Lyria steht auf und tritt näher. »Ich sage dir etwas, kleines Drachenmädchen. Wenn du all diese Kämpfe überlebst, sie gewinnst, als Letzte vor mir auf diesem Platz stehst, dann werde ich gegen dich kämpfen.«

Ich lache. Lache, obwohl es mich mein Leben kosten könnte.

»Das ist ziemlich einfach, meint Ihr nicht? Habt Ihr es wirklich nötig, mich erst zu schwächen?!«

Aus dem Augenwinkel sehe ich, wie der Konsul mit einer Peitsche auf mich zukommt. Lyria stoppt ihn mit einer Handbewegung. Sie denkt einen Moment lang nach. Dann aber bildet sich ein leichtes Lächeln auf ihren Lippen und sie legt bedrohlich den Kopf schief. »Du bist mutig. Das muss ich dir lassen.« Sie tritt noch dichter an mich heran. »Aber Mut und Leichtsinn sind sich oft näher, als man denkt.«

Ich denke an Levyns Worte, als er mir damals beim Klettern etwas Ähnliches gesagt hat. Bittere Galle steigt mir die Kehle hinauf.

»Ich schlage dir etwas anderes vor. Eine Wahl. Entweder du besiegst sie alle, tötest sie und trittst dann gegen mich an. Oder ich kaufe dich dem Konsul ab und halte dich bei mir als Sklavin. Denk darüber nach.«

Ich spüre alle Blicke auf mir. Vor allem die der anderen Gladiatoren. Ich kann sie nicht im Stich lassen. Auch wenn das verrückt ist, weil ich sie töten müsste – oder sie mich. Aber ich wäre eine Verräterin und würde mich Lyria beugen. Würde die Chance vertun, gegen sie zu kämpfen. Doch ihre Macht ist nicht getrübt. Nicht so wie meine. Welche Chance habe ich?

*Überlebe!* Mein Verstand sagt mir das immer und immer wieder. *Nimm den Handel an und überlebe!*

Ich sehe mich um. Betrachte meine Mitstreiterinnen. Ihre gestärkten Körper. Erinnere mich an ihre Fähigkeiten und dann sehe ich Levyn an. »Kann ich sie besiegen?«

Seine Augen verfinstern sich. Dann schüttelt er kaum merklich den Kopf und bestätigt mir damit, was ich längst wusste.

»Also?«, fragt Lyria belustigt.

Wieder ertönt diese Stimme in meinem Kopf. *Überlebe.*

Und erst als ich mich von dem falschen Levyn abwende und in Lyrias pechschwarze Augen sehe, begreife ich, dass es Levyns Stimme war. Seine echte Stimme.

»Ich nehme den Handel an und werde Eure Sklavin.«

Lyria beginnt schnaufend zu lachen, immer schneller und schneller, bis sie in einen hysterischen Lachanfall ausbricht. Als sie sich endlich wieder einkriegt, kommt sie noch näher. »Ich weiß gar nicht, warum ich so viel von der großen Elya erwartet habe.«

Mit diesen Worten geht sie.

Ich drehe mich zu Nalya, um mich ihrem Hass zu stellen, aber in ihrem Blick finde ich nur Mitgefühl. Ein wenig Trauer vielleicht. Aber keinen Zorn.

Ich hingegen spüre Zorn. Zorn und Scham. Ich hasse mich so sehr, dass ich mich am liebsten selbst schlagen würde. Nie zuvor bin ich mir so wertlos vorgekommen. Ich bin schwach und egoistisch.

»Komm her, Sklavin!«, befiehlt Lyria und winkt mich zu sich.

Ich folge ihr und knie mich vor sie hin, während sie wieder den Platz auf ihrem Thron einnimmt.

»Ich möchte, dass du mir etwas vorsingst.«

»Was?!«, entgegne ich irritiert.

Lyria faucht vor Zorn. »Du hast nicht mit mir zu reden, wenn ich es dir nicht erlaube! Verstanden?!«

Ich nicke nur.

»Und jetzt sing ein Lied. Und du solltest ein verdammtes

Goldkehlchen sein, sonst werde ich dir ebendieses aus deinem Hals herausreißen!«

Die Stille im Saal erdrückt mich beinahe, als ich anfange leise zu summen.

»Lauter!«, bellt Lyria und lehnt sich in ihrem Stuhl nach hinten.

Ich presse meine Lippen aufeinander und beginne schließlich zu singen. Bemüht, die Stille um mich herum und die Blicke zu ignorieren, singe und singe ich. Singe ein altes Lied, das Mom mir manchmal vorgesungen hat, als ich noch ein Kind war. Tränen wandern über meine Wangen, als ich an sie denke. Daran, dass ich das Gespräch mit ihr gemieden habe. Aber ich singe trotzdem weiter. Singe, während ich weine und mein totes Herz immer und immer wieder bricht. Ich zwinge mich, an Levyn zu denken, den echten Levyn. An Myr und Arya. An sie alle. Daran, dass sie mich irgendwann aus dieser Hölle befreien, falls ich es dann überhaupt noch verdiene, gerettet zu werden.

Ich singe auch dann noch, als Levyn sich neben Lyria setzt und nachdenklich betrachtet, wie ich am Boden knie, weine und singe, bis sie mit der Hand wedelt und irgendwelchen Wachen anweist, mich ihr aus den Augen zu schaffen.

# 6. Kapitel

Entgegen meinen Erwartungen lässt Lyria mich nicht die Kämpfe mit ansehen. Stattdessen sperrt sie mich in ein Zimmer und lässt mich nichts tun. Rein gar nichts.

Ich dachte, sie würde von mir verlangen, dabei zuzusehen, wie die Frauen sterben, mit denen ich die letzten Wochen verbracht habe. Aber aus irgendeinem Grund tut sie es nicht.

Bis sie nach Tagen lächelnd in das Zimmer tritt und Wachen neben ihr hereinstürmen, die meinen kraftlosen Körper packen und mit sich nehmen. Sie hat mir die Tage über nichts zu essen gegeben. Nur ein wenig Wasser stand mir zu. Mehr nicht.

Ich nehme kaum wahr, wo ich hingebracht werde. Schließe meine Augen, als mich die Sonne blendet, und ignoriere das Beben meines Körpers, während ich auf einem fahrenden Karren liege. Bis plötzlich dieses Getose aufflammt. Schreie. Jubel. Menschen.

Ich blicke hinauf und erkenne ein riesiges Amphitheater. Mein Atem stockt. Jetzt muss ich also doch noch zusehen.

Die Wachen bringen mich in unterirdische Gänge, bis wir einen Raum erreichen, in dem Rüstungen und Schwerter liegen.

»Bestück dich! Du musst kämpfen!«, sagt Lyria mit grausamer Genugtuung in der Stimme.

»Was?!«, entfährt es mir voller Schock. »Ihr sagtet …«

»Ich sagte«, raunt sie bedrohlich und kommt einen Schritt auf mich zu, »dass du wählen kannst, ob du sie alle besiegst und am Ende gegen mich antrittst oder meine Sklavin wirst. Ich sagte nichts davon, dass du als meine Sklavin nicht auch kämpfen musst.«

Ich starre sie fassungslos an. Als die Wachen meine Arme loslassen, sinke ich zu Boden. Nicht, weil mich das hier trifft. Nein. Ich bin schwach. Zu schwach.

»Na los!«, weist sie mich noch einmal an und verschwindet dann, während ich mich aufrichte und mir ein Schwert nehme. Mehr wird mein Körper nicht tragen können.

Die Wachen schubsen mich vor sich her. Bis wir zu einer Tür kommen, hinter der das Geschrei der Menschenmassen gerade seinen Höhepunkt erreicht. Ich schließe meine Augen. Rufe nach Levyn und meinen Freunden. Berühre den kühlen Ring an meinem Hals. Das Einzige, was mir von ihnen, von Levyn, geblieben ist. Aber da ist nichts. Ich spüre nicht einmal mehr sein Herz.

Die Türen werden aufgestoßen und grelles Licht lässt mich einige Sekunden blind zurück. Vorsichtig gehe ich in die Arena. Lasse meinen Blick über die Massen gleiten. Mein Mund öffnet sich, während meine Beine mich kaum mehr tragen.

Und dann sehe ich sie. Nalya. Sie starrt mich an, als würde sie einen Geist sehen. Und als sie sich nach Minuten und den fordernden Schreien der Menschen wieder fängt, schließt sie ihre Augen und stößt blaue Schuppen durch ihre Haut um ihre Augen und an ihren Händen. Ihre Nase weitet sich.

Beim Training hat Nalya irgendwann begriffen, dass in mir

alle Elemente schlummern, und schnell gelernt, dass sie sich dadurch einen Vorteil verschaffen kann. Sie übernimmt immer genau das meiner Elemente, das sie braucht, um mich damit zu töten.

Feuer regnet auf mich nieder. Verbrennt meine Arme, bevor ich zurückweichen kann. Ich presse die Augen zusammen und rufe all die Kraft auf, die mir zur Verfügung steht. Und ausgerechnet Flügel stoßen durch meinen Rücken und falten sich hinter mir auf.

Ich denke an Myrs Worte, daran, dass die Fähigkeit zu fliegen angeboren ist, und stoße zu. Stoße mit meinen Flügeln gegen den Wind und erhebe mich.

Es dauert nicht lange, bis Nyla ebenfalls Flügel wachsen und sie mir nachfliegt. Als wir uns weiter oben gegenübersehen, blickt sie mich traurig an.

»Es tut mir leid«, formt sie mit den Lippen, und bevor ich begreifen kann, was sie da tut, sehe ich Levyns toten Körper vor mir. Ich schreie und flehe, jemand möge ihn wieder zum Leben erwecken. Ihn mir wiedergeben. Ich schmecke seine Tränen und dann – knalle ich mit voller Wucht auf den Boden. Weil ich trotzdem noch ein wenig verwandelt war, überlebe ich den Sturz und nur ein paar Knochen brechen. Nalya hat mich manipuliert. So lange, bis meine Flügel verschwunden sind.

Jede Faser meines Körpers schmerzt, als ich mich auf den Rücken drehe, um Luft zu holen. Nalya landet neben mir und stößt meinen Körper meterweit. Sie hat sich einen Schweif wachsen lassen. Als ich das erkenne, trifft sie mich wieder. Wieder und wieder. Bis ich winselnd am Boden kauere und kaum noch etwas spüre. Mich nicht mehr bewegen kann. Gift erfüllt jede Faser meines Körpers. Brennender Schmerz. Und meine Seele ist wie bewusstlos. Als wäre nichts mehr von mir übrig.

Als sie erneut zustoßen will, hebe ich meine Hand. »Stopp!«, krächze ich und krieche mit meiner letzten Kraft zu ihr. Packe ihr Bein und lege meinen Kopf gegen ihr Knie.

Im Ausbildungslager haben wir gelernt, dass ein Gladiator so getötet wird, wenn er aufgibt. Ein sauberer Schnitt an meinem Hals.

»Gib auf, verdammt noch mal!«, knurrt sie mir zu. »Bitte um Gnade!«

Mit all meiner verbliebenen Kraft schüttle ich den Kopf. Ich will nicht um mein Leben flehen. Will nicht, dass Lyria auf diese Art darüber entscheiden kann. Doch als Nalya mir das kalte Eisen an meinen Hals legt, als all diese Erinnerungen zurückkehren, hebe ich wie von fremder Macht geleitet zwei Finger in die Höhe. Das Zeichen, dass ich um Gnade bitte.

Die Menge schreit im Gleichtakt. Panisch sehe ich hinauf und erkenne, was sie da machen. Den Daumen ausgestreckt, lassen sie ihn mit einer mörderischen Geste immer wieder zu ihrem Hals schnellen. Das Zeichen für Töten. Das Publikum will mich also wirklich tot sehen.

Als Lyria sich erhebt und vortritt, wird es ganz still. Ich starre sie sekundenlang an, bis ich beinahe schon hoffe, dass sie ihnen die Geste einfach nachmacht, um mein Todesurteil zu unterschreiben. Mich zu erlösen. Aber Lyria hebt zwei Finger in die Luft. Leben. Sie hat entschieden, und kaum haben die Menschen es erkannt, machen sie die Geste nach.

Lyrias Mund verformt sich zu einem bestialischen Grinsen. Sie wirkt befriedigt. Und ich begreife allmählich, dass es bei allem, was sie tut – was sie mir antut –, nur darum geht, mich zu brechen und schwach zu machen. Und obwohl ich genau weiß, dass das ihr Ziel ist, schafft sie es. Denn nun fühle ich mich noch wertloser als zuvor.

* * *

Die Stille erdrückt mich beinahe. Wieder hat Lyria mich in diesen Raum ohne Fenster gesperrt und ich habe keine Ahnung, wie viele Tage vergangen sind. Ich habe jegliches Gefühl verloren. Das für die Zeit, aber auch das für meinen Körper. Er ist mir fremd geworden. *Ich* bin mir fremd geworden. Aber ich werde Lyria keine Schwäche zeigen. Werde stark sein.

Am Abend werde ich aus meinem Zimmer geholt, um die Gesellschaft der Imperatorin zu bedienen. Als ich allen Wein eingeschenkt habe, stelle ich mich stumm an die Wand und entlaste meine Beine ein wenig, die mich kaum noch tragen können.

»Glaubt ihr, dass sie einmal die Herrscherin der Lichtwelt war?«, tönt Lyrias lachende Stimme durch den Saal.

Ich presse meine Lippen aufeinander. Die Gesellschaft heute besteht nur aus Drachen, weshalb Lyria auch so offen über die Welten spricht.

»Und sie beherrscht alle Elemente. Mädchen, komm her und führe deine Kräfte vor!« Sie winkt mir abfällig zu.

Ich beiße zornig die Zähne aufeinander und trete vor.

»Na los!«, fordert Lyria und wedelt mit dem Glas Rotwein in ihrer Hand.

Mit geschlossenen Augen suche ich nach meiner Kraft.

Suche und suche. Bekomme sie aber nicht zu greifen. Schwer atmend öffne ich meine Lider wieder.

Lyria grinst selbstgefällig. »Scheint so, als könnte sie nicht einmal mehr das.«

Die Drachen am Tisch stimmen in ihr Lachen ein. Zorn kocht in mir hoch. Unbändige Wut. Aber nicht einmal sie kann meine Kräfte hervorrufen. Ich bin zu schwach.

»Dann komm her und filetiere den Fisch, wenn du nichts anderes kannst!«

Ich atme tief durch, bevor ich an den Tisch trete, das Messer nehme und den Fisch zerschneide. Mir ist es egal, ob Lyria wieder einen ihrer Ausraster bekommt, weil ich ihr Essen zerstöre. Sollen sie doch alle an den Gräten ersticken.

»Du zerfetzt den Leib, als wärst du eine Bestie!«, beschwert sie sich herablassend.

Meine Augen wandern ganz langsam zu ihr. Ich umgreife das Messer in meiner Hand immer fester. *Bestie.* Das Wort hallt in meinem Kopf nach. Bilder von Jasons zerfetztem Leichnam tauchen dort auf. Und mein Hass auf Lyria wächst.

»Ich«, knurre ich leise, aber deutlich, »bin keine Bestie!«

Mit voller Wucht schleudere ich das Messer auf ihre Brust. Aber Lyria muss nicht einmal die Hand heben, um es abprallen zu lassen.

»Sieht so aus, als wäre immer noch etwas von deinem Willen übrig«, sagt sie nachdenklich. »Das wird sich ändern«, fügt sie hinzu und leckt sich über die Lippen, bevor sie mich wieder in mein Zimmer einsperren lässt.

Ich werfe mich in die kleine Nische, die ein Bett sein soll, und schreie in das Kissen. Prügle auf die Strohmatratze ein, bis Halme herausragen. Ich stoppe erst, als die Tür leise knarrt. Ich hebe meinen Kopf und starre zwei dunkle Gestalten an, die hereinkommen. Meine Brust brennt. Mein Atem stockt, als sie näher kommen und ich ihre Gesichter erkenne. Gerade saßen sie noch unten am Tisch. Ein Feuerdrache und ein Erddrache. Rote und braune Schuppen zieren ihre Augen. Meine Lippen beben, während ich in meinem Bett nach hinten robbe und mich gegen die kühle Wand presse.

»Lyria sagt, wir sollen dir ein wenig Anstand beibringen«, lacht der eine. Seine Stimme ist belegt. Ekelhaft. Grausam. Er kommt näher. Ich trete nach ihnen, aber der andere nimmt meine Füße und zieht meinen Oberkörper auf das Bett.

Während der Erddrache meine Füße festhält, greift der Feuerdrache nach meinem Oberteil, und bevor ich schreien kann, reißt er es mir vom Leib und stopft es in meinen Mund.

Erstickte Schreie sind alles, was ich noch höre, während der Feuerdrache meine Arme nimmt und sie mit einer Hand über mir fixiert. Mit der anderen greift er nach meiner Hose. Ich winde mich unter ihren Griffen, aber ich habe keine Chance. Bin nicht in der Lage, genug Kraft aufzubringen. Ich kann nicht einmal weinen. Kaum etwas fühlen.

Doch dann erfüllt plötzlich ein schmerzhaftes Gefühl meine Brust. Als würde mir jemand ein Messer hineinrammen. Ich kenne dieses Gefühl. Aber sonst bedeutet es …

»Haben eure Eltern euch etwa keine Manieren beigebracht?!«

Levyns Stimme erfüllt den Raum. Sie ist nur ein leises, raues Knurren, aber die Männer verharren sofort in ihrer Bewegung. Mein Atem stockt.

»Runter von ihr!«

Er sagt es, als würde er sie jede Sekunde in der Luft zerfetzen. Sie gehorchen sofort.

Panisch schlage ich mir die Hände vor die Brüste, als ich hinter ihnen Levyn stehen sehe. Furchteinflößende Schatten umgeben ihn. Seine Augen glühen rot im dämmerigen Licht.

»Und jetzt – geht ihr kleinen Bastarde auf die Knie, mit denen ihr sonst Lyrias Boden schrubbt – und entschuldigt euch bei Lya!«

Ihre Körper beben, während sie sich zu mir drehen, sich hinknien und sich entschuldigen.

Levyns Stimme ist die Finsternis selbst, als er ihnen befiehlt, sich wieder zu erheben. Mit einer kaum merklichen Handbewegung zischt Dunkelheit durch den Raum. Ihre Hälse entlang. Schlitzt sie auf, bis sie leblos zu Boden sinken und Levyn sie schließlich in seiner Dunkelheit verschwinden lässt, als wären sie nie da gewesen.

Sein Blick fällt auf mich. Und als ich seine Augen sehe, als ich ihn erkenne, begreife ich auch, welches Gefühl mich gerade hat den Atem verlieren lassen.

Levyn … er ist da. Levyn … *mein* Levyn.

»Lya«, haucht er schwach und kommt auf mich zu. Reißt den Stoff aus meinem Mund und berührt meine Wange … meine Schultern. Meine Rippen, die so sehr hervorstechen. Seine Augen werden wässrig, während er die Decke nimmt und sie mir um den Körper schlingt.

»Levyn …«, flüstere ich, weil ich immer noch nicht begreifen kann, dass er es ist. »Du bist …«

»Ich bin es«, sagt er beinahe atemlos und küsst meine Stirn. Und als er das tut, als ich vollends begreife, dass er da ist, als ich es mit seinen Berührungen fühle, platzen die Tränen aus meinen Augen.

Levyn zieht meinen Kopf gegen seine Brust und ich weine Minuten oder Stunden. Weine und wimmere. Schreie in sein Shirt. Spucke die Qualen und all das heraus, was in den letzten Monaten hier passiert ist, und durchnässe sein ganzes Oberteil. Levyn sagt nichts. Zwingt mich nicht, ihm irgendetwas von alldem zu erzählen. Er streicht einfach nur über meinen Kopf und drückt mir ab und zu einen Kuss auf die Stirn.

Er hält mich fest. Hält mich auch dann noch, als ich längst nicht mehr weinen kann. Als ich anfange, leise vor mich hin zu summen wie eine Verrückte. Aber es beruhigt mich. Es beruhigt mich so sehr, dass ich irgendwann mit rauer, gebrochener Stimme auch den Text zu dem Lied singe. Das Lied, das ich Lyria vorgesungen habe.

* * *

»Lya?«, fragt Levyn nach einer Ewigkeit.

Ich blinzle mit verkrusteten Augen und sehe zu ihm auf. »Wo … Wo wart ihr? Und wie hast du mich gefunden?«, frage ich mit zittriger Stimme.

»Ich … Es tut mir so leid. Lyria hat dich in eine Welt gebracht, von der niemand etwas weiß, außer ihren Leuten. Ich konnte dich nicht aufspüren. Ich … konnte es einfach nicht.«

»Was ist das für eine Welt?«

»Die Welt der Vergangenheit. Es ist nicht die echte Vergangenheit. Nur eine Welt, in der alles so ist wie früher. Vor sehr langer Zeit. Eine Welt, die sich nie weiterentwickeln wird.«

Ich nicke, obwohl ich das alles nicht wirklich begreife. »Und wie …«

»Du bist fast gestorben. Ich habe es gespürt. Habe gespürt, wie deine Seele nach meiner schreit, und dann war endlich diese Verbindung wieder da.«

Ich ziehe zitternd die stickige Luft um mich ein. »Hauptsache, du bist jetzt da.«

»Ich werde dich hier wegbringen. Aus diesem Palast. Myr und Arya warten bereits auf dich.«

»Und du?«, frage ich irritiert und reibe mir das getrocknete Salz aus den Augen.

»Ich bleibe bei Lyria und finde einen Weg, wie wir aus dieser gottverdammten Welt rauskommen. Lyria hat sie irgendwie … versperrt.«

»Dann bleibe ich bei dir!« Ich stemme mich an seiner Brust ab, um ein wenig Abstand zwischen uns zu bringen.

»Nein! Du bleibst nicht hier! Keinen Tag länger!«

Schwarze Schatten wabern in seinen Augen. Ich spüre seine Wut beinahe, als wäre es meine eigene.

»Ich will stark sein. Und dir helfen! Lyria würde doch sofort begreifen, dass ich weg bin, und …«

»Lya!«

»Nein, Levyn! Ich bin so lange hier, dass ich nicht einmal sagen könnte, wie viel Zeit vergangen ist. Und ich werde jetzt nicht aufgeben und dich hierlassen. Vergiss es!«

Er presst seine Lippen aufeinander und nickt dann gezwungen. Er hat mir versprochen, mich nicht weiter auszuschließen und für mich zu entscheiden. Das ist der einzige Grund, warum er – wenn auch widerwillig – zustimmt.

»Was ist dein Plan?«

»Zuallererst werde ich diese billige Kopie von mir töten«, knurrt er.

Ich greife nach seiner Hand. Levyn zuckt kurz, als würde ihn unsere Berührung immer noch verbrennen. »Du darfst ihn nicht töten. Er ...«

Levyn hebt fragend seine Brauen.

»Er ist nicht nur eine Kopie. Er trägt etwas von dir in sich. Ich habe es gespürt.«

Levyn fährt sich nachdenklich über sein Kinn, bevor er aufsteht und hin und her läuft. »Sie hat ihn also noch.«

»Was?«

»Einen Teil meiner Seele. Sie hat ihn sich damals auf dem Felsen bei Loreley genommen und ganz offensichtlich in diese ... Kopie gesteckt.«

»Dann hol ihn dir zurück!«, sage ich mit fester Stimme und erhebe mich von der kleinen Nische. »Wir holen uns alles zurück!«

* * *

Levyn verschwindet für ein paar Stunden, kehrt dann aber mit Mineralwasser und Essen zurück. Ich mustere die kleinen Steine im Wasser, um meine Erinnerungen zu vergraben. Mich abzulenken. Aber Levyns Blick macht es mir nicht gerade leicht.

»Myr ist ziemlich sauer, dass ich dich hierlasse«, brummt er und wirft mir einen nachdenklichen Blick zu. Beinahe so, als würde er mich darum bitten wollen, doch zu verschwinden.

»Du bist sein Herrscher. Also kann er nichts dagegen machen.«

Levyn verengt seinen Blick, dann räuspert er sich und erklärt mir, dass er sich auf die Suche nach seiner Kopie macht. Auf die Jagd nach dem Teil seiner Seele, den er in sich trägt.

Ich nicke nur, kann nicht einmal etwas fühlen. Als hätte ich es in all der Zeit hier verlernt.

»Kannst du nicht wenigstens so lange zu den anderen gehen, bis ich ... bis ich ihn umgebracht habe?«

»Nein«, sage ich mit einer Härte in meiner Stimme, die keinen Widerspruch zulässt.

Er nickt nur und geht.

* * *

Es vergehen weitere Stunden – oder Tage. Mein Zeitgefühl ist mir schon vor Wochen oder Monaten abhandengekommen.

Das Mineralwasser gibt mir zwar ein bisschen Kraft zurück, aber trotzdem kann ich kaum laufen, als Wachen mich aus meinem Zimmer hinein in den Thronsaal bringen. Unsanft lande ich auf dem Boden, als sie mich loslassen, und starre hinauf. Starre erst in Lyrias grausame Augen und dann in die von Levyn. Und ich weiß sofort, dass dort nicht mehr nur seine Kopie sitzt. Dennoch ist sein Blick hart und undurchsichtig.

Zu meiner Verwunderung ist der Saal leer. Selbst die beiden Wachen, die mich hergebracht haben, sind verschwunden. Levyn und ich sind also allein mit Lyria. Vielleicht ...

»Ich habe eine Aufgabe für dich«, ertönt Lyrias Stimme. Sie

zerreißt meine Brust. »Na los! Frag nach, welche Aufgabe. Ich will hier keinen Monolog führen, Mädchen!«

Ich presse meine Lippen aufeinander. Mein inneres Ich wehrt sich, aber ich gehorche: »Was für eine Aufgabe?«

»Was für eine Aufgabe, IMPERATORIN!«, verbessert sie mich und nickt mir auffordernd zu.

Ich beiße die Zähne zusammen. »Was für eine Aufgabe, Imperatorin?«, sage ich ihre Worte auf wie eine Marionette, an deren Fäden sie zieht. Levyn verzieht keine Miene. Aber ich spüre seine Wut. Höre sein schnell pochendes Herz.

»Das wird solch ein Spaß!« Sie klatscht euphorisch in die Hände und steht auf. Geht hin und her, als müsse sie nach den richtigen Worten suchen, mir diese tolle Neuigkeit zu unterbreiten. »Ich habe gemerkt, dass es nicht sehr dienlich war, dir deine Macht als Herrscherin zu entziehen. Das führt nur zu … unnötigen Komplikationen, die ich nicht gebrauchen kann.«

Ich hebe meine Brauen, lasse sie aber sofort wieder sinken, um sie nicht noch wütender zu machen. Wie ein dummer kleiner Schoßhund.

»Leider ist jetzt dieser hübsche König Tharys der Herrscher des Lichts, und das ist … einfach nicht dienlich.«

»Was wäre denn dienlich, Imperatorin?«, erkundige ich mich gelassen.

»Dienlich wäre, wenn du nicht ein Mitglied des Bündnisses wärst, ohne dazu befähigt zu sein.«

Sie mustert mich. Wartet darauf, dass mein Gesicht ihr verrät, dass ich keine Ahnung habe, wovon sie spricht, und ihr diese Tatsache die Genugtuung bringt, die sie braucht. Mein Magen verkrampft sich vor Hass.

»Ich erkläre es dir, mein Kind«, lacht sie und kommt einen Schritt auf mich zu. »Du bist nicht länger die Herrscherin des Lichts. Also steht dein Platz im Bündnis Tharys zu. Da ich aber so viel Gefallen an dir gefunden habe, möchte ich dich dabeihaben.«

»Und was bringt es Euch, Imperatorin?«, frage ich tonlos. In meiner Stimme ist keinerlei Emotion mehr.

»Ich wusste, was Levyn vorhat, kurz bevor er diesen Pakt mit Loreley schloss. Da ich es aber nicht aufhalten konnte, nutzte ich meine letzten Tage mit dieser unbändigen Macht, um einen Plan zu schmieden. Einen, der mir drei neue Welten verschaffen würde.«

Mein Herz brennt, weil ihre Worte mich an Shakysa und ihren Tod erinnern. Daran, dass sie mir sagte, ich könne Welten erschaffen. Genau das hat Lyria getan.

»Du bist wahrscheinlich noch etwas müde, weshalb du die Zusammenhänge nicht begreifst, also helfe ich dir auf die Sprünge«, sagt sie mit selbstgefälliger Miene. »Ich bin die Herrscherin der Welt der Vergangenheit, der Gegenwart und der Zukunft. Und somit berechtigt, ein Mitglied des Bündnisses zu werden. Für insgesamt drei Welten.«

Ich bemühe mich, ausdruckslos zu bleiben. Die Schreie in meinem Inneren nicht hinauszulassen. Sie zu unterdrücken. Vor allem, weil mir etwas bewusst wird. Weil ich anfange zu verstehen, wer die Nornen getötet hat und warum. Denn genau für die Welten, die Lyria erschaffen hat, standen die drei Nornen. Vergangenheit, Gegenwart und Zukunft.

»Das wird ein solcher Spaß!«, quietscht sie.

»Das ist krank!«, stoße ich hervor.

Sie hebt ihre Brauen und schnipst dann mit den Fingern. »Liebster, komm her!«

Levyn erhebt sich und geht auf sie zu. Ich mustere seine große Statur, die mir ein wenig Sicherheit zurückgibt. Nicht, weil er stark und finster ist. Nein, vor allem, weil ich in ihm den Mann sehe, der mir morgens Pancakes gemacht hat. Den Mann, der bei Besprechungen immer wieder zu mir gesehen hat, als würde er gern meine Meinung hören. Ich sehe in ihm vor allem den Freund, der er mir in all der Zeit war. Der mich immer wieder aufgebaut und mich unterstützt hat, mich selbst zu finden.

»Ich möchte, dass du sie für diese Unverschämtheit bestrafst!«

Ich zucke kaum merklich zusammen.

»Und wie?«, erkundigt sich Levyn gelangweilt.

»Denk dir etwas aus!«, mault sie. »Ich kann doch nicht alles allein machen! Schlag sie oder schneid ihr die Haare ab.«

Während sie das sagt, geht sie zurück zu ihrem Thron und setzt sich. Sie ist wahnsinnig. Das ist eindeutig.

Levyn bedenkt mich mit einem nachdenklichen Blick. Aber nicht nur das. In seinen Augen tobt ein Krieg. Finsternis und Schatten tummeln sich und gieren danach, alles hier in die Dunkelheit zu reißen.

»Nun mach schon!«, fordert Lyria ungeduldig. »Du könntest ihr ein Bein brechen. Es wäre sicher lustig mit anzusehen, wie sie zurück in ihr Kämmerchen humpelt.«

Lyria lacht belustigt, während Levyn explodiert. Er ballt seine Hände zu Fäusten und rammt Finsternis aus ihnen. Alles verschlingende Finsternis. Er dreht sich zu Lyria, doch die lacht immer noch, hebt ihre Hand und lässt so seine Dunkelheit verschwinden.

»Weißt du, Lord der Finsternis, ich habe in dieser Welt einige Vorkehrungen getroffen. Denn ich wusste, dass deine schwarze Seele eines Tages versuchen wird, mir das alles hier zu nehmen.« Sie steht auf, geht auf Levyn zu, der wie erstarrt ist, und presst ihre Finger in seinen Kiefer. »Ich habe gewusst, wer du bist. Und das, obwohl du dir im Bett so viel Mühe gegeben hast, mich bei Laune zu halten. Aber glaub mir, selbst nach Jahrhunderten habe ich deine Fertigkeiten nicht vergessen und sie sofort erkannt.«

Ich kralle meine Finger am kalten Steinboden fest und bemühe mich, nicht aufzukeuchen.

»Und sieh nur an, was du getan hast. Jetzt muss ich sie selbst bestrafen.«

Sie schüttelt gespielt traurig den Kopf, bevor mich eine Welle aus Macht nach hinten schleudert. Mein Körper prallt schmerzhaft gegen eine der Wände und sinkt kurz darauf wieder zu Boden. Dann streckt sie ihre Hand aus und hebt meinen Körper mit unsichtbarer Macht die Wand entlang nach oben.

»Diesen Aufprall wird sie nicht überleben«, sagt sie an Levyn gewandt, der dasteht und versucht, die Macht in sich aufzurufen. Aber sie ist hier wertlos. »Ich habe darauf gewartet, dass du hier auftauchst, weil ich etwas von dir will.«

»Und das wäre?!«, knurrt er voller Zorn.

Lyrias unsichtbare Hand krallt sich in meinen Hals und drückt zu. Ich ringe nach Atem. Meine Lunge brennt wie Feuer und lechzt nach Luft. Lechzt nach Leben.

»Du wirst mich als Mitglied des Bündnisses akzeptieren!«

»Das kann nur das Buch!«, erwidert Levyn und wirft einen flüchtigen Blick auf mich. Angst strömt aus seien Augen zu mir. Angst um mich.

»Bring mich zu diesem Buch oder ...«

Sie lässt meinen Körper ein paar Meter hinabstürzen. Mir entfährt ein panischer Schrei, bevor sich ihre Krallen wieder in meinen Hals bohren und mir die Kehle zuschnüren.

»Lass sie runter!«

»Das werde ich. Je nachdem, wie du dich entscheidest, entweder sehr schnell ... oder langsam.«

Levyn knurrt, dann sagt er zwischen zusammengepressten Zähnen: »Ich bringe dich zu dem Buch.«

»Nein!«, stoße ich schwach hervor. »Levyn, nein!«

»Und da wäre noch etwas ...« Lyria ignoriert mich. Sie sieht nur Levyn an, während ihre Hand auf mich gerichtet bleibt. »Lya wird Tharys heiraten.«

Wieder ballen sich Levyns Hände zu Fäusten. Darauf wollte sie also zuvor hinaus. Sie will, dass ich so wieder die Herrscherin des Lichts werde. Aber warum?

»Nein!«, sagt diesmal Levyn. »Ich entscheide nicht darüber, wen Lya heiratet.«

»Herrgott, ihr wisst beide, dass ich auch dich an eine der Wände klatschen könnte, um von Lya eine Zustimmung zu bekommen. Aber ich habe einfach keine Lust auf diese Spielchen. Lya wird einknicken, weil ihrem tollen finsteren Herrscher nichts passieren soll ... bla, bla, bla. Könnten wir uns das bitte sparen?«

Sie lässt ihre Hand sinken und mit ihr prallt mein Körper

wieder auf den Boden. Ich ringe nach Luft. Bemühe mich, einen klaren Gedanken zu fassen.

»Also, weil Levyn ganz offensichtlich diese ganze Emanzipationsscheiße ein wenig zu ernst nimmt …«, sagt sie und richtet ihre Augen nun auf mich. »Wirst du Tharys heiraten? Und noch ein kleiner Anreiz: Werdet ihr eure Aufgaben nicht erledigen, werde ich eure geliebten Freunde töten lassen. Und glaubt mir – das kann ich.«

Ich setze gerade an, ihr zu sagen, dass ich lieber sterben würde, als ihr zu gehorchen, als etwas an meinem Geist zerrt. Meine Seele entzweit. Mein Ich wehrt sich kaum.

Ich blinzle und sehe zu Levyn, der begreift, was passiert, als er meinen weißen Raben erblickt.

»Ich werde ihn heiraten.«

Levyn starrt mich einfach nur an. Er sagt nichts. Denn so wie ich weiß er, dass mein Geist sich nur gespalten hat, weil diese Entscheidung – die Entscheidung, Tharys zu heiraten – die Welt des Lichts retten wird.

»Schön. Und jetzt machen wir einen kleinen Familienausflug.«

Wieder klatscht sie in die Hände, als wäre sie ganz entzückt. Levyn und ich hingegen starren uns weiterhin einfach nur an. Und als mein Geist sich wieder vereint, erkenne ich, was in seinem Blick geschrieben steht. Es war die falsche Entscheidung, mich hierbleiben zu lassen.

Zwei Wachen kommen herein, als hätte Lyria sie in Gedanken gerufen. Glühende Stäbe rammen sich in unsere Haut am Schulterblatt, bevor sie den roten Sand hineinschmeißen, der zischend unser Versprechen an unser Leben bindet. So wie das

Mal des Gladiators an meinem Hals und das des Versprechens, König der Feuerdrachen zu werden, an Levyns Hüfte. Aber das alles – kann ich kaum noch spüren.

Wie in Trance begleite ich Levyn, Lyria und ihre Armada von Wachen zu den anderen. Ich nehme ihre fassungslosen Gesichter kaum wahr. Ich sehe sie, ja. Aber da ist kein Gefühl mehr. Nichts, was ich sagen könnte, um das zu erklären.

Arya und Myr wehren sich. Schreien. Aber ihre Schreie sind wie taube Mundbewegungen. Wie stumme Versuche, etwas zu unternehmen – gegen etwas, das sie nicht aufhalten können.

Myr tritt vor mich. Er berührt meine Schulter. Seine Augen wandern meinen ausgemergelten Körper entlang. Er sagt etwas. Aber auch das bleibt ungehört. So wie mein Herz stumm bleibt. Levyns Herz. Die ganze Welt. Als wäre sie stehen geblieben. Als wäre ich stehen geblieben.

Eine der Wachen zerrt mich von Myr weg. Ich lasse es zu, wohingegen Myr ihm ein paarmal die Faust ins Gesicht schlägt. Lyria unterbindet das alles wieder mit einer einzelnen Handbewegung. Und ich ... ja, ich stehe nur da und lasse genau das zu, was ich mir selbst versprochen habe. Mich erst dann vollkommen aufzugeben, wenn ich wieder bei ihnen bin.

Ich blinzle eine kleine Träne weg und spüre, wie sich mit ihr Kälte über meine Brust legt. Und ich es mir selbst und meiner Seele gestatte, all den Schmerz und all die Trauer gehen zu lassen. Aber mit ihnen auch all das Glück und all die Liebe.

Ich schließe meine Augen, atme tief durch, und als ich sie wieder öffne, ist alles um mich herum still. Alles um mich herum und auch alles in mir.

# 7. Kapitel

Levyn bringt uns in die Welt der Finsternis, denn dort hält er das Buch des Bündnisses verborgen. Ich spüre, wie er den Befehl in all unsere Geister schickt, zur Tafelrunde zu erscheinen. Ich spüre es, aber fühle es kaum noch. Ich sehe nur stumm dabei zu, wie Naoyl, Tym, Perce und Lucarys erscheinen und uns mit irritierten Blicken mustern.

Arya und Myr wehren sich immer noch, während Levyn das Buch auf den Tisch legt und Lyria hinaufklettert. Sie werden von Wachen gezwungen, teilzunehmen. Levyn nimmt den kleinen Dolch und hält ihn an Lyrias Brust. Ich spüre kurz seinen Herzschlag. Spüre das Verlangen, ihr den Dolch in das Herz zu rammen. Aber er ist an einen Schwur gebunden. An das Bündnis. Also schneidet er ihr nur eine kleine Wunde in die Haut und deutet ihr, wie damals mir, sich über das Buch zu lehnen.

Das Blut tropft auf den wunderschönen Einband und perlt ab. Perlt immer wieder ab.

Levyns Herz macht einen Satz. Ich spüre kurz Hoffnung aufflammen. Aber dann … nimmt das Buch das geopferte Blut an.

Lyria wehrt sich kaum. Ich kann in ihren Augen nicht den Kampf sehen, den ich damals ausführen musste. Den Kampf gegen mein Ego. Sie sieht einfach nur kühl und gelassen aus.

Als müsste sie kaum etwas aufgeben. Als würde der Schutz ihrer Welten auch ihrem eigenen Schutz dienen.

Ich presse meine Zähne zusammen, während Lyria kurz aufstöhnt und keine Sekunde später drei tiefschwarze Krähen auf ihren Schultern erscheinen. Etwas greift nach meinem Geist, spaltet meine Seele. Und ein kalkulierter Teil von mir, der, der noch übrig ist, beobachtet meinen weißen Raben.

Und in diesem Moment weiß ich, was ich tun muss. In dieser kurzen Zeit, in der mein Geist nur noch aus dem besteht, was für die Erhaltung meiner Welt wichtig ist.

Lyria will, dass ich Tharys heirate, weil ich dann neben ihm regiere und sie neben Tharys auch mich in der Hand hat. Denn sie weiß, dass ich dennoch geschwächt sein werde, weil ich nicht mehr weiß bin. Nicht mehr die volle Kraft des Lichts besitze. Das ist aber etwas anderes, wenn ich mich mit ihm verbinde, so wie Shakysa es gesagt hat, bevor Lyria sie getötet hat. Ich muss mich mit Tharys verbinden. Mein Leben an ihn binden. Denn dann, und nur dann, kann ich wieder vollwertige Herrscherin sein, und ... an seiner Seite ... mit meiner Macht ... kann ich eine neue Welt erschaffen. Nur wenn Tharys' Seele meine wieder mit der Macht des Lichts füllt.

Aber eine Frage bohrt sich immer wieder in meine Gedanken und lässt mich nicht ruhen. Ist es überhaupt möglich, die Macht des Lichts vollends zurückzubekommen, wenn ich mich mit Tharys verbinde?

*Ja. Ist es.*

Ein Flackern. Eine vertraute Stimme. Und dann ist da wieder das Lumen. Ich starre es an, fordere es in meinem Geist auf, weiterzureden. Als es aber nichts mehr sagt, schließe ich kurz meine Augen, bis ich Levyns Blick auf mir spüre. Ich versuche meine Gedanken zu verscheuchen.

*Er kann Eure Seele nicht lesen, wenn ich hier bin. Mein Licht dämpft seine Mächte.*

Ich nicke und frage es dann in Gedanken, ob es mir meine vollständige Macht zurückgeben würde, verbündete ich mich mit Tharys. Das Lumen reagiert mit Zustimmung.

Als der Rabe verschwindet und mein Geist wieder vollständig ist, spüre ich den Schmerz in meiner Brust, den diese Erkenntnis auslöst. Dabei habe ich es längst gewusst. Shakysa war sehr deutlich. Tharys und ich müssen uns verbinden. Ich muss mein Leben an ihn binden. Und viel schlimmer ... ich muss mich von Levyn lösen. Unsere Seelen entzweien. Und auch wenn ich Levyn immer noch nicht komplett durchschaue, weiß ich nicht, wie ich ohne diese Verbindung leben soll. Wie ich ohne *ihn* leben soll.

»Da das erledigt ist«, ertönt plötzlich Lyrias Stimme und reißt mich aus meinen Gedanken. Das Lumen verschwindet augenblicklich. »Es gibt noch ein zweites Versprechen.«

Sie grinst siegessicher. Und erst jetzt begreife ich, dass sie mich nicht mit Tharys verheiraten will, um uns kontrollieren zu können. Sie will es wegen Levyn. Sie will ihn und mich verletzen.

»Das hat Zeit. Und Tharys ist durch einen Fluch seines Vaters an Acaris gebunden«, wendet Levyn gespielt desinteressiert ein. Aber ich höre die Panik in seiner Stimme.

»Na, dann sollten wir uns schleunigst auf den Weg nach Acaris machen!«

Lyria klatscht in die Hände, wie sie es immer tut, wenn sie

erfreut ist, und geht aus dem Raum. Als alle anderen ebenfalls gegangen sind, mustert Levyn mich wie ein lauerndes Raubtier.

»Lässt dein gespaltener Geist die Hochzeit zu?«, ist alles, was er wissen will.

Ich nicke, woraufhin er ebenfalls nickt, als hätte er es bereits gewusst. »Ich …«, beginne ich, stoppe mich aber selbst. Bemüht, nicht an das zu denken, was ich ihm gerade offenbaren wollte. Dass ich … mich von ihm und dieser Vertrautheit zwischen uns lösen würde, um mich mit Tharys zu verbinden.

»Du?«, hakt er nach und kommt einen Schritt näher. Wie immer ist er in Schwarz gekleidet. Schwarze Haare, schwarze Augen … schwarze Klamotten. Levyn ist ganz und gar der Herrscher der Finsternis. Aber ich fühle ihn. Spüre sein Innerstes. Und mit jedem Tag, an dem mein Herz in seiner Brust schlägt, verstehe ich seine warme Seele mehr. Eine Seele, die voller Licht ist, aber auch Dunkelheit in sich trägt. Trauer. Schmerz. Eine bittere Vergangenheit.

»Ich werde ihn heiraten. Ich muss …«, rede ich mich heraus und stemme mich mit meinen geschundenen Händen am Tisch ab.

»Aber du liebst ihn nicht«, stellt er fest und kommt noch einen Schritt näher. Ich atme seinen vertrauten Duft nach Regen und Nacht ein.

»Zählt das überhaupt? In diesen Welten? In unserer Situation? Wie viele Frauen … wie viele Männer haben in der Geschichte der Menschen und der Drachen schon geheiratet, weil es ihr Land oder ihre Welt beschützt hat? Weil es Menschen beschützt hat, die sie lieben? Wenn es das ist, was ich dafür in Kauf nehmen muss, euch alle zu retten … einen Mann heiraten, der immer gut zu mir war … dann werde ich das tun, Levyn.«

»Nicht gerade das, was man von einer Frau erwartet, die während der Emanzipation aufgewachsen ist«, sagt er schmunzelnd, aber ich höre den belegten Unterton heraus.

»Weißt du, was all diese Menschen nicht verstehen, die denken, sie müssten frei entscheiden können und dass das, was ich tue, dagegenspricht?«

»Was?«, hakt er nachdenklich nach und lehnt sich ein wenig zu mir.

»Manchmal ist die Freiheit von anderen wichtiger als die eigene. Ja, manchmal bedeutet frei und glücklich zu sein, dass die Menschen frei und glücklich sind, die man in seinem Herzen trägt. Und vielleicht erhält man selbst dann auch die Freiheit, die die eigene Seele braucht. Vielleicht reicht es, die Menschen, die man liebt, glücklich zu sehen, um selbst glücklich zu sein.«

Er mustert mich, öffnet seinen Mund, als wollte er mir widersprechen, schließt ihn aber wieder. »Du weißt nicht, ob ihnen etwas geschieht, wenn …«

»Du kennst Lyria doch«, unterbreche ich ihn. »Wenn sie ihren Willen nicht bekommt, nutzt sie mein Herz.«

Unbewusst werfe ich einen Blick auf seine Brust. Levyn zuckt kaum merklich zusammen, so als wäre mein Blick auf mein Herz in seiner Brust ein stummer Vorwurf.

»Lass uns … erst mal abwarten …«, raunt er und kommt noch näher.

»Abwarten?!«

»Ja, vielleicht ändert sie ihre Meinung«, wendet er nicht sehr überzeugend ein, während ich meine Hände von dem alten Holztisch nehme und mich umdrehe. Vorsichtig lehne ich meinen Rücken gegen die Tischkante und werfe einen Blick auf Levyn neben mir. »Willst du mir erzählen, was passiert ist?«, fragt er sanft und stellt sich vor mich. Mein Körper verkrampft sich. Aber ich lasse das Gefühl nicht zu.

»Nein«, sage ich fest und wende meinen Blick ab. »Willst du mir erzählen, was hier los war, als ich weg war?«

»Na ja«, raunt er und stemmt seine Hände neben meinem Körper auf den Tisch. »Es war ziemlich langweilig ohne deine kleinen Tobsuchtsanfälle«, schmunzelt er und verengt seinen Blick. Meine Brust beginnt unruhig zu brennen. »Aber … ich bin jetzt König der Feuerdrachen. Das ist ziemlich neu. Und … da gibt es noch etwas.«

Er legt seine Hände an den eisernen Ring um meinen Hals und nimmt ihn mit einem Klicken einfach ab. Als wäre es schon immer nur eine Kette mit Verschluss gewesen.

Ich mustere seine Hände. Er trägt einen Ring, der mir vorher nie aufgefallen ist. Einen Ring mit einem schwarzen Stein. Und einen weiteren an seiner anderen Hand, in den ein roter Stein eingefasst ist. Bei Tharys habe ich einen ähnlichen Ring mit einem blauen Saphir gesehen, nachdem er gekrönt wurde. Die Ringe ihrer Herrschaft.

»Ich hatte da noch ein Versprechen einzulösen.«

Ich schlucke schwer und mustere seine kantigen Gesichtszüge. Hier in der Welt der Finsternis waren sie schon immer härter und mächtiger. Seine Augen dunkler. Seine Seele düsterer. Meine Hand wandert hinauf zu meinem befreiten Hals und streift das Brandmal der Gladiatoren. Ich zucke zusammen, als die Erinnerungen mit meiner Berührung zurückkehren.

»Was ist damit?«, frage ich beinahe tonlos und sehe wieder hinauf in Levyns dunkle Augen, die meine Seele erwärmen. Sie ankommen lassen.

»Es ist ein uraltes Brandmal, das deine Kräfte schwächt. Wir arbeiten bereits daran, es seiner Macht zu berauben. Lyria wird, da sie jetzt ein Mitglied des Bündnisses ist, früher oder später verraten müssen, wie es funktioniert und wie wir es rückgängig machen können. Sie ist verpflichtet. Aber in unseren Welten hat es keine Macht. Solange du nicht zurück in die Vergangenheit gehst, hast du deine Kraft.«

Ich nicke einfach nur, wünsche mir aber einen Schal oder ein Tuch herbei, um es zu verdecken. Es beweist meine Schwäche. Meine Unfähigkeit, mich zu wehren. Und es erinnert mich an das, was passiert ist.

»Lya ... Du brauchst dich nicht zu schämen ...«

»Hör auf, in meinen Gedanken herumzuwühlen!«, brumme ich zornig. Ich will nicht, dass er das sieht. Dass er sieht, wie schwach ich war.

»Es tut mir leid«, raunt er und hebt seine Hand. Ganz vorsichtig fährt er mit seinem Finger über die Brandmarkung, bis er ihn zu meinem Kinn wandern lässt und mein Gesicht nach oben drückt. »Dieses Mal beweist, dass du überlebt hast. Dass du durchgehalten hast. Dass du stark warst.«

Ich will ihm glauben. Ja, das will ich wirklich. Aber er weiß nicht, was ich getan habe. Er weiß nicht, wie widerlich ich mich in diesem Loch gefühlt habe, wochenlang neben meinem Erbrochenem und meinen Fäkalien. Er weiß nicht, dass ich es irgendwann nicht einmal mehr gerochen habe. Dass ich es akzeptiert habe. Er weiß nicht, dass ich diesen Handel mit Lyria abgeschlossen habe, um meine eigene Haut zu retten – um nicht kämpfen zu müssen. Er weiß nicht, wie elend ich mich gefühlt habe, als ich Lyria in dieser Arena um Gnade angebettelt habe. Er weiß das alles nicht und deshalb wird er auch nie verstehen, dass ich einen Teil von mir in der Vergangenheit, in dieser bestialischen Welt, verloren habe.

»Ich …«, sagt er in die Stille. In seinen Augen sehe ich, dass er meine Gedanken gerade nicht mit angehört hat, auch wenn es ihm schwergefallen ist. »Ich möchte dir beibringen, wie man zwischen den Welten wandert.«

Ich blinzle, halte meine Lippen aber fest aufeinandergepresst.

»Ich möchte auch, dass du lernst zu fliegen. Und den Raum zu beherrschen. Wobei du Letzteres nur selbst lernen kannst. Du bist das einzige Wesen, das Zeit und Raum beherrschen kann. Und ich möchte …«

Ich verenge meinen Blick, als er zum ersten Mal, seit ich ihn kenne, um Worte verlegen ist. »Ich möchte, dass du lernst, die Manipulationen abzuhalten.«

»Was auch heißt, dass du meine Gedanken nicht mehr lesen kannst?«, erkundige ich mich mit erhobenen Brauen.

Levyn nickt. »Sie sind sowieso ziemlich verwirrend und machen mir Kopfschmerzen«, feixt er mit einem schäbigen Lächeln auf den Lippen.

Ich haue ihm sanft gegen die Schulter und setze einen empörten Blick auf.

»Also … Ich will nicht über dich bestimmen. Aber wenn du einverstanden bist, lerne ich mit dir, durch die Welten zu wandern. Und das Fliegen wird dir Arya beibringen. Sie ist ein Luftdrache, also wirst du bei ihr gut aufgehoben sein. In Schlachten war ich immer heilfroh, ihre Flugkünste auf unserer Seite zu wissen.« Er räuspert sich, womit sich auch der leichte Schleier einer Erinnerung löst, der sich über seine Augen gezogen hat. »Das mit dem Manipulieren wirst du auch mit mir lernen. Wenn es okay ist.«

Ich nicke einfach nur. Ich habe mir in den letzten Monaten zu oft gewünscht, ich könnte besser mit meiner Macht umgehen, als dass ich sein Angebot jetzt ausschlagen könnte.

»Und wie wäre es, wenn wir dir jetzt etwas zu essen machen?« Er berührt kurz meine Hüfte mit seinen Händen. »Wir müssen diese schönen Pölsterchen hier wiederherstellen.«

Er zwinkert mir zu, woraufhin ich ihn nur wieder schlage.

»Pölsterchen?!«, empöre ich mich und stemme meine Hände in meine knochige Hüfte, die er gerade losgelassen hat.

»Pölsterchen«, bestätigt er mit einem süffisanten Lächeln. »Wir wollen doch nicht, dass Tharys sich an deinen Knochen blaue Flecken holt.«

Er zwinkert wieder und will gerade meine Hand nehmen, um mich mit sich in die Küche zu ziehen, als Grausamkeit meine Lungen füllt. Lyrias Grausamkeit. Als hätte meine Nase ihren Geruch bereits mit diesem Gefühl abgespeichert.

»Ich fürchte, die Kleine muss allein essen. Ich habe etwas mit dir zu besprechen.« Sie wirft einen Blick auf mich, als ich mich nicht rühre. »Unter vier Augen.«

»Lya bleibt hier. Sie kann alles hören, was ich zu hören bekomme.«

»Ich befürchte, dass das nicht deine Entscheidung ist«, lacht Lyria genervt und macht dann eine Handbewegung in meine Richtung. »Husch, husch.«

Ich runzle die Stirn, gehe aber, weil ich keine Lust habe, ihre Gegenwart länger spüren zu müssen als nötig. Levyn bleibt zurück und wirft mir nur einen nachdenklichen Blick zu, während ich hinausspaziere und direkt in mein Zimmer gehe.

Als ich die Tür hinter mir schließe, ist es, als würde ich nach Monaten endlich wieder frei atmen können. Als würde endlich ein kleiner Schmerz von meiner Seele abfallen, den ich mittlerweile kaum noch bewusst gespürt habe. Ich bin zu Hause. Das hier ist mein Zuhause. Wer hätte das gedacht? Der weiße Drache fühlt sich in der Finsternis am wohlsten. Angekommen.

Ich gehe langsam auf mein Bett zu. Seltsamerweise ist es ungemacht. Dabei war ich seit Monaten nicht hier und Levyn hat immer streng darauf geachtet, dass mein Zimmer von den Angestellten hergerichtet wird. Ich verenge meinen Blick, als ich meine Kette auf dem Kopfkissen liegen sehe. Die Kette, die ich immer getragen habe, bis zu dem Tag, an dem Levyn mir diesen Ring umgelegt hat.

Ich trete näher und lasse meine Augen hinabwandern. Zu meiner Bettkante, wo Dreck auf meinem Bettlaken zu sehen ist. So als hätte jemand mit Schuhen darin gelegen.

Ich schlucke, dann blicke ich zu meinem Nachttisch und beginne zu begreifen. Auf ihm liegen Bücher und Unterlagen. Eine Karte der Welt der Dämmerung, mit roten Kreuzen und Kreisen.

Ich lecke mir über die trockenen Lippen und presse sie kurz darauf zusammen, beuge mich zu meinem Kissen und rieche den vertrauten Geruch von Nacht und Regen. Ich sehe das T-Shirt, das neben ihm liegt. Levyns T-Shirt ... Er hat in meinem

Bett geschlafen, als ich nicht da war. Hier, genau vor mir. Auf meinem Kissen. Zusammen mit meiner Kette.

Mein Herz – das, das nicht mehr schlägt – weiß nicht, was es fühlen soll. Wie es den Schmerz in meiner Brust lindern soll, der sich bei diesem Anblick darumlegt und meine Lungen zusammendrückt. Mir die Kehle zuschnürt.

Ich nehme die Karte in die Hand und mustere die Kreuze in roter Farbe. Sie wurden so wütend daraufgemalt, dass der Stift an einigen Stellen Löcher in das Papier gerammt hat. Am unteren Rand erkenne ich Levyns Handschrift.

*Wo bist du nur???*

Meine Hände zittern so sehr, dass ich das Papier wieder sinken lasse. Völlig in Gedanken versunken schrecke ich fürchterlich zusammen, als die Tür aufgeht und sich zwei Bedienstete bei mir entschuldigen. Etwas davon erzählen, dass sie dachten, ich sei nicht hier, dann mein Bett neu beziehen und Levyns Unterlagen mitnehmen. So als wäre er nie hier gewesen. Aber meine Seele braucht keine Beweise dafür. Sie weiß es und hat es tief in sich abgespeichert.

Gerade so hindere ich die beiden Feuerdrachen-Mädchen, sein Shirt mitzunehmen, und lege es zurück neben mein Kissen. Dann gehe ich mich waschen und ziehe mich um, bevor ich mit Levyns Geruch in der Nase einschlafe.

* * *

Schreiend werde ich wach. Die Tropfen über mir erhellen mein Zimmer und zeigen mir, dass niemand hier ist. Aber genau das ist es, wovor ich Angst habe. Allein zu sein.

Mein Magen verkrampft sich vor Hunger und Erschöpfung. Erst als ich mich aufsetze und mir durch mein Gesicht fahre, bemerke ich die Tränen. Ich erinnere mich an meinen Traum. Ich lag zusammengekauert in diesem Loch. Mit diesem Gestank. Mit dieser brennenden Sonne, die meine Haut versengte.

Ich nehme Levyns Shirt in die Hand, umklammere es, als würde es mich zurück in diese Welt bringen. Aber es hat keinen Sinn. Ich habe Angst. Angst davor, einzuschlafen, und vor allem davor, allein zu sein. Allein mit meinen Erinnerungen und allein in diesem Loch. Also stehe ich auf und tapse vorsichtig zur Tür, schleiche über den Gang, bis ich Levyns Zimmer erreicht habe. Ich klopfe nicht. Das würde ihn nur wecken. Also öffne ich die Tür, schließe sie wieder und mustere seinen schlafenden Körper im leicht erhellten Licht der Tropfen. Mustere seine Brust, die sich friedlich hebt und senkt.

Und ohne weiter darüber nachzudenken, gehe ich auf sein Bett zu und lege mich so leise wie möglich neben ihn. Das Geräusch seines Atems beruhigt mich. Lässt mich sogar die Augen schließen, ohne Angst zu spüren. Denn jemand ist da. Jemand ist bei mir. Ich bin nicht allein.

»Lya?«

Ich schlage die Augen auf und starre in Levyns Finsternis. Die Dunkelheit, die in seinen Augen tobt. Er sieht verschlafen aus. Verwirrt.

»Ich … Ich wollte nur …«

»Mich im Schlaf überfallen? Das kannst du doch auch, wenn ich wach bin.« Er hebt schäbig einen Mundwinkel, entlockt mir aber ein kleines Lächeln.

»Ich habe schlecht geträumt«, gebe ich dann zu.

Seine Brauen zucken kurz, dann streicht er mir ganz vorsichtig eine Strähne aus dem Gesicht.

»Ich will nicht allein sein«, gebe ich zu.

»Du musst nicht allein sein, Lya. Nie mehr.«

Ich überlege kurz, ob ich ihn darauf anspreche, dass er in meinem Bett geschlafen hat, als ich weg war, aber mein Herz hindert mich. Ich will mir dieses Gefühl nicht von seinen Ausreden kaputtmachen lassen. Und genau so würde er reagieren. Er würde es herunterspielen. So wie wir beide es immer tun. Wie wir beide immer alles herunterspielen, was zwischen uns existiert. Aber leugnen kann es keiner von uns.

Levyn streicht langsam mit seinem Daumen über meine Wange, während ich sehe, wie sehr er dagegen ankämpfen muss, dass seine Lider wieder zufallen. »Weck mich, wenn ich Idiot einschlafe«, flüstert er schmunzelnd.

Ich schnaube lächelnd und schüttle kaum merklich den Kopf. »Schlaf ruhig.«

»Viel lieber würde ich dir eine kleine Geschichte erzählen. So wie damals, als du nicht schlafen konntest. Weißt du noch?«

»Was für eine Frage«, pruste ich. Natürlich kann ich mich an jede einzelne Sekunde mit ihm erinnern. Selbst an die schlechten. »Und welche Geschichte erzählst du mir heute? Die von den Menschen, die herausfinden, dass sie Kräfte haben, kenne ich ja bereits.«

Er zieht wieder den Mundwinkel hoch, dann reckt er seinen Nacken, offensichtlich um sich selbst wach zu halten. Seine Stimme ist rau und belegt. Aber sie klingt so sehr nach Zuhause, dass all meine Angst wie verschwunden ist.

»Es war einmal ein kleiner, frecher Junge ...«

»... namens Levyn«, unterbreche ich ihn kichernd.

Er schließt leise lachend seine Augen. »Es war einmal ich ... als ich noch ein spitzbübischer, frecher Junge war, der nur Unsinn im Kopf hatte.«

»Es hat sich also nichts geändert.«

Levyn leckt sich grinsend über seine Lippen. »Als ich siebzehn war, hatte Myr sein Erfahrungsjahr bei uns im Vulkan der Feuerdrachen. Jeder Sohn eines Königs, der kein Thronfolger wird, muss ein Jahr in jedem Königreich verbringen, weil sie meistens zu Botschaftern zwischen den Königreichen gemacht werden und so Beziehungen aufbauen sollen.«

»Wie lange ist das her?«, frage ich ihn endlich nach seinem Alter und halte gespannt die Luft an.

»Ein bisschen mehr als fünfhundert Jahre. Um genau zu sein: fünfhundertneunzehn Jahre«, sagt er ruhig und gelassen. Ohne jeglichen Zweifel in der Stimme.

»Du bist also ein Opa. Mehr als das. Eigentlich müsstest du bereits Gammelfleisch sein.«

Levyn lacht heiser und nickt. »So ungefähr, ja.«

»Weiter!«, fordere ich dann, als er eine Weile schweigt und mich nur ansieht. Sein Blick durchbohrt mich. Ich spüre seinen ruhigen Herzschlag, der immer wilder wird. Meinen Herzschlag. Unseren.

»Myr war gerade fünfzehn Jahre alt und die Feuerdrachen waren sein zweiter Stopp. Vorher war er bei den Luftdrachen. Und dort hat er die Tochter des Königs gesehen. Und glaub mir, er hat von nichts anderem geredet als von ihr und ihrer Schönheit.« Er schmunzelt und ein leichtes Leuchten funkelt bei der

Erinnerung in seinen Augen auf. »Als er irgendwann dann auch imstande war, über andere Dinge zu reden, wurden wir auf eine seltsame und verschrobene Art und Weise Freunde. Myr wollte ständig lernen, wie er erwachsener wird, weil seine Angebetete bereits tausend Jahre alt war, und ich genoss seine freie und jungenhafte Art. Etwas, was mir nie wirklich gestattet war. Nach einem Jahr dann war Myrs Zeit im Vulkan vorbei, aber gleichzeitig war eine neue Rasse geboren worden. Die Venandi. Also wurde ich von meinem Vater in den Krieg geschickt und Myr bat darum, mitkämpfen zu dürfen. Weil ich Kommandant der Truppen der Feuerdrachen war, ließ ich es zu. Bei einer der Schlachten traf Myr seine große Liebe wieder und, nun ja, viel Alkohol und viel Tod brachten sie dann wohl dazu, seinen Avancen nachzugeben, und sie waren eine Weile Geliebte.«

»Liebt Myr sie immer noch?«

»O nein«, lacht Levyn und scheint wirklich heftige Belustigung bei der Vorstellung zu empfinden. »Nicht auf diese Art. Fünfhundert Jahre sind eine Ewigkeit. Vor allem, wenn man selbst noch ein Junge ist. Myr hat sich entwickelt. Sich verändert. Er ist ein anderer geworden. Er hat es werden müssen.«

»Warum?«

»Das ... sollte er dir selbst erzählen«, sagt er leise und nachdenklich.

»Das heißt, ihr kennt euch schon seit fünfhundert ... neunzehn Jahren?«, frage ich fassungslos, aber auch ehrfürchtig.

»Ja.«

»Und seitdem seid ihr ... zusammen hier?«

»Ja. Mit einer kleinen Unterbrechung. Aber das gehört auch zu den Dingen, die er dir selbst erzählen sollte.«

»Und wie geht die Geschichte weiter?«

»Ich mache das so wie die schlaue Frau aus *Tausendundeiner Nacht*. Ich werde dir jeden Abend einen weiteren Teil dieser Geschichte erzählen, aber dafür musst du wohl oder übel hier in meinem Bett schlafen.«

Ich mustere seine starke Brust, die sich langsam hebt und senkt. Dann blicke ich hinauf zu seinen fein gezeichneten Lippen, die wieder zu einem Lächeln geformt sind. Ich versuche das alles abzuspeichern. Seine kantigen Gesichtszüge. Den leichten Bart an seinen Wangen. Diese kleinen Narben im Gesicht, die von fünfhundert Jahren Kampf und Lebenserfahrung zeugen. Seine Augen, die gerade grün sind, aber viel zu oft von dunklen Schatten umgeben werden. Sein Nest aus dunklen Haaren, das immer aussieht, als wäre es frisch gewaschen und nur mit einem Handtuch durchgerubbelt worden. Seine lange, schmale Nase mit dem kleinen Höcker, den ich gerade am liebsten nachfahren würde.

Ich lasse meinen Blick hinab zu seinen Schlüsselbeinen wandern, die leicht über dem Kragen seines Shirts hervorragen, und dann zu seinem Tattoo. Dem Drachen und der Schlange. In inniger Umarmung. Ich habe ihn nie gefragt, was die Schlange zu bedeuten hat, aber ich hebe es mir auf. Für ein anderes Mal. Zusammen mit dem Versprechen, dass uns das alles und die Reise zurück nach Acaris nicht trennen werden. Unsere Seelen nicht trennen werden. Zumindest nicht ganz.

»Das klingt gut«, murmle ich und drücke meinen Kopf in das Kissen. Spreche nicht aus, was ich eigentlich sagen will. Was ich sagen müsste. Schon bald werden wir so, wie wir es jetzt sind, nicht mehr zusammen sein können. Keine nächtlichen Ausflüge mehr zu ihm. Kein Levyn, der schlafend und schäbig lächelnd neben mir liegt. Keine Geschichten mehr, die mir mit jedem Herzschlag, mit jedem Wort mehr erklären, was Levyn für ein Mensch ist. Wer er tief in seiner Seele ist.

»Vielleicht erzähle ich dir das nächste Mal ja auch eine Geschichte.«

»Es war einmal ein kleines, unschlüssiges Mädchen …«, beginnt er, woraufhin er wieder einen Hieb von mir erntet.

»Nein. Ich würde gern deine Geschichte hören.«

Er blinzelt müde, hält aber weiter krampfhaft die Augen offen.

»Schlaf ruhig«, sage ich wieder und schließe meine Augen. Atme den Geruch, der meine Seele beruhigt. Höre das Geräusch des Atems und des Herzschlages, die mir so vertraut sind. Meine sind.

»Ich werde so lange wach bleiben, bis du eingeschlafen bist, kleiner Albino.«

# 8. Kapitel

Als ich am nächsten Tag aufwache, ist Levyn bereits weg, aber sein Geruch ist noch da. Seine Aura, die mich ruhig atmen lässt, bis ich mich aufrapple und unbemerkt zurück in mein Zimmer gehe. Als ich die Tür hinter mir schließe und mich erleichtert atmend dagegenlehne, weil ich Lyria nicht begegnet bin, fällt mein Blick auf Myr, der mit verschränkten Armen vor mir steht. Ich schrecke fürchterlich zusammen.

»Aha. Wo warst du?!«

»Was tust du hier?«, stelle ich eine Gegenfrage und löse mich von meiner Tür, um mir ein paar Klamotten zu holen.

»Na ja, ich wollte dich zum Frühstück und zum Training abholen. Aber du warst ja nicht da. Nicht nur das. Dein Bett ist unbenutzt, Lya!«

»Ach wirklich, Sherlock?«

Er mustert mich, als wäre er mein Vater. Ich verziehe nur den Mund, seufze und schmeiße ein Shirt aus dem Schrank in Richtung Stuhl.

»Ich hatte einen Albtraum und bin zu Levyn gegangen«, gebe ich nach.

Myrs Augenbrauen schießen in die Höhe. »O Lya!« Er schließt kopfschüttelnd seine Augen.

»Was?!«

»Warum zum Teufel kommst du denn nicht zu mir, wenn so was ist?«

»Was ist so schlimm daran, dass ich bei Levyn war?«, hake ich irritiert nach und durchforste weiter Kleidungsstücke.

»Ähm, ungefähr eine Million Gründe?!«

»Das ist nicht gerade sehr aussagekräftig, Myr!«, fluche ich und schmeiße weitere Klamotten herum. Myr beobachtet mich skeptisch.

»Ich hab dich lieb, Lya. Ich würde dich immer beschützen. Und ich stehe auf deiner Seite. Aber ...« Er fährt sich unruhig durch seine Haare. »Aber Levyn ist mein bester Freund. Ich liebe ihn. Ich ... Ich würde für ihn sterben. Und solange du diese Pläne, Tharys zu heiraten, nicht aufgibst, solltest du dich von ihm fernhalten.«

»Das sind nicht meine Pläne!«, fauche ich. Aber eigentlich weiß ich, dass er recht hat. Levyn weiß es. Myr weiß es. Und ich ... ich weiß es auch.

»Warum auch immer du das tust ...«

»Aber warum sollte ich dann abends zu dir gehen können? Wir sind Freunde! Genauso wie Levyn und ich es sind!«

»Das seid ihr nicht! Mein Gott, ihr geht mir auf den Sack!«

»Auf deinen fünfhundert Jahre alten Schrumpelsack, meinst du?!«, wende ich ein und grinse herablassend. Bereue es aber sofort. Getroffener Hund bellt ...

»Ja, genau den Sack meine ich. Ihr nervt! Ihr tut so, als wäre das, was ihr da tut, vollkommen normal. Ist es aber nicht!«

»Myr!«, wende ich ein und hebe meine Hand, um ihn zum Schweigen zu bringen. »Ich habe keine Kraft für eine Diskussion über Levyn und mich.«

»Ja …«, murmelt er und sieht mich von oben bis unten an. »Man hat immer nur Kraft für die Dinge, denen man sich auch stellen will, nicht wahr?«

Ich beiße die Zähne zusammen, sage aber nichts mehr. Levyn und mich – das gibt es nicht. Darf es nicht geben. Das weiß er genauso gut wie ich.

»Wenn es hier um Tharys geht …«

»Es geht hier nicht um Tharys. Es geht um den Menschen, der ein Bruder für mich ist. Meine Familie ist.«

»Und ich verletze ihn? Ist es das, was du mir sagen willst?«, frage ich gekränkt und lasse mich in den Haufen Klamotten sinken, die mittlerweile vor meinem Schrank ruhen.

Myr tritt auf mich zu, kniet sich neben mich und legt mir eines meiner Oberteile über den Kopf. Ich schnaube, während er leise lacht. »Zieh das an, du junges Ding. Das wird dem anderen Opa mit dem Schrumpelsack gefallen.«

»Haha!«, mache ich und ziehe mir den Stoff vom Gesicht. Als ich Myr wieder erkenne, liegt sein Blick nachdenklich auf mir.

»Ich habe ihn so noch nie gesehen. So wie in der Zeit, als du weg warst. Ich habe ihn besessen gesehen, blutrünstig, trauernd. Und ja, ich habe ihn auch schon mit sehr vielen Selbstzweifeln beladen gesehen, Lya. Aber so … So habe ich ihn noch nie erlebt. Und das macht mir Angst.«

»Ich wollte nicht …«

»Ich weiß«, unterbricht er mich und legt seine Hand behutsam auf mein Knie. »Ich weiß …«

»Ich möchte Levyn nicht verlieren. Als Freund …« Meine Stimme bebt.

»Dann … verlier ihn nicht. Aber setzt euch selbst Grenzen.«

»Grenzen?«, frage ich mit erhobenen Brauen.

»Grenzen«, wiederholt er grinsend. »Schlaf einfach in Zukunft bei mir oder Arya, wenn du … schlecht träumst.«

Ich nicke, erhebe mich und nehme das Oberteil, das er ausgewählt hat, mit ins Bad. Als ich mich geduscht und umgezogen habe, gehe ich gemeinsam mit Myr in unseren separaten Essraum.

Arya, Perce und Tym reden aufgebracht miteinander, während Levyn dasitzt und Unterlagen studiert. Lucarys' Blick wandert kurz zu mir und ich meine sogar, ein Lächeln auf seinen Lippen zu erkennen, als er mich erblickt. Am liebsten wäre ich zu ihm gegangen und hätte ihn irgendwie … na ja … vielleicht nicht umarmt, aber mehr Hallo gesagt, als ich es jetzt tue. Denn ich hebe nur meine Hand und werfe ihm ein Lächeln zu, um weder das Gespräch noch Levyns Konzentration zu unterbrechen.

Als ich mich setze und mir ein paar Erdbeeren auf den Teller häufe, hebt Levyn kurz seinen Blick. Nur für eine winzige Sekunde. »Du brauchst mehr als Früchte, Lya«, sagt er leise, während sein Blick auf die Unterlagen geheftet bleibt.

Ich beiße mir auf meine Unterlippe und nehme Brot aus einem Korb. Es ist seltsam, dass ich bei all dem, was mir hier geboten wird, auf das zurückgreife, was ich auch in den letzten Monaten bekommen habe. Aber etwas in mir will es so. Will nicht zu viel nehmen. Nicht zu viel verlangen und auch nicht wieder meinen Körper so sehr überfordern, dass ich mich hier und jetzt übergeben muss.

Als ich ein wenig an dem Brot herumgenagt habe und Levyn fertig ist, stemmt er seine Ellbogen auf den Tisch und legt seine

Fäuste vor seine Lippen. Seine Augen sind nachdenklich auf mich gerichtet. »Bitte iss etwas, Lya.«

Ich presse meine Lippen wieder aufeinander. Dann trifft mich sein Blick und ich erkenne in ihm das Verlangen, mich zu verstehen. Meine Gedanken zu hören, um sie zu begreifen.

Ich nicke ganz leicht. Nicke und denke daran, dass mein Magen sich krümmt, wenn er Essen auch nur riecht. Dass ich für eine sehr lange Zeit großen Hunger hatte, aber von meinem eigenen Körper bestraft wurde, wenn ich zu gierig war. Ich sage ihm in meinen Gedanken, dass ich das Gefühl habe, einen Teil von mir aufzugeben, wenn ich dieses Essen annehme.

*Es hat keinen Sinn, ich weiß. Aber es war die ganzen Monate, als würde ich darum betteln müssen. Als wäre es eine Geste des Feindes. Ein gutherziger Akt, der mich am Leben hielt. Ich habe gelernt, mich nicht davon abhängig zu machen.*

»Menschen sind aber abhängig davon«, raunt er.

Lediglich Myr und Lucarys werfen uns seltsame Blicke zu. Die anderen sind zu vertieft in ihr Gespräch, als dass sie mitbekommen würden, dass Levyn auf Dinge antwortet, die ich nicht ausspreche.

Ich nicke und beiße wieder in mein Brot. Würge es herunter wie ein undankbares Balg. Levyn lächelt und schiebt mir den Teller mit den Pancakes zu. Ich runzle die Stirn.

»Die habe ich gemacht. Ich bin heute Morgen extra früh aufgestanden.«

Myr schiebt den Stuhl neben mir laut zurück, setzt sich und sticht mit der Gabel in den Pancake-Haufen. »Wie süß von dir, mein kleiner Schrumpelsack.«

Levyn hebt seine Brauen, während ich leicht die Mundwinkel verziehe. Aber wirklich lachen kann ich im Moment nicht. Noch nicht.

Als ich Levyns Blick nicht mehr auf mir spüre, nehme auch ich mir einen Pancake. Der Geschmack ist mir auf eine seltsame Art vertraut und doch völlig ungewohnt.

»Könntet ihr«, unterbricht Levyn Arya, Tym und Perce, »euer Gespräch nachher weiterführen? Es gibt ein paar Dinge zu besprechen, jetzt, da Lyria bereits nach Acaris abgereist ist.«

Sie alle verstummen.

Levyn nickt und legt seine schmalen Finger aufeinander, seine Ellbogen immer noch auf den Tisch abgestützt. »Ich habe in der Welt der Vergangenheit Entscheidungen getroffen, die ... nun ja, uns alle betreffen. Und jetzt ist der Moment, in dem ihr mich dafür anschreien könnt. Wenn ihr möchtet, könnt ihr mich beleidigen, mich schlagen, mir den Tod wünschen. Aber tut es jetzt, und danach – akzeptieren wir es und suchen zusammen nach einer Lösung.«

Ich stocke und schlucke schwerfällig das Stück Pancake hinunter. Niemand rührt sich, bis Arya aufsteht, zu Levyn geht und ihm mit der flachen Hand in sein Gesicht schlägt. Einmal ... Zweimal ... Dreimal. Erst dann atmet sie aus, als hätte sie ihre Wut losgelassen, geht zurück und setzt sich. Aber kein Wort verlässt ihren Mund.

»Noch jemand?«, fragt Levyn und bewegt schmerzhaft seinen Kiefer hin und her.

»Ich habe keine Lust, dich zu schlagen«, erhebt Myr neben mir das Wort. »Schlägereien haben wir schon immer unter uns ausgemacht. Ohne Zuschauer.« Er atmet tief durch. »Aber ich will hören, was passiert ist. Und zwar ganz genau. Jedes Detail.

Du kannst nicht einfach verschwinden und sagen, dass du Lya da rausholst, dann aber doch mit ihr zusammen dableiben, um irgendein Spiel abzuziehen. Nicht bei Lyria. Und das hättest du wissen müssen. Also bitte erklär mir, was da los war!«

»Ich …«

»Es war meine Schuld«, wende ich ein.

Alle Augen richten sich auf mich. Levyns sind plötzlich wieder von Schatten umgeben, während sie sich verengen und mich nachdenklich mustern.

»Ich wollte nicht gehen. Ich …« Unruhig beiße ich auf meine Unterlippe. Mein Körper zittert, als Erinnerungen an die Oberfläche kommen. Und ganz plötzlich spüre ich Myrs Hand auf meinem Bein. Er beruhigt mich. Gibt mir Kraft. Als ich zu ihm sehe, nickt er mir zu. Es ist nicht diese Art Nicken, die mich auffordern soll, zu sprechen, nein. Alles, was er damit ausdrückt, ist, dass er mich unterstützt. Dass er für mich da ist, ob ich jetzt schweige oder ihnen alles erzähle.

Ich atme tief durch. Und dann … erzähle ich ihnen alles, was geschehen ist. Fast alles. Ein paar Dinge lasse ich weg. So wie diesen Gestank in meinem Loch. Dass ich mich übergeben habe, als ich mir zu viel Essen in den Rachen gestopft habe. Oder dass Nalya und ich regelmäßig von den anderen verprügelt wurden, wenn wir uns unterhielten. Und dass ich jemanden getötet habe. Aber dieses Mal lasse ich nicht den Handel mit Lyria aus. Ich erzähle ihnen in allen Einzelheiten, was sie mir anbot und was ich annahm, um meine eigene Haut zu schützen. Und ich erzähle ihnen von den Männern, die in mein Zimmer kamen. Die Männer, die Levyn getötet hat und dann verschwinden ließ. Und ich erzähle ihnen von meiner Bitte, dableiben zu dürfen.

Von meiner Erkenntnis, dass dieser Fake-Levyn einen Teil seiner Seele in sich hatte. Und zuletzt berichte ich ihnen von dem Moment im Thronsaal und Lyrias Drohungen.

Als ich fertig bin, bleiben sie alle stumm. Levyns Blick ist auf den Tisch gerichtet, als würde er allein mit seinen Augen Löcher hineinbrennen. Die anderen sehen betreten weg. Nur Myr krallt seine Hand fester in mein Bein und sieht mich direkt an. Mit einer Mischung aus Trauer und Anerkennung.

»Ich habe … aufgegeben. In jeder Situation, die mir geboten wurde«, flüstere ich in die Runde und denke an den Moment, als ich wie eine Süchtige die Seilleiter hinaufgeklettert bin. Als ich wie ein Kind geweint habe, als mir das Brandmal in den Hals geätzt wurde. Als ich auf Lyrias Handel einging und als ich in dieser Arena meine Finger hob, um um Gnade zu bitten.

»Du …«, knurrt Levyn und richtet seinen Blick ganz langsam auf mich, »… hast nicht aufgegeben!« Er spuckt die Worte rau hinaus. »Du hast überlebt!«

Ich sauge die kühle finstere Luft um mich ein und nicke. Nicke, damit er nicht weiterredet.

»Entschuldigung angenommen«, sagt Myr plötzlich zu Levyn und fängt wieder an zu essen, als wäre nie etwas gewesen. Und ich bin ihm so unendlich dankbar dafür. Denn ab da dauert es nicht lange, bis die anderen auch wieder lockerer werden. Nur Levyn … der bleibt stocksteif sitzen und sammelt offenbar all seinen Hass in sich zusammen, um das zu sagen, was als Nächstes seinen Mund verlässt.

»Wir brauchen einen Plan, um Lyria zu töten.«

* * *

Sie diskutieren eine halbe Stunde, nur um am Ende zu erklären, dass es keine Lösung gibt. Lyria ist Mitglied für drei Welten. Wir werden es also nicht leicht haben. Nicht einmal im Ansatz. Denn jetzt wird Lyria auch jede Bedrohung mitbekommen, die wir durch das Bündnis senden.

Ich höre ihnen nur mit halbem Ohr zu, denn eigentlich weiß ich genau, was ich tun muss. Mich mit Tharys verbinden, um meine volle Macht zurückzubekommen und dann eine neue Welt zu erschaffen. Shakysa hat mir das nicht ohne Grund gesagt. Es ist ein Vorteil, den ich nutzen kann. Nutzen muss. Aber bis ich wirklich weiß, ob es funktioniert, was für eine Welt ich erschaffen muss und was mit ihr passieren soll, werde ich das für mich behalten. Ich kann nicht riskieren, dass mich einer von ihnen aufhält. Mich bittet, es nicht zu tun. Denn wahrscheinlich würde ich dann einknicken.

Als wir endlich fertig sind und immer noch keine Lösung haben, gehe ich zusammen mit Myr in den Trainingsraum, um mit ihm zu lernen, wie ich den Raum beherrsche. Er stellt sich in eine Ecke, während ich immer wieder Zeit und Raum beherrsche, indem ich meine Augen schließe und mich auf das Licht in mir konzentriere, dieses schnelle, strahlende Licht, und direkt neben ihm lande. Einmal knalle ich mit meinem Kopf unsanft gegen die Wand. Beim zweiten Mal stoße ich Myr so hart um, dass wir zusammen auf dem Boden liegen, und danach hole ich mir nur leichte Blessuren. Es ist, als wäre mein Körper zu schnell für mich. Als wäre mein Geist noch nicht bereit, mich dieser Geschwindigkeit des Lichts hinzugeben.

Als wir endlich fertig sind, wartet Arya bereits in einem der Räume auf mich, der wie mein eigenes Zimmer eine Öffnung zum Wasserfall hat, der schäumend in den See außerhalb des Firefalls prasselt. Wir gehen durch die kleine Öffnung, ohne das Wasser zu berühren, und gelangen auf einen Steinvorsprung draußen in der Finsternis. Sie wartet gerade so, bis ich meine Flügel hervorgestoßen habe, als sie mich auch schon von dem Felsen schmeißt.

Ich will Luft holen, doch da lande ich schon mit dem Gesicht auf dem harten Wasser und ziehe Flüssigkeit in meine Lungen. Schnaufend kämpfe ich mich an Land, während sie breit grinsend neben mir landet und mich amüsiert mustert.

»Spinnst du?!«, fauche ich und spucke Wasser.

»Du hättest doch lediglich mit deinen Flügelchen schlagen müssen«, quietscht sie und wedelt bescheuert mit ihren Armen herum. Sie hat gut reden ... *lediglich* ... Für mich fühlt es sich an wie das Schwierigste auf der ganzen Welt.

Als ich zum Mittagessen gehe, mustert Levyn meine blauen Flecken. »Vielleicht machen wir unseren Teil morgen«, wendet er ein.

Ich schüttle wütend den Kopf. »Nein! Ich muss das alles lernen!«

Und ich lerne. Ich lerne und lerne. Verbringe jede freie Minute damit zu trainieren und falle jede Nacht schwach ins Bett. Ich wache auf. Ich wache oft auf. Aber ich zwinge mich, nicht zu Levyn zu gehen. Nicht weiter seinen Geschichten zu lauschen, bis ich einschlafe. Denn Myr hat recht. Womit auch immer.

Einige Nächte wache ich winselnd und zusammengekauert in der Badewanne auf. Und wenn ich begreife, wo ich bin, weine ich noch mehr Tränen. Bittere Tränen. Und jedes

Mal spüre ich Levyns Herz, das so schnell schlägt, als würde er dasselbe fühlen. Als würde er meine Schmerzen spüren.

Als ich eines Nachts wieder in der Badewanne aufwache, lehne ich meinen Kopf gegen das kühle Grafit und beruhige so meine Sinne. Beruhige meine Angst. Bilde mir ein, dass jemand bei mir ist. Ja, ich rede sogar mit jemandem, der gar nicht da ist.

»Kann ich reinkommen?«

Ich schrecke zusammen, als Levyns Stimme durch das Bad hallt. Nickend nehme ich meinen Kopf von dem kalten Stein und wische mir die Tränen aus den Augen.

»Mach Platz! Das ist normalerweise eine Badewanne für zwei!«, sagt er lachend und schiebt sich gegenüber von mir zwischen meine Beine. »Ziemlich trostlos, beinahe jede Nacht in einer Wanne zu sitzen, die nicht einmal mit warmem Wasser gefüllt ist.«

Ich zucke mit den Schultern. »Es fühlt sich an, als wäre ich nicht allein. Als würde mich jemand ... umarmen ...«

»Ich wende mal nicht ein, dass es hier ein paar Menschen gibt, deren Tür immer für dich offen steht.«

»Ich weiß«, murmle ich und lehne doch wieder mein Gesicht an die Wand der Badewanne. »Aber muss ich nicht irgendwann allein damit fertigwerden? Vor allem, weil es Menschen gibt, die viel schlimmere Dinge erleiden müssen?«

Levyn macht eine wegwerfende Handbewegung. »Wen interessiert es, wer wie viel Lasten tragen muss und wie viel er leiden darf? Das entscheidet jeder für sich selbst. Und ob du es hören willst oder nicht: Allein wirst du nicht damit fertig. Das Heilmittel heißt reden.«

»Aber worüber soll ich reden?«

»Über das, was dich nachts wach hält.«

Ich bewege unruhig meine Lippen. »Ich kann nicht darüber sprechen.«

»Vielleicht wirst du es eines Tages können. Wer weiß.«

»Es ist ... Es ist, als würde ich immer noch diesen Gestank riechen.«

»Welchen Gestank?«, fragt er.

»Den in diesem Loch. Meinen Gestank.«

»Da hilft definitiv nur eins ...«, murmelt er und innerhalb von Sekunden schnellt seine Hand zu dem Wasserhahn und der Duschbrause und er richtet sie auf mich, hebt den Hahn und ...

Ich schnappe nach Luft, als mich der Wasserstrahl trifft. Will gerade schon wütend auf ihn losgehen, doch dann sehe ich dieses jungenhafte Strahlen in seinen Augen, nehme ihm die Brause ab und beschieße ihn ebenfalls mit Wasser. So lange, bis er wie ein nasser Hund aus der Badewanne springt und die Brause der Dusche als Waffe benutzt, um mich zu attackieren. Ich schreie und verstecke mich in der Badewanne, bis ich ebenfalls hinaustrete, aber ausrutsche und mein Fall nur von Levyns Arm aufgefangen wird. Doch er rutscht auch aus und fällt neben mir zu Boden. Und da entfährt mir ein kleines Lachen.

Levyn starrt mich an, als würde er mich seit Langem zum ersten Mal sehen. Und so liegen wir einfach nur da, vollkommen nass, und sehen uns an. Und ganz plötzlich, so als wäre ich die ganze Zeit blind gewesen, begreife ich, wie viel Levyn mir bedeutet. Wie sehr ich ihm vertraue und wie sehr ich ihn brauche, um wieder zu heilen. Begreife, dass er mich genauso braucht wie ich ihn.

Trotzdem sehe ich ihn weiter an. Und er mich. Seine Brust hebt und senkt sich so schnell, dass ich selbst kaum atmen kann.

»Ich …«, raunt Levyn und hebt eine Hand, um mir eine nasse Strähne aus dem Gesicht zu streichen.

»Seid ihr von allen guten Geistern verlassen?!«, ertönt Aryas Stimme durch das Bad.

Mein Blick wandert schockiert zu ihr. Hinter ihr steht Myr und mustert uns mit erhobenen Brauen.

»Was bitte habt ihr hier getan? Wir dachten, Lya wird abgeschlachtet!«

Der Vorwurf in ihrer Stimme lässt all meine Glieder erstarren, dabei wäre es viel schlauer gewesen, einfach aufzustehen. Aber ich kann mich nicht bewegen.

Levyn hingegen erhebt sich langsam. »So was nennt sich Wasserschlacht, du uralter Spielverderber!«, sagt er, greift nach der Duschbrause, die immer noch an ist, und zielt auf Arya.

Schockiert reiße ich meinen Mund auf, als der Wasserstrahl Arya trifft, Levyn und Myr laut auflachen und Arya wie ein begossener Pudel dasteht und laut schnauft. Am liebsten würde ich mich auf der Stelle wegbeamen. Aber das kann ich wohl kaum machen. Mitgefangen, mitgehangen.

Myr schlägt sich belustigt eine Hand vor den Mund, um ein weiteres Lachen zu unterdrücken, was Levyn ihm mit einer Attacke auf ihn dankt und woraufhin nun auch er völlig durchnässt vor uns steht.

»Ihr seid Kinder!«, faucht Arya und dreht sich um. Doch

als Levyn auf ihren Rücken zielt und nun auch ihren kompletten Po unter Wasser setzt, erstarrt sie. Wir alle erstarren. »Das wirst du mir büßen!«, faucht sie und stürmt auf ihn zu. Stößt ihn nach hinten, nimmt die Brause an sich und spritzt ihm Wasser in sein Gesicht. Und obwohl sie noch immer ein wenig zornig ist, lacht sie aus vollem Hals, als Levyn sie packt und unter sich zwingt, um ihre wachsenden Schuppen unter Wasser zu setzen. Lacht, wie ich sie noch nie habe lachen sehen.

»Keine Sorge, Arya, ich werde dich retten!«, brummt Myr mit verstellter Stimme und kommt mit Superman-Gestik auf uns zu. Stürzt sich auf mich und nimmt mich zusammen mit der anderen Brause als Geisel, um Arya zurückzuerpressen.

Ich mustere diese jahrhundertealten Drachen um mich herum und wie sie zu kleinen Kindern mutieren. Wie sie voller Eifer dieses Spiel spielen und kurz all ihre Sorgen ablegen. Und mit jedem Wort, mit dem Myr versucht, mit Levyn zu verhandeln, der immer wieder betont, dass er einen Hinterhalt erspürt und Arya nicht hergibt, mit jedem Lachen der anderen und mit jedem Wasserstrahl, der auf mir oder ihnen landet, fühle ich mich wieder ein wenig befreiter von all dieser Last. Ein wenig mehr so, als hätte ich endlich den Ort und die Menschen gefunden, bei denen ich sein will und die mich heilen können, wenn ich mich verloren glaube.

* * *

Nachdem Levyn und ich das Bad geputzt haben, während Myr nur weniger hilfreiche Kommentare eingeworfen hat, legen wir uns zu dritt auf mein Bett. Arya ist mit irgendeiner Entschuldigung, die ich nicht verstanden habe, gegangen.

»Wann müssen wir nach Acaris?«, fragt Myr irgendwann in die Stille und beginnt an seinem Waffengurt herumzunesteln, in dem aber momentan keine Waffen ruhen. Bisher hatte ich immer das Gefühl, er wäre gern in seinem Zuhause. In Acaris. Jetzt klingt es aber viel mehr danach, als würde er lieber nie wieder zurückkehren.

»Lyria verhandelt mit Tharys. Und wenn das geschafft ist, werden wir uns auf den Weg machen«, erwidert Levyn.

»Du meinst, wenn sie die Bedingungen für meine Hochzeit festgelegt haben?«

»Genau«, sagt er mit einem selbstgefälligen Grinsen. »Vielleicht steht in eurem Ehevertrag ja sogar, wie viele Babys ihr machen müsst.«

»Witzig«, brumme ich und drehe mich Myr zu, der immer noch aussieht, als würde er einem schrecklichen Schicksal entgegensehen.

»Was will Lyria?«, fragt er nachdenklich.

Ich verziehe den Mund und denke nach. Versuche herauszufinden, was sie mit alldem bezweckt.

»Will sie deine Seele? Die des weißen Drachen? Oder … Warum will sie nicht, dass ihr euch verbindet, wenn das doch die Welten vernichten und ihren Plan weiterführen würde?«

»Vielleicht will sie die Welten gar nicht mehr zerstören«, raunt Levyn und fährt sich angestrengt durch sein Gesicht.

Ich verenge meinen Blick. »Was bringt es ihr, wenn ich Tharys heirate? Ergibt das überhaupt Sinn?«

»Warum erwartest du, dass diese Irre etwas macht, das Sinn

ergibt?«, wendet Myr ein. Trotzdem kneife ich meine Augen zusammen und denke nach. Überlege, warum sie das tut. Wie sie daraus einen Vorteil ziehen könnte. Aber eine Antwort finde ich nicht. Denn es würde mir vor allem Macht wiedergeben. Sie muss doch wissen, dass ich mich mit Tharys verbinden kann und so wieder die Herrscherin des Lichts wäre, was ihre Macht auf die Venandi abschwächt.

»Es muss einen Grund geben. Genauso wie es einen Grund dafür geben muss, dass sie unbedingt Teil dieses Bündnisses sein wollte.«

»Na ja, sie bekommt jetzt all unsere Bedrohungen mit«, sagt Myr.

»Aber sie ist doch die Bedrohung. Und das weiß sie in den Momenten. Also warum sollte sie noch eine Benachrichtigung benötigen?«

Die beiden sehen mich überfordert an.

»Hat das Bündnis ... Können wir noch irgendetwas anderes? Außer uns benachrichtigen, wenn etwas nicht stimmt, und unsere Geister spalten?«

»Geister spalten ...«, wiederholt Levyn. »Lyria sieht jetzt unsere gespaltenen Geister. Unsere Greifvögel ...« Er setzt sich unruhig auf, bevor er ganz aufsteht und uns einen ernsten Blick zuwirft. »Kommt mit!«

Wir folgen ihm durch die leicht erhellten Höhlen, bis wir in dem Raum mit dem runden Tisch ankommen. Levyn zieht das Buch aus einer Öffnung in der Steinmauer, legt es auf den Tisch und blättert darin. Er wirkt ruhig und bedacht. Dunkel und herrisch. Wie der geborene Herrscher.

»Darfst du das überhaupt lesen?«, frage ich irritiert, als das

Buch immer wieder leicht zu glühen beginnt und ganz offensichtlich Levyns Haut versengt.

»Ich bin es gewohnt, Dinge anzufassen, die mich verbrennen«, raunt er mit einem amüsierten Blick auf mich.

Ich schlucke und wende meinen Blick ab.

»Als Artus schwer verwundet war«, fängt Levyn dann an zu lesen, als er die richtige Stelle gefunden hat, »fand er Zuflucht auf der geheimen Insel Avalon und wurde dort von seiner Halbschwester Morgan le Fay geheilt. Er schuf das Bündnis der Welten und machte sie und ihre acht Schwestern zu Mitgliedern, indem sie ihr Blut auf ein leeres Buch tropfen ließen. Dieses Buch, dessen Geschichte erst über die Jahrhunderte vollendet wird. Morgan versteckte als Bündnismitglied das Schwert, das Artus mitbrachte, um es zu schützen, denn nur dieses Schwert war in der Lage, die mächtigsten Drachen zu töten. Allerdings hatte Merlin, ein mächtiger Druide, nicht nur dieses, sondern noch ein Zwillingsschwert geschaffen, das er in andere Hände gab.«

Ich hebe meine Brauen und mustere Levyns angespannten Gesichtsausdruck. »Merlin? Artus?«

Er nickt einfach nur, während ich mittlerweile das Gefühl bekomme, dass jeder Mythos der Menschen einen Funken Wahrheit in sich trägt. »Merlin sagte einmal voraus, dass ein roter gegen einen weißen Drachen kämpfen würde. Unter der Erde. Aber ich wüsste nicht, wie uns das helfen kann.«

»Und jetzt?«, fragt Myr irritiert und läuft angespannt um den Tisch herum. »Jetzt müssen wir nur eine geheime Insel finden, die vielleicht gar nicht existiert, dort eine Morgan suchen, die rein zufällig die Schwester von *dem* Artus ist, die uns dann sagt, wo dieses Schwert ist, was sich für mich ziemlich verdächtig nach Excalibur anhört, und dann … töten wir damit Lyria?«

Levyn und ich starren ihn unverhohlen an.

»Was?«, fragt er schulterzuckend. »Ich mag die Artussage und die Geschichte von Merlin und Excalibur. Das ist kein Verbrechen!«

»Kaum zu fassen, dass du in deinem Alter noch … Kindergeschichten anschmachtest.«

»Das sind keine Kindergeschichten!«, empört er sich und sieht zu mir, als wolle er meine Unterstützung gegen Levyn. Ich allerdings weiß kaum etwas über diese ganze Geschichte. Also kann ich ihm nicht beistehen.

»Aber auch wenn du es witzig findest … Wie sollen wir diese Insel bitte finden?«

»Ich … kenne Avalon. Ich weiß, wie wir dorthin kommen«, sagt Levyn leise, rau.

Ich verenge meinen Blick und sehe hinab auf das Buch. »Dann gehen wir da also hin?«

Er nickt. »Myr, hol Arya! Sie soll uns begleiten«, befiehlt er und wendet sich dann an mich, als Myr verschwunden ist. »Ich hoffe, du bist bereit für eine zweite Begegnung mit Feynen, kleiner Albino. Ausschließen soll ich dich ja nicht mehr.«

# 9. Kapitel

Bevor wir die unsichtbaren Grenzen zu Avalon passieren können, müssen wir unseren Geist spalten. Levyn erklärt mir, dass nur Mitglieder des Bündnisses Zutritt haben und dies ihre Barrieren durchbricht.

Als gerade mein Geist zurückkehrt und mich wieder vollständig macht, tut sich ein riesiges Meer vor mir auf.

»Ich hoffe, du hast trainiert«, raunt Levyn und fliegt los. Myr tut es ihm gleich, während ich dastehe und sie anstarre. Aber ich weiß, dass sie ohne mich nicht weit kommen würden, denn diese Fähigkeit, zu fliegen, haben sie von mir. Sie übernehmen mein Element. Das können sie nicht, wenn sie sich von mir entfernen.

Also lasse ich mir Zeit, bis ich die Schuppen um meine Augen und die Kraft an meinen Schultern spüre. Ich atme ein paarmal tief durch und rufe in mir das ab, was Arya mir beigebracht hat, als sie neben mir erscheint und mir ihre Hand auf die Schulter legt. »Du kannst es«, ist alles, was sie sagt, bevor sie ebenfalls abhebt. Und jetzt könnten sie zu dritt verschwinden, denn jetzt haben sie Arya, deren Element sie übernehmen können. Also beiße ich die Zähne zusammen und schlage mit meinen Flügeln gegen den Wind an. Die gräulichen Dinger lassen mich abheben. Zwar etwas wackelig und meine Höhenangst will nur allzu gern zurückkehren, aber ich weiß mittlerweile, dass es keine echte Angst ist. Dass es nur etwas ist, das mein Geist errichtet hat, weil ich mich gegen meine wahre Bestimmung wehren will. Wollte. Genau deshalb habe ich all diese Ängste in der Nacht entwickelt, in der Jason mich getötet hat. In der Nacht, in der ich zum ersten Mal mit dieser Welt konfrontiert wurde. Doch jetzt bin ich nicht mehr die, die ich einmal war. Nicht mehr die giftige, grantige Lya, die mit Abweisung auf Nähe reagiert hat und mit Angst auf meine Macht. Ich will das hier. Will Levyn beweisen, dass er mich nicht zu Unrecht in alles einbezieht und mich die Dinge selbst machen lässt. Er hätte genauso gut meinen schmalen Körper packen und mit mir in die Lüfte abheben können. Aber das hat er nicht getan, weil er mir vertraut. Auf mich und meine Kräfte vertraut. Also schlage ich weiter gegen den Wind, bis ich auf ihrer Höhe bin. Feuchte Luft schlägt mir in mein Gesicht. Ein salziger Geruch umhüllt mich und lässt meinen Rachen brennen, während ich mit meinen riesigen schuppigen Flügeln über diesen wunderschönen Ozean fliege. Vor uns erstreckt sich der rote Himmel der Dämmerung. Und ganz plötzlich fühle ich mich frei. Freier als jemals zuvor.

Levyn fliegt voraus und schaut kein einziges Mal zurück. Sieht nicht nach, ob ich vielleicht schon längst ins Meer geplumpst bin. Und gerade diese Tatsache, dass er mir vertraut und sich keine Sorgen macht, gibt mir die Stärke weiterzufliegen. Es anzunehmen, als Teil von mir.

Wir fliegen Stunden über das schäumende Meer, bevor sich eine Insel vor unseren Augen erstreckt. Überall in den Bäumen hängen kleine Lichter. Der Strand ist übersät mit Pavillons, die in rötlichem Licht erstrahlen. An einem langen Holzsteg sitzen Nixen, während andere Kunststücke im Wasser vollführen. Ich blinzle und bemühe mich, wieder zu Verstand zu kommen, weil die Aura und die Schönheit dieser Insel mich benebeln.

Levyn steuert ein ausladendes Haus an, das nicht weit vom Strand entfernt zwischen den Bäumen herausragt. Es sieht aus wie ein Herrenhaus. Ein Strandhaus, nur in riesig und viel strahlender, so als würde Licht von dem golden glänzenden Gemäuer ausgehen.

Als Levyn auf einer marmorbedeckten Terrasse landet, dreht sich mir der Magen um. Ich werde ganz sicher fallen und wieder so aufkommen, dass ich mir dieses Mal vermutlich nicht nur meinen Arm breche.

Levyn wirft mir nur einen flüchtigen Blick zu. So als bemerke er nicht, dass ich keine Ahnung habe, wie man sich selbst bremst, und deshalb viel zu schnell auf den steinernen Boden zurase. Aber als ich meine Augen schließe und auf den harten Aufprall warte, spüre ich seine Schatten. Seine Schemen, die mich wie durch eine unsichtbare Hand abbremsen und ganz sanft auf dem Boden aufkommen lassen. Beinahe elegant setze ich meine Füße auf den Stein und gehe ein paar Schritte, während sich die Flügel wieder zurückziehen.

Levyn bedenkt mich mit einem süffisanten Lächeln und streicht sich ganz leicht mit der Zunge über seine Lippen. »Gute Arbeit«, sagt er dann an mich und Arya gerichtet, die ihrerseits ziemlich überrascht zu sein scheint, dass ich nicht halb tot am Boden liege. Aber ich kann es ihr nicht verübeln. Wüsste ich nicht, dass es Levyn war, der mir diese Landung mit seiner Finsternis möglich gemacht hat, würde ich wahrscheinlich davon ausgehen, dass das hier die Terrasse des Garten Edens ist und ich tot bin.

Ich sehe dabei zu, wie sich Myrs blaue Flügel ebenfalls in Luft auflösen, während sich eine Frau auf uns zubewegt. Ich wende meinen Blick ihr zu und erblasse beinahe vor ihrer Schönheit. Ihre goldenen Haare schimmern noch mehr, als es die von Shakysa getan haben, und die golden glänzenden Augen richten sich liebevoll auf Levyn, der sich leicht verneigt. Sie tut es ihm nach, als sie vor ihm zum Halten kommt.

»Herrscher der Finsternis, wie kommen wir zu dieser Ehre?«, fragt sie in einem sinnlichen, melodischen Ton und sieht kurz darauf auch Myr, Arya und dann mich an – wobei ihr Blick ziemlich lange an mir haften bleibt.

»Wir sind nicht zum Spaß hergekommen«, rückt Levyn direkt mit der Sprache heraus. Was wahrscheinlich die beste Lösung ist, denn wenn diese Frau auch nur ansatzweise so begabt ist, wie es Shakysa als Seherin war, weiß sie bereits, warum wir hier sind. »Wir brauchen sein Schwert, Morgan.«

Ich erstarre, als ich begreife, wer sie ist.

Ihre Lippen verziehen sich zu einem amüsierten Lächeln. »Alles hat einen Preis, Levyn Leroux. Das weißt du.«

Er nickt. Ganz offensichtlich ist es ein ungeschriebenes Gesetz bei den Feynen, dass sie den Drachen zwar helfen, aber immer etwas dafür verlangen. Wird es wieder eine Nacht mit ihr sein? Muss dieses Mal Levyn diesen Preis bezahlen? Mein Magen verkrampft sich ungewohnt.

»Ich muss wissen, ob eure Seelen rein und gut sind«, haucht sie und sieht uns wieder nacheinander an. »Aber zuerst einmal ... seid meine Gäste. Ein paar der Feynen werden euch Zimmer herrichten und heute Abend nehmt ihr an einem Fest zu eurer Begrüßung teil. Ich möchte mir nicht sagen lassen, ich hätte den weißen Drachen nicht gebührend empfangen.«

Ihr Blick landet auf mir, bevor sie zwei Feynen, die sich neben ihr positioniert haben, mit einer Handbewegung wegschickt. Wahrscheinlich, um unsere Zimmer fertig zu machen.

Ich verenge meinen Blick, während Levyn ihr seinen Arm anbietet und zusammen mit ihr in das wunderschöne goldene Haus geht. Es ist bereits das zweite Mal, dass ich irgendwo hinkomme und extra ein Fest veranstaltet wird, um mich willkommen zu heißen. Ist das etwa auch eines dieser seltsamen Gesetze?

Die Feynen weisen uns zwei Zimmer zu. Arya und mir eines, Levyn und Myr teilen sich das andere. Und ohne es laut oder vor mir selbst zugeben zu wollen, wünsche ich mir, Levyn könnte sich ein Zimmer mit mir teilen. In den letzten Wochen habe ich nur bei ihm schlafen können, ohne von der Angst oder den Erinnerungen überrannt zu werden. Außerdem will ich nicht, dass Arya einen meiner Träume mitbekommt. Erkennt, wie schwach ich bin, wenn ich weinend neben ihr aufwache.

Levyn wirft mir einen merkwürdigen Blick zu, als Morgan uns die Tür zu unserem Zimmer öffnet. Dann kommt er auf uns zu, packt Arya an ihrem Oberteil und zieht sie wieder aus dem Raum hinaus, den sie gerade betreten hat.

»Spinnst du?«, flucht sie und schüttelt ihn genervt ab.

»Entschuldige. Aber ich werde mir ein Zimmer mit Lya teilen«, sagt er gelassen und stolziert hinein.

Ich starre ihm mit offenem Mund hinterher, während Aryas

geballte Wut an mir vorbeizieht. »Und ich soll mir ein Zimmer mit Myr teilen?!«, giftet sie, als sie vor ihm zum Halten kommt.

»So sieht's aus«, erwidert er.

Myr neben mir fängt an zu glucksen, bis Arya ihm einen vernichtenden Blick zuwirft und wieder an mir vorbei in das andere Zimmer stürmt.

Nach ein paar Sekunden betrete ich den Raum und mustere Levyn, der sich bereits auf das Bett geschmissen hat. »Du sollst meine Gedanken nicht mehr lesen!«, brumme ich nur wenig überzeugend. Denn eigentlich bin ich froh darüber, dass er bei mir sein wird.

Levyn zuckt nur mit den Schultern, während er seine Stiefel übereinanderschlägt. Diese dunklen, ausgelatschten halbhohen Stiefel, die er auch in meinem Bett getragen hat, als ich weg war. »Ich habe dich vor einigen Knochenbrüchen und einem peinlichen ersten Eindruck bewahrt. Da dachte ich, ich schaue als Belohnung mal kurz nach, wie sehr du dich danach sehnst, ein Zimmer mit mir zu teilen. Und siehe da, das Verlangen, zusammen mit mir in einem Bett und an meiner starken Brust zu liegen, war wirklich groß. Also konnte ich nicht widerstehen. Verzeih mir.«

Ich verdrehe die Augen und setze mich neben ihn. »Arya war ganz schön sauer.«

»Ach, die kriegt sich wieder ein«, winkt er ab.

Ich werfe ihm einen Blick zu. Seine Arme sind hinter seinem Kopf verschränkt, seine Augen geschlossen. »Aber … Mag sie Myr nicht?«

Levyn lacht leise und gedämpft. »Arya ist die Frau, von der ich dir erzählt habe. Myrs große Liebe.«

»Die Tausendjährige?«, frage ich entsetzt.

»Na ja, jetzt ist sie tausendfünfhundert. Aber ja, genau die.«

»Aber … sie … ist die Tochter des Königs?«

Levyn nickt wieder. »Du bist ja nachts nicht mehr aufgetaucht, um dir tausendundeine Nacht lang meine Geschichten anzuhören. Sonst wüsstest du das bereits.«

»Und jetzt … sind sie Freunde? Oder immer noch Geliebte?«

»Wie ich dir schon gesagt habe, haben sie sich beide verändert. Beide Dinge durchgemacht und beide gelernt, sich als Freunde mehr zu lieben, als sie es als Erwählte könnten.«

»Erwählte?«, frage ich irritiert und lege meinen Kopf auf das goldene Kissen, das nach Lotus und frischer Luft duftet.

»Erwählte sind diejenigen, die sich verbinden, so wie Shakysa es dir erzählt hat. Aber das kommt eigentlich nie vor«, erklärt er ruhig, lässt seine Augen aber geschlossen.

»Warum?«

»Seelen sind … nie vollständig. Sie werden gespalten, bevor sie in einen Körper fahren … bevor sie ihn mit Leben füllen, denn eine ganze Seele ist zu stark für einen einzelnen Drachen. Deshalb gibt es zu jeder Seele ein Gegenstück. Findet man es, findet man auch heraus, dass man unvollständig ist. Dass man einen anderen Menschen braucht, um vollständig zu sein. Eine andere Seele. Den Teil der ganzen Seele, der einst getrennt wurde. Nur die wenigsten Menschen können sich dieser Erkenntnis stellen.« Er öffnet seine Augen und sieht mich nachdenklich an.

»Warum können sie sich dieser Tatsache nicht stellen?«, frage ich leise.

Levyn lächelt leicht. So als wäre ich das beste Beispiel für diese Angst. Und ja, vielleicht trifft er mit diesem Grinsen genau ins Schwarze. Denn auch ich spüre, dass ich unvollständig bin. Und ganz selten – dann, wenn ich es zulasse – spüre ich auch, dass Levyns Seele meine vollständig machen könnte ... Vielleicht ...

»Ich glaube, der Fehler liegt darin, zu glauben, dass Menschen alles dafür geben, ihre Lebensaufgabe zu erfüllen. Denn eigentlich ist es doch so, dass sie alles kaputtmachen, kurz bevor sie diese Aufgabe erfüllt haben. Denn sonst hätten sie ja keine Aufgabe mehr, nicht wahr?«

Ich sehe ihn einfach nur an und denke über seine Worte nach. Über die Wahrheit in ihnen. »Also haben Menschen Angst davor, was sie noch sein werden, wenn sie vollständig sind? Was aus ihnen wird, wenn sie nicht mehr nach dem fehlenden Stück suchen müssen?«

Levyns Lippen verziehen sich zu einem traurigen Lächeln. »Ja, es würde sie ihrer Aufgabe berauben. Denn am Ende wird ihr Leben durch die Suche und nicht durch das Ziel bestimmt. Und diese Suche aufzugeben ... sich jemandem hinzugeben und zu akzeptieren, dass man unvollständig war ... das ist nicht leicht.«

Ich ziehe die angenehme Luft um mich herum ein.

»Weißt du ... Es fällt mir wirklich schwer, nicht in deinem hübschen Köpfchen herumzustöbern«, raunt er leise lachend. »Egal wann und egal wo du oder ich sind ... Ich frage mich ständig, was du denkst.«

»Du könntest mich danach fragen«, erwidere ich und halte kurz meinen Atem an.

»Könnte ich. Aber ich habe manchmal das Gefühl, dass wir,

je mehr ich mich dir nähere, uns auch wieder noch mehr als zuvor voneinanderstoßen.«

»Und das … das willst du nicht? Dass wir uns voneinander wegstoßen?«

»Natürlich nicht. Du bist meine bessere Hälfte. Ich brauche dich, um schlaue Entscheidungen zu treffen.« Er zwinkert mir zu und ich pruste belustigt.

»Deine bessere Hälfte … Ist klar.«

»Na ja. Du bist das Licht … ich die Finsternis. Geben wir uns doch einfach den Vorurteilen hin, kleiner Albino.«

»Dann möchte ich meinem Stand als deine bessere Hälfte alle Ehre machen und einwenden, dass wir uns überlegen sollten, worin dieser Test bestehen wird, dem Morgan uns unterziehen will.«

»Ich hasse es, wenn du diese tief privaten Momente mit dem geschäftlichen mischst, Weib!«, empört er sich lachend und hebt die Hände in die Luft, als würde er sich wirklich aufregen.

Ein kleines Lächeln stiehlt sich zuerst in meine Brust und dann auf meine Lippen.

»Also schön. Wahrscheinlich wird sie das Schwert in einen Stein stoßen und nur derjenige, der eine reine Seele hat, kann es herausziehen.«

Ich weite meine Augen. »So wie in der Artussage?!«

»Das war ein Witz, Lya«, lacht er rau und setzt sich dann auf. »Morgans Tests betreffen eher … psychologische Dinge. Am besten machst du dir keine Gedanken darüber, sondern handelst, wie es dir dein Instinkt sagt. Du hast nämlich eine ehrliche und reine Seele. Ein wenig zynisch vielleicht, aber ehrlich.«

Er zwinkert mir wieder zu und erhebt sich vom Bett. Ich

mustere ihn mit pochendem Herzen. Er ist mir nah, ja. Vertraut. Mein Vertrauter – und auf eine seltsame Art bin ich auch seine Vertraute. Aber wenn ich ihn ansehe, wie diese dunklen Schemen ihn auf Schritt und Tritt verfolgen, seine große Statur, die sich mit finsterer Anmut bewegt … dann kommt er mir beinahe surreal vor. Und ich spüre Ehrfurcht. Tiefe, treue Ehrfurcht.

Er reckt seinen Hals und geht dann zur Tür. Doch bevor er sie öffnet, wirft er mir einen auffordernden Blick zu. Ich erhebe mich ebenfalls und folge ihm hinaus in den Gang. Dort, wo er die Aura des Mannes annimmt, die er nach außen trägt. Diesen anderen Mann – den, der gerade mit geschlossenen Augen und erhobenen Mundwinkeln in meinem Bett lag, der Mann, der unerbittlich in einer Wasserschlacht kämpft –, den bekommen nur seine Freunde zu sehen. Myr, Arya, manchmal auch Lucarys, Tym und Perce – und mittlerweile auch ich.

Wir treffen Morgan und eine ihrer Schwestern auf dem langen Holzsteg. Erst jetzt bemerke ich das kleine Plateau ganz vorn, umringt von sprudelnden, schäumenden Wellen. Stühle und Tische sind darauf aufgebaut. Über ihnen spannen sich Seile, an denen Lichter in verschiedenster Form hängen. Lampions, einfache Birnen, in die Kerzen hineingesetzt wurden, Flaschen, aus denen brennende Dochte hängen – und darüber Leinenstoffe in den unterschiedlichsten Farben. Als wir näher treten, erkenne ich auf den weißen Tischen weitere Teelichter in bunten, goldenen und gesprenkelten Gläsern. Meine Brust flattert, als wir uns an einen der Tische setzen, umgeben von diesen unzähligen wunderschönen Lichtern und dem tosenden Meer. Dem Wasser, das die Lichter in seiner rötlichen Farbe widerspiegelt, und der Gicht, die mir diesen beruhigenden salzigen Geruch in die Nase treibt.

Ich werfe einen Blick auf Levyn, der neben Morgan, gegenüber von mir am Tisch steht. Auf Arya, die mit verschränkten Armen dasitzt und mit ihren Augen Blitze zu Levyn schickt, der sie allerdings geflissentlich ignoriert, während er mit Morgan lacht, weil sie sich nicht einig werden, wer sich zuerst setzt. Ich sehe zu Myr, der immer wieder den hübschen Hintern der Feynen hinterherstarrt – nur um dann doch wieder in Aryas hartes, aber elfenähnliches Gesicht zu sehen und dort zu verweilen, bis er sich wieder besinnt und weiter die Feynen mit seinen Blicken auszieht.

Ein Lächeln bildet sich in meiner Seele und meiner Brust. Ein echtes Lächeln – als ich begreife, dass sie mein Zuhause sind. Es war nicht die Welt der Finsternis – nicht nur –, wegen der ich mich wieder so angekommen gefühlt habe. Nein, es waren vor allem sie. Es *sind* sie. Und sie werden es wohl immer sein. Meine Freunde.

Morgan hat mir ein weißes Kleid bringen lassen, das ich schnell angezogen habe, bevor wir hierhergekommen sind. Levyn ist wie immer komplett in Schwarz gekleidet, aber heute trägt er einen Mantel aus Stoff, der wie ein schiefer Umhang aussieht, der ihm bis kurz über die Knie reicht. Dort, wo seine schwarze Hose seine drahtigen Beine betont.

Ich schlucke, als ich Levyns Blick auf mir spüre, und sehe schnell weg, während sich Morgan geschlagen gibt und als Erste Platz nimmt, da sie die Frau ist und es Levyn nicht nehmen will, den wohlerzogenen Gentleman zu spielen.

Während hübsche kleine Feynen unsere Tische mit Essen

beladen und eine Nixe zusammen mit einer Feyne, die Harfe spielt, zu singen beginnt, erlaube ich es mir wieder, zu Levyn zu sehen, der gerade Kartoffeln auf Myrs Teller lädt, obwohl er laut dessen Einwänden genau weiß, dass er die Erdäpfel hasst. Ich erkenne das schäbige Lächeln auf seinen Lippen. Aber für den Rest hier bleibt es verborgen. Für den Rest hier ist er der erwachsene Herrscher, der ebenfalls in ihm schlummert – ihn aber nicht ausmacht. Nicht allein.

Als wir fertig mit Essen sind, entführt Morgan uns an den Strand zu den Pavillons. In der Mitte befindet sich eine kleine Feuerstelle und eine Bar im Hintergrund, von der sie uns Sekt bestellt.

Ich lasse meine Augen über den leicht erhellten Strand wandern. Hin zu den Pavillons, die von Leinenstoffen umgeben sind. Als einer der Stoffe zur Seite geschoben wird, erhasche ich einen Blick auf das von Kissen übersäte Innere, das mich an Shakysas Etablissement erinnert. An den Decken hängen Kerzenhalter mit wunderschönen Mustern, in deren Innerem Lichter brennen, die Lichtspiele an die Leinen zaubern.

Als ich meinen Sekt bereits in einem Zug ausgetrunken habe, weil mich langsam die Nervosität wegen Morgans Preis überkommt, und mir einen zweiten hole, erhebt Morgan ihre Stimme.

»Ihr alle kennt mich und meine Liebe für Spiele. Aber das ist mehr als nur ein Spiel. Ich sehe euch – sehe euch alle – und ich sehe, wer sich im Heimlichen begehrt. Also gebe ich den geheimen Geliebten hiermit eine Chance.«

Die Feynen und die Drachenmänner um mich herum werden unruhig. Beinahe, als könnten sie es kaum erwarten.

Ich trete neben Levyn. »Was ist das?«, flüstere ich ihm zu und nippe an meinem Sekt.

»Ich wähle Ryna und Egrys«, haucht Morgan.

Blinzelnd sehe ich dabei zu, wie sich eine junge Feyne von ihrem Mann löst und zu einem anderen geht, seine Hand ergreift und zusammen mit ihm in einem der Zelte verschwindet.

»Ist es das, was ich denke?«, frage ich irritiert und auch ein wenig geschockt.

Levyn nickt nur.

Ein paar Nixen und Feynen haben ihn bereits fixiert und warten wohl nur darauf – hoffen –, dass sie und er ausgewählt werden. Einige von ihnen haben ihn sogar erkannt und mit *Herrscher der Finsternis* oder *Levyn* angesprochen.

»Sollte ich fragen, woher sie dich alle kennen? Und woher du diese Insel kennst?«, frage ich, während Levyn einer von ihnen mit einem gespielten Lächeln zunickt und dann mich ansieht. Um seine Pupillen tanzen dunkle Schatten.

»Ich denke nicht, nein«, raunt er und hebt seinen Mundwinkel.

Ich presse meine Lippen aufeinander und schweige. Ich weiß, dass Levyn eine Vergangenheit hat – und eine Gegenwart. Aber kommt er dafür wirklich hierher? Nach Avalon?

Als Morgan ihren Blick weiterschweifen lässt und aussieht, als würde sie ihre nächsten Opfer aussuchen, lehne ich mich ein wenig zu Levyn. »Vielleicht sollten wir gehen«, flüstere ich und versuche Morgans Blick zu entgehen.

»Einer von uns sollte gehen, da hast du recht.«

Ich erstarre. Aber ich komme nicht umhin, mir einzugestehen, dass er recht hat. Wenn ich es nicht drauf anlegen will, sollte ich gehen. Und ihm scheint es nicht viel auszumachen. Also kann er auch hierbleiben. Und ich ... ja, ich möchte auch nicht gehen. Etwas in mir möchte nicht gehen. Das Glas berührt meine Lippen, bevor ich realisieren kann, dass ich entschieden habe, Morgans Wahl in die Augen zu blicken.

»Mein nächstes Paar ...«, sagt sie gefährlich, mythisch, »sind Myrian Acaris und Kryssa.«

Mein Blick wandert über die Frauen, bis sich eine von ihnen bewegt und vortritt. Eine Nixe.

Myr hebt irritiert die Augen. Natürlich, Nyla hat es ihm nicht leicht gemacht, die Nixen noch ansprechend zu finden. Trotzdem verschwinden sie in einem der Zelte.

Ich atme erleichtert durch, woraufhin Levyn mir einen fragenden Blick zuwirft und ich einfach weitertrinke.

»Levyn ... Lya.«

Ich nehme Morgans Stimme nur am Rande wahr. Spüre alle Blicke auf mir, aber ich sehe sie kaum.

»Du begehrst mich also heimlich?«, fragt Levyn zwinkernd.

Ich werfe ihm einen Hilfe suchenden Blick zu. »Und jetzt?«

Levyn bewegt seinen Mund, als würde er belustigt auf etwas herumkauen. Dann hält er mir seine offene Hand hin. »Jetzt gehen wir in eines der Zelte. Du hattest die Chance, zu gehen, Lya ... und bist geblieben.«

Ich nicke schluckend, lege meine Hand in seine und lasse mich von ihm in das Zelt bringen. Als er den Stoff hinter mir wieder loslässt, ich den kissenbedeckten Boden sehe, die stoffbehangene Decke und dieses rötlich gedämpfte Licht, drehe ich mich um und werde panisch. »Ich werde hier sicher nicht mit dir sonst was machen. Auch nicht, wenn Morgan das will. Ich ...

Da stehen hundert Drachen vor dieser Zelttür ... und außerdem ist das sowieso total irre und Morgan irrt sich und ...«

»Lya!« Levyn kommt auf mich zu und berührt meine Schultern, während sein Lächeln immer amüsierter wird.

»Das ist doch alles Schwachsinn! Aberglaube! Irgendeine dumme Fee, die meint, Amor spielen zu können. Ich bin nicht ihr Spielzeug und werde hier Dinge tun, die sie will!«

»Lya«, raunt Levyn rau. Ausdrücklicher.

»Nein! Ich will nicht ...«

»Lya, ich habe nicht vor, hier irgendetwas mit dir zu tun.«

Ich blinzle und starre ihn verwirrt an. Nicht? Warum sind wir dann hier?

Er kaut wieder auf etwas Unsichtbarem herum, als hätte er einen Kaugummi im Mund, und hebt dann einen Mundwinkel. »Selbst wenn du es wolltest, Lya, ich werde es nicht tun. Denn sollten wir uns irgendwann einmal näherkommen ... dann werde ich das richtig machen und nicht, weil eine uralte Feyne es mir befohlen hat. Und schon gar nicht in einem Hurenbau.«

»In einem was?!«, frage ich pikiert.

»So nennen sich diese Zelte im Volksmund. Weil die Kurtisanen früher Zelte aufgestellt haben, wenn sie in keinem der Etablissements gearbeitet haben.«

»Ah«, mache ich, weil mir rein gar nichts mehr einfällt. Ich weiß nicht einmal, ob ich enttäuscht oder erfreut sein soll.

»Beruhigt?«, fragt er mit seiner kratzigen Stimme, und als ich nicke, lässt er sich gelangweilt auf die Kissen sinken.

Ich brauche einen Moment, tue es ihm dann aber nach und beobachte seine Reaktion.

»Mal ganz abgesehen davon, dass wir nicht zusammen sein

dürfen. Uns nicht näherkommen dürfen.« Er nimmt eine kleine Karaffe und schenkt mir Wein in mein Sektglas. »Ein bisschen Spaß ist doch erlaubt.«

Ich hebe zornig meine Brauen, obwohl ich weiß, dass er es nicht so meint. Weiß, dass ich ihm mittlerweile wichtiger bin, als nur ein bisschen Spaß mit mir zu haben. Trotzdem ist da diese winzige Tatsache, dass unsere Verbindung Welten zerstören könnte. *Uns* zerstören könnte. Und mit jedem Atemzug spüre ich genau das. Spüre, wie mächtig das ist, was zwischen uns brodelt. Das, was wir schon so lange verdrängen.

»Ist es das für dich? Spaß?«, hake ich tonlos nach, um ihm nicht zu zeigen, wie es wirklich in mir aussieht.

Er mustert mich wie ein Raubtier seine Beute, bevor er kaum merklich den Kopf schüttelt. »Das mit dir, Lya ... das war nie nur Spaß.«

Ich schlucke schwer und vielleicht ist es auch der nächste Schluck des starken Zeugs, der mich dazu verleitet, meinen Mund aufzumachen und die Frage zu stellen, die mich gerade nicht loslässt: »Was ... Was bedeutet es, wenn du sagst, dass du es ... richtig machen willst, wenn wir uns näherkommen sollten?«

Levyn hebt seine Brauen. Er wirkt erstaunt. Aber wenigstens belächelt er mich nicht. Stattdessen denkt er ein paar Sekunden nach, dann lehnt er sich über die Kissen, um sein Glas abzustellen, und schließlich zu mir. Sein tätowierter Arm liegt direkt neben mir auf dem großen Kissen. Mein Atem geht schnell. Er verengt seinen dunklen Blick und kommt noch näher. Näher und näher. So nah, dass ich seinen Atem auf meinen Lippen spüre. Seine Augen durchdringen mich. Treffen mich in meiner Seele und lösen eine Sehnsucht in mir aus, die ich so noch nie gespürt habe.

»Zuerst …«, raunt er und legt seinen Finger auf meinen nackten Knöchel. Ich halte meine Beine weiter vor meiner Brust umklammert, um das Beben meiner Haut zu verdecken. Ganz langsam wandert sein Finger weiter hinauf. Hinauf zu meinem Knie, wo er einen kleinen Kreis malt und wieder zu mir sieht. »Zuerst würde ich dich in die Welt der Finsternis holen«, flüstert er dann lächelnd. »Und dann würde ich das hier … einmal deinen ganzen Körper entlang machen.« Sein Finger fährt weiter. »So lange, bis ich jede einzelne Stelle deines Körpers einmal berührt hätte.« Er leckt sich über seine sinnlichen Lippen. »Nur die empfindlichen Stellen würde ich mir aufheben.«

Ich schlucke und löse meine Arme von meinen Beinen. Er schmunzelt – beinahe so, als hätte er erwartet, dass ich meine verkrampfte Haltung aufgeben würde, spätestens wenn sein Finger an meinem Knie verharrt und mein Körper sich nichts mehr wünscht, als dass er meinen Schenkel berührt. Und das tut er. Das tut alles in mir. Meine Haut brennt gierig – da, wo er mich berührt.

Er verengt seinen Blick. Dann lässt er seinen Finger weiter kleine zarte Kreise über meine Haut zeichnen. Meinen Schenkel hinauf.

»Und dann?«, frage ich mit schwacher Stimme.

Levyn presst seine Lippen aufeinander und unterdrückt ein schäbiges Lächeln. »Dann … würde ich dich küssen … an denselben Stellen … Und ich würde mir wieder dieselben Stellen aufsparen.«

Ich presse meine Zähne aufeinander. Verkrampfe meinen

Kiefer, um nicht zu stöhnen. Und das, obwohl er nichts tut. Fast nichts. Aber das, was mich gerade beinahe die Fassung verlieren lässt, sind seine Worte. Seine Worte und die damit verbundenen Vorstellungen, die sich in mir selbstständig machen und lebendig werden wollen.

Levyn nimmt seine Hand von meinem Bein und öffnet den Knopf seines langen Cardigans. Ich werfe einen Blick auf seine schwarze Hose, die tief bis zu seinen Schenkeln reicht und erst dort enger wird. Alles in mir verkrampft sich. Schreit mich an, ihn anzufassen. Ihn zu spüren. Aber wir sind Freunde. Und das ist doch viel mehr wert als dieses dumme Spiel hier.

»Was denkst du?«

»Denkst du eigentlich auch irgendwann mal an etwas anderes als daran, was ich denke?«

Er schmunzelt. »Ist eine nette Ablenkung von den ganzen Mord- und Rachegelüsten, an die ich sonst so denke.«

Ich werfe einen Blick in das tiefe Rot meines Weines, bevor ich ihm wieder in die dunklen Augen sehe. In ihnen blitzt Hunger auf. Hunger nach mir. »Ich denke …« Ich wäge ab, ob ich meine lüsternen oder die vernünftigen Gedanken aussprechen sollte. »… dass das nicht gerade danach klingt, es richtig zu machen.« Ich zucke selbstsicher mit den Schultern und nehme einen Schluck Wein.

Er lacht auf und sieht mich an. Sieht in mich hinein und lacht dann wieder. So als wüsste auch er nicht, wie er mit dieser Situation umgehen soll. »Du könntest dich auf meinen Schoß setzen und ich zeige dir, was ich sonst noch so mit dir anstellen würde.«

Ich verschlucke mich an meinem Wein und starre auf seine

Hände, die er auf seinen Schoß richtet, als wäre das eine ernst gemeinte Aufforderung. Und das Schlimmste daran ist, dass ich am liebsten all diesem Verlangen nachgeben würde.

»Ich dachte, du nimmst mich nicht in einem Hurenbau durch. Und ich dachte, dass wir nicht … dass wir uns nicht näherkommen dürfen.«

»Ich erinnere mich nicht, das Wort *durchnehmen* benutzt zu haben«, lacht er und ich spüre, wie mir die Hitze ins Gesicht steigt. »Aber ja, ich würde dich hier nicht … *durchnehmen*. Wie gesagt, ich werde es in der Welt der Finsternis tun. Ich werde mir Zeit lassen. Sehr viel Zeit. Und dann, wenn du mich anbettelst, dich zu küssen, dich endlich da zu berühren, wo die ganze Lust hinfließt, dann werde ich …« Er legt wieder seinen Finger auf meinen Schenkel und lässt seine Hand unter meinem weißen Kleid verschwinden. Er wandert höher und höher. Bis er mein Höschen erreicht und seinen Finger unter dem Bündchen hin und her bewegt. So nah an der Stelle, an der ich wirklich berührt werden will. So nah, und doch kommt es mir vor, als wäre er viel zu weit entfernt.

Ich rücke ein Stück zur Seite. Eine stumme Aufforderung, die er nur mit einem Schmunzeln quittiert.

»Dann werde ich dich genau so berühren, wie du es willst und wie lange du es willst«, beendet er den Satz und verlässt das Bündchen. Ich halte den Atem an, als er mein Höschen schnallen lässt. »Aber nicht jetzt. Nicht hier. Und nicht in diesem Leben. Weil ich dich und deine Welt um keinen Preis in Gefahr bringen werde.«

Wieder muss ich meine Lippen aufeinanderpressen, um nicht aufzustöhnen.

»Du überlegst jetzt schon, mich aufzufordern weiterzumachen, nicht wahr?«

»Vielleicht«, presse ich hervor.

Seine Hand liegt immer noch auf meinem Oberschenkel unter dem weißen Stoff. Und als ich ihm wieder in die Augen sehe, erkenne ich, dass es auch ihm nicht leichtfällt, hier zu stoppen. Sein Atem geht ein wenig schneller. Ich höre sein Herz in meinen Ohren schlagen, als wäre es mein eigenes.

»Es würde sich alles ändern«, sage ich dann. Weil es einer von uns sagen muss. »Mal abgesehen davon, dass wir alles vernichten würden.«

»Ja«, raunt er und streicht sich wieder mit seiner Zunge über seine schmalen Lippen.

»Und ...«, sage ich tonlos, stocke aber, als er seine Hand an meine Wange legt.

»Und du bist noch nicht so weit, dass sich für dich wieder alles ändert. Und ich bin noch nicht so weit, dass ich herausgefunden habe, wie wir diesen Fluch brechen und du dein Herz zurückbekommst.«

Ich nicke. Er nickt. Dann lege ich meinen Kopf an seine Brust und lausche seinem Herzen. Meinem Herzen. Und diesmal weiß ich, dass er mir nicht in die Gedanken gesehen hat. Ich selbst habe, bis er es ausgesprochen hat, nicht verstanden, woran es liegt, dass ich Angst habe, das alles zu verlieren, jetzt, da ich endlich angekommen bin. Er hat es in mir gesehen. Es verstanden. Er versteht mich. Weil Levyn mein Gegenstück ist.

# 10. Kapitel

Nachdem wir schweigend unseren Wein ausgetrunken haben und die Zeit angemessen ist, um Morgan nicht zu beleidigen, verlassen wir das Zelt.

Myr und Arya sitzen am Feuer und mustern uns, als würden sie nach Spuren eines Beischlafs suchen. Die werden sie allerdings nicht finden. Myr hingegen sieht man es deutlich an. Seine Haare sind wilder als sonst und sein Gesicht hat einen seltsam zufriedenen Ausdruck. Arya aber wirkt alles andere als befriedigt. Als ich ihren Blick auf Levyn sehe, weiß ich sofort, dass sie immer noch sauer auf ihn ist, weil er sie in ein Zimmer mit Myr gesperrt hat.

»Und? War gut?«, lacht der, während ich mich zu ihnen setze und Levyn stehen bleibt.

»Sagen wir, es war …«, er wirft mir einen durchdringenden Blick zu, »… interessant.«

Ich bin kurz davor, die Augen zu verdrehen, doch entscheide mich bewusst dagegen, so zu handeln, wie ich immer handle. Entscheide mich dafür, nicht mehr so zu handeln wie das störrische Kind, das ich so lange zu sein versucht habe. Und reagiere so, wie ich es wirklich fühle, und lächle ihm leicht zu. Er erwidert es. Es ist ein stummes Versprechen, dass dieser Moment nur uns gehört. Und auch immer uns gehören wird. Und für mich ist es die Erkenntnis, dass ich anders sein kann, als mich vor allem zu verschließen, ohne deshalb sofort enttäuscht zu werden.

»Ich möchte mit euch sprechen«, ertönt Morgans Stimme hinter uns.

Ich drehe mich zu ihr um, während ich mich erhebe und wir ihr folgen.

»Nur mit euch beiden«, sagt sie und mustert Myr und Arya, als sie ebenfalls folgen wollen.

»Nein. Sie werden auch dabei sein.« Levyns Stimme lässt keinen Einwand zu, trotzdem verengt Morgan ihren Blick. »Sie sind seit Jahrhunderten meine Freunde. Meine Vertrauten. Meine Familie. Wir alle – oder keiner.«

Morgan atmet tief durch, dann nickt sie und geht weiter. Sie führt uns zurück zum Steg, biegt aber kurz vorher nach links ab und verschwindet zwischen den Bäumen. Wir folgen ihr durch die Schar aus aufgehängten kleinen Lichtern, bis wir an einer Wasserstelle ankommen, an der Nixen herumliegen und singen. Morgan wedelt mit der Hand und die Nixen verschwinden im Wasser.

»Bevor ich euch sagen kann, wo das Schwert ist, nach dem ihr sucht, müsst ihr wissen, dass es einen Zwilling besitzt. Merlin hat nicht nur das eine Schwert geschmiedet – er hat zwei von ihnen hergestellt. Und sie ...«, sie wirft einen Blick auf mich, »sie wurde bereits damit verletzt.«

Ich hebe meine Brauen, aber meine Hand wandert wie automatisch an meinen Hals. Jason ... Der Gedanke an ihn tut weh. Er tut vor allem deshalb weh, weil ich so lange nicht an ihn gedacht habe. Ihn verdrängt habe.

»Jemand benutzt dieses Schwert, um damit selbst eine Waffe und ein Schild zu werden. Findet ihr sie nicht beide, gibt es nur noch eine andere Möglichkeit, zu siegen.«

»Und die ist?«, hakt Levyn nach. Er ist plötzlich angespannt.

»Das kann ich nur dir allein sagen.«

Diesmal ist es *ihre* Stimme, die keinen Widerspruch zulässt. Levyn presst seine Lippen aufeinander, nickt uns dann aber zu und wir gehen. Während Arya sich ins Bett verabschiedet und Myr Befehle zuwirft, bloß leise zu sein, wenn er ebenfalls schlafen kommt, gehen wir beide zurück zum Steg und setzen uns an einen der Tische unter dem Himmel aus bunten Stoffbahnen und Lichtern.

»Meinst du, es ist Lyria, die das Schwert hat?«

»Wer sonst?«, gibt Myr entmutigt zurück und füllt uns Gläser mit Wein. »Aber lassen wir dieses Thema wenigstens für einen Abend.«

Ich frage mich, wie sie an das Schwert gekommen ist, wenn es dasselbe ist, mit dem Jason mich damals getötet hat, doch dann nicke ich, schiebe das Thema beiseite und werfe einen Blick auf den dunkelroten Horizont. »Ist es nicht ... erstaunlich?«

»Was?«, entgegnet er und folgt meinem Blick.

»Na, diese Welt ... die Welten. Die Völker ... Avalon.«

Myr stockt kurz. Dann beginnt er sich umzusehen, so als würde er diese betörende Schönheit hier erst jetzt wahrnehmen.

Weit hinten im Meer leuchtet etwas immer wieder auf. Ein gleißendes Licht, als würde es aus dem Inneren des Wassers kommen. Tief in ihm versunken.

»Siehst du das?«

»Ja«, raunt er bedächtig und starrt auf das wunderschöne Licht, das den Ozean erhellt. Dann schnaubt er lachend und schüttelt den Kopf – als würde ihm etwas einfallen, das er lange Zeit vergessen hatte. »Irgendwie sind wir alle gleich. Wir sehen etwas. Nehmen es wahr. Finden es wunderschön – bis wir es irgendwann so lange sehen, dass wir es gar nicht mehr richtig wahrnehmen. Durch die Schönheit und die Wunder hindurchsehen.« Er blickt wieder mich an. »Du hast das noch nicht. Für dich ist das alles neu und ... du siehst es noch. Das solltest du dir aufheben.«

»Denkst du, das kann ich?«, frage ich lächelnd. »Eher unwahrscheinlich nach deiner Ansprache gerade, oder?«

Er lächelt, bevor sich ein Nebel der Erinnerungen über seine Augen zieht. »Ich weiß nicht, ob Levyn dir davon erzählt hat«, beginnt er mit rauer, belegter Stimme. »Wir haben damals zusammen gegen die Venandi gekämpft. Sie haben gewonnen und Regeln aufgestellt. Regeln, die es uns verboten, uns in der sterblichen Welt zu verwandeln. Außer, um ein Menschenleben zu retten. Als das verkündet wurde, nutzten die Venandi ihre Chance. Einer von ihnen hatte einen Hinterhalt bei Levyns und meiner Rückreise geplant, um ihn zu töten – und ... ich verwandelte mich und tötete den Venandi, um Levyn zu schützen.«

Ich verenge meinen Blick, merke aber an der Art, wie er spricht, dass ich nicht nachhaken sollte. Er braucht sein eigenes Tempo.

Es dauert eine Weile, bis er sich räuspert und weiterspricht: »Ich wurde in ein unterirdisches Gefängnis gesteckt, das extra für Drachen erbaut worden war. Und ich war hundert Jahre dort, bis Levyn eine Möglichkeit fand, mich ... herauszuholen.« Er schluckt schwer. »Meine Familie hat mich verstoßen, als sie von dem Regelverstoß hörte, und ... keiner von ihnen hat nach mir gesucht. Da war nur Levyn. Nur er. Und Arya, die ihm ein bisschen geholfen hat. Aber das gibt sie nicht zu.« Ein kleines belegtes Lächeln legt sich auf seine Lippen. »Als ich die hundert Jahre in dieser Dunkelheit saß ... da habe ich mir geschworen, da habe ich mir und allen Göttern, die die Menschen kennen, geschworen, dass ich jeden einzelnen Tag und jede Kleinigkeit hier schätzen würde, würde ich nur wieder da rauskommen. Eine Weile hat es dann auch gehalten, aber na ja ... das vergeht.« Sein Blick wird wieder weicher. »Du gibst mir das mit deiner aufmerksamen und beeindruckten Art ein bisschen zurück. Manchmal vergesse ich, wie wertvoll das alles ist.«

»Du vergisst es nicht«, ertönt Levyns Stimme. Ich zucke unmerklich zusammen, als er zu Myr tritt und ihm eine Hand auf die Schulter legt. Keiner von uns hat ihn kommen gesehen, weil wir so vertieft waren. »Manchmal hat das Schicksal nur gerade zu viel für dich in der Ladung. Und du musst dich erst einmal darauf konzentrieren, die Schüsse zu verarzten oder ihnen auszuweichen, bevor du wieder Zeit für andere Dinge hast. Für die schönen Dinge.«

Levyn sieht Myr durchdringend an, bevor er sich neben ihn setzt und schwer atmet. Mich sieht er allerdings nicht an. Was außergewöhnlich ist, weil Levyn immer einen kurzen prüfenden Blick auf mich wirft.

»Was wollte Morgan?«, frage ich. Und endlich sieht er mich an. Doch er wirkt beinahe so, als wäre er sauer auf mich. Aber weshalb? Was könnte sie ihm gesagt haben, das seinen Zorn auf mich zieht?

»Sie hat mir erklärt, wie wir uns vor Lyria schützen und ihren Plan vereiteln können. Aber wenn ich es euch sage, bricht die Apokalypse aus oder so«, sagt er beinahe genervt.

Myr zieht die Brauen zusammen. »Verarschst du uns gerade?«

»Na ja, von einer Apokalypse hat sie nichts gesagt. Aber so in der Art sehen die Folgen aus.«

»Und was hat das mit mir zu tun?«

Beide sehen mich an. Myr irritiert, Levyns Augen hingegen funkeln mich an, als würde ich das ganz genau wissen.

»Ich möchte ins Bett«, sagt er dann und erhebt sich wieder.

»Du bist gerade erst gekommen!«, beschwert sich Myr, doch da ist Levyn bereits auf dem Weg über den Steg.

Ich starre ihm fassungslos nach.

»Irgendetwas, das sie gesagt hat, hat ihm wohl die Laune versaut«, stellt Myr fest.

»Ganz offensichtlich.«

* * *

In den nächsten beiden Stunden geht mir sein Zorn nicht aus dem Kopf, obwohl sich Myr alle Mühe gibt, meine Sinne mit Wein zu benebeln. Irgendwann überrede ich ihn schließlich, ebenfalls zurückzugehen, was wir dann auch Arm in Arm und ziemlich schwankend tun.

Ganz vorsichtig öffne ich die Tür zu Levyns und meinem Zimmer, als wir im Herrenhaus angekommen sind, und schleiche mich leise hinein, lasse aber die Tür laut hinter mir zuknallen. Erschrocken schlage ich mir die Hände vor den Mund und stoße leise Flüche aus.

»Gib dir keine Mühe, ich bin sowieso wach«, brummt Levyn vom Bett her. Durch das hereinscheinende rötliche Licht kann ich seine Umrisse schemenhaft erkennen. Er liegt starr da, seinen Blick nach oben gerichtet.

»Was zum Teufel ist los mit dir?«, frage ich und bemerke selbst, dass mir meine Stimme ein wenig entgleitet.

Levyn richtet sein Gesicht mir zu und so langsam gewöhnen sich meine Augen an die Dunkelheit. Zur Abwechslung hat er sich umgezogen. Er trägt eine Boxershorts ... mehr nicht. Die Decke liegt unter ihm und seine Hände ruhen wie heute Mittag hinter seinem Kopf. »Das fragst du mich?«

»Ja, ich benehme mich schließlich nicht plötzlich abweisend und so, als hättest du mir das Spielzeug geklaut.«

Er schnalzt mit der Zunge und wendet sich wieder ab, während ich mir die Schuhe von den Füßen streife und mich auf meine Seite des Bettes fallen lasse.

»Du stinkst nach Alkohol.«

»Und du stinkst nach ... Stinkigsein.«

»Nach was?«, hakt er ein wenig belustigt nach.

»Na, wenn Menschen sauer sind, dann sind sie stinkig. Also stinkst du ... oder so.«

»Wie viel habt ihr getrunken?«

Ich seufze und drücke meinen schweren Kopf in das frische Kissen. Atme den Duft von Lotus. Als ich spüre, wie Levyn sich von mir abwendet, drehe ich mich ihm zu und starre auf einen tätowierten Rücken. Ich schrecke kurz zusammen, als ich die

Bemalung als dunkle Gestalt mit Kapuze erkenne, die riesige Flügel hat, die sich bis über Levyns Arme ausbreiten.

»Was ist los?«, frage ich ernst. Lege all die Sprachkünste, die mir noch geblieben sind, in diese Frage. Als er nicht reagiert, greife ich nach seiner Schulter und ziehe ihn zu mir. Er sieht mich an. Voller Zorn.

»Du verlangst von mir, dass ich dich nicht mehr ausschließe und dir Dinge verheimliche … Und was machst du?!«

Ich weite meine Augen. »Was?«

»Tu nicht so, Lya! Ich weiß, was Shakysa dir gesagt hat. Ich weiß, was du mit Tharys vorhast!«

Das, was er sagt, verschlägt mir die Sprache. Ich bin nicht in der Lage, auch nur mehr als irgendwelche seltsam gestammelten Töne von mir zu geben.

Levyn schnaubt, schüttelt den Kopf und steht dann auf. Ich starre seine muskulöse Statur an, als er sich vor das Fenster stellt und sich mit den Händen auf der Fensterbank abstützt.

»Es …«

»Was? Es tut dir leid? Es muss dir verdammt noch mal nicht leidtun!«, knurrt er und spannt seine Armmuskeln bedrohlich an.

»Aber … du bist doch sauer …«, murmle ich immer noch etwas benebelt.

»Ich bin sauer«, sagt er und dreht sich zu mir um, lehnt sich gegen die Fensterbank und verschränkt die Arme vor der Brust, »weil du mir das Gefühl gegeben hast, es wäre anders zwischen uns.«

Stille. Erbarmungslose Stille. Vor allem in mir, weil mich

seine Worte treffen. Hätte er mich nicht anschreien können? Das Zimmer auseinandernehmen können?

»So ist es ja auch«, versuche ich mich herauszureden. »Aber das war ... Es war ein Gedanke ... eine Sache, die ich mit mir selbst ausmachen musste. Ich hätte es dir gesagt, aber du hättest es mir ausgeredet!«

»Ich würde dir gar nichts ausreden!«, bellt er. Seine Stimme wird rauer und lauter. »Du bist dein eigener Mensch. Du kannst Entscheidungen treffen, wie du es willst. Ich hätte dir höchstens gesagt, dass es Schwachsinn ist, weil es nicht möglich ist! Ansonsten ist es *dein* Leben, das du gern verhunzen würdest!«

»Warum geht es nicht?«

Levyn schüttelt wieder den Kopf. »Weil du dich nur mit deinem Gegenstück verbinden kannst, Lya!«

»Und das bist du ...«

Wieder tritt diese Stille ein. Nur ist sie dieses Mal noch erdrückender.

»Ist es so?«, frage ich, als ich endlich meine Stimme wiedergefunden habe. »Sind wir Gegenstücke? Machen wir uns vollständig? Ist deshalb diese Anziehung zwischen uns?«

»Ja ... Nein«, erwidert er und atmet schwer. »Ja, Lya, du bist mein Gegenstück. Und nein, deshalb fühle ich mich nicht zu dir hingezogen.«

»Es tut mir leid«, flüstere ich in die Dämmerung.

»Was tut dir leid?«

»Dass ich ... dir nicht erzählt habe, was Shakysa gesagt hat. Und dass ich das, was ich mit Tharys vorhatte, vor dir geheim gehalten habe«, sage ich gepresst. Schwach. Es fällt mir schwer, es zuzugeben. Ich habe mich nie bei jemandem entschuldigen müssen. Habe es vermieden. Aber jetzt bin ich nicht mehr allein. Jetzt habe ich sie – und erwarte von ihnen eine Ehrlichkeit und Offenheit, die sie ebenfalls verdient haben.

»Es gibt auch Dinge, die ich dir nicht sagen kann, Lya. So gern ich es auch will. Aber … Schließ mich nicht aus. Schließ die Welt und die Menschen, denen du wichtig bist, nicht aus.«

»Ich wollte nur …«, versucht sich der getroffene und angegriffene Teil in mir zu wehren.

»Du hättest mir meine verdammte Seele rausgerissen, wenn du das getan hättest und es funktioniert hätte, Lya«, brüllt er mich plötzlich atemlos an und legt sich die Hand auf die Brust. »Du hättest mir damit ein beschissenes Messer in die Brust gerammt und es umgedreht.«

Ich blinzle irritiert.

»Was?«, hakt er herablassend nach. »Was meinst du, wie es sich angefühlt hätte, wenn ich dagestanden hätte, während du dich mit Tharys verbindest? Deine Seele – dein Leben – unwiderruflich in seine Hände gelegt hättest? Hast du überhaupt den Hauch einer Ahnung, wie sehr du mich damit gebrochen hättest? Was du mir damit angetan hättest?«

Ich halte den Atem an. »Es tut mir leid«, ist alles, was ich herausbekomme, obwohl ich so gern noch so viel mehr sagen würde.

»Ich weiß …«, murmelt er und bewegt sich wieder auf das Bett zu. »Schlaf ein wenig. Ich bleibe wach, bis du …«

Ich nicke, weil mein dummes Herz überfordert ist, auch wenn es nicht mehr schlägt. Als Levyn sich dann aber neben mich legt und ich meine Augen schließe – mich der Dunkelheit hingebe –, finde ich doch noch einmal meine Stimme wieder.

»Warum machst du das, wenn du doch sauer auf mich bist und ich dich … hintergangen habe?«

»Es geht nicht darum, sauer zu sein, Lya«, raunt er mit belegter Stimme. »Manchmal geht es einfach nur darum, die Dinge, die dich verletzen, anzusprechen und … zu hören, dass der andere bereut, dir wehgetan zu haben. Ändern kann man diese Dinge nicht. Also muss das vielleicht einfach reichen. Es sollte reichen.«

»Und reicht es dir?«

»Ja«, sagt er leise. »Ich war nie sauer … nicht wirklich. Ich will nur nicht ausgeschlossen werden. Genauso wenig wie du. Und deine Reaktion hat mir bewiesen, dass du es nicht getan hast, um mich zu verletzen.«

»Ich wollte es tun, um dich zu beschützen. *Euch* zu beschützen.«

Er atmet tief ein und aus. »Ich weiß. Aber du hast uns jetzt an der Backe. Und wir entscheiden zusammen, wie wir uns retten. Wir alle. Das ist etwas, das du dir klarmachen musst. Du hast dich für uns entschieden, also wirst du ab jetzt nie wieder allein sein. Keine Lasten mehr allein tragen müssen.«

Ich nicke in mein Kissen und berühre ganz vorsichtig meinen Hals. »Es fehlt mir …«, murmle ich und spüre meine Finger über meine Haut kitzeln. »Es hat sich angefühlt, als … als wärst du irgendwie bei mir.«

»Meinst du den Sklavenring?«

Ich nicke wieder. »Es war das Einzige, was von euch … von dieser Welt übrig geblieben ist, als ich bei ihr war.«

Ganz plötzlich spüre ich Levyns Finger, die sich auf meine legen und sie zum Halten bringen. »Aber du brauchst es nicht mehr. Jetzt sind wir hier. Und wir werden auch nicht gehen. *Ich* werde nicht gehen.«

* * *

Am nächsten Tag laufen Myr und ich zusammen durch die Plantagen, während Arya und Levyn zu einer Ratssitzung mit den neun Schwestern eingeladen sind. Als Levyn uns beide nach dem Aufstehen angesehen hat, schien es ihm wohl schlauer vorgekommen zu sein, wenn wir nicht dabei sind. Und ja, selbst jetzt, da wir uns eigentlich nur auf die Obstplantagen um uns herum konzentrieren und ab und zu stehen bleiben, um den Feynen bei der Ernte zuzusehen, sind wir kaum in der Lage, miteinander zu sprechen.

»Die mischen hier doch irgendwas in den Wein«, brummt Myr, während wir uns an einem Tisch niederlassen. Um uns herum erstrecken sich Obstbäume und Felder. Ein angenehmer süßlicher Geruch erfüllt die Luft und mein Blick fällt auf kleine Lichter, die über den Bäumen schwirren.

»Sind das ... Lumen?«

»Jap«, macht Myr schwerfällig und verzieht sein Gesicht, als wäre ihm übel. »Morgan war einmal der weiße Drache und hat einen Teil von ihnen mit hierhergenommen.«

»Was?!«, stoße ich hervor. Myr zuckt bei der Lautstärke meiner Stimme zusammen. »Aber warum bin ich dann jetzt der weiße Drache, wenn sie ... noch lebt?«

»Weil Morgan die Seele des weißen Drachen weitergegeben hat, als sie sich dafür entschieden hat, Avalon abzuschirmen, um hier in Ruhe leben zu können.«

»Und wann war das?«

»1300«, gibt er gelassen zurück und schließt seine Augen. »Ich glaube, ich werde mich heute noch übergeben.«

Ich schüttle belustigt meinen Kopf und mustere eine junge Feyne, die auf uns zukommt und uns Äpfel bringt. Myr lehnt dankend ab, sieht aber so aus, als würde er sich wirklich jede Sekunde erbrechen müssen, während ich einen annehme und hineinbeiße.

»Ihr solltet einen probieren, Myrian«, sagt das Mädchen mit seiner zuckersüßen Stimme und hält ihm wieder den Korb entgegen. »Die Erde, aus der die Bäume wachsen, ist magisch. Er wird Euch Kraft geben.«

Myr hebt seine Augenbrauen, während ich beipflichtend nicke. Mir geht es wirklich bereits besser. Also greift auch er nach einem der Äpfel und ruft ihr noch ein Danke hinterher, als sie bereits zum Herrenhaus unterwegs ist.

»Was die wohl besprechen?«, murmle ich nachdenklich.

»Na ja, wahrscheinlich, ob sie uns Excalibur geben«, lacht Myr.

»Mich lässt das Gefühl nicht los, dass wir etwas übersehen haben. Was haben wir davon, wenn wir dieses Schwert haben, aber Lyria seinen Zwilling besitzt und sich damit ... unkaputtbar macht?«

»So, wie Morgan es gesehen hat, hat Lyria es noch nicht geschafft, das Schwert zu ihrem persönlichen Schutzschild umzufunktionieren. Also holen wir Excalibur zwei Punkt null, rammen es Lyria in ihr kaputtes Herz – und du wirst Herrscherin der Venandi. Und wir leben in Frieden.«

»Witzig«, brumme ich und lasse meinen Blick über Myrs

starke Statur wandern. »Du würdest es doch gar nicht aushalten, wenn du den ganzen Tag nichts anderes zu tun hättest, als Frauen zu beglücken.«

Er verengt seinen Blick. »Da gebe ich mir so viel Mühe, den Womanizer nach außen zu tragen, und du durchschaust mich in den paar Monaten.«

»Ich glaube einfach, dass ein Sechzehnjähriger nicht nur in eine Schlacht zieht, weil sein bester Freund in die Schlacht zieht. Und ich denke auch nicht, dass jemand hundert Jahre lang eingesperrt ist und, statt zu verzweifeln, nur an die Schönheit dieser Welt denkt – und es nicht tut, weil seine Lebensaufgabe darin besteht, genau das alles zu beschützen.«

»Also siehst du mich als Beschützer dieser Welten? Das gefällt mir.« Er zwinkert mir zu und isst weiter seinen Apfel. »Ich war nie etwas. Ich war immer nur Tharys' kleiner Bruder. Der Sohn des Königs, den keiner einordnen konnte. Der ständig Mist gebaut hat und … na ja, der irgendwie nicht reinpasst. Das habe ich nie. Sosehr ich Acaris auch liebe, es war nie mein Zuhause. Als ich Levyn traf, fand ich einen Freund, ja. Aber irgendwie habe ich auch mich gefunden. Durch ihn. Er kann das ganz gut. Menschen zeigen, wer sie tief im Inneren sind. Und genau das hat er mir gezeigt. Und da habe ich erkannt, dass genau das mein Ding ist. Die Drachen, die Welten … Menschen zu beschützen. Lebewesen, die zu schwach sind.«

»Hast du … Hast du oft gekämpft? In richtigen Schlachten?«

Myr versinkt kurz in Gedanken, bevor er nickt. »Der Krieg gegen die Venandi ging zehn Jahre lang. Danach war ich hundert Jahre weggesperrt und dann gab es einige Kriege der Menschen, in denen Levyn und ich geholfen haben.«

»Geholfen? Aber für welche Seite habt ihr gekämpft?«

»Je nachdem, wer recht hatte«, lacht Myr. »Nein, wir haben versucht beide Truppen zur Einigung zu bringen. Manchmal haben wir auf unterschiedlichen Seiten gekämpft, uns so das Vertrauen des Feldherrn erschlichen und sie dann überredet, einen Frieden auszuhandeln.«

»Und was wäre passiert, wenn ihr gegeneinander hättet kämpfen müssen?!«, frage ich geschockt.

»Dann hätte ich dem Herrscher der Finsternis den Arsch aufgerissen und ihm endlich mal bewiesen, wer von uns der bessere Krieger ist.«

Ich stimme in sein Lachen ein und werfe wieder einen Blick auf die Lumen, die den Bäumen und Sträuchern beim Wachsen helfen.

»Drachen sind dafür da, Menschen zu beschützen. Aber sie machen es einem nicht gerade leicht, wenn sie sich gegenseitig bekriegen. Aber so sind Menschen. So sind wohl alle Lebewesen. Denn wie man sieht, machen es die Drachen gerade nicht anders.«

»Ich musste ein Mädchen töten«, sage ich völlig aus dem Zusammenhang gerissen.

Myr stockt kurz, dann beginnt er auf seiner Unterlippe herumzukauen. »Warum musstest du sie töten?«

Ich atme schwer und rufe die Erinnerungen auf, die ich selbst verschlossen habe. »Sie ... hat mich darum gebeten«, flüstere ich. »Sie war nicht stark genug. Weder für das Training noch für die Arena. Also hat sie mich gebeten, sie in einer der Trainingsstunden umzubringen.«

»Und du hast es getan?«

Ich nicke nur, weil sich meine Kehle verschlossen hat.

»Du hast ihr einen Gefallen getan.«

»Aber ich habe *mir* damit keinen Gefallen getan«, spreche ich den egoistischen Gedanken aus. »Und ich werde immer damit leben müssen. Auch wenn sie es so wollte, verfluche ich sie manchmal, weil sie so etwas von mir verlangt hat.«

»Ich habe den Venandi Informationen über Acaris geliefert. Sie haben mich wochen- oder monatelang gefoltert und … ich war sauer. Ja, ich war egoistisch und sauer, weil weder Tharys noch mein Vater kamen, um mich da rauszuholen. Also habe ich ihnen die Informationen gegeben, die sie wollten. Noch heute frage ich mich, wann sie die nutzen werden. Wann sie Acaris angreifen und dabei genau wissen, wo sie zuschlagen müssen. Und wenn dieser Tag kommt, weiß ich, dass es meine Schuld ist. Ich habe ihnen von Außenposten erzählt, und nachdem Levyn mich befreit hat, erfuhr ich, dass die Männer, die dort stationiert waren, angegriffen und getötet worden sind. Durch meine Informationen.«

Schweigend lege ich meine Hand auf Myrs Bein. Ich warte noch einen Moment, dann drücke ich zu und ziehe so seinen Blick auf mich. »Vielleicht ist es manchmal einfach zu viel verlangt, immer selbstlos handeln zu wollen. Vielleicht gehört es dazu, dass wir begreifen, dass sich ein Teil von uns immer für uns selbst und die Menschen entscheiden wird, die in unseren Herzen Priorität haben. Und das war damals bei dir Levyn …«

»Langsam glaube ich, dass du hier der uralte Drache bist und nicht ich«, lacht Myr und drückt kurz meine Hand, bevor er sich erhebt und mich auffordert, ihm zu folgen.

Als wir zurück zum Herrenhaus gehen, erkenne ich von

Weitem Arya, die sich uns nähert. Als sie bei uns ankommt, atmet sie prustend aus. Aber Arya ist nicht gerade untrainiert, weswegen es an dem liegen muss, was sie gerade erfahren hat.

Sie mustert uns mit einem belegten Blick, bevor sie sich noch einmal umdreht und dann ihre Fäuste in die Hüften stemmt. »Morgan hat uns verraten, wo das Schwert ist. Wir brechen sofort auf.«

# 11. Kapitel

Bevor wir uns auf den Weg zu dem Tempel machen, in dem das Schwert liegen soll, sammeln wir Tym und Perce ein, die Erkundigungen eingezogen haben, was Lyria in ihrer Abwesenheit treibt. Alles, was sie herausfinden konnten, ist, dass Lyria sich weiterhin in Acaris aufhält.

Als wir in der Welt der Dämmerung ankommen, fliegen wir in Richtung Westen. Zu den Erddrachen. Während des Fluges schwindet meine Kraft immer mehr. Ich bin kaum noch in der Lage, meine Flügel zu schlagen, als wir mitten in einem Dschungel zur Landung ansetzen.

Keuchend und unsanft lande ich auf dem Boden und stolpere ein paar Meter, bis ich gegen einen Baum pralle und einfach liegen bleibe. Vielleicht fällt es keinem auf und ich kann behaupten, ich hätte nach dem anstrengenden Flug nur ein kleines Nickerchen gebraucht. Aber natürlich haben es alle gesehen. Während Perce und Myr gepresst lachen, wirft Levyn mir einen eher entschuldigenden Blick zu. Aber er kann mich nicht immer mit seinen Schemen auf den Boden bringen, ohne dass ich eine Bruchlandung hinlege.

»Lebst du noch?«, fragt Tym lächelnd und reicht mir eine Hand.

Ich verziehe mein Gesicht und lasse mir von ihm aufhelfen.

Mein Körper schmerzt und die Scham macht es nicht gerade besser, aber ich stehe auf und gehe zusammen mit ihnen durch die dichten Bäume und Sträucher, bis ich ein riesiges wurzelbedecktes Gebäude erkenne. Eine Art Tempel, mit unzähligen kleineren Tempeln drum herum. Sie alle sind so von den Wurzeln bedeckt, dass sie kaum auffallen. Nur die vielen Zelte, in denen Lichter brennen und aus denen Frauen und Männer mit Schuppenkleidern treten, zeigen, dass es hier Leben gibt. Leben, das nicht zu der Umgebung passt. Hier würde man wohl eher wilde Tiere erwarten.

Levyn schiebt mich weiter, weil ich vor Erstaunen stehen geblieben bin, und lacht hinter mir leise in mein Ohr. »Diesmal bitte keine Bedrohung aussenden, kleiner Albino. Lyria hört mit.«

Ich brumme ihm irgendetwas zu, während sein Blick lächelnd auf ein Erddrachen-Mädchen fällt, das so wie die in Acaris nur seine Schuppen trägt. Es sieht wunderschön aus. Und trotzdem stellt es keine Bedrohung für mich dar. Nicht jetzt. Nicht vor Levyn. Denn der ignoriert es. So wie er auch die anderen Frauen ignoriert. Zumindest, wenn ich in seiner Nähe bin.

»Willkommen in Terraia«, sagt Levyn und streckt seine Hände aus, als würde das alles hier ihm gehören. Und wie immer, wenn die Drachen ihn erkennen, egal wo er hinkommt, beginnen sie zu tuscheln und sich zu verbeugen. Einige von ihnen weichen sogar ein paar Schritte zurück, so als wäre er gefährlich.

Wir gehen in den größten der Tempel, bis wir in einen Raum kommen, in dem ein riesiger Holztisch steht. Seine

Beine sind aus Wurzeln geformt. Wurzeln, die auch die Wände und Decken zieren. Mein Blick fällt auf einen Mann, der am Tischende sitzt und die Hände in die Luft wirft, als er Levyn entdeckt.

»Der Herrscher der Finsternis, König der Feuerdrachen und Hüter des Urfeuers – hier bei mir zu Hause. Na, wenn das mal nicht …« Mitten in seinem Satz stoppt er, als er mich erkennt. Seine Augen verengen sich. »Und im Gepäck: der nicht mehr ganz so weiße Drache.« Er wedelt ein paar Bediensteten zu. »Bereitet ein Fest vor!«

»Kannst du mir mal erklären, warum die immer Feste veranstalten, wenn ich irgendwo auftauche?«, raune ich Levyn zu.

Er wirft mir einen kleinen Blick zu. »Später.« Dann sagt er lauter: »Teryel!«, und geht auf den Mann zu, um ihn zu umarmen. »Wir brauchen deine Hilfe. Können wir unter vier Augen reden?«

Teryel mustert ihn misstrauisch, schickt aber sofort seine Wachen weg und beauftragt sie damit, uns zu unseren Zelten zu geleiten, die laut seiner Aussage extra für Gäste bereitgehalten werden. Im Inneren befinden sich lediglich ein kleiner Tisch mit Stühlen und eine Nische, auf der Felle ausgebreitet liegen. Ohne weiter über diesen Ort oder das Schwert nachzudenken, lege ich mich darauf und schlafe augenblicklich ein.

Erst als mir jemand eine Strähne aus dem Gesicht streicht, zucke ich zusammen und öffne erschrocken meine Augen. Trommeln und Gesang dringen an meine Ohren und das Zelt wird nur noch von einem kleinen Feuer erhellt.

»Hey, Ehrengast. Ich wurde damit beauftragt, dich zu holen.«

»Was?«, murmle ich verschlafen und mustere Myrs amüsierten Gesichtsausdruck. »Du bist eingeschlafen und … na ja, das Fest geht los. Also sollte ich dich holen.«

»Ah«, mache ich schlaftrunken, richte mich schwerfällig auf und gehe zusammen mit Myr hinaus auf den weitläufigen Platz zwischen den Tempeln. In der Mitte brennt ein riesiges Feuer, über dem Fleisch gebraten wird, und darum tanzen Frauen in braunen Schuppengewändern. Ich blinzle ein paarmal, bis ich meine Freunde auf dem Boden sitzen sehe und zusammen mit Myr zu ihnen gehe. Ich lasse mich neben Perce sinken und mustere Levyn, der angestrengt ins Feuer starrt. So als würde ihm das, was der König der Erddrachen gesagt hat, nicht gefallen.

»Alles in Ordnung?«, frage ich, während ich einen Krug von einem Mädchen entgegennehme und das kühle Mineralwasser trinke. Ich spüre förmlich, wie meine Kräfte zurückkehren.

»Ja«, brummt Levyn, ohne seinen Blick von dem Feuer zu nehmen.

Ich verziehe den Mund und trinke weiter.

Levyn redet den ganzen Abend kaum einen Ton mit uns, während Tym und Arya alte Kindergeschichten auspacken, die sich nicht gerade so anhören, als wären sie die braven Königskinder gewesen.

Die Erddrachen-Mädchen beim Tanzen beobachtend verliere ich mich in der melodischen Musik, schließe meine Augen und wippe ein wenig zum Takt der Trommelschläge. Ich atme den rauchigen Geruch des Feuers und spüre die Wärme an meiner Haut. In meinem Gesicht.

»Was tust du da, Albino?«

Levyns Stimme legt sich wie ein weicher Umhang um meine Brust. Wann ist das passiert? Wann hat mein Herz entschieden, sich in seiner Nähe so wohlzufühlen? So wohl und … Ja, da ist auch immer noch dieses Verlangen in mir.

Ich öffne meine Augen und sehe in seine Finsternis. Unwillkürlich muss ich daran denken, wie es war, als wir uns kennengelernt haben. Als ich zum ersten Mal seine rot glühenden Augen gesehen habe und wirklich Angst hatte. Diese Berührungen, die ihn verbrannt haben. Und meine dummen Gedanken darüber, ihn zu küssen, nur damit dieser Reiz weggeht. Die Gefühle, die ich hatte, wenn ich ihn mit Nyss gesehen habe … Das alles kommt mir so weit entfernt vor. Nicht, weil diese Gefühle weg sind, nein. Weil sie ersetzt wurden. Ersetzt durch viel ehrlichere und starke Gefühle. Levyn und ich haben von Anfang an ein gefährliches Spiel gespielt. Nicht, um uns gegenseitig zu besiegen – das begreife ich jetzt. Sondern um beieinander zu sein. Um … das hier daraus entstehen zu lassen. Und jetzt ist es zu spät. Ich kenne ihn. Ich vertraue ihm. Ich … kann nicht mehr leugnen, dass er mein Herz auf eine Art und Weise berührt, wie es nie zuvor berührt wurde.

In Levyns dunklen Augen leuchtet etwas auf. Aber nicht, weil er meine Gedanken gelesen hat. Nein. Er sieht es in meinen Augen. Sieht, was ich denke und fühle. Weil … mein Herz in seiner Brust schlägt. Und das nicht erst, seit es das wirklich tut. Nicht erst seit diesem Ritual. Nein, es war die ganze Zeit so.

»Lya! Du bist dran!«

»Was?!«, frage ich verwirrt und löse mich von Levyns Blick, um Perce anzusehen, die mir eine Art Pfeife in die Hand drückt. Ich mustere das lange und betörend riechende Ding.

Levyns Braue schießt in die Höhe. »Das solltest du lieber lassen«, raunt er und will mir gerade die Pfeife abnehmen, als ich einen trotzigen Blick aufsetze und sie zurückziehe.

»Warum? Weil ich ein junges Ding bin?«

Levyn lächelt und schüttelt ganz sanft seinen Kopf. »Nein … Aus anderen Gründen.«

Ich zucke mit den Schultern, strecke ihm die Zunge raus und ziehe an dem Ding. Sauge die rauchige Luft ein und spüre, wie sich jedes Haar an meinem Körper aufstellt. Ein seichter Schauer gleitet über meinen Rücken. Ich blinzle benommen und sehe wieder Levyn an, der mich mit einem süffisanten Lächeln mustert.

»Ich wünsche dir viel Spaß, Lya. Das wird sicher eine lange Nacht.«

»Was?«, entgegne ich verwirrt, während mein Körper sich irgendwie selbstständig macht und zu ihm beugt.

»Du hast gerade ein Aphrodisiakum zu dir genommen. Ein ziemlich starkes. Die Erddrachen stehen auf diesen Freie-Liebe-Dreck. Also … viel Spaß.«

Er zwinkert mir zu, erhebt sich und geht. Geht in sein Zelt, ohne mich noch einmal anzusehen. Dabei verzehrt sich mein Körper noch mehr nach ihm als zuvor. Er kann doch nicht einfach …

Mein Blick wandert über den Platz, wo mittlerweile sehr viel anzüglicher getanzt wird. Ein paar Erddrachen nähern sich uns. Vor allem haben sie es auf Arya abgesehen, die aber immer noch ziemlich teilnahmslos aussieht. Myr hingegen entscheidet sich kurzerhand, zu den Erddrachen-Frauen am Feuer zu gehen.

Einen Moment lang sehe ich ihm zu. Sehe die Frauen an, die nur von Schuppen bedeckt sind. Ihre braunen Haare fallen ihnen in langen Wellen über die Schultern und sie werfen sie lasziv nach hinten, als sie Myr entdecken. Kein Wunder. Er ist wirklich eine Augenweide.

»Darf ich?«

Ich blicke hinauf und sehe in die grünen Augen eines Erddrachen. Er ist groß und irgendwie auch attraktiv. Aber statt ihm zu antworten, fällt mein Blick immer wieder auf Levyns Zelt. Mein Körper sehnt sich nach ihm. Nicht nur der, auch meine Seele.

»Nein … ich …«, murmle ich dem Drachen zu.

Arya bedenkt mich mit einem seltsamen Blick, während sich neben ihr vier Männer niederlassen.

»Ich muss leider … hier weg«, stammle ich, erhebe mich und taumle zu Levyns Zelt. Irgendwo tief in mir schreit mich mein Verstand an, umzukehren. Zurück zu der Musik. Zum Feuer – oder in mein eigenes Zelt. Aber er verstummt, genauso wie all die Zweifel.

Ich schiebe den Vorhang auf und spüre seinen Blick sofort auf mir. Ein Feuer entzündet sich in meiner Brust – in meinem Körper. Er liegt einfach nur da. Wieder in voller Montur und wieder hat er seine Arme hinter seinem Kopf verschränkt, der auf einem großen Kissen liegt. Ich bleibe wie angewurzelt stehen, während sein Blick über meinen Körper wandert. Dann beißt er sich auf seine Unterlippe und ich hätte beinahe aufgestöhnt. Schwer atmend gehe ich einen Schritt weiter auf ihn zu. Ich muss meine Gemüter beruhigen. Muss dieses Prickeln unterdrücken.

»Hast du etwa da draußen keine Angebote bekommen?«

Levyns amüsierte Stimme ist ein wenig belegt. Aber ich bin zu benebelt, um den Ursprung dafür herauszufinden.

»Doch«, gebe ich zurück und setze mich endlich neben ihn auf die kleine fellbesetzte Nische. Er rückt ein Stück zur Seite, um mir Platz zu machen. Jetzt sieht er mir nur noch in die Augen. Nicht einmal flüchtig wendet er sich meinem Körper zu. Ich presse meine Zähne aufeinander.

»Was willst du hier, Lya?«, raunt Levyn mit seiner finsteren Stimme. Meine Brust flattert, während ich versuche herauszufinden, was ich hier eigentlich will. Warum ich hier bin.

»Ich ... ähm ...«, stottere ich und lege mich neben ihn. Sein Blick verengt sich augenblicklich, als meine Hand zu seinem Arm wandert und ich kleine Kreise über seine Haut und das Tattoo zeichne. Eigentlich weiß ich genau, warum ich hier bin. Ja, und eigentlich weiß ich auch genau, was ich am liebsten antworten würde. Ich will, dass wir da weitermachen, wo wir in Avalon aufgehört haben. Will, dass er das, was er mir da beschrieben hat, in die Tat umsetzt. Aber ich schaffe es nicht, es auszusprechen. Stattdessen drehe ich mich auf die Seite und lasse meinen Finger über seine Brust gleiten. Male weitere Kreise und wünschte, er wäre nackt. Wünschte, ich könnte den Drachenkopf nachzeichnen, der sich von seinem Arm über seine Brust schlängelt. Ja, ich wünsche mir sogar, dass ich über das Schemen an seinem Rücken fahren könnte. Eine düstere Tätowierung mit riesigen Flügeln, die bis zu seinen Schultern reichen.

Als meine Hand zu seinem Bauch wandert, greift er nach ihr und stoppt mich. Ich keuche auf, was in seinem Blick wieder diesen Hunger auslöst. Aber der Hunger in mir ist viel größer.

Schmerzen breiten sich in meinem Körper und zwischen meinen Schenkeln aus. Schreckliche, sehnsüchtige Schmerzen.

Ich presse meinen Körper an ihn. Lege mein Bein über seins und rücke weiter vor. Levyns Gesicht verkrampft sich. Er atmet schnell und schwer und trotzdem schiebt er meinen Körper ein wenig von sich.

»Du stehst unter Drogen, Lya. Ich werde dich nicht anfassen.«

»Aber ... Ich ...«

»Aber? Du?«, hakt er gelassen nach.

Seine Hand hält meine immer noch umklammert, weshalb ich keinen anderen Weg sehe, als meinen Körper wieder gegen seinen zu pressen. Mit einem Satz stemme ich mich auf mein Knie und bewege meinen Körper über ihn. Setze mich auf seine Hüfte, so wie er es in Avalon vorgeschlagen hat. Keine Spur von Scham. Nein, dieses Aphrodisiakum hat meine Sinne benebelt und ich kann nur daran denken, ihm endlich so nah sein zu können, wie ich es insgeheim schon so lange will.

»Lya!«, knurrt Levyn mahnend und legt seine Hände auf meine Taille, um meinen Körper zum Stillstand zu bewegen. »Möchtest du meine Geduld wirklich auf die Probe stellen?«

Ich beiße mir auf meine Unterlippe und nicke. »Es fühlt sich nicht so an, als wäre deine Zurückhaltung wirklich ernst gemeint.«

Er verengt seinen Blick. Kurz verharren seine Hände an meinen Rippen, bevor sie zu meiner Hüfte wandern. Ich stöhne ganz leicht auf, doch da packt er zu und hebt mich wieder von sich runter. »Ich wiederhole es gern noch einmal für dich, Lya. Du stehst unter Drogen. Ich werde dich nicht anfassen.«

Ich gebe einen wimmernden Ton von mir – und obwohl ich es jetzt noch nicht spüre, weiß ein Teil von mir, wie sehr ich mich für das hier schämen werde. Trotzdem presse ich meinen Körper wieder gegen ihn. Drücke diese Stelle zwischen meinen Beinen gegen seines, um diesen Druck loszuwerden.

»Aber ich muss … Ich …«

»Du kannst dich noch so lange auf meinem Bett herumrekeln oder deine empfindliche Stelle an mir reiben, Lya. Ich. Werde. Dich. Nicht. Anfassen.« Er zieht einen Mundwinkel in die Höhe, während seine Augen noch düsterer werden. »Aber ich stehe dir gern mit konstruktiven Tipps zur Seite, wenn du den Druck gern … allein loswerden möchtest.«

»Was?!« Das Feuer in mir brandet wieder auf. Meine Brust flattert. Schlägt er mir gerade wirklich vor …?

»Mir wäre es allerdings lieber, wenn du einfach in dein Bett gehen würdest.«

»Ich kann nicht«, stoße ich hervor. »Ich … Ich habe Schmerzen, ja. Aber ich will dich. Ich will dich nicht erst seit heute Abend, Levyn. Alles in mir schreit nach dir. Und auch wenn es gerade vor allem mein Körper ist … Meine Seele sehnt sich auch nach dir. Ich will das hier, auch ohne diese dämliche Droge.«

Er mahlt mit seinem Kiefer und scheint über meine Worte nachzudenken. »Ich kann nicht«, raunt er dann und streicht mir ganz vorsichtig über meine Wange.

Ich nehme seine Hand und lasse seine Finger über meine Lippen wandern. Lecke darüber und beiße mir dann auf die Unterlippe. Levyns Blick wird hart. Aber sein Atem verrät mir, wie es in ihm aussieht, also ziehe ich seine Hand weiter hinunter. Schiebe sie unter mein Kleid und lege sie auf meine Brüste. Er verharrt kurz. Seine Augen glühen. Dann aber legt er seine Hand auf meine und lässt meine eigenen Finger über meine Brustwarze kreisen. Ich atme stoßartig, als seine Hand meine Finger hinabwandern lässt. Über meinen Bauch, wo meine eigenen Finger Kreise über die Haut ziehen. Eine Gänsehaut legt sich auf meinen Körper.

»Wir sollten aufhören«, flüstert Levyn dicht neben meinem Ohr. Seine kratzige Stimme weckt noch mehr Verlangen in mir. Immer mehr und mehr.

»Warum? Du berührst mich doch gar nicht«, stöhne ich und hebe meine Hüfte ein wenig an. Doch dann nimmt er seine Hand von meiner und streicht sich angestrengt durch seine Haare. »Rede mit mir, Levyn ...«, hauche ich an seiner Wange. Wie gern würde ich seine Lippen auf meinem Körper spüren. Auf meinen Lippen.

»Was soll ich dir erzählen, du kleines wuschiges Etwas?«, fragt er grinsend.

Sein Grinsen vergeht allerdings, als ich ganz leise sage: »Erzähl mir, was ich tun soll!«

Er starrt mich einfach nur an. Seine Augen sind dunkel und gefährlich – und ich weiß, dass ich den Punkt erreicht habe, an dem ich seine Geduld zu sehr strapaziert habe. Sein ganzer Körper bebt, als wollte er mich am liebsten packen und über mich herfallen.

»Hast du nicht noch in Avalon gesagt, dass sich alles ändern würde, wenn wir ...«

»Levyn!«, fauche ich schwer atmend. Keuchend. »Was soll ich tun?«

Er schließt seine Augen, und als er sie wieder öffnet, brennt ein rotes Feuer in ihnen. »Streich dir über die Lippen ... Mit deinem Finger«, raunt er und beobachtet, wie ich dem Folge leiste, was er sagt. Ganz vorsichtig lasse ich meinen Finger über die Innenseite meiner Unterlippe fahren. Er sieht mich an wie ein lauerndes Tier. Seine Stimme ist rau und kratzig. »Und jetzt ... berühr deine Brüste ...«

Ich schlucke schwer, als mich erneut die Glut des Verlangens überkommt. Meine Hüfte presst sich weiter gegen Levyn, während ich meinen Finger über meine Brust wandern lasse.

»Gott, Lya ...«, keucht er und ballt seine Hände zu Fäusten.

»Weiter!«, fordere ich.

Er stockt. Ganz offensichtlich versucht er immer noch, sich selbst davon zu überzeugen, dass es besser ist, das hier zu unterbinden. Doch bevor er die Zweifel aussprechen kann, nehme ich seine Hand und lege sie wieder auf meine.

»Zeig es mir!«

Seine Lider zucken, doch dann drücken seine Finger meine wieder meinen Bauch hinunter. Seine andere Hand reißt grob mein Kleid zur Seite, während er meine Finger unter mein Höschen schiebt, selbst aber oberhalb bleibt. Seine Hand drückt durch den dünnen Stoff zu und mir entfährt ein lautes Stöhnen.

»Lya!«, mahnt er mich und drückt mir seine andere Hand ganz vorsichtig auf den Mund. Dann dreht er meinen Körper so, dass mein Rücken an seinem Bauch liegt, und beginnt, meine Hand kreisen zu lassen. Ich brauche noch einen Augenblick, dann aber schiebe ich meinen Finger dorthin, wo ich Levyn jetzt spüren will. Wieder stöhne ich auf. Viel zu laut. Levyns

Hand wandert wieder an meinen Mund, während seine Hüfte leicht gegen meinen Hintern stößt.

»Das ist so was von gar keine gute Idee ...«, raunt er, bewegt aber trotzdem weiter seine Finger. Ich stöhne gegen seine andere Hand, während ich sein Verlangen an meinem Rücken spüre. Meine Brust explodiert beinahe, während ich mich gegen seinen festen Griff lehne. Er drückt zu und lässt wieder locker. Und plötzlich kann ich an nichts mehr denken. Kann nicht mehr auf meinen Verstand hören, der sowieso so leise geworden ist. Ich bewege meine Hüfte kreisend gegen seinen Schritt und unsere Hände. Immer schneller und schneller. Dieses Gefühl – das, was sich zwischen meinen Beinen bildet – habe ich so noch nie gespürt. Noch nie hat es sich so richtig und frei angefühlt. Noch nie habe ich mich dermaßen gehen lassen. Und das liegt nicht an dieser dämlichen Droge. Es liegt an Levyn. Daran, dass ich seinen Atem in meinem Nacken spüre. Seinen vertrauten Geruch rieche. Seine Zweifel spüre und mich einfach nur aufgehoben und sicher bei ihm fühle. Ich sein kann.

Als ich einen wimmernden Laut von mir gebe, hält er sofort inne. »Was ist?«, fragt er beinahe panisch. »Geht es dir zu weit?«

»Nein!«, keuche ich und lehne mich wieder gegen ihn. »Ich ...«

»Ja?«, fragt er beinahe atemlos und lässt seine Finger durch meine Haare wandern.

»Ich fühle mich so ... gut wie noch nie zuvor.«

Er hält den Atem an. Dann packt er mein Bein und zieht es ein wenig zu sich, während seine Hand weiter meine Hand zum Kreisen bringt und ich vollkommen in eine Trance versinke.

Als ich erneut und viel zu laut stöhne, spüre ich wieder seine Hand auf meinem Mund. Aber ich nehme es kaum wahr. Und mit ein paar letzten kreisenden Bewegungen explodiert mein Körper und ich sacke in Levyns Arm zusammen. Mein Herz – sein Herz – pumpt laut. So als würden wir uns einen Herzschlag teilen. Als würden wir dasselbe spüren.

Ich drehe mich um und sehe in Levyns Augen. Finsternis strahlt mir entgegen. Vertraute Dunkelheit, die mich fern von jeglichen Vorbehalten ansieht. Da ist nichts Schlechtes. Kein Vorwurf. Nur diese vertraute Art, wie Levyn mich immer ansieht. Als würde er in mir viel mehr sehen, als ich jemals in der Lage sein werde zu sehen.

Als ich meine Augen schließe und mich in seinen Arm lege, küsst er mich auf die Stirn. Und als ich gerade dabei bin einzuschlafen, unendliche Sekunden später, höre ich seine leise Stimme an meinem Ohr: »Ich will dich schon so lange, Lya.«

* * *

Ein leiser, monotoner Herzschlag weckt mich. Ich blinzle den Schlaf weg und sehe hinauf zu Levyn. Mein Kopf liegt auf seiner starken Brust, die sich hebt und senkt. Aber er schläft nicht. Nein. Seine Augen treffen meine, als ich meine Lippen aufeinanderpresse.

»Warst du die ganze Nacht wach?«, frage ich verschlafen und lehne mich ein Stück zurück, um ihn besser ansehen zu können.

»Ja«, raunt er und mustert mich, als warte er darauf, dass ich ausraste. Ihn anschreie für das, was wir gestern Nacht getan haben. Aber ich fühle keine Reue. Da ist nur ... Vertrautheit. »Du hattest ganz offensichtlich ziemlich nette Träume. Da war es mir beinahe unmöglich zu schlafen. Bei diesem Gestöhne hätte wohl niemand schlafen können.«

Er grinst und ich haue ihm leicht gegen die Brust, was er mit einem theatralischen Seufzen abtut.

»Wie fühlst du dich?«, fragt er dann mit ernster Miene und mustert mich, als würde er immer noch damit rechnen, dass ich jede Sekunde hier hinausrenne.

»Ich ... Gut ... Aber es tut mir leid, dass ich dich irgendwie so ... überfallen habe.«

»*Überfallen* nennst du das?«, entgegnet er lächelnd.

Ich nehme meinen Kopf von ihm und er steht langsam auf. Richtet mit einer eleganten Bewegung seine Jacke und Hose.

»Du standest unter einer Droge. Das weiß ich. Es tut mir leid, dass ich nicht mehr Beherrschung bewiesen habe.«

»Nein«, sage ich fest und ziehe damit wieder seinen Blick auf mich. »Ich wollte es. Ich bereue es auch jetzt nicht. Auch ohne dieses Aphrodisiakum.«

Er hebt seine Brauen und schließt seinen Cardigan an seinen Rippen. Er wirkt beinahe so, als wüsste er nicht genau, was er dazu sagen soll. Wie er mit alldem umgehen soll.

»Wir haben nie darüber gesprochen, dass dieser Fluch uns nicht mehr voneinander fernhält. Dass ich täglich dunkler werde und du mein Herz besitzt. Und dass trotzdem bisher nichts Gravierendes passiert ist. Dass alle Welten noch existieren, obwohl ich dunkler werde. Und wir ...«

Die Worte verlassen einfach so meinen Mund. Denn wenn mir das, was letzte Nacht passiert ist, etwas gezeigt hat, dann, dass wir nicht länger totschweigen können, was das zwischen uns ist. Trotzdem kann ich nicht aussprechen, was wir sind.

»Das bedeutet nichts, Lya. Du ... Du bist nicht an mich gebunden. Du kannst frei entscheiden – und ich will nicht, dass du ...«

»Dass ich was?«

»Dass du dich nur auf mich einlässt, weil unsere Seelen irgendwie ... weil sie sich anziehen.«

»Du denkst also, dass das der Grund dafür ist, dass ich mich zu dir hingezogen fühle? Weil mir diese Gegenstück-Sache befiehlt, dich anziehend zu finden?«

Levyn steht da und mustert mich. Dann fährt er sich durch seine wuscheligen dunklen Haare und richtet die Finsternis in seinem Blick auf mich. »Ich weiß, wer ich bin, Lya. Ich weiß es nicht erst seit gestern. Seit fünfhundert Jahren lebe ich mit dem Wissen, dass ich eine Gestalt der Finsternis bin. Mehr als das. Ich bin ihr Herrscher. Ich bin nicht ganz so naiv, zu glauben, dass mich jemand wirklich ohne Vorbehalte lieben könnte. Mich – mit all der Dunkelheit in mir. Mich, behaftet mit diesem Fluch, der dich und unsere Welten zerstören kann.«

»Aber du wurdest geliebt!«, wende ich ein.

Er legt leicht seine Lippen aufeinander und schüttelt den Kopf. »Von wem wurde ich geliebt, Lya? Von Lyria, die besessen von mir und meiner Macht war? Von Nyla, die einfach nur fasziniert von dem Bösen in mir war? Von all den anderen Frauen, die es nur darauf angelegt haben, eine Nacht mit dem Herrscher der Finsternis zu verbringen, um sich wahrhaftig gehen lassen zu können? Das war es doch auch, was du gestern gespürt hast, oder? Diese Finsternis, die dich eingehüllt und dir jeden Zweifel genommen hat. Was meinst du, wie es wäre, wenn wir wirklich miteinander schlafen würden?« Er kommt näher, kniet sich vor mich und greift nach meinen Händen. »Ich weiß, dass ich nur ein Mittel zum Zweck bin. Dass ich es schon immer war und …« Er atmet tief durch. »Und dass ich genau das gestern auch für dich war. Ich kenne dich. Ich kenne dich besser, als du glaubst, und ich sehe in deinen Augen, was du fühlst. Dafür muss ich nicht deine Gedanken lesen. Ich sehe, dass es diese Scheißfinsternis ist, der du dich so verbunden fühlst. Der du dich hingeben willst, weil du auf dem besten Weg bist, genauso zu werden.«

Ich schlucke schwer und bemühe mich, die Tränen zu unterdrücken, die sich einen Weg aus meinen Augen bahnen wollen. »Das ist nicht wahr!«, presse ich schließlich mit belegter Stimme hervor.

»Was ist nicht wahr?«, fragt er beinahe herablassend, lässt meine Hände los und steht auf.

»Du … Du willst es doch so!«, fauche ich voller Zorn. Zorn darüber, dass er mir dieses Gefühl genommen hat. Das gute Gefühl. Jetzt beginne ich doch, es zu bereuen. Nicht, weil ich es nicht wollte, nein. Sondern weil er mir jetzt entgegenschleudert, dass ich ihn nur benutzt habe. »Du willst dich hinter dieser Finsternis verstecken! Hinter diesem Fluch! Willst so tun, als könne man dich nicht lieben, nur damit du nicht zugeben musst, dass du es bist, der nicht lieben kann!«

Ich schreie es aus vollem Hals, stehe auf und will das Zelt verlassen, doch er packt mich und zieht mich zu sich zurück.

»Ich kann lieben!«, knurrt er wie ein gefährliches Raubtier.

»Ach so … Und wen? Lyria? Das nennst du Liebe?«

Jetzt prasseln die Tränen doch aus meinen Augen. Immer mehr und mehr. Wandern über meine Wangen und hinterlassen einen bitteren, salzigen Geschmack auf meinen Lippen.

Levyn steht da und öffnet seinen Mund – aber er sagt nichts. Einfach nichts.

»Ich scheiße auf deine Finsternis, Levyn! Mir ist es egal. Ich bin gestern nicht hierhergekommen, weil ich mich nach deinen Schemen und Schatten und deiner möchtegernschwarzen Seele sehnte. Nein – ich kam her, weil es genau diese Seele ist, in die ich mich verliebt habe!«

Ich schlage mir die Hände vor den Mund, als ich begreife, was ich gesagt habe. Schockiert weiche ich einen Schritt zurück. Levyn sieht mich an, als hätte ich ihm gerade sein Herz herausgerissen.

»Ich … ähm …«, nuschle ich, um das, was ich gesagt habe, irgendwie rückgängig zu machen. Aber ich kann nicht. Ich kann es nicht, weil es eine Lüge wäre, würde ich es zurücknehmen.

Mit zitterndem Körper sehe ich zu Levyn hinauf. Warte, dass er irgendetwas tut. Etwas sagt. Aber er ist wie versteinert. Und dann, endlich, sehe ich ihn atmen. Sehe, dass er noch da ist.

»Was hast du gesagt?«, fragt er leise und bedrohlich.

Meine Brust zieht sich zusammen. Angst klettert meine Kehle hinauf. Aber ich habe es lange genug vor mir und ihm verborgen. Habe ihm nie erzählt, dass ich mich während all der Zeit in der Welt der Vergangenheit nur nach ihm gesehnt habe. Ich bin es leid, so zu tun, als wäre nichts zwischen uns. Nicht nur eine Anziehung, nein. Das ist viel mehr. So viel mehr.

»Mir ist egal, wie finster du bist. Was deine Dunkelheit mit mir machen kann. Wie du dich selbst siehst. Das alles ist mir egal. Weil ich mich nicht in den Herrscher der Finsternis verliebt habe, sondern in dich. In Levyn, den Kerl von nebenan. Den Kerl, der, egal wie oft er auch versucht, ein unausstehliches Arschloch zu sein, der beste Freund und beste Mensch ist, den ich kenne.« Ich gehe einen Schritt auf ihn zu und greife nach seiner Hand. Er starrt mich ungläubig an. »Du bist nicht böse, Levyn. Du bist mehr. Mehr als alles, was ich kenne. Du würdest dein Leben geben für die Menschen, die du liebst. Du ... Du würdest es lieber ihnen recht machen als dir. Und du würdest auch mich gehen lassen, nur um mich zu schützen. Du würdest mich zu Tharys oder irgendeinem anderen gehen lassen, wenn du wüsstest, dass ich dort glücklich bin. Du selbst hast das gesagt. Aber dabei hast du übersehen – übersiehst immer noch –, dass ich ... dass ich nur bei dir ich selbst bin. Nur bei dir glücklich sein kann, ohne mich verstellen zu müssen.«

Meine Stimme bricht, als Levyn ganz langsam meine Hände loslässt und einen Schritt zurückweicht. »Ich ...«, stammelt er und sieht sich um, als würde er nach einer Fluchtmöglichkeit suchen.

»Levyn ...«, flehe ich und rücke wieder auf. Er aber hebt seine Hände und weicht weiter zurück.

»Ich kann nicht, Lya ... Ich ...«

»Was?«

»Ich glaube dir kein Wort.«

Ich erstarre, während Levyn mich ansieht, als würde er wirklich nicht glauben können, dass ich etwas anderes in ihm sehe als den finsteren schwarzen Drachen, für den er sich hält. Er dreht sich um.

»Levyn … Bitte geh jetzt nicht!«

»Ich kann nicht, Lya«, sagt er und geht. Zurück bleibe ich und das, was von mir noch übrig ist. Und obwohl er mein Herz mit sich nimmt, bricht es in meiner Brust.

* * *

Nach gefühlten Stunden trete ich aus dem Zelt. Es muss frühmorgens sein, denn einige Drachen sitzen noch am Feuer, lachen und trinken Wein. Ich suche nach den anderen, entdecke aber nur Levyn, der mit … Nyss dasteht. Ich blinzle, weil ich nicht fassen kann, dass es wirklich sie ist. Tym steht bei ihnen und lacht, während Levyn sie aufmerksam ansieht. Sie erzählt irgendetwas und meine Brust beginnt zu brennen. Aber ich weiß es besser. Ich bin nicht mehr dieses eifersüchtige Mädchen, das ich damals war. Ich bin es nicht, weil ich mir Levyns Gefühlen sicher bin. Egal was er gesagt hat. Egal wie oft er noch versuchen wird, mich von sich zu stoßen, weil er das Gefühl hat, man könne ihn nicht lieben. Es ist mir egal. Denn ich weiß es besser. Und wenn es das ist, was er braucht, werde ich ihm beweisen, dass er liebenswert ist.

Ich atme tief durch und trete dann zu ihnen. Levyn sieht mich kurz und flüchtig an, als ich Nyss begrüße und zuhöre, wie sie ihre Geschichte erzählt.

Offensichtlich hat Levyn sie zu den Feuerdrachen geschickt. Als Hexe oder Feuergeist – wie auch immer man es nennen will – gehört sie zu ihnen und hat Erkundigungen eingeholt, die jetzt von Vorteil für uns sein könnten.

Naoyl hat Levyns Thron übernommen, während er weg ist –

aber das wussten wir. Neu allerdings ist, dass Levyns Mutter seit einiger Zeit ziemlich eng mit Naoyl ist.

»Außerdem hetzt sie jeden gegen dich auf. Sie erzählt Geschichten, die ganz offensichtlich nicht der Wahrheit entsprechen. Aber na ja, du weißt, wie das ist. Sie sehen dich kaum. Du bist seit deinem achtzehnten Lebensjahr kaum da gewesen und sie wissen, dass du noch eine andere Welt hast, in der du Herrscher bist. Und sie schürt ihr Gefühl, dass dir die Finsternis mehr bedeutet als die Feuerdrachen«, erzählt Nyss.

Levyn verzieht den Mund, lässt sich aber sonst nichts anmerken.

»Du weißt doch, wie sie ist, Levyn«, murmelt Nyss, die seine Reaktion wohl auch bemerkt hat. »Sie hat dich als kleines Kind gezwungen, in das Urfeuer zu sehen, obwohl sie wusste, dass du hättest sterben können.«

Vorsichtig werfe ich einen Blick auf Levyn neben mir. Ich erinnere mich daran, dass er mir eingetrichtert hat, dass niemand in das Urfeuer sehen darf. Dass jeder, der hineinsieht, stirbt. Seine Mutter hat ihn trotzdem dazu gezwungen und er hat es überlebt.

Ich räuspere mich. Wieder keine Regung von Levyn. Bis auf seine Hand, die sich kaum merklich zu einer Faust verkrampft. Ohne nachzudenken, greife ich nach ihr, entkrampfe seine Finger und verschränke sie mit meinen. Er sieht erst hinab auf unsere Hände und dann zu mir. Er wehrt sich nicht. Er lässt es zu – und auch Nyss scheint es nicht zu stören. Und trotz allem sehe ich in Levyns Augen dieses leise Flehen, mich fernzuhalten. Den Drang, loszulassen. Die Gewissheit, dass wir das nicht können. Nicht zusammen sein können.

»Na ja, auf jeden Fall hat sie mir Spione auf den Hals gehetzt. Ich konnte nicht länger dortbleiben.«

Levyn drückt meine Hand und sieht dann wieder zu Nyss. »Dann komm mit uns.«

Wieder sieht er mich an, als würde er mich um meine Zustimmung bitten. Aber das braucht er nicht.

»Du wirst es lieben. Wir müssen irgendein dämliches Schwert finden und die Welt damit retten«, sage ich lachend und werfe ihr einen Blick zu, der ihr nur noch die Möglichkeit gibt, mich weiter zu hassen oder Frieden mit mir zu schließen.

Nach ein paar Sekunden lächelt auch sie. »Das klingt doch nach einem superspannenden Abenteuer.«

Sie nickt mir zu und besiegelt somit unseren stummen Waffenstillstand. Ich werde sie wahrscheinlich nie vollständig mögen, aber Levyn braucht sie auf irgendeine Art und Weise. Also werde ich sie akzeptieren.

Wir verabschieden uns von dem König und seinen Wachen, bevor wir uns auf den Weg zum Tempel machen. Teryel hat uns den Weg ganz genau erklärt, aber mehrmals betont, dass er uns keine Wachen mitschicken kann, weil der Weg zu gefährlich sei. Fliegen können wir nicht, da der Tempel von irgendeinem uralten Zauber belegt ist, der es nur zulässt, zu Fuß den Berg zu erklimmen, auf dem dieser Tempel liegt.

Als wir den schmalen Bergpass entlanggehen, ist Levyn immer dicht hinter mir und behält mich ganz genau im Auge. Ich spüre seine Blicke wie Stiche. Am liebsten würde ich mich umdrehen und da weitermachen, wo wir gestern aufgehört haben. Es ist, als hätte ich Blut geleckt. Als hätte mein Herz endlich verstanden, dass ich ihn will. Dass ich der Mensch sein will, der ihm vielleicht irgendwann beweisen kann, dass er jemand ist, den man lieben kann.

»Zuckerpüppchen, wie wär's, wenn du den Raum beherrschst?«, ruft Myr mir von hinten zu. »Dann würde Levyn nicht ständig zucken, wenn du einen schmalen Pass entlangmarschierst wie ein Trampel.«

»Ich bin kein Trampel!«, beschwere ich mich lachend.

»Wir alle – auch du – wissen genau, dass du einer bist, Lya.«

»Sie wird nichts dergleichen tun. So wie ich sie kenne, landet sie dann auf einem Stein, der kurz danach abkracht«, knurrt Levyn hinter mir.

»Na super. Gib ihm auch noch recht!«, lache ich und hangele mich weiter. Immer wieder berührt Levyn meine Hüfte, wenn er meint, ich könnte abstürzen. Aber ich nehme es ihm nicht übel. Ich habe vor einiger Zeit begriffen, dass ich sie alle brauche. Und dass das nicht verwerflich ist.

»Lya hat ihren Mut mehr als einmal bewiesen«, wirft Perce ein.

»Leichtsinn nennt man das«, brummt Levyn.

Unwillkürlich bleibe ich stehen. Levyn prallt unsanft gegen mich, hält mich aber fest, damit ich nicht abrutsche.

Eine Erinnerung hält mich gefangen. Als wäre sie unter einem dichten Nebel aus Dunkelheit vergraben. Levyn hat damals beim Klettern zu mir gesagt, dass ich Leichtsinn und Mut verwechsle. Und etwas in mir schreit mich an, dass etwas an all dem, was danach passiert ist, nicht stimmt.

»Du …«, flüstere ich Levyn zu, der immer noch dicht an mich gelehnt dasteht. »Du hast mich gerettet.«

»Was?«, fragt er irritiert und ich nehme kaum wahr, wie sich die anderen beschweren, während Nyss vor mir bereits einige Meter Vorsprung hat.

»Damals auf dem Berg. Ich bin geklettert. Und gefallen ... Du hast mich aufgefangen und ... bist verbrannt.«

»Na ja, ganz verbrannt bin ich offensichtlich nicht«, neckt er mich, doch ich kann kaum fassen, was mit mir geschieht.

»Warum hast du mir diese Erinnerung genommen, Levyn?«

»Du hattest so ein entzückend schlechtes Bild von mir. Das wollte ich nicht zerstören. Ich finde, ich mache mich gut als Bösewicht.«

Er lacht leise in mein Ohr und ich fange mich endlich, um weiterzugehen. Er hat mich damals an diesem Berg gerettet. Ich habe mich nicht verwandelt, so wie es die anderen erwartet haben. Nein, weil diese dumme Höhenangst mir das Bewusstsein geraubt hat.

»Warum konntest du in das Urfeuer sehen?«, frage ich, als wir ein paar Meter zurückgelegt haben.

»Lya, wo ist deine Höhenangst, wenn du sie mal gebrauchen könntest?«

»Sie ist schon lange verschwunden«, entgegne ich gelassen.

Ich weiß mittlerweile, dass ich mir diese Ängste selbst eingeredet habe. Dass mich diese Nacht mit Jason Angst hat spüren lassen. Angst vor dem, was ich wirklich bin.

»Wirst du mir irgendwann alles erzählen?«, versuche ich es noch ein letztes Mal.

Levyns Hand legt sich wieder vorsichtig auf meine Hüfte. »Vielleicht ...«, raunt er mir über die Schulter zu. »Davor muss ich mir aber noch eine schusssichere Weste besorgen. Und eventuell auch ein paar schwarze Löcher als Verteidigung gegen deine giftigen Lichtblitze bereithalten.«

Ich schüttle lachend den Kopf und gehe weiter. Der Weg ist anstrengend und trotz allem habe ich ein wenig Angst. Angst um mich und Angst um meine Freunde.

Als wir auf einem kleinen Vorsprung ankommen, machen wir eine Pause. Nachdem Levyn noch ein paar Informationen von Nyss eingeholt hat, setzt er sich neben mich und wirft mir ein Stück Brot zu, das der König uns mitgegeben hat.

»Warum hast du vorhin meine Hand genommen?«, fragt Levyn mit belegter Stimme. »Vor allem, nachdem ich dich einfach habe stehen lassen.«

Ich denke einen Moment lang nach, dann beiße ich in das Brot und sehe ihn an. Sehe diese Zweifel in seinen Augen. Diese Selbstzweifel, die ich von jedem erwartet hätte. Nur nicht von ihm. »Ich habe das im Zelt nicht aus einer Laune heraus gesagt oder weil ich eine Begründung brauchte, warum ich das am Abend davor getan habe. Ich habe vor langer Zeit aufgehört, mich für solche Dinge zu rechtfertigen. Ich habe es gesagt, weil es das ist, was ich fühle und …« Ich atme tief durch. »Und nach all dieser Zeit, in der ich es nicht begriffen habe und du so viel Geduld mit mir hattest, gebe ich dich nicht auf, nur weil du mich von dir stößt.«

»Ich kann hineinsehen, weil ich der Hüter des Urfeuers bin, Lya«, beantwortet er plötzlich meine Frage. »Aber meine Mutter hatte nur einen Verdacht und … Du erinnerst dich sicher, dass ich dir sagte, du sollst nicht hineinsehen, weil es tödlich ist.«

Ich nicke.

»Das hätte passieren können. Meine Mutter hat es in Kauf genommen und mich gezwungen, hineinzusehen.«

»Wie alt warst du?«, frage ich vorsichtig.

Er verengt seinen Blick, dann steht er auf und hält mir seine Hand entgegen. Als er mich zu sich nach oben zieht und sich kurz darauf nicht vorhandenen Dreck von seiner Jacke klopft, sieht er mich wieder an. Sein Blick ist getrübt und seine Augen umgeben von Schatten.

»Ich war fünf Jahre alt.«

Mein Kiefer knackt unruhig, während er mich ansieht, als würde er in den Erinnerungen kramen. Dann dreht er sich um und setzt zum Gehen an, bleibt aber doch noch einmal stehen und wendet sich mir wieder zu.

»Ich war jung. Ich hatte Angst. Ich hatte furchtbare Angst. Und obwohl ich meiner Mutter vertraut habe, habe ich die Augen zugekniffen, so fest ich konnte.« Er leckt sich über seine Lippen und sieht kurz zur Seite. »Aber sie hat mir die Lider aufgerissen. Mich über diesen Schlund gehalten und dafür gesorgt, dass ich hineinsehe. Und glaub mir, ich werde nie vergessen, was ich dort gesehen habe.«

Ich will gerade fragen, was es war, als er mir zuvorkommt.

»Ich werde dir irgendwann die ganze Wahrheit erzählen, Lya. *Meine* Wahrheit. Aber es wird immer Dinge geben, die ich dir nicht sagen kann. Das solltest du wissen, bevor du dich dafür entscheidest, mich nicht aufzugeben.«

Wir laufen den restlichen Weg hinauf, ohne ein weiteres Wort zu reden. Keiner von uns. Die Magie, die diesen Tempel und damit den Berg schützt, schwächt unsere Kräfte und meine Gedanken über Levyns Mutter schwächen meine Selbstbeherrschung. Ich wusste, dass sie falsch ist. Habe es am eigenen Leib gespürt. Aber das hätte ich nicht erwartet. Wie kann man seinen fünfjährigen Sohn als Versuchskaninchen benutzen?

Nach Stunden kommen wir oben an. Der Tempel sieht verfallen und alt aus und trotzdem strahlt er etwas Mächtiges aus. Nyss prüft die Eingänge auf Zauber. Wie genau sie das macht, verstehe ich nicht, aber das muss ich auch nicht. Es wird schon seinen Grund haben, dass diese Art der Feuerdrachen Hexen genannt werden. Als Nyss aber mit einem argwöhnischen Blick auf uns zukommt, werde ich unruhig.

»Hier waren Zauber. Mächtige Zauber. Doch …«

»Doch?«, hakt Levyn ruhig nach. Viel zu ruhig, wenn ich Nyss' Miene betrachte.

»Sie wurden bereits gebrochen.«

Ich sehe dabei zu, wie sich Levyns Kiefer unruhig bewegt, bevor er auf die Tür des Tempels zustürmt und sie aufstößt.

Ein markerschütternder Schrei lässt mich zusammenzucken. Trotzdem trete ich ein Stück näher und sehe dabei zu, wie Levyn alte Holzmöbel im Tempel herumschmeißt. Sie zerschellen an den Wänden und hinterlassen hallende dumpfe Geräusche.

Ich folge ihm hinein und erkenne eine Art Altar mit einem Holzkasten, in dem das Schwert gelegen haben muss. Es ist weg. Einfach weg. Blut sammelt sich auf dem Boden. Frisches Blut – aber nirgendwo liegt eine Leiche.

Was ist hier passiert?

Levyn stockt, völlig außer Atem, und starrt dann wieder auf

den leeren Kasten. »Morgan«, haucht er mit geweiteten Augen und tritt zu Nyss, die gerade ebenfalls in den Tempel kommt. »Kannst du den Zauber lösen, der es mir verbietet, hier meine Macht anzuwenden?«, fragt er sie panisch.

»Das ist ein mächtiger Zauber, Levyn.«

»Kannst du es?«, brüllt er sie an.

»Was ist mit Morgan?«, frage ich vorsichtig und trete neben ihn.

Levyns Blick fährt zu mir, als wollte er mich ebenfalls anschreien, dann atmet er aber durch, um sich selbst zu beruhigen, und wird ein wenig leiser. »Wenn Lyria hier war, um dieses Schwert zu holen, muss sie bei Morgan gewesen sein, um herauszufinden, wo es ist, und …«

Als ich begreife, was seine Vermutung ist, stockt mir der Atem und das Blut in meinen Adern gefriert.

»Ich brauche ihre Hilfe«, flüstert Nyss nachdenklich und wirft mir einen Blick zu.

»Alles, was du brauchst«, entgegne ich und starre sie auffordernd an.

»Du musst mir etwas von deinem Licht geben. Dieser Schutz wurde von Morgan errichtet, als sie noch ein weißer Drache war. Nur mit deiner Macht kann ich ihn aushebeln.«

Ich nicke und strecke ihr meine Hand entgegen. »Kann ich meine Macht hier benutzen?«

»Ich kann sie katalysieren, wenn wir Glück haben«, sagt sie nachdenklich und schließt ihre Augen.

Als ich spüre, wie etwas nach meiner Macht greift, werfe ich Levyn einen letzten fragenden Blick zu. Ich brauche diese Bestätigung, dass ich Nyss voll und ganz vertrauen kann. Als er nickt, schließe ich ebenfalls meine Augen und lasse es zu. Lasse zu, dass ein Großteil meines Lichts in sie übergeht.

Die Welt hinter meinen Lidern erhellt sich und ein lauter Knall löst den Schutz um diesen Berg. Ich falle auf die Knie, als Nyss meine Hand loslässt, und ringe nach Luft. Ringe danach, die Macht zurückzuerhalten, die gerade verschwunden ist.

»Alles in Ordnung?«, fragt Levyn und beugt sich zu mir.

»Ja …«, krächze ich und bemühe mich, mich nicht zu übergeben. »Geh!«

»Ich habe nicht vor, jemals wieder ohne dich irgendwohin zu gehen«, raunt er, nimmt meine Hand und Finsternis umgibt mich. Ich höre noch, wie Levyn seine mächtigen Flügel ausbreitet, spüre, wie er meinen schlaffen Körper in seine Arme schließt und plötzlich Wind durch mein Gesicht peitscht. Ich höre, wie auch die anderen hinter uns erscheinen und losfliegen.

»Lass mich hier«, sage ich und umklammere ihn mit meiner letzten Kraft.

»Wie gesagt, kleiner Albino. Ich werde nirgendwo ohne dich hingehen.«

Während wir fliegen, rufen sich die anderen Anweisungen zu und nicht viel später wechseln wir die Welt, als wäre es nichts. Ich krümme mich in Levyns Armen. Bemühe mich, wieder zu Kräften zu kommen – aber es ist, als hätte Nyss mich vollkommen ausgesaugt.

Als wir endlich die Grenzen zu Avalon passieren, erkenne ich es. Sehe die wunderschöne Insel, die Morgan mit so viel Liebe aufgebaut hat, in Flammen daliegen. Mein Herz – Levyns Herz – beginnt laut und unrhythmisch zu pulsieren. Und je näher wir kommen, desto mehr begreife ich, dass wir zu spät sind. Es ist nicht das riesige Feuer oder der Qualm, der mir das beweist – nein, es sind die fehlenden Schreie. Denn alles, was ich höre, ist das Prasseln des Feuers. Keine Drachen. Niemand, der den Tod eines anderen bedauert oder selbst Todesqualen erleidet. Da ist nichts.

Als wir landen, wissen wir es. Niemand ist mehr hier. Niemand hat dieses Feuer überlebt. Die ganze Insel brennt. Alle Häuser, alle Zelte. Sogar der Steg lässt langsam seine schwarz verkohlten Hölzer in das Wasser sinken.

Nichts ist mehr übrig. Rein gar nichts.

Levyn lässt mich nicht runter. Er scheint zu merken, dass ich nicht in der Lage bin zu laufen, also trägt er mich in Morgans Herrenhaus und lässt mich erst runter, als er sie erblickt. Der Raum, der noch vor ein paar Tagen so wunderschön war, liegt in Flammen und Asche da.

Die Erkenntnis schießt Gift durch meinen Körper, als ich ihr wunderschönes Gesicht sehe, das vom Feuer entstellt wurde. Es ist, als könnte ich kaum etwas spüren außer dieser bedrückenden Kälte in meiner Seele.

»Levyn«, flüstert Morgan mit ihrer letzten Kraft, als er bei ihr ankommt und ihren Kopf auf seine Beine legt. »Lyria … Sie war hier …«

»Morgan …«, wispert Levyn und eine Träne verlässt seine Augen.

»Du musst dich um meine Tochter kümmern, Levyn. Nyxa ist ein besonderes Kind. Sie darf sie nicht kriegen. Sie vereint alle Unterarten der Drachen in sich. Du musst sie mit deinem Leben schützen! Keiner darf von ihr erfahren! Versprich es mir«, wispert sie mit gebrochener Stimme. »Ich halte sie versteckt.« Sie zieht Levyn kurz zu sich und sagt ihm etwas, das nur er hören kann. Als sie ihren Kopf wieder sinken lässt, nickt er und streicht ihr sanft über ihre Wange.

»Ich schwöre es bei meinem Leben.«

»Und du musst noch etwas wissen«, flüstert Morgan mit kratziger Stimme. »Es ist nur ein Mythos ...«

»Was?«, fragt Levyn mit belegter Stimme.

»Das Gleichgewicht ist das Ziel. Es verbindet die Welten«, sagt sie mit schwacher Stimme. »Es zerstört sie nicht. Lyria weiß es ... deshalb ...« Ihr versagt die Stimme.

»Deshalb?«, wiederholt Levyn und beugt sich zu ihr.

Sie flüstert ihm noch etwas zu, das ich nicht verstehen kann, bevor ihr Körper in seinen Armen zusammensackt. Und sie diese Welt, die sterbliche, die des Lichts und die der Finsternis für immer verlässt.

# 12. Kapitel

*Lyria*

*44 v. Chr.*

»Elyria!«

Blinzelnd werde ich wach und starre in die Augen meiner Wache. Remus. Seine Stimme ist gedämpft. Seine Hand liegt bebend auf meiner Schulter.

»Remus … was …?«

»Psscht!«, macht er, legt seinen Finger auf seine Lippen und sieht sich lauernd um. »Sie haben deinen Vater getötet, Elyria. Sie … Sie haben Caesar ermordet.«

Mein Herz bleibt stehen und ein Schauer der Fassungslosigkeit überrennt mich. »Mein … Mein Vater? Er ist tot?«

»Elyria, wir müssen hier weg!«

»Nein!«, fahre ich ihm dazwischen und richte mich auf. Mustere das Kellerloch, in dem ich untergebracht wurde. Das Kellerloch, das mein Zuhause ist, weil niemand wissen sollte, dass ihr selbst ernannter Kaiser eine Tochter hat.

»Oktavian wird an die Macht kommen, und wenn er herausfindet, dass Julius' Blut in deinen Adern fließt, wird er dich töten. Also lass uns gehen!«

»Nein!«, wiederhole ich und stehe nun auf, lege mir das weiße Tuch um und schließe meinen goldenen Gürtel. »Sie werden büßen! Sie alle werden büßen! Sie haben meinen Vater getötet, Remus. Ich werde sie finden und …«

»Ich liebe dich. Also bitte komm mit mir.«

Ich schüttle nur den Kopf. Remus hat keine Ahnung, wie es ist, im Verborgenen aufzuwachsen. Und bevor er meine Wache wurde und ich in ihm meine Liebe gefunden habe, gab es da nur meinen Vater. Meinen Vater, der mich täglich hier besucht hat, der Spiele mit mir gespielt hat. Mich schreiben und lesen lehrte … Es gab nur ihn. Und jetzt …

»Ich kann seinen Tod nicht ungesühnt lassen. Also hilf mir, Remus! Ich habe ihn geliebt. Er ist mein Vater. Er war alles, was ich hatte …«

*Heute*

»Was jetzt?«

Nylas Stimme hallt über die Saphirwände zu mir, ich sehe sie aber nicht an. Lasse meine Augen nur immer wieder über meine blutigen Hände und das rötliche Wasser gleiten, das sich im Becken sammelt.

»Jetzt beginnt der Spaß«, flüstere ich, stelle den Hahn ab und greife mir ein Handtuch. Diese Wasserdrachen benehmen sich, als wären sie keine Tiere, sondern Menschen. Lächerlich.

»Was für ein Spaß?«

»Nyla«, stöhne ich genervt, »stell nicht immer so dumme Fragen. Morgan wird Levyn gesagt haben, dass die beiden Turteltäubchen zusammen sein können. Das heißt, er wird jetzt noch mehr als vorher versuchen, bei mir zu erreichen, dass sie Tharys nicht heiraten muss.«

»Warum? Weil er dieses Ding liebt?«

»Ja«, antworte ich bitter.

»Und was willst du dagegen unternehmen?«

Wieder seufze ich nur und drehe mich nun zu Nyla um, die in der Badezimmertür steht und mich mit großen Augen ansieht. Ich musste nur Elya bedrohen und schon hatte ich die Genehmigung von Tharys, zu tun, was auch immer mir beliebt. Was die nur alle so toll an ihr finden. Aber mir kann es egal sein. Es hilft mir, meine Pläne umzusetzen und sie über mein Schachbrett zu jagen, als wären sie nur dumme Figuren in einem Spiel.

»Etwas, das den kleinen weißen Drachen sehr wütend macht. Ich brauche noch mehr, viel mehr, damit sie endlich das tut, was ich will. Damit ich endlich wieder dahin komme, wo ich sein will.« Ich gehe an Nyla vorbei, hin zu dem Schreibtisch, und stecke mir meinen Schmuck an. »Begleite mich, wir gehen nach Ignia. Ich muss mit deiner Freundin, der Königin, reden und einiges für den großen Knall vorbereiten.«

»Den großen Knall? Und wohin willst du wieder zurück, Lyria?«

Ich verenge meinen Blick und lächle sie sanft an. Nyla war mir schon immer weit unterlegen. Natürlich versteht sie das alles nicht. Aber das wird sie.

»Zurück zur Ordnung. Zurück zu dem Leben, das sie mir genommen haben.«

# 13. Kapitel

Ich starre gegen die dunkle Wand meines Zimmers. Starre immer weiter und weiter. Warte darauf, dass dieses Gefühl aufhört. Das Gefühl, dass sie unseretwegen tot sind. Erst Shakysa und dann Morgan und alle Bewohner ihrer Insel.

Als wir in die Welt der Finsternis zurückgekehrt sind, lag das Buch offen hier. Lyria hatte es sich genommen. Und wie immer war sie uns einen Schritt voraus, während wir dachten, dass sie in Acaris ist und mit Tharys verhandelt.

Myr kommt ab und zu vorbei, um mir etwas zu essen zu bringen, während Levyn in Avalon geblieben ist, um dort die Leichen zu bergen, die nicht verbrannt sind, und sie zu begraben. Er wollte nicht, dass einer von uns dortbleibt. Er sagte, es sei seine Aufgabe. Etwas, das er allein tun muss. Und wir ließen es zu. Vermutlich hat er auch Morgans Tochter bereits an einen sicheren Ort gebracht.

Und obwohl ich die Toten betrauere, fühle ich mich schuldig. Schuldig, weil ich mich schlecht fühle, und schuldig, weil sie alle sterben. Alle, die uns helfen. Aber es wäre egoistisch, unsere Schuld zu betrauern statt ihr Leben. Also versuche ich mir jede Einzelheit in Gedanken aufzurufen. Ihre Welt in mir lebendig zu machen, damit sie nicht aus dieser Welt verschwindet.

»Wir betrauern nie die Toten«, hat Myr an einem der unzähligen Tage zu mir gesagt. »Das tun wir nie. Wir werden immer nur das Loch betrauern, das sie in uns hinterlassen. Denn ob sie wirklich bedauernswert sind, weiß keiner von uns. Vielleicht sind sie ja an einem besseren Ort. Wir trauern nur um uns selbst und unseren Schmerz.«

Und ja, er hat recht. Seitdem versuche ich mir vorzustellen, dass dieses Volk, das bis zu unserem Auftauchen in Frieden gelebt hat, jetzt an einem wunderschönen Ort ist. Vielleicht genauso schön wie Avalon.

Levyn kommt spätnachts wieder und schließt sich in seinem Zimmer ein, während ich mich mit meinen Klamotten in meine Badewanne lege und dem monotonen Tropfen zuhöre. Der Hahn muss kaputtgegangen sein, als wir weg waren, aber als die Bediensteten ihn reparieren wollten, bat ich sie, es nicht zu tun. So sitze ich jeden Abend in dieser Badewanne aus schwarzem Stein aus Mekka, lausche dem monotonen Tropfen und sehe dabei zu, wie meine Hose ein wenig nass wird. Spüre die Kälte, die das Wasser auf meiner Haut hinterlässt, und spüre es doch wieder nicht. Nicht richtig.

»Ist noch Platz in der Badewanne?«

Ich sehe auf und entdecke Myr, der an meinem Türrahmen steht und mich nachdenklich mustert.

Ich nicke und mache ein wenig Platz.

»Das kann ich reparieren, wenn du willst«, sagt er, als er sich gesetzt hat und den tropfenden Hahn mustert.

»Ich will es so«, antworte ich nachdenklich. »Es erinnert mich daran, dass wir Blut vergießen.«

»Daran willst du dich erinnern?«

»Ja. Ich will niemals vergessen, dass Blut geflossen ist und Blut fließen wird. Wenn ich das vergesse, sind auch ihre Opfer vergessen.«

Er nickt und setzt sich so, dass er ebenfalls nass wird.

»Kannst du mir eine Geschichte erzählen?«, frage ich in die Stille, die nur vom Tropfen unterbrochen wird.

»Eine Geschichte?«

»Ja. Levyn hat mir Geschichten erzählt, wenn ich nicht schlafen konnte.«

»Wie wäre es, wenn ich das jetzt auch übernehme?«

Levyns Stimme lässt mich zusammenzucken. Ich mustere ihn, als er eintritt. Die Ringe unter seinen Augen und seinen verschleierten Blick. Seine Hände sind rot. Wahrscheinlich Blut, das er noch eine Weile dort tragen muss, weil er es nicht von seiner Haut bekommt. Weil es einfach zu viel Blut war. So viel, dass es sich in seine Haut gebrannt hat.

Er setzt sich neben der Wanne auf den Badezimmerboden und lehnt seinen Kopf ein wenig zu mir, bevor Arya eintritt.

»Wusste ich doch, dass ich euch hier finde, wenn ihr alle nicht auf euren Zimmern seid. Heute keine Wasserschlacht?«

»Heute nur eine Gutenachtgeschichte von Levyn«, sagt Myr grinsend und klopft neben sich auf den Rand der Badewanne.

Arya lässt sich vor ihn, neben Levyn sinken und betrachtet die Tropfen über sich an der Decke.

»Und ... wann kommt die legendäre Geschichte?«, fragt Myr und lehnt sich weiter nach hinten, wobei er sein Bein über meines legt.

Levyn greift über den Rand der Wanne und nimmt meine

Hand. Ich spüre seinen Ring zwischen meinen Fingern, als er sie umfasst und zu reden beginnt.

»Es war einmal ein Edelmann Namens Erec. Der Anfang ist eine normale Heldengeschichte, aber später machte er den Fehler, sein Königreich zu vernachlässigen, um bei seiner Frau zu sein. Als er das schließlich begriff, machte er sich auf die Suche nach Abenteuern. Er wollte seine Frau natürlich mitnehmen, aber um ihr nicht wieder zu verfallen, beschwor er sie, während der ganzen Reise kein Wort zu reden. Als sie aber angegriffen wurden, warnte Enite ihn. Sie rettete damit zwar sein Leben, aber Erec war gezwungen, sie zu bestrafen.«

»Buuuh!«, unterbricht Arya ihn lachend und auch mir entfährt ein kleines Kichern.

»Ich habe nie gesagt, dass ich dieses Frauenbild unterstütze«, wendet Levyn ein und wirft mir einen kurzen dunklen Blick zu. »Auf jeden Fall kamen sie ganz am Ende in einem Königreich ohne König an. Aber in dem Schloss lebten unzählige Witwen. Erec wollte wissen, was mit ihren Männern geschehen war, also erzählte man ihm, dass der König dieses Landes von seiner Frau mit einem Zauber belegt wurde. Sie hatte furchtbare Angst, ihren Liebsten zu verlieren, also band sie ihn an einen Park, in dem sie zusammenlebten. Und sein Schicksal bestand darin, in diesem paradiesischen Garten allein mit ihr zu leben, bis ein Mann kommen würde, der ihn besiegen konnte. Erec stellte sich der Aufgabe, obwohl am Rand des Parks die Köpfe seiner Vorgänger aufgespießt waren. Und tatsächlich konnte Erec ihn besiegen. Aber er tötete ihn nicht, nein. Er ließ ihn frei und durch Erecs Sieg war er auch nicht länger an diesen Schwur gebunden und konnte sein Königreich wieder leiten. Und erst als Erec diese Aufgabe bestanden hatte, war er in der Lage, zurückzukehren und für sich anzunehmen, dass er seine Schmach hinter sich gelassen hatte.«

Ich blinzle und auch die anderen wenden ihre Blicke Levyn zu. Warten darauf, dass er weiterspricht.

»Und die Moral von der Geschichte?« Myr grinst ihn lausbübisch an.

»Die Moral ist, dass jeder sein Schicksal hat, aber ich erst ruhen werde, wenn diese Tat wiedergutgemacht ist. Auch wenn sie das nie sein wird. Ich werde etwas finden. Etwas, das wiedergutmacht, was ich getan habe. Es mag keiner verstehen. So wie auch keiner versteht, warum Erec so sehr in Ungnade gefallen ist, nur weil er mit seiner Frau zusammen war. Es ist egal, wie groß dein Vergehen ist oder das, was daraus resultiert. Das Wichtige ist, dass du einen Weg findest, es wiedergutzumachen.«

»Und wie willst du das tun, Levyn? Wird es für dich jemals gut sein?«, hakt Myr nach.

»Wenn das hier alles vorbei ist, wenn die Welten sicher sind, Lyria, die Venandi und die Anguis tot sind, wenn alles gut ist, dann werde ich alle Feynen, die kein Zuhause haben, und alle Nixen, alle Drachen dieser Welt, die kein Zuhause haben, nach Avalon bringen. Damit sie dort Morgans Erbe weiterführen können. Damit sie diese Insel wieder zu dem machen, was sie einst war. Ein Stück von dem, was wir uns liebend gern als Paradies wünschen.«

Arya und Myr schweigen.

Ich mustere das Wasser an meiner dunklen Hose, das wirklich wie Blut aussieht. »Ich werde dir helfen. Mit all meiner

Macht. Mit allem, was Morgan erschaffen hat, als sie noch ein weißer Drache war. Ich werde ihnen Lumen schenken, damit sie ihre Plantagen wieder bestellen können und damit sie ihnen ein Licht sind … auch wenn es mal finster scheint.«

»Die Finsternis ist etwas Gutes«, neckt Levyn mich und sieht mich mit zusammengekniffenen Augen an.

»Stimmt. Sie ist ehrlich. Macht dir nichts vor. Blendet dich nicht. Sie zeigt dir nur das, was du wirklich wahrnimmst und fühlst«, wiederhole ich das, was er einst zu mir gesagt hat.

Etwas funkelt in seinen Augen auf. Dann nickt er und sieht Arya und Myr an.

»Sieh uns nicht so an! Wir sind seit fünfhundert Jahren bei jeder deiner Ideen und Vorhaben dabei. Selbst bei den ziemlich dämlichen, wie den Turm von Pisa umzustoßen, nur weil du eine Wette verloren hast.«

»Viel schlimmer fand ich es, als wir das Feuer der Freiheitsstatue geklaut haben«, wirft Arya ein.

»Ja, aber das haben sie ersetzt. Der Turm von Pisa ist immer noch schief und sie denken wirklich, dass der Sand darunter schon immer da war und nicht der Beton von uns zu Staub verarbeitet wurde.« Myr lacht.

»Das habt ihr nicht wirklich getan, oder?«

Als mich alle drei ansehen, als wären sie die größten Unschuldslämmer, weite ich erschrocken meine Augen, breche dann aber in lautes Gelächter aus, das durch sie verstärkt wird.

»Ich mag diese Therapiesitzungen in deinem Bad, Lya«, sagt Arya und lächelt mir aufmunternd zu, während ich mich wieder auf den tropfenden Hahn konzentriere.

»Wie wär's, wenn wir Lyria so richtig den Arsch aufreißen?«, frage ich.

Sie schweigen ein paar Sekunden, dann brechen sie erneut in lautes Gelächter aus.

Nach einer Weile bleiben nur Levyn und ich zurück, und ohne dass ich ihn bitten muss, zieht er seine Schuhe aus und legt sich in mein Bett. Er ist müde und ausgelaugt, also lege ich mich neben ihn und schweige. Atme seinen Duft, während ich langsam, aber ruhig einschlafe.

* * *

Schreie wecken mich. Markerschütternde Schreie. Ich schrecke auf und sehe mich ängstlich um. Fast erwarte ich einen Angriff, doch da höre ich Levyns leises Wimmern neben mir. Mein Blick wandert zu ihm. Seine Augen zucken hinter seinen Lidern unruhig hin und her. Sein Körper verkrampft und entkrampft sich immer wieder und wieder. Dann schreit er erneut.

Ich berühre vorsichtig seine Schultern und schüttle ihn ganz sanft. Er reißt seine Augen auf und starrt mich an. Starrt mich einfach nur an. Sekunden oder Minuten. Bis er zu begreifen scheint, wer ich bin, und endlich wieder atmet.

»Es war nur ein Traum«, flüstere ich und streiche ihm über sein schweißnasses Gesicht.

»Ich ...« Seine Stimme bricht. Dann setzt er sich auf und will sich erheben, doch ich halte ihn zurück.

»Ich weiß, dass wir gerade ... nicht mehr nur Freunde sind. Aber ... jetzt möchte ich einfach nur deine Freundin sein. Bei dir sein.«

Er atmet tief durch. Dann nickt er und legt sich zurück auf das Kissen neben meines.

»Willst du darüber reden?«

»Nein!«, entgegnet er kühl.

Ich schlucke und nicke, lege mich auch wieder hin.

Levyn seufzt angestrengt. »Seit Lyria dich mitgenommen hat, träume ich immer wieder dasselbe. Immer und immer wieder. Nacht für Nacht reiße ich dir dein Herz heraus. Meine Mutter, Nyla und Lyria stehen da und lachen. Und dann kommt Loreley und sagt mir, dass es das Richtige war.«

Ich halte die Luft an und starre an die Decke.

»Aber seit Morgans Tod bist das nicht mehr nur du. Es ist auch noch sie ...«

»Du bist nicht schuld an ihrem Tod. Genauso wenig wie du es daran bist, dass Lyria mich in der Welt der Vergangenheit eingesperrt hat.«

»Ich habe es die ganze Zeit übersehen.«

»Was?«, frage ich und drehe mich zu ihm. Er allerdings richtet seinen Blick weiter an die Decke.

»Morgan sagte mir vor ihrem Tod, dass die Verbindung von Gegensätzen, die dann ein Gleichgewicht bilden, die Welten nicht zerstört, sondern sie vereint.«

»Soll das heißen ...« Ich stocke. Meine Brust brennt. Ich habe zwar Teile davon gehört, aber ich war so schwach, dass ich es kaum wahrgenommen habe.

»Es heißt, dass unsere Verbindung diese Welten retten könnte, Lya. Das ist es, was Morgan mir vor ihrem Tod gesagt hat. Lyria weiß das. Deshalb ist sie so versessen darauf, dass du Tharys heiratest.«

»Dann machen wir das.«

»Was?«

»Wir vereinen uns«, sage ich und setze mich auf.

»Das ist es für dich? Ein Mittel zum Zweck? Komm, vereinen wir uns für immer, weil Morgan gesagt hat, dass das alle rettet?«

»Nein! Du weißt, wie ich das meine«, murmle ich.

»Und wie meinst du es, Lya?«, fragt Levyn fest und setzt sich ebenfalls auf.

»Ich …« Mir fehlen die Worte. Ich weiß selbst, dass das alles nicht das ist, was er hören wollte. Ich weiß es, weil er genauso gut wie ich weiß, dass ich nicht bereit bin, mich mit ihm zu verbinden. Vollständig zu sein. Mein Herz will es noch nicht. Aber …

»Ich muss gehen«, sagt er und erhebt ich.

»Levyn, es ist nicht so, wie du denkst.«

Aber auch das hat keinen Sinn mehr. Levyn geht. Er geht und ich halte ihn nicht auf. Halte ihn nicht auf, weil ich ihm nicht das sagen kann, was er hören will. Das, was *ich* hören will. Warum also kann ich es nicht? Ein Teil in mir sagt mir, dass es daran liegt, dass ich mich selbst noch nicht gefunden habe. Nicht genug, um ein Ganzes mit ihm zu werden, um mein Leben an seines zu binden. Ich bin es. Es liegt nicht an ihm. Das hat es nie.

Eine Woche vergeht und Levyn kehrt nicht zurück. Er schickt uns auch keine Nachrichten. Nur Lucarys taucht ab und zu auf und sagt uns, dass es ihm gut geht. Mein Magen verkrampft sich, wenn ich daran denke, wie viel Schuld ich daran trage. Dabei wollte ich nur das Richtige tun.

Myr, Arya und ich trainieren hart. Ich dränge sie, so viel mit mir zu trainieren, dass ich abends völlig erledigt ins Bett falle. Hauptsache, ich muss nicht nachdenken.

Lyria lässt uns eine Nachricht zukommen, dass die Hochzeit schon in ein paar Wochen stattfinden soll. Und mein Magen verkrampft sich immer mehr und mehr. Alles in mir verkrampft sich. Alles in mir sehnt sich nach Levyn und danach, es wiedergutzumachen. Nach seiner Nähe. Seinem Geruch. Diesem Gefühl von Vertrautheit. Ich vermisse nicht nur diese Berührungen zwischen uns. Nicht nur das, was sich zwischen uns entwickelt hat. Nein, vor allem vermisse ich meinen besten Freund. Mein Gegenstück.

Ich verfluche mich, als ich begreife, dass ich es die ganze Zeit gewusst habe. Es war immer da. Greifbar. Und trotzdem habe ich es ihm nicht gesagt. Obwohl ich wusste, wie viel Schwierigkeiten Levyn damit hat, zu glauben, dass ihn jemand lieben könnte. Ich wusste es und habe ihn trotzdem einfach nur benutzen wollen. So wie seine Mutter damals.

Nachdem ich zwei Stunden lang auf einen Boxsack eingeschlagen habe, gehe ich in die kleine Höhle, in der wir immer essen. Nur Myr ist da, aber statt mit ihm zu reden, starre ich unentwegt auf Levyns Platz.

»Heute ist es besonders schlimm, nicht wahr?«, fragt Myr und mustert mich, als würde er sich Sorgen machen.

»Kein guter Tag«, ist alles, was ich dazu sage.

»Lya, ich …«

»Myr, heute helfen keine guten Ratschläge. Er ist weg. Und ich bin schuld. Ich bin …«

»Er ist genauso schuld«, entgegnet er und bewirft mich mit einem Brötchen.

Ich starre ihn ungläubig an.

»Jetzt, da ich deine volle Aufmerksamkeit habe ... Es ist nicht nur deine Schuld. Ich verrate dir ein kleines Geheimnis ...« Er atmet tief durch. »Als ich dir gesagt habe, dass ich Levyn noch nie so erlebt habe wie in der Zeit, als du weg warst ... da meinte ich, dass ich ihn noch nie ... nun ja ... verliebt erlebt habe.«

Ich lasse meinen Kiefer knacken und starre Myr weiter an. Seine grünen Augen und diese blau glänzenden Haare, die wie immer in seine Stirn fallen. »Also bin ich doch schuld.«

»Nein. Levyn benimmt sich wie ein Idiot, wenn du da bist. Das hat er von Anfang an gemacht. Auch wenn ich die Zeit in June Lake nur aus seinen und Aryas Erzählungen kenne ... er ist ein Idiot.«

»Du hast keine Ahnung, was ich alles getan habe, nur um dann ...«

»Was? Dass ihr euch nähergekommen seid? Denkst du wirklich, dass Levyn mir nach fünfhundert Jahren Freundschaft nicht erzählt, dass da was läuft?«, fragt er und zieht seine Brauen zusammen.

»Er ... Er hat es dir erzählt?« Ich spüre, wie Hitze in mein Gesicht steigt.

»Er hat keine Details erwähnt, aber er hat mir von dem erzählt, was du ihm gesagt hast. Hat mir erzählt, wie er reagiert hat, und ich habe ihm gesagt, dass er ein verdammter Idiot ist.«

»Trotzdem ist er weg.«

»Er ... Manchmal braucht Levyn einfach ein bisschen Zeit für sich, Lya.«

Ich nicke und halte die Tränen zurück, die mir aus den Augen entfliehen wollen. Dann stehe ich auf und gehe zur Tür.

»Noch eine Sache …«, hält Myr mich auf. Ich drehe mich zu ihm. »Was ist heute?«

»Mein Geburtstag«, sage ich mit rauer Stimme und gehe hinaus. Als ich die Höhlen zu meinem Zimmer entlanggehe, schaffen es die Tränen dann doch an die Oberfläche. Mein Magen brennt und meine Seele schmerzt, als ich mein Zimmer erreiche und die Tür hinter mir schließe. Schluchzend lasse ich mich gegen die Tür, hinunter auf den Boden sinken, lege mein Gesicht auf meine Knie und weine bittere Tränen.

»An seinem Geburtstag sollte man doch nicht weinen.«

Ich keuche, als ich Levyns Stimme erkenne. Mit verquollenen Augen sehe ich auf. Hin zu Levyn, der auf mich zukommt, in der Hand einen …

Ich blinzle. »Ist das …«

»Eine Pancake-Torte«, bestätigt Levyn. Als Torte hätte ich es allerdings nicht bezeichnet. Er kniet sich vor mich hin und hält mir die vier schief aufeinandergestapelten Pancakes entgegen, auf die er eine kleine Kerze gesteckt hat. »Du musst pusten und dir etwas wünschen«, fordert er mich schäbig grinsend auf.

Ich sehe ihn einfach nur an. Mein Herz brennt. Alles in mir brennt. Und ich will so viel sagen.

»Du … Du bist wieder da …«

»Nur kurz«, raunt er mit belegter Stimme.

»Also ist das kein Wiederkehren, sondern nur ein Besuch?«, hake ich nach.

»Ein Geburtstagsbesuch.« Er zwinkert, aber mir ist nicht nach Scherzen zumute. »Los. Wünsch dir was.«

Ich presse meine Lippen aufeinander, schließe meine Augen

und puste die Kerzen aus. Und alles, was ich mir wünsche, ist, dass Levyn nicht geht. Auch wenn ich weiß, dass dieser Wunsch nicht in Erfüllung gehen wird.

»Woher wusstest du, dass ich Geburtstag habe?«, frage ich, als ich meine Augen wieder öffne und in sein Gesicht sehe, das von dem Rauch der ausgepusteten Kerze benebelt wird.

»Ich kenne dich, Lya. Ich kenne dich schon ziemlich lange. Und du bist mir wichtig.«

»Warum gehst du dann wieder?«, frage ich und greife nach seiner Hand. Ein Teil von mir hofft immer noch, ihn umstimmen zu können.

»Genau deshalb. Und mein Geschenk, kleiner Albino ... findest du in meinem Schreibtisch«, raunt er, küsst mich auf die Stirn, und als ich gerade meine Hand an seine Wange legen will, verschwindet er und zurück bleiben nur schattiger Nebel und sein Geruch.

Als ich mich endlich wieder beruhigt habe, stehe ich auf, laufe über den Gang und lege mich zu Myr ins Bett. Er stellt keine Fragen, sondern nimmt mich einfach nur in den Arm und streicht mir sanft über meine Haare.

Wie angekündigt taucht Levyn nicht wieder auf. Ich wünschte, ich hätte mehr gesagt. Mehr getan, um ihn aufzuhalten. Schon wieder. Um nach dem Geschenk zu sehen, fehlt mir immer noch der Mut. Stattdessen übe ich weiter. Trainiere Tag für Tag, bis es mir reicht. Bis ich mir und meiner Seele lange genug gegeben habe, um zu begreifen, was ich wirklich will.

Ich keuche auf, als etwas an meinem Schulterblatt brennt. Das Versprechen, das ich Lyria gegeben habe. Unter Schmerzen gehe ich zu einem kleinen Spiegel, ziehe mein Oberteil ein wenig hinunter und starre auf meine Haut. Das Brandmal ist verschwunden.

Was hat Levyn getan?

Wutentbrannt gehe ich aus dem Trainingsraum, hinein in den großen Speisesaal, und suche unter den Drachen, die Levyn treu ergeben sind, Lucarys. Als ich ihn finde, stürme ich auf ihn zu und packe ihn an seinem Kragen. »Sag mir, wo er ist!«, knurre ich.

Lucarys mustert mich, als würde er abwägen, ob ich wirklich gegen ihn kämpfen würde. Und ja, das würde ich.

»Er hat mir verboten, euch zu sagen, wo er ist.«

»Sag mir, wo er ist!«, schreie ich mit belegter Stimme. Ich habe kaum mitbekommen, dass sich meine Augen mit Tränen gefüllt haben. Bekomme jetzt kaum mit, wie verzweifelt ich klinge.

»Lya ...«

Myr berührt von hinten meine Schulter, doch ich schlage sie weg. Schlage um mich wie ein eingesperrtes Tier. Und ja, so fühle ich mich auch ohne ihn. Eingesperrt. Eingesperrt in einem Leben, das ich nicht will.

»Sag mir, wo er ist!«, wiederhole ich mit gebrochener und wimmernder Stimme.

Die Drachen um mich herum starren mich an. Gaffen, doch ich ignoriere sie. Ignoriere alles, lasse mich auf den Boden sinken und weine. Ich weine und weine. Weine all den Schmerz heraus. Weine darüber, dass ich nicht begriffen habe, was Levyn für mich ist, als wir noch in June Lake waren. Dass ich nie begriffen habe, wie viel er wirklich für mich tut. Ich weine und jammere. Spucke meine Trauer und Wut über Lyria und all das Blut aus. Meine Sehnsucht nach Levyn.

»Bitte!«, wispere ich irgendwann und sehe mit verquollenen Augen zu Lucarys, der mich wie erstarrt ansieht. Dann presst er seine Lippen aufeinander und nickt ganz leicht.

»Aber nicht hier.«

Ich stürme nach draußen und packe ihn wieder. Zerre an ihm, als würde es um mein Leben gehen.

»Er ist im Vulkan.«

Ich schließe meine Augen. Im Vulkan. Wahrscheinlich hat es jeder außer mir geahnt. Ja, wahrscheinlich war nur ich so dumm, das Offensichtliche nicht zu sehen.

»Ich werde zu ihm gehen!«, sage ich zu Myr und mache auf der Stelle kehrt, um zu meinem Zimmer zu gehen.

»Lya«, ruft Lucarys mich zurück. Ich drehe mich noch einmal zu ihm um. »Lyria und die Venandi sind bei ihm.«

Ich stocke. Blinzle. Versuche zu begreifen, was er da sagt und warum sie dort sind. Aber egal, was ich mir in meinem Kopf ausmale, es ergibt keinen Sinn.

»Er ... Er hat eingewilligt, sie zu heiraten, wenn du Tharys nicht heiraten musst.«

Mein Blick bleibt starr, während sich meine Brust mit Säure füllt. Bittere, brennende, giftige Säure, die alles auffrisst, was nach seiner Abwesenheit noch von mir übrig ist. Alles. Und nichts bleibt zurück. Nur dieser eine Gedanke. Dieser eine Wille. Diese eine Gewissheit.

Levyn ist mein Gegenstück. Und ich werde ihn nicht gehen lassen. Ihn nicht an sie verlieren.

Ich renne in mein Zimmer. Sehe mich panisch um, bis ich

endlich einen klaren Gedanken fasse und den Waffengurt um meine Hüfte lege, den Myr mir vor zwei Wochen geschenkt hat. Ich zerre an der Schnalle herum, als ebendieser eintritt und mich nachdenklich mustert.

»Ich will nichts hören! Ich werde das nicht zulassen!«

Myr tritt auf mich zu, nimmt mir den Waffengurt ab und legt ihn ordentlich um meine Hüfte. Als er die Schnalle schließt, sieht er mich durch den Spiegel an. Mustert meine mittelgrauen Haare und meine Augen, die heute beinahe wieder blau sind. »Ich auch nicht«, sagt er und legt seine Hand auf meine Schulter. »Die anderen machen sich bereit. Wir müssen wohl heute schon Lyrias Arsch aufreißen.«

Er zwinkert mir über den Spiegel zu und mir entfährt ein bitteres Lachen. Ein Lachen, das in Schluchzen und Tränen endet. Ich lehne mich zu Myr und presse mein Gesicht an seine Brust. So oft habe ich in den letzten Wochen nachts in seinem Bett geschlafen. Irgendwann hat er mir sogar Geschichten erzählt. Märchen der Menschen, die nicht sehr ausgeklügelt erzählt waren – aber es hat mich beruhigt. Er ist immer für mich da – und auch jetzt ist er es.

»Er darf sie nicht heiraten«, schluchze ich an seiner Schulter, während er langsam über meine Haare streicht. »Ich … Ich liebe ihn, Myr.«

»Ich weiß«, raunt er in meine Haare und drückt mich fester an sich. »Ich weiß es, seit Levyn gestorben ist und du dein Leben geben wolltest, damit er lebt. Seit ich dich in Acaris nach seinem Verschwinden erlebt habe. Seit du diese Sache mit Tharys hattest, um Levyn zu vergessen. Und glaub mir, ein kleiner Teil von Levyn weiß es auch.«

»Er weiß es nicht!« Meine Stimme klingt gebrochen und rau.

»Er kennt meine Erinnerungen an jeden einzelnen Moment, als er tot war, Lya«, haucht Myr mit belegter Stimme. »Und selbst so ein selbstzerstörerischer, störrischer Kerl wie Levyn könnte nicht übersehen, wie deine Welt zusammengebrochen ist, als er nicht mehr da war. Wie du darum gebettelt hast, ihm dein Herz geben zu können. Das, Lya, ist Liebe.«

Ich nicke an seiner Schulter, wische mir die Tränen weg und gehe zurück in den steinernen Gang. Doch bevor ich zu den anderen stoße, verschwinde ich noch einmal kurz in Levyns Zimmer. Es sieht aus, als hätte hier seit Monaten niemand mehr geschlafen. Levyn ist schon lange weg und vorher hat er meistens bei mir geschlafen.

Ich schließe meine Augen und verscheuche meine Gedanken. Gehe zu dem kleinen Schreibtisch und setze mich auf seinen Stuhl. Starre die Unterlagen an, die er vor seiner Abreise durchforstet hat, als würde mir das irgendwie helfen.

Nachdenklich öffne ich eine Schublade und durchwühle sie. Es gehört sich nicht – auch wenn Levyn mir mittlerweile vertraut und mir sagte, hier sei mein Geschenk versteckt. Trotzdem fühle ich mich wie ein Eindringling.

Ich stoße die Schublade wieder zu und öffne die nächste. Sofort fällt mir ein kleines Kästchen ins Auge. Ich berühre es ganz vorsichtig mit meinem Finger. Es ist aus einem Material gefertigt, das ich nicht kenne, wirkt aber beinahe so, als wären es Knochen. Golden glänzende Knochen, die zu einem Kästchen geformt wurden. Wunderschöne Zeichnungen und Runen wurden hineingeschnitzt. Ich erkenne Wölfe, einen Schwan, einen Raben, ein Pferd und Menschen. Eine Frau, die animalische Züge hat.

Meine Neugier wächst, und ohne nachzudenken, öffne ich die kleine Schatulle. Ein silberner Ring mit einem weißen Stein strahlt mir in all seiner Schönheit entgegen. Ich halte den Atem an. Das bläuliche Licht der Tropfen über mir schimmert leicht in dem edlen Mondstein. Blinzelnd hebe ich das Kistchen näher an mein Gesicht. Der Ring sieht genauso aus wie die, die neben Levyn alle anderen Herrscher tragen. Tharys den blauen Saphir. Der König der Erddrachen den braunen Zirkon. Lylith, die Tochter des gefallenen Königs der Luftdrachen, trägt den gelben Citrin und Levyn den schwarzen Turmalin. Und seit er König der Feuerdrachen ist, an der anderen Hand den roten Rubin. Also müsste das hier … der Ring des weißen Drachen sein …

Ich stocke. »Nein«, flüstere ich mir selbst zu. »Tharys ist der Herrscher der Lichtwelt.«

Ich lasse das Kästchen zuklappen und atme tief durch. Versuche meine Nerven zu beruhigen. Herauszufinden, warum Levyn diesen Ring hier aufbewahrt. Müsste er ihn nicht Tharys geben?

Nein … Ich bin die Herrscherin des Lichts. Ich bin ihr Mitglied im Bündnis. Ihre Wahrerin. Ich bin der weiße Drache.

Mein Verstand ist wie ausgeschaltet, als ich die Box wieder öffne und den Ring über meinen Finger stülpe. Ich bin der weiße Drache. Etwas regt sich in mir. Etwas Uraltes. Und ich weiß sofort, wann ich es das letzte Mal gespürt habe. In der Nacht, als Jason mich getötet hat. Damals habe ich sie gespürt. Die Seele des weißen Drachen. Und jetzt regt sie sich wieder.

Überflutet mich mit Erinnerungen und Macht. Lässt meinen Körper beben und meine Augen hell glühen. Ich erkenne ihre Spiegelung in dem wunderschönen Mondstein.

Sicher stehe ich auf und gehe hinaus zu den anderen. Es ist, als hätte dieser Ring mich gerufen. Als würde er zu mir gehören.

Myr und Arya starren mich an, als ich an ihnen vorbei, hinaus aus der Höhle stapfe, als würde ich sie gar nicht wahrnehmen.

Myr schließt zu mir auf und nimmt eine meiner Strähnen in die Hand. »Kann es sein, dass du … wieder heller wirst?«

Ich verenge meinen Blick und zucke nur mit den Schultern.

Draußen angekommen mustern sie mich alle, als erwarteten sie, dass ich ihnen Anweisungen gebe. Vor allem aber wollen sie wohl wissen, ob ich es allein in die Welt der Dämmerung schaffe. Und ja, als Levyn weg war, hat Myr oft mit mir geübt, aber es gelingt mir einfach nicht. Als stünde es nicht in meiner Macht. Da ist auch nichts in mir, nach dem ich greifen könnte, so wie sonst. Da ist einfach nichts.

»Haben wir einen Plan?«, fragt Tym in die Runde.

»Na ja, Lya stürmt da rein, am besten genau dann, wenn der Priester fragt, ob jemand Vorbehalte hat, und gesteht Levyn ihre Liebe«, lacht Myr.

»Myr!«, zische ich geschockt, während mich alle anderen anstarren.

»Was? Das ist in Filmen immer total romantisch.«

Ich verziehe meinen Mund und werfe einen Blick auf die anderen.

»Ach so, und die«, er deutet auf Tym, Arya und Perce, »wissen auch schon seit einer Weile, was ihr füreinander empfindet.«

»Na super«, brumme ich und überlege, wie wir am besten vorgehen sollten, während die anderen es wirklich fertigbringen zu nicken. »Was, wenn die Venandi uns nicht zu ihm lassen ... oder angreifen?«

»Ich habe den Männern befohlen, sich bereit zu machen«, sagt Myr und wirft einen Blick hinter mich, wo unzählige Gestalten in schwarzen Kampfuniformen auftauchen.

»Wir planen also einen Angriff?!«

»Na ja, du kannst immer noch voll romantisch in die Hochzeit platzen«, schlägt Myr vor.

Hinter mir erscheint Lucarys, der Levyns Männer anführt. »Bereit?«, fragt er sie und nickt dann, bevor er meine Hand ergreift und das dämmrige Licht meine Lider erhellt.

Die Welt der Dämmerung liegt blutrot vor mir. Nie zuvor habe ich sie so wahrgenommen. So grausam. Als hätte sich mein Bild von ihr gewandelt.

Ein paar der Drachen in den schwarzen Uniformen lassen sich Flügel wachsen. Einige sind gelblich ... Luftdrachen. Andere aber sind rot oder blau. Sie übernehmen nur das Element eines der Luftdrachen. Braune Flügel kann ich nicht erkennen und ich brauche auch nicht lange, um den Grund dafür zu verstehen. Sie nutzen ihr eigenes Element und lassen sich Schweife in den unterschiedlichsten Ausführungen wachsen. Mit Stacheln oder messerscharfen Spitzen. Einige von ihnen sind einfach nur riesig und könnten mit Sicherheit eine ganze Stadt in Schutt und Asche legen.

Myr sieht mich fragend an. Er wartet darauf, dass ich ihm meine Zustimmung gebe.

»Was, wenn Levyn gar nicht gerettet werden will?«, flüstere ich ihm rau zu.

Myr atmet tief durch, dann legt er eine Hand auf meine Schulter. »Ich kenne ihn seit fünfhundert Jahren. Wenn ich nicht sein Trauzeuge bin, hat er auch nicht verdient, heiraten zu dürfen. Er hatte ja nicht mal einen Junggesellenabschied.«

Ich schmunzle über seine unbeschwerte Art. Aber auch in seinen Augen glitzert die Gefahr, die er kommen sieht.

Nachdenklich sehe ich mich noch einmal um und zähle die Drachen. Es sind beinahe vierzig Männer und Frauen.

»Okay«, gebe ich Myr dann die Bestätigung, die er braucht, und zusammen schließen wir unsere Augen und lassen uns die riesigen Flügel wachsen.

Während des Flugs zum Vulkan lässt sich Myr in jeden See oder Fluss fallen, der sich auf unserem Weg befindet. Von oben kann ich dabei zusehen, wie er sich im Wasser verwandelt und schneller schwimmt, als ich je fliegen können werde.

Die Erddrachen wüten im Wald. Sie sind so schnell, dass ich nur die bebenden Bäume und den aufgewirbelten Staub sehen kann.

Arya fliegt neben mir und behält mich im Auge. Aber es ist, als würde meine Kraft nicht versiegen. Als würde mir dieser Ring die nötige Kraft geben, um nicht aufzugeben. Ihre gelben Flügel schimmern in dem roten Licht der Dämmerung. Ihre Schuppen heben und senken sich wie die Antriebshilfen eines Flugzeuges.

Als Myrs nasse Gestalt neben mir auftaucht, wirft er mir ein schelmisches Grinsen zu.

»Levyn wird uns umbringen, oder?«, frage ich gegen den starken Wind.

Myr nickt, aber sein Grinsen wird stärker. »Soll er es versuchen. Wäre nicht das erste Mal, dass wir uns beinahe in Stücke reißen. Er hat keine Chance gegen mich. Nicht, wenn wir ohne seine schwarze Macht kämpfen.«

Ich lächle ihm zu und schlage mit meinen Flügeln, um ein wenig Abstand zwischen sie und mich zu bringen. Als ich hinaufsteige, schlägt mir der Wind immer kühler ins Gesicht und langsam kann ich die Umrisse des brodelnden Vulkans erkennen.

Was, wenn Levyn gar nicht gerettet werden will? Natürlich will er Lyria nicht heiraten, aber es war seine Entscheidung. *Ist* seine Entscheidung. Kann ich da einfach auftauchen und sie infrage stellen?

Ich schüttle meinen Kopf und schlage unerbittlich weiter gegen den Wind. Mein Rücken pocht fürchterlich, aber es ist ein guter Schmerz. Einer, der mich davon ablenkt, daran zu denken, wieder Lyria gegenüberstehen zu müssen.

Einen Kilometer von dem Vulkan der Feuerdrachen entfernt landen wir im Ödland. Myr hat schon vorher betont, dass es im Land der Feuerdrachen kaum Möglichkeiten gibt, sich anzuschleichen, außer man tarnt sich, wie es nur Erddrachen können.

Mittlerweile bin ich schon besser in der Manipulierkunst – aber die brauche ich nicht. Denn die Elemente schlummern alle in mir.

Ich wühle in mir nach dieser Kraft. Stelle mir bildlich vor, wie mir Schuppen und ein Schweif wachsen – so wie Myr es mir erklärt hat. Ich nutze meine Fantasie und nicht wenig später spüre ich den brennenden Schmerz an meinem unteren Rücken, über meinem Steißbein. Ich konzentriere mich weiter, um auch meinen Körper mit Schuppen zu bedecken. Zumindest die Teile, die nicht in meinen schwarzen Klamotten stecken. Als ich es geschafft habe, suche ich Myrs Blick, der bewundernd auf mir liegt.

»Sehr gut, Zuckerpüppchen«, raunt er zwinkernd. »Und jetzt geh vor und führe uns in die Schlacht.«

»Ist das eigentlich auch so eine neue Taktik, um mir innerliche Stärke zu geben? Dass du ständig meine Einwilligung forderst?«, frage ich, während wir uns geduckt dem Vulkan nähern.

Myr lacht beherzt auf. Als ich aber nicht mit einstimme, zieht er die Brauen zusammen. »Levyn ist wirklich nicht der Gesprächigste«, brummt er und atmet tief durch. »Er hat dich zu seiner Regentin gemacht, der Herrscherin der Finsternis und unserer Truppen dort, sollte er abwesend sein.«

»Er hat was?« Ich starre ihn geschockt an.

»Er hat dich ...«

»Ich habe schon verstanden, aber ... warum? Und wann?«

»Er hat das festgelegt, als du zum ersten Mal in die Welt der Finsternis gekommen bist. Hast du dich nicht gewundert, warum sich alle verhalten haben, als wären sie deine Untertanen, immer wenn Levyn weg war? Und warum Lucarys dir schließlich doch gesagt hat, wo Levyn ist?«

Mit zusammengepressten Lippen schüttle ich den Kopf.

»Jetzt weißt du es. Vielleicht entscheidest du dich ja doch noch mal um und lässt Levyn da, um die finstere Herrscherin der Dunkelheit zu werden.«

Myr lacht wieder sein halbherziges Lachen, während wir näher kommen. So nah, dass wir selbst die letzten Sträucher verlassen und ...

Ich richte mich auf, als schwarze und weiße Gestalten aus dem Vulkan und auf uns zutreten. Sie stellen sich auf wie eine Wand. Eine mächtige Wand, die Levyn und mich trennen soll.

»Stopp!«, befiehlt Myr und hebt seine Hand. Und dann ... wandert sein Blick zu mir.

Ich spüre den Druck auf der Brust wie Tausende Kilos. Was soll ich tun? Wie soll ich ...

»Lya?«

Er wartet auf meinen Befehl. Oder darauf, dass ich sie alle aus dieser Situation katapultiere. Denn wenn wir auch nur ein paar Schritte weitergingen, würden die Venandi unsere Geister versklaven. Uns in unzählige grauenvolle Manipulationen versetzen, die uns lähmen.

Ich spüre eine Hand auf meiner Schulter. Eine vertraute Hand, die ich lange nicht gespürt habe. Perce. Sie sieht mich an, als würde sie mir alles zutrauen. Sogar, dass ich sie alle mit nur einem Wimpernschlag zerfetze.

»Du kannst das, Lya.«

Ich atme tief durch und sammle all das Licht in mir. Ich greife danach, aber ich spüre, dass es nicht genug ist. Nicht genug für sie alle.

»Ich brauche all diejenigen, die sich gegen die Manipulationen schützen können. Der Rest tritt zurück!«, befehle ich.

Die Truppe gehorcht sofort und neben Arya, Lucarys, Tym und Myr bleiben nur sechs weitere Drachen stehen. Eine Frau und fünf Männer. Drei Feuerdrachen, ein Wasserdrache und zwei Erddrachen.

Ich presse meine Lippen zusammen und sehe wieder zu den Anguis und Venandi. Wäge ab. Denke nach.

»Ich kann vielleicht die Hälfte außer Gefecht setzen. Ihr müsst die anderen selbst bekämpfen.«

Myr verengt seinen Blick und sieht dann ebenfalls hinüber. Es müssen ungefähr hundert Venandi und Anguis sein. Dass ich die Hälfte außer Gefecht setzen kann, ist schon sehr gut gemeint. Und vor allem werde ich nicht in der Lage sein, nur die Venandi auszuschalten. Dafür habe ich meine Macht nicht genügend unter Kontrolle.

»Ich erledige das. Die anderen sind dann so was wie meine Backgroundsänger«, raunt er mir selbstsicher zu, bleckt seine Zähne und zieht zwei kleine Schwerter aus seinem Waffengurt. »Aber vielleicht lasse ich dir einen übrig.«

Er zwinkert, und bevor ich reagieren kann, rennt er los. Die anderen folgen ihm sofort und dann – auch ich. Das Licht in mir wartet nur darauf, sie alle einfrieren zu lassen. Sie in der Zeit zu halten.

Ich schließe wieder meine Augen, und kurz bevor Myr und die anderen bei ihnen angekommen sind – als ich selbst nur noch gute zehn Meter entfernt bin –, löse ich meine Fäuste und ramme ihnen meine Macht entgegen. Ich konzentriere mich darauf, meine eigenen Freunde nicht mit erstarren zu lassen. Spalte sie in meinen Gedanken und befehle meinem Licht, sie in Ruhe zu lassen. Sie auszuschließen.

Als ich meine Augen wieder öffne, ist weniger als die Hälfte erstarrt. Aber wenigstens sind es einige. Genug, damit wir sie schlagen können. Vor allem, weil die Venandi zwar ebenfalls mit Schwertern kämpfen können, sie aber keinen Zugriff haben. Nicht auf sie.

Die Anguis schlängeln sich zwischen den schwarzen Angreifern hin und her. Wollen ihre giftigen Zähne in ihr Fleisch bohren.

Ich verenge meinen Blick und suche in mir nach weiterem Licht. Nach weiterer Kraft. Aber da ist nichts. Seit Tharys Herrscher der Lichtwelt ist, ist meine Macht geschwächt. Also ziehe ich eines meiner Schwerter und renne auf sie zu. Mein Geist allerdings konzentriert sich weiter auf die Starre, in die ich sie versetzt habe.

Ich suche mit den Augen nach Myr und erkenne ihn sofort. Er schlachtet die Venandi und Anguis ab wie eine Maschine. Blut spritzt in sein Gesicht und auf seinen Körper. Ich erstarre und sehe dabei zu, wie er seine Schwerter von beiden Seiten in den Kopf eines Anguis rammt, der kurze Zeit später menschlich wird. Seine Leiche ist nur eine von vielen.

Lucarys schlägt sich auch blutrünstig durch ihre Reihen und immer wieder schneidet er die Kehlen derer durch, die bewegungslos dastehen.

Meine Brust brennt. Wie soll ich in der Lage sein, das zu tun? Sie so ... abzuschlachten?

»Lya!«, schreit Arya mir zu.

Ich drehe mich panisch um und entdecke einen Venandi, der hinter mir Zugang zu meinem Geist zu erlangen versucht – sein Schwert in die Höhe gestreckt, als wollte er mir den Kopf abschlagen, wenn ich nicht zu manipulieren bin. Ich verschließe meine Seele vor ihm. Wehre mich gegen die mentalen Angriffe, die er einen nach dem anderen auf mich hinabprasseln lässt. Und als meine Macht nachlässt, als Bilder von Levyn vor mir auftauchen … blutend, hole ich aus und ramme ihm mein Schwert direkt in die Brust. Er stolpert nach hinten und ich sehe erstarrt dabei zu, wie der weiße Glanz verschwindet, der ihn umgeben hat, und er nur noch eine tote graue Gestalt ist.

»Lya! Konzentrier dich!«, schreit Myr, während er weitere Anguis tötet.

Ich blinzle, sehe mich um und entdecke, dass sich einige der Erstarrten wieder bewegen. Ich richte meine Macht gegen sie. Aber ich spüre es. Spüre, dass mich die Verteidigung gegen die Manipulationsversuche zu viel Kraft gekostet hat. Ich muss …

Ich sehe mich wieder um. Erkenne, dass nun auch Lucarys gegen diejenigen kämpft, die sich bewegen, und begreife, dass ich die Anguis und die Venandi, die ich jetzt noch gefangen halte, töten muss. Ich … muss sie töten. Ohne dass sie sich wehren.

Ganz langsam schließe ich meine Augen und hebe mein Schwert. Dann gehe ich auf sie zu. Meine Hand zittert, als ich die Klinge auf die erste Brust richte. Der Venandi sieht mich an. Ja, auch wenn sein Körper erstarrt ist, sieht er mich und nimmt das alles wahr. Weiß, dass er sterben wird.

»Für Shakysa«, flüstere ich und steche zu.

Sein Licht erlischt und ich gehe weiter, ohne ihn anzusehen.

»Für Morgan«, sage ich und steche wieder zu. Wieder und

wieder. Ich nenne ihre Namen – die Namen der Feynen und Nixen, die ich auf Avalon gehört habe. Manchmal sage ich aber auch nichts. Ich sehe nicht einmal genau hin. Warte nur, bis meine Klinge die Haut durchbricht und das warme Blut auf meine Hand sickert.

Irgendwann kommt Myr auf mich zu und zieht mich von ihnen weg. Lucarys und die anderen erledigen den Rest und ich lasse meine Macht fallen. Sie erlischt, als würde auch das Licht in mir erlöschen.

»Komm!«, raunt Myr und zieht mich mit sich zum Eingang des Vulkans. Wir werden nicht aufgehalten. Aber ich weiß, dass Lyria uns erwartet. Die Bedrohung, der wir uns dort draußen gegenübergesehen haben, war nicht zu unterdrücken. Sie alle haben es gespürt. Auch Levyn. Selbst ich habe ständig wieder Bedrohungen durch das Bündnis gespürt. Von Myr ... Arya ... Selbst von Perce, die jetzt erst zu uns stößt.

Wir treten ein. Hinein in das Auge des Vulkans. Hinein in den zischenden Thronsaal, in dessen Mitte das Loch zum Urfeuer prangt. Das Urfeuer, in das Levyn hineinsehen musste, als er noch ein kleines Kind war.

Ich sehe mich um, entdecke Levyn aber nirgendwo.

»Das stellst du dir unter einer Hochzeit vor, Lyria?«, fragt Myr herablassend und tritt einen Schritt vor mich, als Levyn von drei Venandi in den Thronsaal gebracht wird. Seine Augen richten sich glühend auf mich.

Lyria sieht ihn verwundert an, dann aber macht sie eine wegwerfende Handbewegung. »Ach, das meinst du. Nein, das ist nur, weil der Bräutigam abhauen wollte, als er eure Bedrohungen gespürt hat.«

»Das ist widerlich!«, zische ich, woraufhin Lyria bewundernd die Brauen hebt.

»Mutiges kleines Drachenmädchen«, belächelt sie mich.

»Hör auf zu spielen, Lyria!«, knurre ich und halte ihrem Blick stand. »Erklär mir einfach, was das hier soll!«

»Was das soll?«, wiederholt sie wie eine Übergeschnappte. »Was das soll?«

Ich hebe nur meine Brauen.

»Ich werde mich mit ihm verbinden. Das ist hier los. Und zusammen retten wir dann die Welt.«

Sie klatscht in die Hände und lacht erfreut auf. Langsam, aber sicher glaube ich wirklich, dass sie ihren Verstand verloren hat. Wobei ich mir nicht sicher bin, ob sie je einen besessen hat.

»Du kannst dich nicht mit ihm verbinden!«, zische ich.

Die Venandi und Anguis und auch eine Wache der Feuerdrachen, die in dem kreisrunden Raum an den Wänden standen, rücken vor.

»Und warum nicht?« Lyria runzelt interessiert die Stirn.

»Weil ich sein Gegenstück bin!«

Lyrias Blick erstarrt, kurz bevor sie ihn auf Levyn richtet. Aber sie wirkt nicht ehrlich entsetzt. Beinahe so, als hätte sie das längst gewusst.

Levyn sieht sie gelassen an.

»Gut ... Dann töte ich sie und ... nun ja ... dann bin ich dein Gegenstück.«

»Sie ist verrückt geworden«, flüstert Myr mir zu.

»Halt dein dreckiges Maul, du Schoßhund, oder ich lasse dich wieder in deine kleine dunkle Zelle bringen!«, schreit sie ihm entgegen, hebt ihre Hand und schlägt in die Luft.

Eine unsichtbare Macht trifft Myrs Wange. Er aber zuckt nicht einmal zusammen.

»Komm her, kleines Miststück!«, befiehlt sie mir, und als ich mich wehre, packt mich ihre unsichtbare Hand und schleift mich an meinem Hals zu ihr. Keuchend und nach Luft ringend sinke ich vor ihr zu Boden.

»Das reicht«, knurrt Levyn und tritt vor. »Was soll das, Lyria? Glaubst du ihr etwa mehr als mir?«

Ich sehe ihn fassungslos an. Er hat dieser Verrückten also wirklich erzählt, sie sei sein Gegenstück?

Lyria zuckt nur mit den Schultern. Und jetzt bin ich mir sicher, dass sie es längst wusste.

»Wir haben einen Deal. Ihr Überleben gehört dazu.«

»Aber das macht doch gar keinen Spaß!«, beschwert sie sich.

»Du willst dich wirklich mit ihr verbinden?!«, fauche ich und starre ihn ungläubig an. Das kann es doch nicht wert sein. Nur damit ich Tharys nicht heiraten muss? Was denkt er sich dabei? Und was würde passieren, wenn er sich mit ihr verbindet, obwohl ihre Seelen ... nicht zusammengehören?

»Es war sein Vorschlag. Du kannst gern immer noch Tharys heiraten. Mir ist es gleich«, zischt Lyria.

»Seid ihr jetzt alle verrückt geworden?«, fragt Myr neben mir und schüttelt irritiert den Kopf. »Weder du, Lyria, hast das Recht, über Lyas Leben zu bestimmen, noch du!« Er richtet seinen Blick bedrohlich auf Levyn, der ihm standhält. Sekundenlang sprühen die Funken, bis Myr sich abwendet, umdreht und ... »Ich mache diesem Schauermärchen jetzt ein Ende.«

Mit diesen Worten wirft er seine Schwerter auf die beiden Venandi neben Levyn. Ich schreie auf, als sie in ihren Brüsten stecken bleiben und sie leblos zu Boden sinken. Doch wirklich Zeit, das zu begreifen, habe ich nicht. Die Venandi und Anguis gehen auf uns los, während sich Lyria lachend auf ihren Thron setzt und zusieht, als würde sie einen Film anschauen.

Ich suche nach meiner Kraft, aber sie ist aufgebraucht. Ich bin ausgelaugt und so kann ich nur mein Schwert ziehen und kämpfen.

Meine Kampfkünste sind nicht schlecht. Monate lang, in denen ich mich nicht verwandeln konnte, haben Myr und ich nichts anderes trainiert. Also kämpfe ich. Das Geschrei und Getose um mich herum wird immer lauter. Das Blut immer mehr. Aber mir will nicht in den Kopf, was das hier soll. Warum Lyria sich nicht wehrt. Warum sie es hinnimmt, als wäre das ein Auftritt zu ihrer Belustigung.

Levyn geht auf Myr zu, greift sich ein Schwert aus seinem Waffengurt und beginnt ebenfalls zu kämpfen. Dabei habe ich auch ihn schon erlebt, wenn er seine Macht benutzt. Und ja, er könnte einige von ihnen mit einer Handbewegung töten. Aber er tut es nicht.

Ich trete einen Schritt näher zu ihnen, während Levyns Männer alle Bedrohungen von mir fernhalten.

»Hör auf, in meinem Bereich zu wildern!«, knurrt Myr lachend, während er zwei Anguis ersticht.

»Was bist du? Eine Bordsteinschwalbe, der ich die Kunden wegnehme?«, entgegnet Levyn, rammt sein Schwert in einen Anguis und seine Hand in den Brustkorb eines Venandis, der gerade auf mich zustürmen will. Ich schreie erschrocken auf.

»Zwei auf einen Streich. Nicht schlecht«, wirft Myr ein und Levyn verbeugt sich elegant.

Die haben doch alle den Verstand verloren.

Ich sehe mich um und entdecke Lyria, die ein paar Wachen Befehle zuflüstert. Und ehe ich mich's versehe, stürmen sie auf mich zu, packen meinen bewegungslosen Körper und ziehen mich mit sich aus dem Vulkan.

Als ich endlich begreife, dass mich ein Venandi gefangen hält, meine Seele und meine Fantasie beeinflusst, wehre ich seinen Angriff ab und winde mich in den Armen der Wachen. Ich erwische einen von ihnen mit dem Fuß, was er mir mit einem Fausthieb ins Gesicht dankt. Meine Nase knackt unnatürlich und der brennende Schmerz treibt Tränen in meine Augen.

Was zur Hölle ist hier los? Was soll das alles? Was habe ich übersehen?

Offensichtlich haben meine Freunde bemerkt, dass sie mich mitgenommen haben, denn plötzlich stürmen ein Dutzend schwarze Gestalten und Venandi ebenfalls hinaus. Die Wachen lassen mich fallen und – gehen. Als wäre ich nur ein Lockvogel. Als wollten sie … Ja, was? Was wollen sie? Und warum würde Levyn sich auf all das einlassen, nur um jetzt doch gegen sie zu kämpfen?

Ich denke nach. Denke an alles, was ich übersehen haben kann. An alles, was Levyn gesagt und was er nicht gesagt hat.

Ich stocke, während die schreienden Gestalten vor mir weiterkämpfen. Weiter Blut vergießen.

Morgan hat einmal allein mit Levyn gesprochen. Er hat zwar gesagt, dass sie ihm berichtete, ich wolle mich mit Tharys verbinden, aber könnte da noch mehr gewesen sein? Etwas, das Levyn mir nicht erzählt hat?

Ich denke weiter nach. Darüber, warum ich mich mit Tharys

verbinden wollte. Denke daran, dass Levyn sogar diesen Handel mit ihm abgeschlossen hat, um mich ihm zu überlassen, nur damit ich wieder Herrscherin des Lichts werde. Warum sollte er jetzt also lieber Lyria heiraten, sich sogar mit ihr verbinden, nur damit ich Tharys nicht heirate? Das ergibt keinen Sinn. Was kann Morgan ihm gesagt haben? Und was hat der König der Erddrachen gesagt, als sie unter vier Augen gesprochen haben?

Ich sammle all die Informationen, die ich habe, und versuche sie zusammenzusetzen. Sie zu einem Ganzen zu machen. Sie zu verstehen. Was habe ich übersehen?

Ich denke an die Zeit vor den Welten. An das, was in June Lake passiert ist. Frage mich, warum Levyn unbedingt dieses Spiel spielen musste. Warum er mich ...

Ich blinzle. Forme den Gedanken in mir zu einem Ganzen. Was, wenn das hier auch wieder nur ein Spiel ist? Was, wenn ...

Mein Kopf platzt beinahe. Aber ich erinnere mich. Erinnere mich, dass Levyn das ganze Verwirrspiel in June Lake nur gespielt hat, weil ich selbst herausfinden musste, dass ich ein Drache bin. Weil ich meine Mächte selbst entdecken musste.

Was könnte das hier für ein Ziel haben? Was könnte Morgan ihm im Zusammenhang mit Tharys gesagt haben? Was hat der Erddrache gesagt und was hat Levyn Nyss gesagt, als sie geflüstert haben?

*Herrscherin der Elemente.*

Das Wort ist so plötzlich in meinem Kopf, dass ich mich unruhig umsehe. Aber es war nicht das Lumen, das mit mir geredet hat. Nein. Es war meine Seele. Die Seele des weißen Drachen.

Kann es sein, dass mehr dahintersteckt? Dass dieser Titel

nicht nur bedeutet, dass ich alle Elemente beherrsche und sie nutzen kann, sondern ... auch ihre Wesen beherrsche? Die Elemente in den Welten beherrsche? Dass ich ...

Ein leichter Wind streicht durch meine Haare. Schmiegt sich an mich. Die Erde unter mir beginnt zu beben. Zu brennen. Und dann bricht der Boden auf. Ich schrecke zusammen, aber mich wird dieser Schlund nicht in die Tiefe reißen. Nein, denn er gehorcht mir. Das alles hier. All die Elemente, aus denen die Welt beschaffen ist, gehorchen mir. Sind ich.

Die Macht steigt in mir auf wie Feuer und ich lasse es zu. Die Erde reißt weiter auf. Sprühende Lava und eiskaltes Wasser stoßen hervor und mischen sich zu einem tödlichen Wirbel. Ich stoße sie nach vorn. Stoße sie auf die Venandi und die Anguis. Sie lassen nichts übrig. Und als der Wind die Asche der gefallenen wegweht, bleiben nur die schwarzen Männer der Welt der Finsternis zurück. Und weiter rechts Levyn, der gegen drei Venandi und einen Anguis kämpft.

In mir tobt ein Sturm, als ich aufstehe. Der Wind und dieser Riss in der Erde begleiten mich. Ich bin sie. Sie sind ich. Ganz langsam gehe ich auf Levyn zu. Schieße Wind voraus, der sie auf mich aufmerksam macht. Sie zögern kurz, doch dann lassen sie von Levyn ab und stürmen auf mich zu. Mit einer kleinen Handbewegung begrabe ich sie unter einer Lawine aus Staub, Wind, Lava und Wasser.

Und als der Staub sich legt und der Kampf beendet ist, blicke ich in dunkle Augen. Ich starre in die tiefe Finsternis, die in Levyn schlummert. Ich erkenne ihn. Erkenne so vieles, was ich vorher nicht gesehen habe. Und wie damals im Trainingsraum, als er mich so lange provoziert hat, bis ich mich verwandelt habe, drückt sein Blick Stolz aus. Ein »Geht doch«, wie er es damals gesagt hat. Und obwohl er mich belogen hat, mich und sich in Gefahr gebracht hat, hat er wieder das in mir geweckt, was ich niemals für möglich gehalten hätte. Er hat *mich* geweckt. Teile von mir, die er schon immer gesehen hat. Er sieht mich. Das hat er schon immer getan.

Mein Blick fällt kurz auf seine sich hebende und senkende Brust und wieder auf seine dunklen Augen. Ich atme schwer. Keuche beinahe. Aber nicht, weil ich kraftlos bin, nein. Weil da ein Feuer in mir brennt. Weil meine Seele, mein gestohlenes Herz und mein gesamter Körper nur ihn wollen.

Wir sehen uns weiter an. Sehen einander in die Seele. Sehen, was der andere denkt. Ich höre Levyns Herzschlag laut und schnell in meinen Ohren pochen. Höre mein Herz. Höre unser Herz.

Levyns große, düstere Gestalt ist starr – nur sein Blick ist voller Verlangen. Und als ich es in seinen Augen entdecke, als mein Innerstes mit dem gleichen Verlangen reagiert, bewegt sich Levyn. Innerhalb von einem Wimpernschlag umgeben mich dunkle Schemen und ich rieche seinen vertrauten Duft. Er steht direkt vor mir. Sein Atem geht schnell. Dann greift er in meinen Nacken und zieht meinen Kopf unsanft zu sich. Legt seine Lippen auf meine, als würde er sich schon so lange danach sehnen, mich zu küssen. Seine Finger krallen sich in meine Haare und seine Zunge streicht ganz sanft über meine Lippen. Eine Bitte, der ich nachgebe, meinen Mund ganz leicht öffne. Als seine Zunge über meine streicht, bebt mein Körper. Meine Brust flattert. Mein Atem steht still. Es ist, als wäre da nichts mehr. Nichts außer Levyn und mir.

Und innerhalb von einem weiteren Wimpernschlag hebt er mich hoch und uns umgibt Dunkelheit. Er hat mich also in die Welt der Finsternis gebracht. So wie er es angekündigt hat. Mein Körper brennt. Ich höre seinen Atem, als er von meinen Lippen ablässt. Spüre ihn. Ich höre den leichten Wind durch Äste und Blätter rascheln. Rieche den Geruch von Moos und Laub. Die kühle, klare Luft erfüllt meine Lungen. Und Levyn ... Levyns ganze Aura umhüllt mich. Seine Finsternis und seine Wärme. Seine Seele und meine Seele.

»Ich verstehe es«, flüstere ich ganz sanft.

Levyns Finger streicht über meine Wange. »Was verstehst du?« Seine Stimme klingt rau und wild und trotzdem beherrscht er sich und sein Verlangen.

»Ich verstehe, was du mir am ersten Tag hier gesagt hast. Dass die Welt der Finsternis dich nicht blendet und ... man nur auf sein eigenes Gefühl hört. Nur wahrnimmt, was man wirklich fühlt.«

»Und was fühlst du jetzt?«, fragt er mit einem hörbar süffisanten Lächeln in der Stimme.

»Ich fühle ...«, sage ich nachdenklich und versuche die passenden Worte zu dem zu finden, was ich denke. »Ich will eins mit dir werden. Ich will dich nie wieder gehen lassen. An deiner Seite kämpfen – wenn es nötig ist, sogar bis in den Tod. Ich will ... dass du mich für immer so ansiehst. Selbst noch in tausend Jahren. Dass du dann immer noch durch all meine Mauern und all meine Fassaden siehst. Dass du ... mich siehst. Und ich dich. Ich will, dass wir uns für immer daran erinnern, wer wir wirklich sind. Auch wenn wir es selbst manchmal vergessen.«

Levyn lässt seine Augen glühen. Beinahe so, als würde er mir damit ein Versprechen geben. Das Versprechen, dass er mich immer sehen wird. Und ich ihn. Auch wenn es noch so finster ist.

»Ich will eins mit dir sein, Levyn. Eins mit meinem Gegenstück. Nicht, weil es uns helfen könnte. Nein. Sondern weil ich dich liebe. Mit meiner ganzen Seele. Mit all dem, was mir gegeben wurde, während der andere Teil dir zufiel. Dieser Teil in dir. Das, was du bist. Das, was ich ...«

»Das alles, Lya, gehört schon sehr lange nur dir. Und das wird es auch immer.«

# 14. Kapitel

Levyns Flügel breiten sich aus. Er packt mich und steigt mit mir in die Lüfte der Finsternis. Ich kann nichts erkennen. Aber ich vertraue ihm. Weiß, dass er mich irgendwohin bringt, wo wir zusammen sein können.

Der Wind peitscht durch meine Haare, als wir endlich landen und Levyn mich durch eine Tür in ein erhelltes Haus führt. Auch hier sind es nur kleine Tropfen, die die Decke behängen und ein bläuliches Licht verströmen.

»Wo … Wo sind wir?«, frage ich stammelnd und sehe mich fasziniert um. Das Innere dieses Hauses sieht so sehr nach Levyn aus, dass ich den Atem anhalte und innerhalb von wenigen Sekunden versuche, alles in mich aufzunehmen. Alles abzuspeichern. Die grauen Wände, die mit schwarzen Schemen und Flügeln bemalt sind. Diese uralte dunkelbraune Ledercouch, die aussieht, als hätte sie schon Jahrhunderte überstanden. Meine Augen wandern hin zu einem Bücherregal, das die gesamte Wand bedeckt und mit uralten Wälzern ausgestattet ist, hin zu einer riesigen Terrassentür, die in einen Garten führt, den ich kaum erkennen kann. Auf dem Boden liegt ein großer Teppich aus Fell, direkt vor einem kleinen Kamin, den Levyn mit einer Handbewegung zum Brennen bringt. Dann dreht er sich wieder zu mir und räuspert sich.

»Das Haus habe ich vor vierhundert Jahren gebaut. Es war … Ich wollte etwas haben, wo Myr sich wohlfühlt, wenn er freigelassen wird. Ich hatte Angst, dass er nie wieder in der Dunkelheit leben will. Also habe ich ein Haus gebaut, das ihm …«

Er stockt und führt mich in einen Raum, der in einem rötlichen Licht strahlt. Ich kneife die Augen zusammen und sehe an die Wände. An die bemalten Wände, die aussehen, als würde ich in den Himmel der Dämmerung sehen. Die Farben leuchten und erfüllen meine Seele mit Licht.

»Ich bin nicht gerade der Künstler, der ich vielleicht gern wäre, deshalb hat Arya das gemalt«, erklärt er und zieht mich weiter. In einen anderen Raum. In das Zimmer, das die Welt des Lichts widerspiegelt. Licht strahlt mir entgegen. Weißes, klares Licht. Mein Licht.

»Das hat Arya gemalt, nachdem sie tagelang mit Morgan darüber geredet hat, wie es in der Welt des Lichts ist. Keiner von uns hat Zugang, deshalb brauchten wir ihre Informationen.«

»Es … sieht wunderschön aus«, flüstere ich und trete näher, um die leuchtende Bemalung anzufassen. Die weißen Blüten und Sträucher.

Levyn greift nach meiner Hand und zieht mich weiter. Hinein in einen Raum, der den Morgen links, in der Mitte den Tag und rechts die Nacht darstellt.

Ich drehe mich um und suche nach seinen dunklen Augen. »Das hast du alles für Myr gemacht?«

Er verengt seinen Blick und nickt dann. »Wir haben auch ein paar Jahre hier gewohnt … bis … wir andere Dinge zu klären hatten.«

Er sieht mich kurz nachdenklich an, dann nimmt er wieder meine Hand, führt mich hinaus in den Flur und eine Treppe hinauf, bis er die Tür zu einem Raum öffnet. Ich gehe vorsichtig hinein und erblicke in dem dämmrigen Licht der Tropfen ein riesiges Bett. Auf der anderen Seite stehen ein Schreibtisch und ein Kleiderschrank. Mehr gibt es hier nicht. Keine Bilder. Keine Farben. Alles in finsterem Schwarz gehalten.

»Das ... ist mein Zimmer«, erklärt er und lehnt sich hinter mir gegen den Türrahmen.

Mein Atem geht schnell, als ich mich zu ihm umdrehe. »Etwas subtil, meinst du nicht?«, sage ich schmunzelnd.

»Was? Dass ich dich auf direktem Weg in mein Schlafzimmer bringe? Dorthin, wo ein sehr großes und ziemlich gemütliches Bett steht?«

»Ja ... Genau das meine ich.«

Er tritt näher. Sein Blick ist lauernd. Dem eines hungrigen Tieres gleich.

»Hattest du nicht mal was davon erwähnt, mich auf einem Tisch zu ...«

»Ich denke, ich habe das Wort *nehmen* benutzt. Ganz der Gentleman.«

»Aber gemeint hast du ... knallen?«, frage ich spielerisch.

»Habe ich«, bestätigt er mit rauer Stimme und tritt noch näher. So nah, dass ich seine Wärme spüren kann. »Aber das hier, Lya ... Das hat nichts damit zu tun, dich auf einem Tisch zu knallen, bis du so laut schreist, dass ich dir den Mund zuhalten muss. Das, was wir hier tun werden, ist etwas ganz anderes.«

»Und das wäre?«, frage ich mit bebender Stimme, während mein Körper Feuer fängt.

»Das nennt sich Liebe machen. Schon mal was davon gehört?« Er zwinkert mir lasziv grinsend zu.

»Gehört, ja ...«, sage ich zuckersüß und zucke mit den Schultern. »Nur gemacht noch nie ...«

Seine Augen leuchten auf und das Raubtier bricht aus ihm heraus. Er packt mich mit seiner übermenschlichen Kraft und setzt mich auf seine Hüfte, während seine Lippen meine berühren und er mir immer wieder sanft in die Unterlippe beißt. Er geht zusammen mit mir auf das Bett zu und legt mich sanft ab. »Dann ist es mir eine Ehre, Elya, dir zu zeigen, wie das geht.«

»O ja«, sage ich gespielt. »Der Herr mit der großen Erfahrung in diesem Bereich.«

Er zieht einen Mundwinkel in die Höhe und beugt sich dann ganz langsam über mich. »In diesem Fall, mein kleiner Albino ...«, raunt er und küsst ganz sanft die Stelle unter meinem Ohr, »ist es auch für mich das erste Mal.«

Ich erstarre. Löse mich kurz darauf wieder daraus, greife in seinen Nacken und ziehe seinen Kopf zu mir. Seine Lippen berühren meine und ein leises kehliges Stöhnen verlässt seinen Mund, als er ihn öffnet und wieder ganz sanft mit der Zunge über meine Unterlippe streicht, bevor er hineinbeißt und ich seine Zunge einlasse.

Während er mich küsst, als wäre ich das Wasser, ohne das er verdursten würde, schiebt er seinen Arm unter meinen Rücken und hebt mich weiter auf das Bett – bis mein Kopf sanft auf das Kopfkissen sinkt. Seine Finger fahren über meine Schläfe, hinab zu meinem Ohr und an meinen Nacken. Seine dunklen Augen mustern mich, als wolle er jeden Zentimeter von mir in sich aufnehmen.

In mir brennt ein Feuer, das ich noch nie zuvor gespürt habe. Da ist nicht nur dieses Verlangen. Da ist viel mehr. Eine Verbundenheit, die mich schluchzen lässt.

Levyn verengt seinen Blick. »Alles in Ordnung?«, fragt er und streicht über meine Schulter.

»Es ist …« Mir versagt die Stimme, weil ich nicht die richtigen Worte finde, um das auszudrücken, was ich fühle.

»Es tut weh«, flüstert er, was ich denke.

»Ja …«, sage ich und lege meine Hand an sein Gesicht, als der Ausdruck darin zweifelnd wird. »Es ist so schön, Levyn. Ich liebe dich so ehrlich und aufrichtig – mit all dem, was ich geben kann –, so sehr, dass es wehtut.«

Seine Lider zucken.

»Und auch wenn du nicht glaubst, dass jemand dazu in der Lage ist, siehst du mich. Du siehst mich und vertraust mir. Und weißt, dass ich die Wahrheit sage.«

Er presst seine Lippen zusammen und nickt. Und als sein schattiger Blick wieder auf mich fällt, spüre ich seine Seele, sein Herz. Spüre alles, was er ist und ich bin. Spüre, dass wir eins sind. Dass wir es schon so lange sind.

»Ich …« Wieder presst er seine Lippen aufeinander. »Es würde nicht reichen, dir zu sagen, dass ich dich liebe, Lya. Es reicht einfach nicht, um das zu beschreiben, was ich für dich fühle. Es wäre nur etwas, was Menschen und auch Drachen benutzen, um ein momentanes Gefühl auszudrücken und es einen Wimpernschlag später jemand anderem zu sagen. Es … Es reicht nicht. Weil das hier mehr ist. Mehr als ein Gefühl, das vergeht, wenn ich eine Laune habe, die mich von dir wegtreibt.« Er wirft einen Blick auf meine sich hebende und senkende Brust.

»Ich weiß, dass du jung bist. Jung in meiner Rechnung. Und ich weiß, dass du in einer Welt aufgewachsen bist, in der alles vergänglich ist. Und ich verstehe, wenn du dich nicht für immer binden willst. Nicht jetzt. Aber ich … Ich weiß, dass ich dich will, Lya. Weiß, dass du mein Gegenstück bist. Weiß, dass dieses Gefühl in mir nicht vergänglich ist. Und ich …«

»Levyn …«, flüstere ich und streiche ihm sanft durch seine unordentlichen schwarzen Haare. »Ich bin jung, ja. Und trotzdem gehört meine Seele zu dir. Mein Herz. Und … das wird es immer.«

Levyns Blick wird wild, bevor er mich ganz sanft auf die Lippen küsst und dann beginnt, meinen Hals und meine Brüste zu küssen. Er zieht mein Oberteil hinunter und lässt Küsse auf meine Brustwarzen hinabsegeln. Immer und immer wieder.

Ich erinnere mich an seine Worte, daran, wie er sein »richtig« beschrieben hat, und sterbe beinahe vor Verlangen. Sterbe bei der Vorstellung, er könnte noch Stunden so weitermachen.

»Levyn«, keuche ich, als der Schmerz zwischen meinen Beinen immer schlimmer wird.

Er stemmt seine Arme neben mir ab und ich erhasche einen Blick auf den Anfang seines Tattoos, das leicht silbrig glänzt.

»Ich …« Mein Atem geht schnell. So schnell, dass es Levyn das Verlangen in den Blick treibt. »Irgendwann darfst du meinen ganzen Körper berühren und küssen«, stöhne ich. »Aber jetzt … jetzt will ich dich spüren. Nicht meine Hand. Nicht deine. Ich will dich. In mir spüren.«

Levyn verharrt in seinen Küssen und sieht mich an. »Bist du etwa ungeduldig, Lya?«, fragt er und beißt sich auf die Unterlippe, während sich sein Mundwinkel zu einem raubtierartigen Lächeln verzieht.

»Ich will dich. Jetzt. In mir. Spüren, Levyn.«, wiederhole ich keuchend.

Augenblicklich stößt er sich von dem Bett ab, zieht sein Shirt über seinen Kopf und dann mich zu sich. Er macht sich nicht die Mühe, irgendetwas von meiner Kleidung ganz zu lassen. Er reißt den Stoff einfach von meiner Haut und den BH in der Mitte durch.

Wieder stöhne ich auf, während Levyn erst meine Hose langsam über meine Beine zieht und sich dann die eigene auszieht. Ich kralle meine Finger in seine starken Oberarme. In den Drachenkopf, der über seinen Arm hin zu seiner Brust gestochen ist.

Seine Finger wandern unter den Bund meines Höschens, und als er es spürt, als er fühlt, wie groß mein Verlangen ist, zerreißt er auch das und legt sich über mich. Schwer atmend liegt er über mir, die Ellbogen in das Bett unter mir gestemmt. Seine Finger wandern ganz sanft über mein Gesicht.

»Willst du es wirklich?«, fragt er flüsternd. Voller Verlangen.

»Ja.«

Meine Stimme ist stark und sicher. Aber sie bricht. Meine stöhnende Stimme bricht, als Levyn zustößt und in mich eindringt. Als er mich erfüllt. Und damit auch meine Seele ganz macht. Er weicht zurück. Ganz langsam. Und ich kann kaum einen Atemzug nehmen, als er wieder zustößt und ich vor Verlangen aufschreie und … ja, da ist noch ein Gefühl. Wieder dieser Schmerz. Ein guter Schmerz. Es ist das, was ich zu ihm gesagt habe. Es ist so vollkommen. So schön, dass es wehtut.

Ich drücke mir die Hand auf den Mund, doch Levyn packt sie und nimmt sie wieder von meinen Lippen. »Erstens …«, raunt er und stößt wieder zu. Ich gebe einen gepressten Laut von mir. Tränen schießen mir in die Augen. »… will ich dich küssen, wenn ich in dir bin.« Er stößt wieder zu und erstickt dieses Mal den Laut mit seinen Lippen. »Und zweitens …« Er grinst und leckt sich dann über seine sinnlichen Lippen. »… kann uns hier keiner hören und ich will deine Lust in all ihrer Lautstärke hören.«

Ich schlucke, doch ich habe keine Zeit, über das, was er sagt, nachzudenken. Das Verlangen packt mich immer wieder aufs Neue. Mit jedem Kuss. Mit jedem Mal, das er in mich eindringt. Seine Hüfte gegen meine stößt und mich ganz und gar zu seinem macht. Er mich liebt und … mich erfüllt.

Er stößt weiter zu. Schneller und schneller. Immer weiter. Bis er mein Herz immer mehr und mehr berührt. Alles in meinem Körper berührt. Bis er lauernd abwartet und spürt, dass ich so weit bin, als ich mich in seine Haut kralle und ihn wieder zu mir ziehe. Mit meinen Händen den Rhythmus seiner Stöße unterstütze und ein letztes Aufstöhnen von Levyn und ein Keuchen von mir ihn zum Stillstand bringen und mich … schluchzen lassen. Tränen fließen aus meinen Augen, ohne dass ich eine Möglichkeit habe, sie aufzuhalten. Ein so seelenzerfetzendes Gefühl ergreift Besitz von mir, dass ich lauter weine.

Ich nehme kaum wahr, wie Levyn sich über mich beugt, neben mich legt und mich in seine Arme zieht. Er küsst meine Tränen weg, so wie ich es getan habe, als er tot war. Er sagt nichts. Fragt nicht. Er versteht es. Denn er fühlt es auch. Fühlt, dass wir eins sind. Und keiner je wieder ohne den anderen sein kann.

Ich presse mein nasses Gesicht an seine starke Brust, während er mit meinen Haarsträhnen herumspielt und sie um seinen Finger zwirbelt, wie ich es früher als Kind getan habe, wenn ich Angst hatte.

»Ich bin dein«, flüstere ich und spüre, wie der Griff seines Arms stärker wird. Dann nimmt er mein Kinn mit den Fingern und hebt mein Gesicht ein wenig an.

»Ich fühle dich, Lya – deine Seele. Und meine Seele gehört dir.«

* * *

Als ich wach werde, strecke ich meine Hand nach Levyn aus. Dabei habe ich schon vorher gespürt, dass er nicht mehr da ist. Ich blinzle und sehe mich in dem kleinen Zimmer um. Ein Feuer prasselt in dem Kamin, den ich gestern gar nicht wahrgenommen habe. Levyn muss ihn mit seinem Feuer entzündet haben, bevor er gegangen ist, damit ich es warm habe.

Im unteren Stockwerk höre ich merkwürdige Geräusche. So als würde Levyn dort unten Möbel verrücken.

Gähnend steige ich aus dem großen Bett und schlurfe zu dem großen Spiegel an der Tür des Schranks. Meine Haare sind heller und meine Augen sind fast wieder so hellblau wie früher.

Ich starre über den Spiegel auf den Schreibtisch, der gestern noch leer war. Jetzt aber liegen ein kleines Kästchen und ein Zettel darauf. Ich drehe mich um und schreite auf ihn zu. Vorsichtig lege ich den Finger auf das weiße Papier, auf dem ich Levyns Handschrift sofort erkenne.

*Entscheide du.*

Ich öffne das kleine Pillendöschen und entdecke die blauen Tabletten, die mir Myr schon in Acaris zugesteckt hat. Mein Blick wandert wieder zu dem Zettel. *Entscheide du.* Er überlässt es also mir, über unsere Verhütung zu entscheiden?

Ich lächle leicht, nehme dann den Zettel hoch, weil ein leichter Schatten darauf liegt, und drehe ihn um. Wieder Levyns Handschrift.

*Aber vielleicht sollten wir bis nach dem Krieg damit warten.*

Wieder muss ich lächeln, lege den Zettel beiseite, nehme die kleine Tablette in den Mund und schlucke sie mit Mineralwasser hinunter, das Levyn danebengestellt hat.

Irgendwann werde ich Kinder mit ihm haben, da bin ich mir sicher. Aber nicht jetzt. Nicht in dieser Zeit und nicht, wenn wir uns gerade erst wirklich gefunden haben.

Als ich mich gerade umdrehen will, um zu dem Möbelpacker Levyn hinunterzugehen, entdecke ich Klamotten, die fein säuberlich gefaltet auf dem Stuhl liegen. Ein schwarzes kurzes Oberteil und eine schwarze Leggins.

Ich ziehe mich um und öffne dann die Tür zum Flur. Stimmen und laute Geräusche dröhnen an meine Ohren. Ich ziehe die Brauen zusammen und gehe die Treppe hinunter. Unten im Wohnzimmer stehen Dutzende schwarz gekleidete Menschen, die Gartenmöbel und Blumen in den Garten schleppen. Ich blinzle irritiert und gehe weiter. Bis ich die Küche finde, in der Levyn zusammen mit Myr und Arya steht. Als er mich erblickt, wandern seine Augen begierig über meinen Körper.

»Habe ich was verpasst?«, frage ich lachend und nehme die Tasse entgegen, die Levyn mir hinhält, bevor er mich an meinem Handgelenk vor sich zieht und mir einen Kuss auf meine Haare drückt.

»Nein. Nur, dass Levyn eure Verbindung organisiert, ohne dich zu fragen«, lacht Myr und wirft Levyn einen entschuldigenden Blick zu.

»Ich organisiere nicht, ich … zeige ihr nur, wie es sein könnte.«

»Es sieht eher so aus, als würde es noch heute stattfinden«, entgegne ich lachend.

»Nein!«, wehrt Levyn mit einem schuldigen Unterton ab.

»Verdammt … Dabei habe ich mich schon so sehr gefreut.«

»Was?« Er nimmt meine Schultern und dreht mich zu sich. »Du willst es?«

»Levyn … Ich habe dir doch gesagt, dass ich es will. Je früher, desto besser. Oder nicht?«

Ich bedenke ihn mit einem prüfenden Blick und verharre bei seiner starken Brust. Sein Atem geht immer schneller und ich weiß, dass er gerade genauso gern wieder ins Bett gehen würde wie ich. Aber statt mich zu packen und hochzutragen, hebt er einen Mundwinkel und küsst mich.

»Dass ich das noch erlebe …«, lacht Myr und schüttelt ungläubig seinen Kopf. »Nach all den Geschichten …«

»Myr!« Levyns Stimme wird plötzlich ernst und herrisch.

Ich verenge meinen Blick. »Verheimlicht ihr mir etwas?«

»Nur die Dinge, die sich Männer eben im Vertrauen erzählen«, wehrt Levyn ab.

»Soso«, kichere ich und trete vor, nachdem ich ein paar

Schlucke meines Kaffees getrunken habe. »Dann … ähm … werde ich mir mal den Garten ansehen.«

»Nein!«, ruft Myr und schmeißt sich zwischen mich und die Tür, als würde er mich vor dem Tod bewahren müssen. »Überraschung«, erklärt er und zupft sich sein Jackett zurecht, das mir erst jetzt auffällt. Sonst trägt Myr eigentlich immer seine Kampfsachen.

»Okay … Dann werde ich …« Ich denke nach und sehe mich unsicher um.

Levyn lacht leise vor sich hin und kommt dann näher. Seine große Statur hüllt mich vollkommen ein. »Ich werde uns erst einmal Pancakes machen.«

Mein Magen verkrampft sich. Aber auf eine schöne Art. Es ist, als würden dadurch Tausende Erinnerungen geweckt werden.

»Na, endlich kocht er auch mal für uns!«, lacht Myr, während Arya leise in sein Lachen einstimmt.

»Euch musste ich bisher auch nie rumkriegen.«

»Ach, und mich schon?«, sage ich lachend und haue ihm gegen seine Schulter.

»Natürlich«, raunt er lässig. »Ich wollte dich schon rumkriegen, als ich wusste, dass du unerreichbar für mich bist.«

»Mutig.«

»Beharrlich«, erwidert er spielerisch und greift dann an mir vorbei zum Kühlschrank, um Eier und Milch herauszuholen.

Wir setzen uns um den Tresen, und während Myr, Levyn und Arya über irgendetwas lachen, was ich nicht mitbekomme, sehe ich nur ihn an. Mein Gegenstück. Den anderen Teil meiner Seele.

Sein Blick wandert immer wieder zu mir und sein Mundwinkel hebt sich, weil er jedes Mal aufs Neue bemerkt, dass ich ihn immer noch beobachte. Bis sein Blick auf mir verharrt. Seine Finsternis. Seine Seele. Er lächelt und sieht dann irritiert auf den fast verbrannten Pancake, was Myr und Arya nur wieder Gelächter entlockt.

Während des Essens pustet Myr immer wieder Puderzucker in unsere Richtung und verkrampft sich vor Lachen, während Levyn nur kopfschüttelnd seinen Pancake isst. Und für diesen kurzen Moment ist es so, als wären wir normale Menschen. Nur für diesen kleinen Augenblick.

Als wir fertig sind, werde ich in mein Zimmer verbannt, wo Arya mit mir wartet, bis Perce auftaucht, um irgendetwas mit meinen Haaren zu machen. Arya und ich sind beide nicht sonderlich begabt in solchen Mädchensachen, also sind wir auch nicht wirklich gut darin, unsere Erleichterung zu überspielen, als sie eintritt. Während Arya vor dem Kamin auf dem kleinen schwarzen Fell liegt und in einem Buch liest, flicht Perce meine Haare an einigen Stellen. Aber sie lässt mich trotzdem ich bleiben. Und das ist nun einmal keine aufwendige Frisur und auch kein aufwendiges Make-up.

Als sie fertig ist, gesellt sie sich zu Arya und nimmt ihr das Buch aus der Hand. »Was ist das?«

»Ein Buch«, lacht Arya und verschränkt ihre Beine.

Ich werfe noch einen kurzen Blick in den Spiegel und geselle mich dann zu ihnen.

»Das ist Levyns Tagebuch, Aryana!«, quietscht Perce pikiert.

Sie zuckt nur mit den Schultern. »Ist doch nicht meine Schuld, wenn er es hier rumliegen lässt.«

»Ich hätte wirklich mehr von einer so alten Dame erwartet.«

Arya zischt nur leise, während Perce selbst anfängt in dem Buch zu blättern.

»Ich befürchte«, sage ich lachend und schnappe mir das Tagebuch, »das ist nicht für unsere Augen bestimmt.«

Ich schlage es zu und verstaue es wieder im Schrank, während Perce und Arya lauthals meckern, dass da sicher spannende Dinge drinstehen.

»Was zählt, ist jetzt«, sage ich fest und schubse Perce ganz leicht zur Seite. Sie kichert und wirft dann einen Blick auf die Tür, wo Levyn gerade aufgetaucht ist.

»Hey, du darfst Lya nicht sehen! Es soll doch spannend bleiben!«, beschwert sie sich jammernd.

»Nichts an Lya könnte jemals unspannend für mich werden, Perce«, sagt Levyn und mustert mich. Er sieht die anderen beiden nicht einmal an. Nein. Er hat nur Augen für mich.

Ich senke beschämt meinen Kopf, als Perce und Arya beinahe fluchtartig den Raum verlassen und die Tür hinter sich schließen.

Levyn reibt lächelnd seine Lippen aufeinander und kniet sich zu mir. »Wie war das noch mal mit dem Tisch?« Er hebt einen Mundwinkel und greift nach meiner Hand.

»Da ging es um einen Küchentisch und ich glaube, unten ist eine Belagerung ausgebrochen.«

»Wir hätten einen Schreibtisch zur Auswahl.«

Ich ziehe scharf die Luft ein. Alles in mir will diesem Verlangen nachgeben, ihn wieder in mir zu spüren. »Es gibt hier auch einen wirklich schönen Fellteppich«, flüstere ich und streiche mit meiner Hand darüber.

Levyns Gesicht wird kantig und sein Kiefer mahlt unruhig. Dann beugt er sich so ruckartig über mich, dass mir ein seltsamer Laut entfährt, der ihn zum Lachen bringt. Er küsst mich und hält meinen Hinterkopf fest, während er mich auf den Boden drückt und nach meinem Oberteil greift. Ich lasse von seinen Lippen ab, ziehe seinen Kopf zu mir und beiße ihm leicht in sein Ohrläppchen. Er knurrt auf und krallt sich in meine Haare wie ein Tier.

»Wir sind bereit!«, ruft Myr und öffnet mit einem kühlen Windhauch die Tür. Erschrocken blicke ich auf und hinein in seine nicht minder geschockten Augen. »Ähm ... ja ...«, stammelt er beschämt. »Das ist jetzt wirklich peinlich. Kann ich nicht leugnen.«

»Myr!«, knurrt Levyn.

Er nickt und deutet in den Flur. »Ich werde dann wohl ... draußen auf dich warten?«

»Ja!« Levyns Stimme klingt beinahe bedrohlich.

Myr nickt nur und verschwindet. Und als Levyns wilder, gefährlicher Blick wieder auf mir liegt, kichere ich und auch er stimmt in mein Lachen ein.

»Du hast immer noch die Chance abzuhauen. Myr gehört leider zum Gesamtpaket.«

»Und ich würde ihn um nichts in der Welt hergeben.«

Levyn fährt ganz langsam mit dem Daumen über meine Lippen, bevor er aufsteht und dann auch mir hilft, mich aufzurichten. Er geht zum Schrank und zieht sich einen seiner langen schwarzen Cardigans über, die an der Seite verschlossen werden, dann kommt er noch einmal zu mir, küsst mich und verschwindet durch die Tür.

Ein paar Minuten bleibe ich allein zurück. Und ja, ich habe erwartet, dass ich panisch werde. Dass ich diese besagten kalten Füße bekomme und wegrenne. Aber da ist nichts außer Sicherheit. Denn noch nie zuvor in meinem Leben war ich mir plötzlich so sicher.

Als Arya und Perce klopfen, um mich abzuholen, stehe ich bereits an der Tür und stürme hinaus, kaum dass sie geöffnet wird.

»Das nenne ich mal eine willige Braut«, lacht Arya, während Perce ihr einen vernichtenden Blick zuwirft. »Wer hätte das gedacht, nachdem sich Levyn das ganze letzte Jahr bei all seinen Versuchen so dämlich angestellt hat?«, fragt sie in den Raum.

Ich sehe sie irritiert an. »Bei welchen Versuchen?«

»Sie redet Unsinn«, wirft Perce ein und macht eine seltsame Handbewegung in Aryas Richtung.

Ich atme tief durch. Das hier ist richtig. Es ist wahrhaftig. Ich spüre es in jeder Faser meines Körpers, denn selbst die Dinge, in denen Levyn und ich uns uneinig sind, liebe ich. Vielleicht liebe ich gerade sie. Liebe, dass er mir widerspricht, aber sich auch meine Meinung anhört. Dass er mich sein lässt, wer ich nun einmal bin, und dass er immer mehr in mir gesehen hat als ich selbst. Das zwischen Levyn und mir ist nicht so etwas wie das zwischen Mom und Fylix. Eine Liebe, in der der eine immer mehr geliebt hat. Ein Mensch wie meine Mom, die immer wusste, dass sie mehr wert ist, während aber ihr Gegenüber genau das nie gesehen hat. Bei Levyn und mir ist das umgekehrt. Wir machen uns erst zu dem, was wir wirklich sind.

»Na los!«, beschwört Perce mich und erst jetzt begreife ich, dass wir an der Verandatür angekommen sind. Ich sehe auf und entdecke unzählige kleine Lumen, die weiße Stühle und die Menschen darauf erhellen. Die Drachen. Und ganz vorn. Erkenne ich sie. Meine Mutter. Ihre Augen sind erfüllt von Tränen.

Ich atme tief ein und wende mich dann Levyn zu, der mir ein entschuldigendes Lächeln schenkt. Er hat sie eingeladen. Und damit genau das getan, was ich brauche, damit das hier perfekt ist.

Ich atme wieder aus und laufe auf Levyn zu. Nicht langsam. Nicht, wie es eine Braut tun würde. Aber ich trage auch kein Weiß und keine Blumen. Das hier ist mehr als nur das Versprechen, zusammenzubleiben, um es jederzeit brechen zu können.

Als ich bei Levyn ankomme, nimmt er mich lachend hoch und setzt mich da ab, wo ich stehen soll. Er schüttelt kurz seinen Kopf und richtet seinen Blick dann auf mich. »Bereit?«

Ich nicke und blicke zu dem Priester neben uns. Er bedeutet uns, unsere Hände zu erheben. Levyn legt seine auf meine Brust und hilft mir, meine auf seine zu legen. Dann nickt er mir kaum merklich zu. Seine Augen glühen dunkelrot.

»Was die Götter trennten, hat zusammengefunden«, beginnt der Priester, und als mir doch die Knie weich werden, legt Levyn sofort seine Hand an meine Hüfte, um mich zu stützen. »Ein Herzschlag schlägt in zwei Körpern. Eine Seele lebt entzweigebrochen in zwei Geistern. Mit jedem neuen Tag werdet ihr ganz sein. Mit jedem Tag werdet ihr die Macht eurer Ganzheit spüren. Mit jeder Nacht werden die Wünsche, aber auch die Ängste kommen.« Der Priester umfasst die Stelle unserer Arme, wo sie sich kreuzen. »Auf ewig soll eure Liebe eure Rüstung sein und euer Vertrauen ein Schwert, das jeden Feind in die Flucht schlägt.«

Ich schlucke schwer und atme ein. Und ganz langsam höre ich Levyns pochendes Herz nicht nur. Nein, ich spüre es. Spüre es in meiner Brust.

Ich sehe irritiert hinab und dann wieder zu ihm auf. Und nach all den Monaten sind zum ersten Mal keine Schatten mehr in seinen Augen. Zum ersten Mal seit einer Ewigkeit erkenne ich wieder das Grün in ihnen.

»Sollen eure Seelen euch nicht einen, sondern ihre Einigkeit euch daran erinnern, dass ihr eins seid.«

Der Priester drückt ganz leicht zu, und etwas … heilt. Eine Wunde, von der ich bisher nichts wusste, aber die ich immer wieder unterbewusst gespürt habe. Eine Unvollständigkeit. Sie … heilt. Wie ein Riss, der unversorgt zurückgeblieben ist, wächst die Wunde unserer Seelen zu und verbindet seinen fehlenden Teil mit mir.

Mein Herz wird immer lauter und stärker. Ich spüre das Licht durch mich fließen. Spüre, wie ich ganz werde. Wie all das verschwindet, was mich unvollständig gemacht hat.

Eine Träne verlässt meine Augen, als ich begreife, wie verwundet ich war. Und wie vollständig diese Heilung mich macht. Levyns Seele, die meine heilt, und ich heile seine.

# 15. Kapitel

Und dann, ganz plötzlich, erfasst ein neues Gefühl meine Brust und hält sie umklammert. Ich schließe meine Augen und wehre mich nicht gegen dieses bedrückende Etwas. Ich lasse es zu. Lasse all die Bilder zu, die auf mich einprasseln. Bilder, die ich nicht verstehe. Denn ich begreife, meine Seele begreift, dass sie jetzt zu mir gehören.

Ich irre durch einen wirren Sturm aus Erinnerungen und dann *stehe ich im Regen. Aber ich selbst werde nicht nass. Ein Schirm bedeckt mich.*

*Ich lausche dem prasselnden Regen. Es ist ein seltsames Geräusch. Ich habe es so lange nicht gehört. So lange war ich nicht in dieser Welt, und bei uns ... bei uns regnet es nie. Myr bezeichnet es immer als Pisse der Götter – und seitdem er mir diesen Floh ins Ohr gesetzt hat, ist mir die Lust, mitten im Regen zu stehen, vergangen. Weshalb ich für diesen Ausflug einen Schirm mitgenommen habe.*

*Ich mustere die Menschen, die an mir vorbeiziehen. Sie alle sind nur darauf bedacht, schnell in ihr Auto zu kommen. Keiner von ihnen nimmt mich wahr. Aber das ist mir nur recht. Ich bin nicht hier, um Aufsehen zu erregen. Eigentlich weiß ich gar nicht, warum ich überhaupt hier bin.*

*Myr hat versucht, es mir auszureden. Arya. Ja, sogar Perce, die mich erst so kurz kennt. Denn sie alle wussten ... wissen, dass es mir nicht guttun wird. Aber ich muss sie sehen. Nur dieses eine Mal. Nur ...*

*Mein Blick fällt auf ein Mädchen mit hellgrauen Haaren. Und ganz plötzlich spüre ich ihren Herzschlag.*

*Ich weiche einen Schritt zurück. Seit zweihundert Jahren habe ich keinen Herzschlag mehr in meinem Körper gespürt.*

*Ich will gehen, aber ich kann meinen Blick nicht von ihr wenden. Ich ... kann nicht.*

*Sie redet mit einem anderen Mädchen, während sie sich ein Buch über ihren Kopf hält. Trotzdem ist sie komplett durchnässt. Und als sie sich umdreht und das Mädchen mit einer anderen Schar verschwindet und lacht, seufzt sie. Sie steht einfach nur da, presst ihre Lippen aufeinander und sieht so unglücklich aus. So ... verloren. Ihre hellblauen Augen blitzen kurz auf, als sie sich entschließt, loszugehen, und ich spüre, wie sie sich selbst Mut zuspricht. Ich höre ihre Gedanken. Höre diese leisen Überzeugungsversuche. Sie versucht sich selbst davon zu überzeugen, dass sie normal sein kann. Wie sie sein kann. Aber insgeheim weiß sie, dass sie das nie sein wird.*

*Sie kommt näher und ich spüre ihr Herz immer lauter. Ich mustere sie weiter. Kann meinen Blick nicht abwenden. Ja, ein Teil von mir hat erwartet, dass sie wie Lyria aussehen würde. Dass ich etwas von ihr in diesem gerade sechzehn gewordenen Mädchen sehen würde. Aber da ist nichts. Im Gegenteil. Elya – das Mädchen – ist viel mehr, als Lyria jemals sein könnte. Jemals war.*

*Ich atme ruhig, als sie mit dem Buch auf dem Kopf an mir vorbeiläuft und mich unsanft anrempelt.*

*»O verdammt«, flucht sie und hebt das Buch aus der Pfütze. Als sie sich wieder aufrichtet, sieht sie mich einfach nur an.*

*Mir stockt der Atem. Mein verdammter Atem. Und ich würde jetzt kein Wort herausbringen. Nur weil dieses Mädchen mich mit seinen blauen Augen beinahe durchbohrt. Was zum Teufel ist los mit mir?*

*»E … es tut mir leid … Normalerweise bin ich nicht so …«*

*»Tollpatschig?«, frage ich mit erhobenen Brauen.*

*Sie stemmt ihre Faust in die Hüfte. »Ich wollte* in einer anderen Welt versunken *sagen.«*

*Ich blinzle. »Entschuldige.«*

*»Du kannst wohl kaum etwas dafür«, brummt sie und schüttelt ihr Buch aus. Erst als sie wieder aufschaut, scheint sie zu bemerken, dass sie unter meinem Schirm steht, und weicht einen Schritt zurück.*

*Ich verenge meinen Blick und bemühe mich, ihren schneller werdenden Herzschlag zu ignorieren. Wüsste sie nur, wie viel Schuld ich wirklich daran habe, dass sie so in Gedanken versunken war.*

*Als sie einen weiteren Schritt zurücktritt und sich wieder das Buch über den Kopf legt, fällt mein Blick auf ihre tropfenden Haare und die durchnässte Kleidung. Ich lecke mir über meine Lippen und halte ihr den Schirm entgegen. »Nimm ihn. Dein Weg ist länger als meiner.«*

*Sie starrt mich irritiert an.*

*»Na los! Nachher wirst du noch krank.«*

*»Und du nicht, oder was?«, entgegnet sie bissig.*

*Ich hebe meine Brauen. Ziemlich garstig, dafür, dass ich gewillt bin, ihr meinen Schirm zu schenken. Ich lache kurz auf. »Ich bin hart im Nehmen.«*

*Sie verdreht die Augen, zischt etwas, das sich verdächtig nach »Spinner« anhört, und dreht sich auf der Stelle um.*

*»Hey«, sage ich, woraufhin sie mir noch einmal einen Blick zuwirft. »Nimm ihn!«*

*Ich halte ihr wieder den Schirm entgegen und dieses Mal nimmt sie ihn, wenn auch mit zögernden Fingern. Sie lässt das Buch sinken, nuschelt ein »Danke« und verschwindet dann.*

*Ich spüre den Regen auf meiner Haut und sehe ihr noch einen Moment nach. Dann dreht sie sich noch einmal um und kommt zu mir. Sie wirft einen unsicheren Blick auf das Buch in ihrer Hand. »Es ist nass und ... vielleicht unbrauchbar, aber ...«*

*Sie hält mir das Buch entgegen. Ihre hellblauen Augen sehen mich zum ersten Mal nicht betrübt an. Nicht abweisend.*

*»Ich habe es bereits gelesen. Ich mag es ... aber Rache ist nicht so mein Ding«, murmelt sie und streckt das Buch weiter zu mir, damit ich es nehme.*

*Ich werfe einen Blick auf das Cover.* »Sturmhöhe«, *stelle ich fest und verkneife mir ein Lächeln.*

*»Kennst du es bereits?«, fragt sie und schluckt unsicher.*

*»Nein«, lüge ich und greife nach dem Buch. »Danke.«*

*»Danke dir«, sagt sie, hebt kurz den Schirm an und geht.*

*Myr, Arya und Perce hatten recht. Das hier hat mir nicht gutgetan. Aber nicht, weil sie wie Lyria ist. Nein. Sie ist ganz und gar nicht wie sie.*

*Was mich wirklich ratlos zurücklässt, ist die Tatsache, dass dieser weiße Drache – dieses giftige, verlorene, hübsche und irgendwie auch liebenswürdige Mädchen ... mein Gegenstück ist.*

Wieder überkommt mich ein Sturm aus Bildern. Ich spüre noch, wie Levyn – Levyn in der echten Welt – mich festhält, damit ich nicht zusammenbreche, und im nächsten Moment stehe ich schon in einem düsteren Zimmer. Ich erkenne es erst, als ich den Tisch sehe, an dem wir so oft gegessen haben. Aber ... Alles hier wirkt düsterer. Die Tropfen leuchten kaum.

*»Wie genau soll das aussehen, Fürst der Finsternis?«*

*Ich greife mir an den Kopf. Durchwühle meine halblangen Haare. »Ihr sollt einfach dort … dort zur Schule gehen und auf sie aufpassen!«, knurre ich und wende mich dem Feuerdrachen gegenüber von mir zu.* Mein Körper – der, der noch bei Levyn in der Welt der Finsternis ist – begreift sofort krampfartig, dass es Jason ist.

*»Jarys … Mir ist egal, was für Vorbehalte du hast. Ich bin dein Herrscher! Also beweg deinen Arsch zu ihr und beschütze sie!«*

*Jarys steht auf und verlässt den Raum. Ihm folgen ein paar andere Feuerdrachen, die sich mir angeschlossen haben.* Und ich, als Lya, erkenne sie alle. Sie sind die Mitschüler, die damals im Wald getötet wurden.

Wieder prasseln Bilder auf mich ein. Levyn streicht mir sanft über mein schweißnasses Gesicht.

*Und erneut stehe ich im Regen. Ich blicke durch ein Fenster. Hinter ihm sitzt sie … Ihre weißen Haare hat sie zu einem Knoten gebunden, einen Stift zwischen ihre Zähne geklemmt und eine Brille auf der Nase, die sie immer wieder völlig in Gedanken versunken hochschiebt.*

*Ich kann meinen Blick kaum abwenden. Wie damals. Es zerreißt mein Herz, wenn ich daran denke, ohne sie sein zu müssen. Dann spüre ich seine Gegenwart.*

*»Ich habe dich erwartet«, sage ich in die finstere Stille der Nacht. Als ich mich umdrehe, entdecke ich Eduard. Jarys hat mir berichtet, dass er Elya seit einer Weile verfolgt. Eduard ist kein Drache. Er ist ein Anguis, und das macht ihn zu meinem Untertan. »Was willst du von ihr?«*

*»Dasselbe könnte ich Euch fragen, Herrscher der Finsternis«, zischt er.*

*Ich presse meine Lippen aufeinander und sehe noch einmal zu Elya, die gerade ihren Stift aus dem Mund zieht und etwas aufschreibt. »Was ich hier will, geht dich nichts an. Verschwinde einfach und kehr nie wieder zurück! Verstanden?!«*

*»Ihr seid nicht länger mein Herrscher. Sie ist es.«*

*»Sie?«, hake ich herablassend nach.*

*»O ja, Levyn. Sie ist die Herrscherin der Elemente.«*

*Ich zucke bei seinen Worten innerlich zusammen, lasse mir aber nichts anmerken. »Und du bist ein Wesen der Finsternis.«*

*»Ihr wisst es nicht … Oder?«*

*»Was?!«, fauche ich ihm entgegen. Ich bin wütend. Viel zu wütend, weil ich ihn auch noch fragen muss, was er meint. Dieses Mädchen macht mich zu einem ängstlichen Etwas. Aus Angst um sie.*

*»Die Finsternis und das Licht, Mylord, sind auch Elemente.«*

*Ich pruste. Natürlich weiß ich das. Aber bedeutet das, dass sie auch meine Welt beherrschen kann? Wird sie alles ändern?*

*»Aber noch … bin ich dein Herrscher. Also verschwinde von hier.«*

*»Aber wir wollen doch dasselbe. Sie töten.«*

*»Verpiss dich in das Scheißloch, aus dem du gekrochen bist!«, knurre ich bedrohlich. Aber er weiß genauso gut wie ich, dass ich wegen der Vereinbarung mit den Venandi nichts tun kann. Nicht hier in der sterblichen Welt. Nicht, solange er sie nicht angreift.*

Der Sturm kehrt zurück und Dunkelheit umgibt mich.

*»Was soll das heißen, Jarys ist hinter ihr her?«, schreie ich Myr an.*

*Er presst seine Lippen aufeinander. »Und die Anguis.«*

*Ich schlage mit der Faust auf den Tisch. »Ich muss sie in die Welt der Finsternis holen.«*

*Ich fliege los. Meine Brust verkrampft sich. Die Angst um dieses Mädchen – diesen weißen Drachen –, das ich kaum kenne, erdrückt mich. Als ich dort ankomme, wo sie wohnt, kehre ich in die sterbliche Welt ein und springe auf ihren Balkon. Ich öffne die Tür und schleiche mich in ihr Zimmer. Mein Atem geht ruhig, obwohl er brennend durch meine Lungen pfeift. Dann berühre ich sie und sehe dabei zu, wie sie in der Finsternis meiner Welt auf dem Moos landet. Ich will gehen. Will sie dort weiterschlafen lassen, bis die sterbliche Welt sicher ist und ich sie zurückbringen kann. Aber ich bin wie versteinert. Ich kann mich nicht von ihr lösen und verfluche mich innerlich dafür. Hasse mich. Ich habe kein verdammtes Herz. Warum also erweicht sie es? Wie ist das möglich?*

*Als sie plötzlich erwacht, weiche ich vor ihr zurück, und als sie verwirrt und ängstlich dasteht, nähere ich mich ihr nur langsam, damit sie keine Angst hat, wenn sie mich erblickt. Trotzdem dreht sie sich um, starrt mich an und … erkennt mich nicht. Sie hat es vergessen. Hat vergessen, dass ich ihr diesen Schirm gegeben habe – dass sie mir das Buch gegeben hat, das alles verändert hat. Aber …*

*Etwas anderes zieht meine Aufmerksamkeit auf sich. Um sie herum leuchten kleine … Lumen.*

*»Du bist es wirklich«, hauche ich ihr entgegen, als ich begreife, dass sie nicht nur eine weitere Manipulation von Lyria ist, um mich in den Wahnsinn zu treiben. Nein. Sie ist wirklich der weiße Drache.*

*»Wer bin ich?«, fragt sie mit zittriger Stimme.*

*Ich presse meine Zähne zusammen und lasse unruhig meinen Kiefer knacken. »Ich … Ich hätte dich nicht herholen dürfen.«*

*Ich höre Geräusche um mich herum. Ein Zischen.*

*»Du musst von hier verschwinden. Die Anguis kommen!«*

*Sie bleibt wie erstarrt stehen. Und bevor der Anguis aus der Dunkelheit auf sie zustürmen kann, packe ich ihre Schultern und stoße sie zur Seite. Und als sie sich aufrappelt, rennt sie endlich los.*

*Ich stoße ein wütendes Knurren aus und packe den Anguis. Donner treiben durch den Himmel und den Wald. Schemen, die von meiner Wut geleitet werden. Mit einer kurzen Handbewegung schicke ich Schatten in ihn hinein. In seinen Geist. Seine Lungen. Seinen Körper. Und als ich ihn fallen lasse, verkrampft er sich noch eine Weile, bevor er stirbt. Diese Bestie hat nichts anderes verdient.*

*Ich sehe mich um. Und als ich gerade ihren schnellen Herzschlag höre, schreit sie auf. Ich renne los. Renne und renne. Und dann erkenne ich Jarys, umgeben von Lumen, und unter ihm ... unter ihm ... Elyas toter Körper. Aus ihrer Kehle sickert Blut, wie aus meiner Seele.*

*Ich stoße einen erneuten Schrei aus und mit ihm Schuppen. Meine Zähne rammen sich in meine Unterlippe, und als ich meinen Verstand vollends verliere, stürme ich auf Jarys zu und zerfetze ihm die Kehle. Doch als ich fertig bin, rieche ich sie. Rieche die anderen. Meine Untertanen, die sie zusammen mit ihm umgebracht haben. Ich jage sie. Zwei von ihnen überlasse ich meinen Schemen. Sie lieben Blut. Und Blut von Verrätern – von Mördern – können sie haben. Ich erwische noch einen von ihnen und lasse meine schwarzen Löcher über ihn fahren. Aber so, dass sein Körper nicht verschluckt wird. So, dass jeder seine Leiche sehen kann. Seinen verräterischen Körper und das, was er verdient hat.*

*Als ich fertig bin und langsam diese unbändige Scham in meine Brust fließt, besinne ich mich und renne zurück zu ihr. Ihre weißen Haare fließen wie Wellen über den dunklen Waldboden. Das Lumen schwebt immer noch über ihr. Und dann, ganz langsam, beginnt sie sich zu bewegen. Zu zucken. Zu atmen.*

*Meine Seele heilt. Eine Träne löst sich aus meinen Augen. Doch dann spüre ich noch etwas anderes. Ich spüre, wie etwas Vertrautes in sie fährt. Etwas ... das ich kenne. Angst ummantelt mich. Nein. Nein.*

*Nein! Sie darf nicht zu ihr werden. Sie darf nicht ... Ich schlucke, als sie die Augen öffnet und mich ansieht. Und ich frage das Einzige, was meine Lippen jetzt noch verlassen kann.*

*»Lyria?«*

*Sie blinzelt. »W-was?«*

*»Bist du es?!«, knurre ich zornig. »Wenn du da drin bist, werde ich dich eigenhändig aus ihr herausprügeln!«*

*»Ich ... Ich bin Lya«, flüstert sie ängstlich und schwach. Verwirrt.*

*»Du ...«*

*Kein weiteres Wort verlässt meinen Mund. Stattdessen berühre ich sie und hole sie zurück. Zurück in ihre Welt. Meine Schemen bringen zusammen mit Myr die Leichen der Verräter her. Auch die von Jarys, den ich neben sie lege, während ich sie in einen tiefen Schlaf manipuliere.*

*Ich weiche ein paar Schritte zurück und warte. Warte, bis die Sonne aufgeht. Warte, bis ich bellende Hunde und den Suchtrupp höre. Und erst als sie kurz vor mir sind, werfe ich einen letzten Blick auf ihre zusammengekauerte Statur und verschwinde in der Finsternis.*

*Tage vergehen. Tage, in denen ich nicht geschlafen habe. Tage, in denen ich einfach nur hier stand. Ich werfe einen Blick durch die Scheibe im Krankenhaus. Sie ist immer noch nicht aufgewacht.*

*»Es liegt am Schock, Levyn.« Cynthia legt mir eine Hand auf die Schulter.*

*»Ich habe dich bereits vor zwei Jahren darum gebeten, von hier wegzuziehen!«, knurre ich, woraufhin sie ihre Hand sofort wieder von mir nimmt. »Sie wussten, wo ihr wohnt!«*

*»Waren es nicht deine Leute, die versucht haben, sie umzubringen? Ach nein – warte. Die sie umgebracht haben?! Wollten wir das nicht verhindern, Levyn? Warst du es nicht, der mich angefleht hat, dass sie*

*ein Leben abseits von alldem führen kann? Dass sie nie entdeckt, was sie wirklich ist, damit sie ein anderes Leben führen kann als das, was ihr bevorsteht?«*

*Meine Lippen beben. »Genau deshalb habe ich versucht, sie zu schützen. Ich habe nur …«*

*Cynthia greift nach meiner Schulter und zieht mich zu sich. Ich wehre mich gegen die bitteren Tränen, aber ich habe keine Chance. Da kann ich noch so sehr der Herrscher der verdammten Finsternis sein. »Ich weiß … Und wir können sie noch immer schützen.«*

*»Nein«, sage ich bitter. Ich will es nicht. Auch wenn ich das Gefühl habe, innerlich zu sterben, wenn ich ein Leben ohne sie führen muss, würde ich mir nichts mehr wünschen, als dass sie nicht in all das hineingezogen wir. Benutzt wird.*

*»Wir … Du musst nach June Lake kommen, Cynthia. Ihr müsst! Sie weiß doch, dass du dort mit deinen Eltern warst. Dass du dort Fylix kennengelernt hast. Und … Ich werde die Feuerdrachen informieren. Ich werde Jackson und Kyra dazuholen, damit es so aussieht, als wollten wir sie nicht vor ihnen verstecken. Und ein paar meiner Vertrauten.« Als sie mich skeptisch ansieht, schiebe ich hinterher: »Sie sind wirklich Vertraute. Sie sind meine Familie.«*

*»Und warum das alles?«, fragt Cynth und wirft einen traurigen Blick auf ihre Tochter.*

*»Weil sie herausfinden muss, wer sie ist – was sie ist. Und das allein. Sie …«*

*»Ich weiß«, unterbricht sie mich und verzieht nachdenklich den Mund. »Und dann? Und was ist mit dir? Wie wirst du mit ihr umgehen, Levyn? Sie ist dein Gegenstück. Dein … Dein fehlender Teil.«*

*»Ich halte sie von mir fern. Und mich von ihr.«*

*Cynth nickt. Aber sie wirkt nicht überzeugt. Sie glaubt nicht daran, dass Lya nur ohne mich sein kann. Glaubt nicht daran, dass das Gleichgewicht die Welten zerstören kann.*

*»Du willst in ihrer Nähe sein, aber sie vergessen? Levyn, damit würdest du dich doch nur selbst quälen!«*

*»Das ist mir egal! Ich werde ihr das Genick brechen, wenn es nötig ist, damit sie mich niemals lieben kann! Damit sie mich nicht liebt, nur weil ...«*

*»Sie wird dich deshalb niemals lieben, Levyn. Sie wird es nur tun, weil sie es will.«*

*»Das denkst du ...« Ich sehe zu Boden.*

*»Du weißt es doch am besten. Du weißt doch, dass du Lyria nie so geliebt hast, wie du es solltest, um mit ihr dein Leben verbringen zu wollen. Und das, obwohl sie der weiße Drache war.«*

*»Aber sie war nicht mein Gegenstück!«, werfe ich ein. Panik ergreift Besitz von mir.*

*»Du benimmst dich wie ein kleiner, dummer Junge, Levyn. Selbst Gegenstücke lieben sich nicht einfach so. Das ist Unsinn! Und das weißt du. Du hast nur Angst vor dem, was du fühlst!«*

*»Ich kann nicht fühlen«, sage ich kühl.*

*»Und du weißt, dass auch das Unsinn ist.« Sie legt eine Hand an meine Wange. »Ich sehe, wie du sie ansiehst. Wie du dich um sie sorgst. Sehe, dass dir ihr Leben mehr bedeutet als dein eigenes.«*

*»Ich kenne sie kaum. Also muss es doch einfach so gekommen sein.«*

*»Du liebst sie ja auch nicht, Levyn. Aber du könntest sie lieben. Vielleicht sogar mehr als das.«*

*»Sie ... Sie hat mich gerettet ...« Ich atme tief durch. »Bevor ich ihr begegnet bin, habe ich mich fast verloren. Ich ... Ich war nicht mehr ich selbst. Ich habe dieses Versprechen einhalten müssen. Habe Nyla*

*so bestialisch hintergangen und ihr wehgetan. Und dann habe ich sie gesehen. Sie stand da, völlig nass, und ... hat mich eigentlich nur angegiftet. Und das war wie ein Weckruf. Dann gab sie mir einfach so dieses Buch. Ein Buch, das ich längst kannte, aber ... plötzlich mit ganz anderen Augen sah. Diese Rache, die so ... vergeblich und selbstzerstörerisch war. Und Lya ... Sie war so ... menschlich.«*

*Cynth seufzt. »Sie ist aber nicht menschlich, Levyn. Vergiss das nicht. Versuch nicht, etwas erhalten zu wollen, was sie nicht ist.«*

Meine Mutter verschwimmt vor meinen Augen. Ich spüre ein Handy an meinem Ohr. Eine Stimme dröhnt hindurch. Eine vertraute Stimme. Fylix.

*»Ich weiß genau, wo ihr seid. Denkst du, du kannst sie vor mir verstecken?«*

*Ich beiße die Zähne zusammen und knurre in das Telefon. Zorn kriecht meine Venen entlang. Erfüllt mich.*

*»Früher oder später werde ich auftauchen und sie umbringen, wenn es sein muss.«*

*»Du bist ihr Vater, du verdammter Bastard!«*

*»Ich bin gar nichts. Nichts außer der Wahrer der Feuerdrachen. Ihr erster Kommandant. Der Stellvertreter des Königs. Und die können sie nur gebrauchen, wenn sie schwarz wird. Und du wirst mir dabei helfen.«*

*»Das werde ich nicht!«, brülle ich in das Telefon.*

*Neben mir kracht etwas. Ich drehe mich um und starre sie an. Sie starrt mich an. Angst flackert in ihrem Blick auf, während sie wie eingefroren dasteht und mich ansieht, als wäre ich ihr schlimmster Feind. Und obwohl es genau das ist, was ich wollte, zerfetzt dieser Blick meine Brust.*

*Ich wende mich ab, werfe das Handy in den See und gehe. Bemühe mich, ruhig zu atmen. Die roten Augen wieder loszuwerden. Dieser dumme Scheiß, den das Urfeuer mir eingebrockt hat.*

Ich gehe weiter in der Zeit. *Stehe vor Jacksons Auto und warne ihn, ihr zu nahe zu kommen. Bemühe mich, meine Rolle zu spielen. Bemühe mich, ihr verhasster Verbündeter zu sein. Jemand, der Lya auch auf die dunkle Seite ziehen will. Aber dieser Dreckskerl Jackson macht es mir nicht leicht. Ganz und gar nicht. Am liebsten würde ich ihn hier auf der Stelle zerfetzen.*

Ich gehe noch weiter. Sehe Bilder von mir durch Levyns Augen an mir vorbeiziehen. Spüre seine Verzweiflung. Ich sehe dabei zu, wie er gegen einen Spiegel schlägt. So lange, bis er blutet. Bis er nichts mehr spürt.

Dann sehe ich wieder mich.

*»Beruhige dich, Lya!«, sage ich sanft. Aber es hat keinen Sinn. Ich spüre ihre Angst, als wäre es meine eigene.*

*Ich sehe hinab. Schätze ein, wie weit ich sie tragen muss, wenn sie …*

*Bevor ich noch weiter auf sie einreden kann, drehen sich ihre Augen nach oben und sie verliert ihr Bewusstsein. Ich falte meine Flügel aus und fange sie auf. Ein Brennen zuckt durch meinen Körper. Das Brennen, das ihre Berührungen bei mir auslösen. Trotzdem umklammere ich sie fester. Drücke ihren kleinen Körper an mich und wünschte, ich müsste sie nie wieder loslassen.*

Ich sehe, wie Levyn in den See springt und mich hinauszieht und nach Hause bringt. Ich sehe den Angriff des Anguis. Spüre Levyns tiefe Trauer, als ich sterbe. Aber ich spüre auch, dass er weiß, dass ich nicht sterben kann. Er trauert, weil er nicht verhindern konnte, dass mir etwas passiert. Weil er mich nicht von dieser Welt fernhalten konnte.

Ich springe weiter in der Zeit. Hin zu dem Tag, an dem

Levyn mir das Genick gebrochen hat. Ich spüre seine Wut. Seine Scham. Spüre, dass er es tut, um mich zu schützen, aber auch, um mich von sich zu stoßen.

Ich sehe Nyss vor mir. Sehe, wie sie ihn in die Arme nimmt und ihm Mut zuspricht. Ihm verspricht, ihm zu helfen, wenn es wirklich das ist, was er will. Mich von sich fernzuhalten.

Ich finde mich plötzlich in dem Essraum in Levyns schwarzem Bergschloss wieder. Myr sitzt vor mir. Er kaut unruhig auf seiner Unterlippe herum.

*»Und vier Wochen zu verschwinden macht die Sache besser, Levyn? Sag ihr endlich, was du wirklich für sie empfindest!«*

*»Sie hasst mich!«, spucke ich ihm entgegen. Und ich keuche vor Trauer und Zorn. Keuche und spucke, obwohl es genau das war, was ich erreichen wollte.*

*»Sie hasst dich nicht. Sie …«*

*»Ich will doch nur, dass sie glücklich ist.«*

*»Und was, wenn sie das nur mit dir ist, Levyn? Was dann?«*

Ich ziehe weiter durch Levyns Erinnerungen. Durch Dinge, die seine Seele berühren. Ich sehe meine weißen Haare. Und neben mir Tharys. Ich spüre die unbändige Wut und die … Eifersucht. Sie ist so greifbar, obwohl Levyn immer so … kühl war.

Ich spüre den Schmerz in seiner Seele, als wäre es meiner. Jeder Blick, den ich Tharys zuwerfe, ist ein Stich in sein Herz. Der Handel, den er mit ihm abschließt, um mich zu schützen, ein weiterer.

Immer und immer wieder blitzen Bilder vor mir auf, wie Levyn die Räume seines Schlosses auseinandernimmt. Seine Fäuste blutig schlägt. Wie er selbst Myrs Haus zu Kleinholz verarbeitet, bis dieser kommt und all die Schläge einsteckt. Myr wehrt sich, ja. Und so sehe ich dabei zu, wie sie sich stundenlang durch das ganze Haus prügeln, bis sie blutend und keuchend zusammen am Boden liegen und Levyn ... weint. Er weint ... an Myrs Brust.

Ich spüre den Schmerz und das Verständnis, als ich Tharys wähle, um ihm das Leben zu retten. Da ist kein Vorwurf. Nur die stille Hoffnung, dass ich seinen Tod trotz allem überlebe.

Und dann sehe ich wieder mich. Spüre die Angst, als er begreift, dass er mein Herz in seiner Brust mit sich trägt. Ich höre Gespräche. Sehe Menschen, die Levyn um Hilfe bittet. Hexen ... Feynen ... Alle Wesen, die es gibt. Nur um ... um mir mein Herz zurückzugeben.

Und dann sehe ich Shakysas Nische vor mir. Mich und Lyria. Shakysas Leiche. Und ich sehe dabei zu, wie ich verschwinde und Levyn zusammenbricht. Myr stürmt hinter ihm herein und stützt ihn. Doch Levyn steht auf und schlägt um sich. Schreit und flucht. Nimmt alles auseinander, bis Myr und Arya ihn aus den Flammen hinausbringen.

Ich sehe, wie Levyn in meinem Zimmer auf meinem Bett liegt. In der Welt der Finsternis. Seine Augen sind nass und in seiner Hand liegt meine Kette. Immer und immer wieder redet er mit ihr, als würde er so mit mir reden können. Als wäre diese Kette eine direkte Verbindung zu mir.

Myr tritt ein und plötzlich sehe ich ihn wieder aus Levyns Augen.

*»Gibt es etwas Neues?«, fragt Myr mit belegter Stimme und wirft einen Blick auf den Nachttisch neben mir, der voller Bücher und Karten liegt.*

*»Nein«, knurre ich und halte die bitteren Tränen zurück. »Ich ... Ich habe sie verloren, Myr.«*

*»Wir werden sie finden!«, sagt er sicher und setzt sich neben mich auf das Bett. »Ich verspreche es dir.«*

*»Sie ist mein Gegenstück, Myr. Warum spüre ich sie nicht mehr? Warum? Was, wenn sie tot ist? Wie soll ich dann weiterleben?«*

*»Sie ist nicht tot! Wir werden sie finden und zurückbringen. Und dann wirst du ihr endlich die Wahrheit über euch sagen. Darüber, wie lange du sie schon liebst, Levyn!«*

*»Das werde ich nicht!«, wehre ich ab. »Alles, was zählt, Myr, ist, dass sie glücklich ist! Dass sie jemanden findet, der sie so liebt, wie sie es verdient hat.«*

*»Genau das tust du, Levyn.«*

*»Aber ich konnte sie nicht schützen! Ich ...« Mir versagt die Stimme und weitere Tränen verlassen meine Augen. »Ich bin der beschissene Herrscher der Finsternis und liebe ein Mädchen, das mich nicht lieben und ich nicht beschützen kann!«*

*Myr zieht seine Brauen zusammen. »Sie liebt dich. Vielleicht wirst du es nie begreifen. Es nie glauben. Aber Lya liebt dich. Und eines Tages wird sie erfahren, was du aus Liebe zu ihr alles in Kauf genommen hast.«*

*Ein grausames Gefühl erfüllt meine Brust. Ein ... »Myr ... ich spüre sie«, stoße ich atemlos hervor.*

*»Was?« Myrs Augen weiten sich.*

*»Sie ... Sie will ... Sie gibt auf ... Sie will sterben«, stammle ich und erstarre. Mein Herz pumpt Gift durch meine Adern. »Überlebe! Lya! Überlebe!«, schreie ich. Betend, dass sie mich hört. Aber die Verbindung ist so schnell wieder weg, wie sie gekommen ist. »Myr ... wenn sie stirbt, sterbe ich auch.«*

Vor mir erscheint Morgan. Sie sagt ihm, was ich mit Tharys vorhabe und dass ich meine Mächte entdecken muss. Allein. Auch der König der Erddrachen betont, dass Levyn sich nur mit mir verbinden darf, wenn ich meine volle Macht kenne und sie selbst gefunden habe.

Und dann ... sehe ich wieder mich. Sehe, wie ich die Elemente beherrsche. Sehe, wie ich die Venandi und den Anguis von Levyn weglocke, um sie auf mich zu hetzen. Und da, ganz leise, spüre ich Levyns Erkenntnis. Spüre, wie er langsam begreift, dass ich ihn wirklich liebe. Nicht wegen dieser Verbindung zwischen uns. Nicht, weil unsere uralten Seelen bereits verbunden sind. Nein. Weil ich mein Leben für ihn geben würde. Weil sein Leben mir mehr wert ist als mein eigenes. Und dann stürme ich in Levyns Geist auf mich selbst zu und küsse mich. Und in diesem Moment weiß er, dass wir nie mehr ohneeinander sein werden.

Ich blinzle und sehe in Levyns dunkle Augen. Die Drachen um uns herum sowie der Priester sind verschwunden. Tränen wandern über mein Gesicht, die ich kaum spüren kann.

»Hast du ... Hast du das auch gesehen?«, frage ich mit bebender Stimme.

»Deine Seite, ja«, bestätigt er und mustert mich, als warte er darauf, dass ich ausraste. Dass ich schreie. Ihn anschreie. Ihn schlage. Aber da ist keine Wut und auch kein Zorn. Da ist nur eine so tiefe Verbundenheit, dass meine Seele zärtlich über seine streicht und mein Herz beinahe explodiert.

# 16. Kapitel

Levyn packt mich und stellt mich wieder auf die Füße, als wäre es nichts. »Ich werde dir das alles erklären, wenn wir Zeit haben«, sagt er rau und kaut unruhig auf seiner Unterlippe herum.

»Was gibt es da zu erklären?« Ich klopfe mir den Staub von den schwarzen Klamotten.

»Warum ich dich belogen habe und …«

Ich hebe meine Hand, um ihn zum Schweigen zu bringen. »Es ist kein Verbrechen, mich schützen zu wollen. Und mich … von alldem fernhalten zu wollen. Ich selbst war in der Zeit an einem Punkt, an dem ich das alles hier auf keinen Fall wollte.«

Er hebt ganz leicht seine Brauen, als hätte er erwartet, dass ich es nicht verstehe. Aber dabei vergisst er, dass ich das alles aus seinen Augen gesehen habe. Ich habe gefühlt, was er gefühlt hat. Ich habe den Schmerz gespürt – und vor allem, dass es immer nur um mich ging. Um mich und darum, dass es mir gut geht.

Blinzelnd denke ich an die erste Begegnung. Bis vor ein paar Minuten habe ich mich nicht einmal daran erinnert. Ich habe ihn nicht wahrgenommen. Ihn als seltsamen Kerl abgestempelt, der mir einfach einen Schirm geschenkt hat. Ich war zu beschäftigt mit mir selbst. Mit dem Mädchen, mit dem ich eine

Gruppenarbeit hatte machen müssen. Sie aber hat hinter meinem Rücken erzählt, ich sei verrückt.

Die Bilder blitzen wieder vor mir auf. Meine tropfenden Haare und die durchnässte Kleidung. Das Buch, das ich Levyn geschenkt habe.

»Es tut mir leid, dass ich mich nicht an dich erinnert habe«, sage ich mit belegter Stimme und sehe zu ihm auf.

Er legt ganz vorsichtig seine Finger an meinen Nacken. »Ohne es zu bemerken, hast du mich damals schon gerettet. Und jetzt wieder.« Er legt seine Hand auf meine Brust. »Wir ... Wir sind geheilt.«

»So fühlt es sich für mich auch an.«

»Ich würde dich jetzt gern auf diesen besagten Tisch schmeißen ... Aber ich befürchte, da drin warten ein paar Leute auf uns.«

Er zwinkert mir zu, dann nimmt er meine Hand und führt mich hinein in das Haus. Mein Blick fällt als Allererstes auf meine Mutter. Ich schlucke, löse mich aus Levyns Hand und renne auf sie zu. Als sie mich in die Arme schließt, entfährt mir ein kleiner Schluchzer.

»Es tut mir leid«, flüstert sie in meine Haare.

Ich rieche ihren vertrauten Geruch. Den Geruch, mit dem ich aufgewachsen bin. Den Geruch und die Wärme der Person, die mich hochgehoben hat, wenn ich gefallen bin. Es fällt mir schwer, zu vergessen, wie sie sich verhalten hat, als Fylix da war, aber ... Sie ist meine Mutter. Wir gehören zusammen.

Ich sehe mich um und erhasche einen Blick auf Myr, der sich gerade an einer alten Vitrine bedient. Levyn steht mit verschränkten Armen dahinter und Myr zuckt leicht zusammen, als er bewaffnet mit drei Flaschen, die wirklich teuer aussehen, abhauen will.

»Was? Das ist mein Haus!«, beschwert er sich und drängt sich an Levyn vorbei in die Küche.

Ich folge ihm und zucke nur entschuldigend mit den Schultern, als Levyn mich fassungslos, aber auch belustigt anstarrt.

»Zuckerpüppchen, trinkst du mit?«, fragt Myr, als ich zu ihm, Arya und Perce stoße.

»So ein Shot wäre jetzt genau das Richtige!«, seufze ich schmunzelnd und setze mich auf einen der Barhocker.

Als Myr jedem von uns einen kleinen befüllten Becher vor die Nase stellt, fange ich seinen Blick.

»Du warst für ihn da«, flüstere ich, völlig in Gedanken und Levyns Erinnerungen versunken.

»Dieser Drecksack hat mich aus dem Gefängnis geholt und dafür ein paar Schweden ewigen Schutz versprochen. Ich werde ihm immer zur Seite stehen. Und jetzt auch dir.«

Ich verenge meinen Blick. »Kjells Familie?«

Myr nickt. »Ja ... In das Gefängnis kommen nur Menschen rein. Außer den Gefangenen natürlich.«

Levyn tritt hinter mich. Ich brauche mich nicht umzudrehen. Ich fühle ihn. Aber das liegt nicht an dieser Verbindung. Es war schon immer so, dass ich seine Anwesenheit gefühlt habe.

»Wenn ihr schon das jahrhundertealte teure Zeug trinkt, sollte doch auch etwas für mich rausspringen, oder?«

* * *

Am Ende des Abends sind nur noch wir da. Lachend sitzen wir auf dem Boden der Küche und Myr erzählt von seinen Heldentaten in dem Kampf gegen die Venandi. An Levyns belustigter Miene und den irritierten Blicken erkenne ich sofort, dass er etwas übertreibt. Aber Levyn unterbricht ihn nicht. Verbessert ihn nicht.

Ich sehe ihn an. Es ist, als könne ich meinen Blick nicht von ihm nehmen. Schon eine ganze Weile weiß ich, dass Levyn ein guter Mensch ist. Ja, ich schätze ihn nicht erst, seit ich seine Erinnerungen kenne. Er ist loyal, und auch wenn er denkt, dass er nicht lieben kann und nicht geliebt wird, beweisen seine Freunde das Gegenteil. Sie würden alles für ihn tun – und er für sie. Und ich bin jetzt ein Teil davon.

Als Myr und Arya müde werden und sich auf die Couch legen, nimmt Levyn mich auf seine Arme und trägt mich hoch in unser Zimmer. Innerhalb von Sekunden hat er das Feuer im Kamin entzündet und mich auf dem Bett abgelegt.

»Levyn?«, frage ich vorsichtig, während er ein paar Sachen aus dem Schrank geholt hat und jetzt beginnt, mir die anderen Klamotten auszuziehen.

»Ja bitte?«, fragt er lächelnd und streift mir die Schuhe von den Füßen.

»Wie lange weißt du, dass ich Teile meines Herzens nur dann zurückbekomme, wenn wir uns verbinden?«

Er kneift ein Auge zu und zieht mir die Leggins über die Beine, nur um eine kurze weiche Hose darüberzustülpen. »Ich habe es lange Zeit geahnt. Und dann ... war ich bei Morgan in Avalon. Ungefähr einen Monat nachdem ich dich in Acaris gelassen habe.«

»Und …« Mir versagt die Stimme.

Levyn hebt meinen Körper an und zieht mein Oberteil über meinen Kopf und ein neues über. Eines seiner schwarzen Shirts. »Ja bitte, mein Gegenstück?«

Ich presse meine Lippen aufeinander. »Hast du … Hast du Dinge aus der Welt der Vergangenheit gesehen?«

Er atmet tief durch, dann zieht er seine Schuhe, seine Hose und sein Shirt aus, bevor er sich in seiner schwarzen Boxershorts neben mich auf das Bett legt. »Die Momente, in denen du an mich gedacht hast – die habe ich gesehen«, raunt er und legt sanft die Decke über mich. Er selbst stemmt seinen Kopf auf seine Hand und betrachtet mich abwartend.

»Ich habe sehr oft an dich gedacht.«

»Das ist mir nicht entgangen.« Ein süffisantes Lächeln legt sich auf seine Lippen und funkelt in seinen dunklen Augen. »Du musst dich für nichts schämen, was dort war, Lya. Für rein gar nichts.«

Kurz vernebeln sich seine Augen. Als würde er sich an den Schmerz und die Verzweiflung erinnern, die ich dort gefühlt habe.

»Ich werde nie wieder zulassen, dass du dich so … einsam und hilflos fühlst. Dass … Dass du dir schon fast den Tod wünschst.«

Ich schlucke schwer. Ich erinnere mich daran, wie oft ich gedacht habe, dass es besser wäre, einfach aufzugeben.

»Ich … Ich bin noch nicht bereit, über alles zu reden, was dort passiert ist. Vielleicht werde ich es nie sein.«

Er nickt. »Ich weiß, Lya. Jeder von uns hat eine Geschichte. Einen verborgenen Teil. Ein Schicksal. Etwas, das uns bremst und antreibt. Etwas, das uns Tränen in die Augen und ein Lächeln ins Gesicht zaubert.« Er berührt eine meiner Haarsträhnen und wickelt sie sich um den Finger. »Etwas, das all die Mühen wert ist. Eine Finsternis und ein Licht, das uns daran erinnert, wer wir wirklich sind. Wir alle haben Dinge, die nun einmal nur uns gehören, in unserer Seele. Und das wird sich nicht ändern, nur weil wir verbunden sind.«

Ein Lächeln bildet sich erst in meiner Brust und dann auf meinen Lippen. Dann lehne ich meinen Kopf gegen ihn und schließe meine Augen. »Danke ...«

»Wofür?«

»Dafür, dass du mich nie aufgegeben hast.«

* * *

Als ich aufwache, höre ich Stimmen im Flur. Ich strecke mich und stehe auf, als ich Myrs und auch Lucarys' Stimmen erkenne. Ich gehe zur Tür und öffne sie.

»Oh! Die Sonne geht auf!«, lacht Myr, während ich ihn verknittert und nur mit halb geöffneten Augen anstarre.

»Was ist los?«, frage ich und streiche mir schlaftrunken durch die Haare.

»Überraschung! Lyria hat Levyn durch Tharys ersetzt und ihn gestern Nacht geheiratet.«

»Was?!«, frage ich irritiert.

Levyn tritt neben mich und wirft Myr einen vernichtenden Blick zu. »Sie hat ihn offensichtlich gezwungen, und damit ist sie zur Herrscherin des Lichts geworden. Und sie hat Tharys von dem Fluch seines Vaters befreit. Er kann jetzt raus aus Acaris«, erklärt er und legt mir eine Hand auf den Rücken.

»Aber … Hätten sie sich dafür nicht verbinden müssen?«

»Nein. Nach dem Gesetz reicht eine Hochzeit, damit die Ehefrau ebenfalls herrscht.«

»Also ist sie jetzt auch …«

»Königin der Wasserdrachen«, vervollständigt Myr nickend.

Lucarys zeigt keine Regung.

Mein Blick fällt auf den Ring, den ich von Levyn bekommen habe. Er folgt meiner Geste und schmunzelt spitzbübisch. »Du hast dir dein Geschenk also geholt«, quittiert er, während ich mich beinahe in dem runden Mondstein verliere.

Und dann … schießt mir eine Erinnerung durch den Kopf. Ein Traum, den ich in der Welt der Vergangenheit hatte. Dieser Wolf taucht wieder vor meinem inneren Auge auf. Der Vollmond hinter ihm. Ich habe das damals für einen verwirrten Traum gehalten, weil meine Sinne so benebelt und mein Körper so schwach war. Aber was, wenn das nicht nur ein Traum war? Wenn es …

»Levyn …« Ich stütze mich am Türrahmen ab, weil so viele Erinnerungen auf mich einprasseln. Ich versuche Levyns Erinnerungen an das Gespräch mit Morgan aufzurufen. *»Ihr müsst dieses Gleichgewicht bilden. Nur dann könnt ihr die Welt beschützen.«* Ihre Worte dröhnen in meinen Ohren.

»Was ist los, Lya?«, fragt er besorgt.

»Was ist, wenn … wenn diese Verbindung zwischen uns das Gleichgewicht noch gar nicht herstellt, sondern uns nur dabei hilft, es zu erreichen?«

Er verengt seinen Blick. Wahrscheinlich, weil ich wie eine

Verrückte klinge. »Wie meinst du das? Was, denkst du, müssen wir tun?«, fragt er trotzdem ohne auch nur einen Hauch von Zweifel in der Stimme.

»Die Welten ...«, versuche ich meine Gedanken zu ordnen. »Es sind immer zwei Welten, die einen Gegensatz bilden, und eine, die beide eint. Auch Lyria war daran gebunden und hat die Welt der Vergangenheit und die der Zukunft geschaffen. Die Welt der Gegenwart ist die sterbliche – mittlere – Welt. Die, die Vergangenheit und Zukunft eint.«

»Und die Welt der Dämmerung eint unsere Welt«, sagt er nachdenklich.

»Was, wenn sie das nicht tut? Was, wenn die Welt der Dämmerung für sich allein steht? Sie eint unsere Welten nicht, Levyn. Nicht wirklich.«

Er denkt nach. Fühlt, was ich fühle. Ich nicke, als er mich stumm um Erlaubnis bittet, meine Gedanken lesen zu dürfen. Er bleibt stumm, während ich versuche meine Gedanken zu ordnen. An all das zu denken, was dagegenspricht. Ja, in der Welt der Dämmerung gibt es Licht und Dunkelheit. Aber nicht wirklich. Sie eint Licht und Finsternis nicht. Schon allein, weil es dort nicht wirklich Dunkelheit gibt. Nie. Und auch nie das Licht, das ich besitze.

»Aber wozu gehört dann die Welt der Dämmerung?«, fragt er mich, während Myr und Lucarys irritiert hin- und hersehen.

»Ich glaube ...«, sage ich. »Ich glaube, dass die Welt der Dämmerung die echte Welt ist, Levyn.«

Myrs Augen weiten sich und auch Lucarys scheint ziemlich geschockt zu sein. Aber keiner sagt einen Ton, während ich Levyn weiter in meinem Kopf kramen lasse.

»Wenn das so wäre … fehlt zwischen unseren Welten das Gleichgewicht.«

»Aber was, wenn es nicht so ist?«, wirft Myr ein. »Wie könnt ihr euch sicher sein?«

»Ich hatte einen Traum«, flüstere ich.

»Jetzt wird's gruselig«, lacht Myr, doch Levyn bringt ihn mit einem einzigen dunklen Blick zum Schweigen.

»Was hast du geträumt, Lya?«, fragt er mich behutsam.

»Ich habe von einer Welt geträumt, die dunkel war. Finster. Aber …« Ich werfe wieder einen Blick auf den Ring an meinem Finger und begreife, dass er nicht für die Welt des Lichts steht. Er steht für … »Dort war auch Licht. Ein Mond. Mein Mond, Levyn … Und deine Finsternis. Und eine neue Rasse … Wölfe …«

Er streicht sich über seine Lippen und sein Kinn. Wägt offensichtlich ab, wie ernst man diesen Traum nehmen kann.

»Ich habe nur einen von ihnen gesehen, aber ich weiß, dass es Tausende waren. Und sie waren uns untertan, Levyn.«

»Und du bist dir sicher, dass das nicht nur ein Traum war, Lya?«

»Ich … Er hat sich echt angefühlt.« Ich atme schwer durch. »Hast du eine Frau töten lassen, als ich in Acaris war? Hast du befohlen, sie zu töten, weil sie dich betrogen hat?«

Die Schatten in seinen Augen werden dichter. Myr ändert unruhig seine Stellung. Natürlich, ich habe ihm und Arya damals von diesem Traum erzählt.

»Ja«, knurrt Levyn zwischen zusammengepressten Zähnen.

»Dann bin ich mir sicher, dass es nicht nur ein Traum war. Ich … Ich fühle es einfach. Und kurz vor diesem Traum hat Shakysa mir gesagt, dass ich die Macht besitze, Welten zu erschaffen. Warum hätte sie mir das sagen sollen? Warum hätte ich danach träumen sollen, dass es eine Welt gibt, die unsere Welten eint? Warum sagte Morgan, dass wir das Gleichgewicht herstellen müssen? Warum stammen all die Geschichten, all die Sagen um Artus ... Avalon ... Morgan ... Warum stammen sie aus der Welt der Dämmerung? Warum stammt Loreley aus der Welt der Dämmerung? Warum ruht in ihr das Urfeuer? Weil das die ursprüngliche Welt ist, Levyn. Nicht die sterbliche Welt.«

»Dann ...«, sagt er und tritt einen Schritt näher zu mir, streicht mir über meinen nackten Arm, »... solltest du dir etwas anziehen. Wir müssen herausfinden, wie wir eine neue Welt erschaffen. Mit meiner Finsternis und deinem Licht.«

* * *

Als wir nach Stunden immer noch am Küchentisch sitzen und darüber philosophieren, wie Levyn und ich eine Welt erschaffen können, lasse ich resigniert meinen Kopf auf die Tischplatte sinken. »Wir brauchen Shakysa ... oder Morgan«, flüstere ich traurig.

»Was, wenn ...«, beginnt Arya. »Na ja, wenn es noch mehr Sagen gibt, die uns einen Hinweis geben? Die Geschichte von Loreley ... die Artussage und Avalon – das alles wurde doch aus einem bestimmten Grund festgehalten. Es sind keine Sagen. Und wenn stimmt, was ihr sagt, und die Welt der Dämmerung die eigentliche Welt ist, muss es auch einen Grund geben, warum die Geschichten der Dämmerung in die Welt der Sterblichen gebracht wurden. Warum sie dort verbreitet wurden.«

Ich hebe meinen Kopf wieder und zupfe mir nachdenklich an meinem Ohrläppchen herum. Levyn schmunzelt bei dem Anblick belustigt, woraufhin ich ihm die Zunge herausstrecke.

»Vielleicht haben Menschen sie aufgeschrieben, die in der Welt der Dämmerung waren. Vielleicht sind es keine Sagen, sondern echte Erlebnisse. Geschichte. Und die Menschen haben sie für Märchen und Mythen gehalten. So wie auch die Existenz von Drachen«, werfe ich ein.

»Das würde dann aber auch heißen, dass ... dass an den meisten Mythen und Sagen etwas dran ist.« Myr zieht die Brauen zusammen.

»Zumindest an einigen. Die Menschen haben eine ausgeprägte Fantasie, also ...«, murmle ich.

»Dann müssen wir herausfinden, welche ebenfalls der Wahrheit entspricht und ... welche uns helfen kann«, sagt Levyn und legt seine Finger aneinander. »Waren das in deinem Traum Werwölfe?«

Ich schüttle den Kopf. »Es war ein ganz normaler Wolf. Ein weißer Wolf.«

»Also ... haben wir keine Ahnung, wonach wir suchen?«, fragt Arya mit erhobenen Brauen.

»So sieht's aus«, brumme ich.

Arya schnauft. »Also genauso wie immer mit diesen unorganisierten Banausen.« Sie sieht die drei nacheinander abschätzig an, bevor sie aufsteht und in die Hände klatscht. »Na, dann lasst uns keine Zeit verlieren und in die sterbliche Welt zurückkehren. Oder wie Lya sie nennt: die Welt der Gegenwart.«

* * *

Als wir ankommen, erdrückt mich die Sonne, die auf meine Haut brennt. Seit der Zeit in diesem Kerker habe ich sie nicht mehr gesehen und gespürt und … sie macht mir Angst. Brennt sich in meine Seele.

Ich spüre Levyns Hand an meinem Rücken, während wir durch den Wald vom Firefall in Yosemite zurück nach June Lake laufen. Mein Herz wird immer schwerer und schwerer. Ja, ich fühle mich in einer anderen Welt zu Hause, aber hier liegt ein Stück meiner Vergangenheit. Ein Teil meiner selbst, den ich hier zurückgelassen habe. Und dem ich mich jetzt stellen muss.

Als wir aus dem Wald treten, als ich den See erkenne, aber nichts von dem, was außenherum liegt, gefriert das Blut in meinen Adern. Mein Blick fällt auf das Bootshaus. Oder viel eher auf das, was davon noch übrig ist. Eine Ruine. Heruntergebrannt bis auf die Grundmauern.

»Sie … Sie haben alles abgefackelt«, wispere ich und suche nach meinem Haus. Nach Levyns Haus. Nach etwas, das mich zurückholt. Das mir zeigt, dass hier nicht alles verloren ist. Aber es ist nichts mehr da. Nichts übrig geblieben.

Levyns Finger suchen nach meinen. Ich verschränke sie mit ihnen und atme tief durch. Immer und immer wieder. Um den Zorn und die Trauer loszuwerden.

Als wir den ersten Schock überwunden haben, laufen wir durch die Trümmer. Die Menschen, die hier gelebt haben, sind alle weg. Auch Earl. Mein Herz betet, dass er irgendwo in Sicherheit ist.

»Wir werden hier nichts finden«, sagt Arya irgendwann. Und sie sagt es zu mir. Ja, denn ich bin die Einzige, die diese Trümmer durchsuchen will. Nur meinetwegen sind sie hier.

Das hier war nie wirklich ihre Heimat. Das weiß ich jetzt. Und auch wenn es nicht meine war, suche ich nach etwas. Suche nach …

Levyn zieht mich ein wenig von den Trümmern meines Hauses und den anderen weg. »Du wirst sie nicht finden, Lya.«

»Wen?«, frage ich mit zitternder Stimme.

»Das Mädchen, das du zurückgelassen hast, als du dich dafür entschieden hast, ein Drache zu sein.«

Ich nicke, während sich eine kleine Träne aus meinem Auge löst. »Manchmal vermisse ich sie. Sie und ihre Mutter. Ihre Streitigkeiten. Manchmal vermisse ich sogar diese abweisende, kalte Fassade und diese giftigen Sprüche«, flüstere ich.

»Ich vermisse sie auch … aber nur sehr selten.« Er zwinkert mir zu.

»Vielleicht bin ich ja doch immer noch … sie.«

»Du bist nicht mehr sie, Lya. Und sie wird auch nie zurückkommen. Ja, ein Teil deines Herzens wird immer durch sie bestimmt. Aber du bist nicht mehr sie. Und du musst dieses Mädchen gehen lassen. Und das annehmen, was sie aus dir gemacht hat.«

Ich nicke wieder, atme tief durch und gebe dann den anderen Bescheid, dass wir gehen können. Und bevor Levyn mich packt und in die Welt der Finsternis bringt, damit wir uns nicht zu Fuß fortbewegen müssen, habe ich dieses Bild vor meinen Augen. Das, bei dem ich auf diesem Balkon stehe – mich weigere, das alles schön zu finden, obwohl ich es wunderschön finde.

Erst als wir da angekommen sind, wo Arya hinwollte, wandern wir wieder durch die Welt in die der Sterblichen. Blinzelnd erkenne ich ein riesiges altes Gebäude vor mir.

»Herzlich willkommen im Land der Korinthenkacker«, sagt sie und breitet ihre Hände aus, als würde sie uns willkommen heißen.

Ich mustere die Menschen um uns herum. Studenten vorrangig.

»Sei nicht ungerecht, Ary. Die Liebe der Deutschen zur Detailtreue und diese Ordnungssucht kommen uns in diesem Fall wirklich zugute«, lacht Levyn.

»Wir sind in Deutschland?«, frage ich irritiert und viel zu laut, weil ein paar der Menschen um uns herum zu uns schauen, als wäre ich eine Verrückte.

»Ja. Bisher stammen all die Dinge, die eingetroffen sind, aus deutschen Sagen, also gehen wir davon aus, dass es Deutsche waren, die die Geschichten unserer Welt in diese hier getragen haben«, erklärt Levyn.

Ich nicke nur und folge Arya, Myr, Lucarys und Levyn hinein in die riesige Bibliothek. Sofort steigt mir der Geruch von Staub und altem Papier in die Nase. Das alte Gemäuer verleiht dem Ganzen einen leicht modrigen Geruch, den ich auf eine seltsame Art schon immer mochte. Ich ziehe die Luft ein, als wäre sie eine Droge, während ich durch Gänge mit hohen alten Holzregalen schreite. Arya führt uns in den hinteren Teil, wo offene Wendeltreppen hinauf zu weiteren Regalen mit alten Büchern führen.

»Und hat jetzt irgendeiner eine Ahnung, wonach wir suchen?« Myr verzieht sein Gesicht zu einer angestrengten Grimasse.

»Sieh an, sieh an.«

Wir drehen uns alle zeitgleich zu der jungen Frau um, die das gesagt hat. Eine große schwarze Brille thront auf ihrer Nase. Ihre braunen Haare hat sie zu einem unordentlichen Dutt gebunden. Eine braune Tasche hängt ihr locker über die Schulter. Sie rückt ihre Brille zurecht und ich blicke in grüne Augen.

»Meryla?!«, stößt Levyn irritiert hervor.

»Wie ich leibe und lebe«, bestätigt sie. »Wer sind deine Freunde?«

Ich blinzle verdutzt. Wenn sie die anderen nicht kennt, muss sie Levyn schon vor Myr gekannt haben, aus seiner Kindheit.

»Das sind Myr, Arya, Lucarys und Lya – meine Erwählte.«

Meryla hebt erstaunt die Brauen. »Du bist also sesshaft geworden?«

»Was machst du hier?«, geht Levyn der Frage aus dem Weg.

»Ich studiere hier. Das Leben ist langweilig, wenn man uralt wird, und ... in Deutschland war ich noch nie.«

»Ähm«, macht Levyn und richtet sich an mich. »Das ist Meryla. Sie hat eine Weile im Königreich der Feuerdrachen gewohnt, als ich noch sehr jung war.«

»Lya«, stelle ich mich unnötigerweise noch einmal vor und reiche ihr meine Hand. Sie ergreift sie, aber ihr Blick bleibt hart und undurchsichtig.

»Und was macht ihr hier?« Sie sieht wieder Levyn an.

»Wir suchen nach alten deutschen Sagen.«

»Wow«, sagt sie angeekelt. »Das ist wohl eher was für die Germanisten.« Sie deutet auf die hintere linke Ecke der Bibliothek. »Ich muss dann mal wieder studieren. Die Deutschen stehen auf Fristen und das Einhalten dieser … Fristen.« Sie sagt das Wort, als würde es ihr zum Hals heraushängen. »Falls ihr meine Hilfe braucht, ruft mich. Ich bin in der Jura-Abteilung.«

Sie macht auf der Stelle kehrt und verschwindet. Ich sehe ihr verdutzt nach.

»Die ist ja freundlich«, quittiert Myr die Situation.

* * *

Wir suchen den ganzen Nachmittag nach Büchern, wobei ich keine große Hilfe bin, da sich herausstellt, dass alle außer mir die deutsche Sprache verstehen und lesen können. Levyn ist sogar in der Lage, uns die althochdeutschen Schriften zu übersetzen.

Ich mustere ihn, während er angestrengt über einem Text sitzt, der in einer seltsamen alten Schrift geschrieben ist.

»Warum beobachtest du mich, kleiner Albino?«, fragt er, ohne seinen Kopf zu heben.

»Ich finde dich bewundernswert«, gebe ich zu.

Sein Mundwinkel zuckt. »Ich habe lange Zeit in Deutschland gelebt. Da lernt man so etwas.«

»Ich wette mit dir um alles, was ich besitze, dass man so was nicht einfach lernt und der Großteil der Bevölkerung hier sicher keine althochdeutschen Texte lesen kann.«

Er zuckt mit den Schultern. »Alles, was du besitzt, ist das, was ich besitze. Somit bleibt es in der Familie. Die Wette wäre also für keinen von uns sehr profitabel.« Sein Blick ist immer noch auf den Text gerichtet.

»Was liest du da?«, frage ich nach einer Weile des Schweigens. Ich komme mir unnütz vor.

»Parzival. Derjenige, der das Werk hier kommentiert hat, verweist auf das Nibelungenlied.«

»Ein Lied?«

»Na ja ... ein ... Es ist auch ein Epos. Eine ziemlich bekannte deutsche Sage.«

»Soll ich es dir raussuchen?«, frage ich enthusiastisch und erhebe mich ruckartig.

»Sicher, wenn du möchtest.«

»Dann kann ich wenigstens irgendetwas tun«, sage ich lachend und streife durch die Gänge, bis ich ein Regal mit dem Buchstaben N finde. Als ich dann die Dutzende Bücher erkenne, in denen es um dieses Epos oder was auch immer geht, rufe ich Myr zu mir, der mit einem kleinen Wagen angerollt kommt und mich beinahe umfährt.

»Sollte man in Bibliotheken nicht leise sein?«, frage ich mit gerunzelter Stirn, aber ich kann das Lachen in meiner Stimme kaum verbergen.

»Ach, das gilt nur für Menschen«, winkt er ab und lädt die Bücher auf den Wagen, die ich ihm zeige.

Als wir wieder bei Levyn sind, bedenkt er Myr mit einem belustigten Blick und schnappt sich dann eines der Bücher. Er lehnt sich lässig zurück und schlägt es auf. »Ach ja. Der Drachentöter Siegfried. Da war ja was«, sagt er und lächelt in das Buch hinein.

»Drachentöter?«, hake ich nach. Als Myr und Levyn mich skeptisch ansehen, presse ich beschämt meine Lippen aufeinander.

»Siegfried war ein Held. Er war eigentlich gelernter Schmied, auf seinen Abenteuerreisen begegnete er aber einer Prinzessin. Kriemhild. Ihr Bruder Gunther wollte sie Siegfried aber nur zur Frau geben, wenn er für ihn kämpft. Also kämpfte er in vielen Schlachten und errang sehr viel Ruhm. Doch als er Kriemhild hatte, wandte er sich irgendwann von Gunther ab. Schließlich hörte er von einem Schatz. Dem Nibelungenhort, der von einem feuerspeienden unbesiegbaren Drachen bewacht wurde. Aber Siegfrieds Lehrmeister, der Waffenschmied Wiland, schuf ein Schwert für ihn, das selbst einen Drachen besiegen konnte. So also tötete er den Drachen und badete in seinem Blut, das ihn unverwundbar machte. Den Schatz nahm er mit. Später wurde er dann doch getötet und irgendwann auch Kriemhild«, winkt er den Ausgang der Geschichte ab.

»Siegfried hatte ein Schwert, das einen Drachen verwunden konnte?«, frage ich mit erhobenen Brauen. »Könnte das der Zwilling des anderen Schwertes sein?«

Levyn verengt seine Augen und denkt einen Moment lang nach. »Könnte«, sagt er schließlich.

»Und wo ist das Schwert?«

»Hagen hat es an sich genommen, nachdem er Siegfried getötet hat.«

»Und dann?«

»Dann hat Kriemhild einen neuen Mann geheiratet und Hagen und Gunther aus Rache verfolgen lassen. Am Ende sind sie alle gestorben.«

»Nett«, murmle ich Levyn zu, der mir ein liebevolles Lächeln schenkt. »Was ist mit dem Schatz passiert?«, frage ich.

»Hagen hat ihn angeblich aus Angst vor Kriemhilds Rache in

den Rhein geworfen. Sie hat Männer mit dem Schatz bezahlt, die Hagen und Gunther umbringen sollten.«

Ich sehe Levyn ehrfürchtig an. Es ist erstaunlich, was er alles weiß. »Was, wenn das Schwert auch im Rhein liegt?« Ich beiße mir auf die Unterlippe und sehe auf die Bilder in dem Buch vor mir. »Was ist das?« Ich deute auf die Zeichnung einer eisernen Maske.

»Damals hat man Helme mit eiserner Maske getragen. Zum Schutz. Einer Sage zufolge soll Siegfried eine Art Tarnkappe besessen haben, mit der er die Identität einer anderen Person annehmen konnte.«

»Das ist ... verwirrend«, brumme ich. »Und die liegt auch irgendwo im Rhein?«

»Ich fürchte, sie ist in ... Kalkriese«, wirft Myr ein und spricht das letzte Wort aus, als würde sich seine Zunge dabei verknoten. Er dreht das Buch in seiner Hand um und lässt einen Blick auf das Foto einer eisernen Maske zu.

»Und ... was haben wir von dieser Maske?«, frage ich irritiert.

»Hallo? Ich kann dann endlich Levyns Identität annehmen und als Herrscher der Finsternis die Frauenwelt unsicher machen.« Myr grinst siegessicher. Ich verziehe nur den Mund.

»Wir ... müssen weitersuchen. Vielleicht ist sie uns nützlich. Aber erst müssen wir herausfinden, inwiefern diese Sage um Siegfried mit uns zusammenhängt«, wendet Levyn herrisch ein und unterbindet Myrs und mein Kichern.

»Ihr sucht etwas über Arminius?«, fragt Meryla, die plötzlich hinter Levyn auftaucht und in das Buch linst.

Ich schrecke zusammen. Wie konnte sie sich so schnell anschleichen? Ich schüttle kurz darauf den Kopf. Natürlich. Sie ist ein Erddrache. Die Meister der Tarnung.

»Hier geht es um Siegfried, Frau Klugscheißerin. Also husch, husch«, macht Myr und bewegt seine Hand abschätzig in ihre Richtung.

»Siegfried ist Arminius«, sagt sie gelassen und wirft Myr ein bezaubernd tödliches Lächeln zu.

Levyn streicht sich nachdenklich über seine Lippe und bittet sie dann, sich zu uns zu setzen.

Wieder dieses Lächeln in Myrs Richtung. »Ich kannte Arminius.«

»Aber du warst zu der Zeit in Rom«, wendet Levyn ein.

»Ja … Arminius kam als Kind nach Rom. Er war ein Barbar – bekam einen neuen Namen, eine Schul- und Kampfausbildung und schließlich wurde er ein wichtiger Fürst. Ein Aristokrat. Einer der großen Helden der Schlacht am Rhein. Bis er sich … auf die andere Seite schlug und die Römer in einen Hinterhalt lockte.«

»In einen Hinterhalt? Mit wem?« Levyn blinzelt sie irritiert an. Er sucht ganz offensichtlich in seinem Kopf nach diesen Informationen. Aber das, was Meryla da sagt, ist ihm neu.

»Zusammen mit den Cheruskern. Seinem ursprünglichen Volk. Man nannte das römische Heer damals oft *Drachen*. Weil sie durch ihre Schilde und die undurchdringlichen Formationen einem unbezwingbaren Drachen glichen. Aber die Menschen damals dachten, dass das Wort *Drachen* die Einzahl bedeutet. Eigentlich waren sie wirklich Drachen – Mehrzahl.«

»Also ist die Geschichte von Siegfried nur eine ausgeschmückte Version des Verrates von Arminius an den Römern?«

»Ich hatte nicht wirklich Zeit, ihn danach zu fragen, nachdem er zum Verräter und schließlich von seinen Verwandten durch einen Hinterhalt getötet wurde. Aber ja. Ich bin mir eigentlich sehr sicher, dass es sich bei Siegfried um Arminius handelt«, sagt sie nachdenklich.

»Und er war auch ein Drache?«, hakt Levyn nach.

»Ja, er war ein Erddrache.«

Levyn schüttelt seinen Kopf. »Das reicht nicht. Das hilft uns nicht.«

Meryla verzieht ihren Mund.

»Was ist nach seinem Tod geschehen?«

»Arminius hatte den gefallenen Römern all ihren Schmuck und ihr Hab und Gut genommen. Es war ein riesiger Schatz. Nachdem er starb, benutzte Kriemhild dieses Geld, um Männer anzuheuern, die Hagen töten sollten. Einen von ihnen kannte ich. Er war der Neffe eines Mannes namens Hildebrand, der der Königin treu ergeben war. Der Junge ... Wolfhart ... tötete einen verfeindeten König, wurde dabei aber selbst getötet. Er starb in Ehren. Hunderte Männer hatte er bereits aus dem Weg geräumt und dann starb er durch die Hand eines Königs.«

»Wie tötete er den König?«

»Er durchschlug mit einem Schwert seinen Helm.«

»Wolfhart ...«, wiederholt Levyn und wirft mir einen kurzen Blick zu. »War er auch ein Drache?«

»Nein.« Meryla schüttelt ihren Kopf. »Wolfhart war anders. Ganz anders. Er gehörte in keine Welt so wirklich.«

»Könnte er ein Wolf gewesen sein?«, fragt Levyn freiheraus.

Ich halte die Luft an.

»Ein Wolf?« Sie scheint kurz nachzudenken. »Ein Werwolf, meinst du?«

»So was in der Art.«

»Puh. Du stellst Fragen. Er … Zumindest war er auch unsterblich. Aber warum, weiß ich nicht. Wie gesagt, er war anders.«

»Sie … Sie waren keine Werwölfe«, werfe ich ein.

Merylas Blick landet auf mir. »Worum geht es hier überhaupt?« Sie sieht zwischen Levyn und mir hin und her. Levyn aber sagt keinen Ton. Stattdessen hebt er seine Hand und deutet auf mich.

»Ob du davon erfährst, entscheidet meine Erwählte.«

Ich starre ihn an. Bitte förmlich mit meinen Blicken darum, dass er meine Gedanken liest. Meine Zweifel.

*Kann man ihr vertrauen?*

Levyn nickt ganz leicht.

*Woher weißt du das?*

»Weil sie mir geholfen hat, Myr aus dem Gefängnis zu holen. Und sie hat nie ein Wort darüber verloren.«

Ich blinzle, weil er so offen antwortet. Myr starrt sie beide ungläubig an, während Meryla die Stirn in Falten legt. »Liest du ihre Gedanken?«

Levyn nickt. »Ich habe auch ihre gelesen«, sagt er ganz ruhig. Er sieht immer noch mich an. »Sie ist zwar nicht zufällig heute genau hier in dieser Bibliothek und sie studiert auch nicht an dieser Universität, aber sie ist hergekommen, weil Nyss sie darum gebeten hat.«

Merylas Körperhaltung wird starr.

Ich lecke mir über die Lippen und wende mich dann von Levyn ab, der immer noch lässig in seinem Stuhl sitzt und keine Miene verzieht, hin zu ihr. »Ich denke, dass Levyn und ich eine neue Welt erschaffen müssen. Die Welt des Mondes. Und ich denke, dass die Rasse in ihr Wölfe sind«, erkläre ich und spüre Levyns Lächeln.

»Und warum denkst du das?«, fragt sie verwundert.

»Weil …«

»Weil sie bestimmte Dinge spüren kann. Sehen kann«, antwortet Levyn für mich.

Natürlich. Ihr zu sagen, dass es nur ein Traum war, würde sie wahrscheinlich endgültig zum Lachen bringen.

»Fein …«, sagt sie und zieht eines der Bücher zu sich. »Ihr braucht dieses Ding. Ihr müsst …« Sie stockt, als würde sie eine Entscheidung treffen. »Wir müssen an Wolfharts Tagebücher rankommen.«

»Und wie?«, frage ich und blicke auf das Bild der Maske, auf das sie deutet.

»Durch ein kleines Tauschgeschäft, das nur zustande kommt, wenn wir Glück haben.«

»In Ordnung«, sage ich sicher.

Meryla sieht Levyn an, um auch seine Zustimmung einzuholen.

»Sie entscheidet. So ist das, wenn man unter dem Pantoffel steht.«

Merylas Blick wandert über den Tisch zu Myr, der sie immer noch fassungslos anstarrt. »Und du?«

»Du hast ihm geholfen, mich da rauszuholen?«, fragt er völlig in Gedanken und Erinnerungen versunken.

»Ich habe ihm nur die Verbindung zu der Wikingerfamilie ermöglicht«, nuschelt sie und zuckt mit den Schultern. »Nichts von Bedeutung.«

»Nichts von Bedeutung«, wiederholt Myr kopfschüttelnd. Dann fügt er ganz leise hinzu: »Danke. Und ... ich bin dabei. Eine Tarnmaske wollte ich wie gesagt schon immer mal haben.«

»Wir werden sie nicht lange besitzen, wenn alles nach Plan verläuft.«

# 17. Kapitel

Wieder wandern wir zwischen den Welten, um bis nach Kalkwiese zu kommen. Dort in dem Museum soll die eiserne Maske aufbewahrt sein, die Levyn für die Tarnkappe des Siegfried hält.

Myr reibt sich die Hände, als wir umgeben von Bäumen ein bräunliches Gebäude erkennen. Eine Art Turm ragt an einer Seite in den dunklen Nachthimmel. »Tarnkappe, ich komme!«, lacht er und spaziert einfach auf das Museum zu.

Ich hole Luft und will ihn gerade aufhalten, als er sich zu mir umdreht, als hätte er meine Zweifel gerochen.

»Ich bin ein Drache, Lya. Ich führe Truppen in den Krieg und in schreckliche Schlachten. Ich brauche keine Einbrecherkünste, um durch diese Tür zu gehen.« Er wendet sich wieder dem Gebäude zu.

»Und wie macht er das?«, frage ich an Levyn gewandt.

»Wir sind Drachen, Lya. Kein elektronisches Gerät nimmt uns wahr.«

»Was?!«, stoße ich hervor. »Ich hätte mir also all die Jahre Lippenstifte, Taschen und Schuhe klauen können?« Ich starre ihn pikiert an.

Levyn lacht leise und rau. »Als ob du so ein Mädchen bist, Lya. Oder jemals warst«, raunt er und wirft einen Blick auf die schlichte dunkle Kleidung, die ich trage. Er ist viel zu anzüglich. Nicht, weil es mir missfällt, nein. Vor allem, weil es ein Verlangen in mir auslöst und wir jetzt wohl keine Zeit zu zweit bekommen.

»Eins, das klaut?«

»Eins, das sich auch nur einen Dreck um solche Oberflächlichkeiten schert.«

Ich schlucke und will noch etwas erwidern, doch da ruft Myr uns zu sich und wir folgen ihm.

Die Tür ist bereits offen, als wir ankommen, und Myr steht im Foyer, als wäre er der Hausherr. »Eine Führung für die Damen und Herren?«

»Such die Maske, du kleiner Wichtigtuer!«, weist Levyn ihn an. Myr verzieht den Mund, gehorcht aber.

Zusammen mit Levyn schreite ich die Gänge entlang und mustere die alten Waffen in den Vitrinen. Ein Lächeln wandert auf meine Lippen.

»Bereust du es?«

Ich sehe Levyn irritiert an.

»Dass du ... diese Welt ... dieses normale Leben hinter dir lassen musstest.«

»Keine einzige Sekunde«, flüstere ich und nehme seine Hand.

»Leute!«

Wir folgen Myrs Ruf, und als wir bei ihm ankommen, hält er sich doch tatsächlich eine uralte eiserne Maske vors Gesicht und macht ... Geistergeräusche.

Levyn lacht leise, während Arya auf ihn zugeht und ihm wutentbrannt die Maske abnimmt.

»Das ist so typisch. Ihr jungen Dinger habt keinen Sinn für Kultur.«

»Bla, bla. Wie funktioniert das Ding? Ich will mich in Arya verwandeln und ihr verbittertes Gesicht mal freudig erstrahlen lassen.«

»Witzig«, brummt Arya, während Myr seine Lippen zu einem übertriebenen, beinahe gruseligen Grinsen verformt. Dann stemmt er sich die Faust in die Hüfte und richtet seinen Finger ermahnend auf uns.

»Ihr Jungspunde habt doch keine Ahnung«, äfft er Arya mit hoher Stimme nach. »Kommt erst mal in mein Alter. Dann reden wir weiter!«

Während Levyn seine Lippen zusammenpresst, um ein Lachen zu unterdrücken, kann ich mich nicht beherrschen und breche in lautes Gelächter aus. Arya rollt mit den Augen und verflucht uns. Aber auch in ihrem Gesicht kann ich ein kleines Lächeln erkennen.

Als das Gelächter verstummt ist, sehe ich mich nachdenklich um. »Das war alles?«

»Das wirklich Schwierige ... kommt jetzt«, erwidert Meryla und atmet schwer durch, bevor sie Arya hinausfolgt. »Also kommt und verabschiedet euch von dem schönen Land der Dichter und Denker.«

* * *

Als wir wieder in der Welt der Finsternis ankommen, bestellt Levyn etwas zu essen und setzt sich dann neben mich an den großen Esstisch. Arya scheint immer noch ein wenig beleidigt zu sein, während Myr unentwegt seine Fingernägel betrachtet. Perce ist zu den Erddrachen zurückgekehrt, um weitere Verhandlungen mit dem König zu führen, und Tym hilft Lylith, die Revolte gegen sie zu ersticken. Lucarys steht wie immer hinter Levyn. Als wäre er einer seiner Schemen.

»So«, sagt Levyn schließlich, noch bevor das Essen kommt. »Wem bringen wir jetzt diese Maske?«

Meryla lockert ihren Dutt und lässt die braunen Haare auf ihre Schultern fallen. »Einem Druiden«, erwidert sie beinahe gelassen und lehnt sich in dem schwarzen Stuhl zurück.

Levyn hebt fragend seine Brauen.

»Er ist der älteste Druide, den es gibt. Und er ... liebt magische Dinge. Deshalb besitzt er Wolfharts Tagebuch.«

»Also ist es auch magisch?«, hake ich nach.

»Ja.« Meryla richtet ihren Blick auf mich. »Ich habe keine Ahnung, warum. Wolfhart war wie gesagt ...«

»Anders«, vervollständigt Levyn gelangweilt. »Das hatten wir schon, Ryl.« Seine Stimme klingt herrisch und lässt mich leicht zusammenzucken. Als Levyn es bemerkt, legt er behutsam seine Hand auf mein Bein. »Also tauschen wir diese Maske gegen das Tagebuch und dann ...«

»Dann müssen wir hoffen, dass etwas Brauchbares darinsteht. Ich kann euch nur die Fakten liefern«, sagt Ryl kühl.

»Gut. Wann brechen wir auf?«

»Da gibt es noch ein Problem«, druckst sie herum.

Levyn fordert sie mit einer Handbewegung auf weiterzusprechen.

»Der Weg zur Höhle des Druiden führt durch den schwarzen Wald.«

Die Stimmung im Raum ändert sich ganz plötzlich. Selbst Lucarys wirkt angespannt. Nur Arya verengt ihren Blick, als sie das Wort *Höhle* hört.

»Und es darf immer nur eine Person …«

»Ich weiß«, unterbricht Levyn sie. »Ich gehe.«

»Moment«, wende ich ein. Seine finsteren Augen treffen mich. »Erklär mir das!«, fordere ich mit fester Stimme.

»Der schwarze Wald liegt in der Welt der Dämmerung. Er ist … düster. Und keiner weiß so wirklich, was darin passiert. Man weiß nur, dass …« Er beißt sich auf die Unterlippe, während ich ihn weiterhin fest ansehe.

»Die Wahrheit, bitte!«

»Na ja … Es kommen selten Drachen wieder heraus, und wenn – reden sie nicht darüber.«

Die Luft neben mir flackert unruhig. Ich sehe unauffällig zu dem Lumen, das erscheint und meine Sinne mit seinem Licht und den Gesängen in der fremdartigen Sprache benebelt.

*Ihr müsst in diesen Wald, Herrscherin!*

*Warum?*

*Ihr seid die Einzige, die es kann. Und Ihr werdet dort etwas Wichtiges erfahren.*

Ich presse meine Lippen aufeinander. »Ich gehe!«

Meine Stimme schneidet die Luft. Trotzdem halte ich Levyns fassungslosem düsteren Blick stand.

»Wirst du nicht!«, knurrt er bedrohlich.

»Erstens hast du das nicht zu bestimmen, Levyn. Und zweitens beherrsche ich die Elemente!«

»Du beherrschst sie?«, fragt er lachend. »Du beherrschst sie nicht, Lya. Du hast sie ein einziges Mal benutzt!«

»Ich werde da hineingehen. Und du wirst dich mir nicht in den Weg stellen. Weil du mir geschworen hast, mir zu vertrauen!«

»Und warum?«, fragt er, während die anderen offensichtlich die Luft anhalten. »Warum möchtest du es machen?«

»Weil du mich schon so lange beschützt. Ihr alle. Und jetzt will ich euch beschützen!«

Ich schlucke schwer, aber ich verleihe meinem Körper weiterhin die starke Ausstrahlung. Denn tief in mir weiß ich, dass ich es schaffen kann. Dass nur ich es schaffen kann. Ich werfe einen vorsichtigen Blick auf das Lumen. Levyn folgt ihm und verengt den Blick. Er scheint zu begreifen.

»Bitte lass mich das tun. Ich kann es.«

Ich nicke ihm leicht zu, damit er meine Gedanken liest. Hört, was das Lumen gesagt hat – dass nur ich es schaffen kann.

Levyns Hand wandert zu seinem Gesicht. Nervös streicht er sich über die kleinen Bartstoppeln an seinen Wangen, bevor er wieder mich ansieht. Sein Blick wirft mir finstere Blitze entgegen. Zorn und Widerwillen. Bittere Angst. Ich weiß, dass er das auf keinen Fall will. Aber ich habe ihn herausgefordert. Ihn um sein Vertrauen gebeten. Aber alles an ihm ist dagegen. Und trotzdem nickt er und sagt ganz leise: »Schön. Du gehst.«

»Was?«, stößt Myr neben mir hervor und steht fassungslos auf. »Du kannst sie nicht ...«

»Ich kann!«, knurrt Levyn und hebt eine Hand. Schatten bilden sich in seiner Handfläche zu einer schwarzen Wolke. »Und ich werde! Ende der Diskussion!«

Alle schweigen. Auch ich. Denn ich spüre, wie viel Überwindung ihn das kostet. Und wenn ich ehrlich bin, graut es mir davor, mit ihm allein zu sein. Auf irgendeine Art und Weise habe ich ihn gerade bloßgestellt und sein Vertrauen benutzt. Aber er wird es nicht bereuen. Ganz sicher nicht.

Wir essen stumm, nachdem ein paar Bedienstete das Essen gebracht haben. Als wir fertig sind, nimmt Levyn seine schwarze Serviette, wischt sich den bereits sauberen Mund ab, als wäre das ein Ritual, steht auf und wirft sie auf einen Teller. »Morgen früh fliegen wir los«, sagt er knapp und geht.

Ich bleibe noch einen Moment sitzen, weil ich immer noch Angst vor seinem Zorn habe, aber hier am Tisch ist es genauso unerträglich. Keiner sagt etwas und trotzdem ist es, als würden sie mir entgegenschreien, dass ich mich wie ein dummes naives Mädchen aufführe. Aber das tue ich nicht. Als Rya diesen Wald erwähnt hat und mein Lumen aufgetaucht ist, habe ich es gespürt. Es war, als würde eine Stimme in mir sagen, dass ich das tun muss. Und ich vertraue ihr. Vertraue *mir.*

Nachdem ich das Schweigen und die Blicke noch so lange ertragen habe, bis ich genug Mut habe, mich Levyn zu stellen, gehe ich auf mein Zimmer. Doch er ist nicht hier. Kurz überlege ich, ob ich einfach schlafen gehen sollte – aber ich bin es Levyn schuldig, ihn nicht allein zu lassen. Allein mit einer Entscheidung, die er nicht unterstützt – aber toleriert.

Als ich bei Levyns Tür ankomme, klopfe ich, doch ich bekomme keine Antwort. Also gehe ich einfach hinein. Levyn steht am Schreibtisch. Seine Hände auf die Platte aufgestützt und seinen Kopf gesenkt. Sein Atem geht schwer.

»Levyn?«, frage ich und trete näher.

Er hebt seinen Kopf. »Du weißt, dass ich das nicht will, oder?«, fragt er ruhig. Ohne jeglichen Vorwurf.

»Ja, das war nicht zu übersehen«, gebe ich zurück.

»Und du weißt auch ...« Er dreht sich um und lächelt mich spitzbübisch an. »... dass jetzt all meine Freunde, die gleichzeitig auch meine Untertanen sind, denken, dass ich ein liebeskranker Weichling bin. Oder?«

Ich presse meine Lippen aufeinander, um ein Kichern zu unterdrücken. »Tut mir leid.«

»Es muss dir nicht leidtun«, sagt er, stemmt sich vom Tisch ab und kommt langsam auf mich zu. »Sie dürfen ruhig alle wissen, dass du genauso viel zu sagen hast wie ich.«

»Habe ich das?«

»Hast du«, sagt er rau und kommt noch näher. Näher und näher. Wie ein Raubtier. Und ich bin seine Beute.

Mein Körper brennt. Flammt auf. Giert nach ihm.

»Ach, und eine Sache noch, die du sicher weißt«, flüstert er, als er bei mir angekommen ist und seine Hände in meinen Nacken schiebt.

Ich stöhne leicht auf. Mein Atem geht schnell. Viel zu schnell.

»Ich werde dich mit Sicherheit nicht schlafen lassen, Lya.«

Ich beiße mir auf die Unterlippe, um nicht aufzukeuchen, als er mich an der Hüfte packt und zu seinem Tisch trägt. Mit seiner anderen Hand wischt er alle Dinge von der Platte, die daraufstehen, und setzt mich ab.

»Ich habe da noch ein Versprechen einzulösen.«

Er packt sein Shirt und zieht es sich über den Kopf. Ich starre auf seinen muskulösen Oberkörper und die Tattoos auf seiner Haut. Dann tritt er vor und legt seine Hände an meine Hüften. Er verharrt ein paar Sekunden, dann zieht er mein Oberteil ebenfalls aus und reißt mir die Leggins von den Beinen. Er kommt näher und presst seine Lippen auf mich. Küsst mich und zieht meinen Kopf immer weiter zu sich. Als würde er nicht genug bekommen.

»Wie wär's …«, flüstere ich, als ich mich von seinen Lippen gelöst habe und ihm leicht in sein Ohrläppchen beiße. Er gibt ein Knurren von sich. »… wenn du jetzt und hier … auf diesem Tisch … das alleinige Sagen hättest?«

Er rückt ein Stück ab und starrt mich an. Starrt mich einfach nur an. Mit dieser tiefen Finsternis. Dann packt er meine Hüfte und zieht mich zu sich an die Tischkante. Seine Hand legt sich auf meine Brust und drückt meinen Oberkörper hinunter auf den Tisch. Ich stöhne, als das kalte Holz meinen nackten Rücken berührt. Die Stelle zwischen meinen Beinen drückt, brennt. Schmerzt. Ich will ihn. Will ihn mit meinem Körper. Mit meiner Seele.

Levyn beugt sich runter. Ich beiße die Zähne zusammen. Kralle meine Fingernägel in die Tischplatte, als ich seine kühle Zunge an meinen Beinen spüre. Ein erneutes Stöhnen lässt ihn leise und sinnlich lachen. Ich spüre seinen Atem und rücke weiter vor. Bis seine Zunge mich endlich wieder berührt und ich nichts mehr fühlen kann außer ihn. Ihn und diese Lust.

Levyns Zunge jagt Stromschläge durch meinen Körper. Und kurz bevor ich explodiere, lässt er von mir ab, steht wieder auf und sieht mich an. Seine Hand fährt langsam meinen Bauch hinauf zu meinen Brüsten. Umfasst sie. Fest. Viel fester als je zuvor. Ich keuche. Atme so schnell, dass ich das Gefühl habe, keine Luft zu bekommen. Mein Herz pumpt Verlangen und Schmerz durch meinen Körper.

Sein Blick haftet auf meinen Augen. Wandert zu meinen

Lippen. Er lässt ihn einmal über meinen gesamten Körper wandern. Als müsse er sich das alles einprägen. Es festhalten.

Ich richte mich auf, greife ihm in den Nacken und küsse ihn ganz vorsichtig. Ich spüre eine Träne an seiner Wange und dann wird sein Kuss wieder schneller, wilder, fordernder.

Ich greife nach seiner Hose. Ungeduldig öffne ich den Knopf und den Reißverschluss. Ziehe seine Boxershorts hinunter.

Levyns Hand wandert grob an meinen Rücken und mit einem Ruck zieht er meinen Körper zu sich und ... Ich atme stöhnend an seinem Mund, und als ich meine Augen aufschlage, entdecke ich weitere Tränen. Er drückt meinen Oberkörper wieder zurück auf die Platte und dann wieder zu sich.

Ich sage es nicht – ich denke nur daran und schon weiß er, was ich will. Er erfüllt mich. Erreicht mein Inneres.

Mein Rücken schabt auf dem rauen Holz entlang, bis Levyn meine Schultern packt und mich wieder zu sich hochzieht.

»Sieh mich an!«, sagt er liebevoll, aber herrisch. »Ich will, dass du mich ansiehst.« Ich blicke in seine dunkelgrünen Augen, die so voller Lust und Liebe sind. Es ist, als würde ich in seine Seele sehen, als er ein weiteres Mal zustößt und seine Lider kurz zucken. Er stöhnt rau und tief.

Nach ein paar Sekunden, in denen er schwer gegen meine Lippen atmet, nimmt er mich hoch und bringt mich in sein Bett. Er küsst mich wieder und wieder. Macht sein Versprechen wahr und berührt fast jeden Zentimeter meines Körpers mit seinen Lippen, bis er sich irgendwann zu mir legt, mich in seine Arme schließt und ich einschlafe.

* * *

Als ich aufwache, spüre ich Levyns warme Brust neben mir und atme erleichtert aus. Es ist das erste Mal, seit das alles passiert ist, dass er noch neben mir liegt, und es fühlt sich … es fühlt sich wie das Gegenteil von der bitteren Einsamkeit von früher an.

Ich richte mich leicht auf und sehe hinauf in sein kantiges Gesicht. In diese Dunkelheit, die ihn umgibt. Aber ich sehe mehr darin. Sehe all das, was uns verbindet. All das, was er tief in seinem Herzen ist und wofür er kämpfen will.

Ich hebe meine Hand und streiche ganz sanft über den winzigen Höcker auf seiner Nase. Meine Brust kribbelt.

»Das will ich schon so lange tun«, flüstere ich eher zu mir selbst, doch Levyns Mundwinkel hebt sich ganz leicht.

»Über meine Nase streichen?«, fragt er und öffnet seine Augen ein wenig.

Ich nicke mit zusammengepressten Lippen.

Levyn lacht leise. »Du siehst aus wie ein Kind, das gerade einen Traum erfüllt bekommen hat.«

»So ist es ja auch«, gebe ich kichernd zurück.

Er lächelt kopfschüttelnd, bevor sich sein Blick verfinstert und seine Mimik versteinert. Er hat wohl für ein paar Stunden vergessen, was uns heute bevorsteht. Was für eine Prüfung auf mich – auf diese Beziehung – wartet. Und alles an ihm verrät, dass es ihm gerade wieder eingefallen ist. Wieder bewusst geworden ist. Er sieht aus wie ein verwundetes Tier. Ein zorniges, kühles, verwundetes Tier.

»Wir müssen los. Und du brauchst vorher noch etwas zu essen.« Er steht auf und wirft mir einen lasziven Blick zu. »Deine Pölsterchen sind immer noch nicht wieder da.«

Ich reiße die Augen und den Mund auf, schnappe mir ein Kissen und werfe es nach ihm, doch er weicht ihm geschickt aus und verschwindet lachend im Bad.

Während des Frühstücks schlinge ich nur etwas herunter, weil Levyn mich mit prüfenden Augen mustert. Sein Blick wendet sich nicht einmal ab, als Lucarys eintritt und ihm unsere Route erklärt.

Als ich aufstehe und mir die grauen Haare zusammenbinde, legt sich Levyns Hand auf meinen Rücken. »Sie sind wirklich wieder ziemlich hell.«

»Es hat sich nicht anders angefühlt, als sie dunkel waren«, winke ich ab. Aber es entspricht der Wahrheit. Ich war kein anderer Mensch. Ich hatte nur ... weniger Licht in mir. Und damit weniger Kraft.

»Bist du dir sicher, dass das Lumen, das du gestern gesehen hast, auf deiner Seite steht?«

Ich hebe meine Brauen. Er hat es also wirklich bemerkt und eins und eins zusammengezählt. »Es ist das Lumen, das mich schon von Anfang an begleitet und ... auf meiner Seite steht.«

»Und was hat es gesagt?«

»Dass nur ich in diesen Wald gehen kann. Es schaffen kann ...« Ich verziehe den Mund.

»Und?«, hakt er nach.

»Und dass ich dort etwas Wichtiges finden oder erfahren werde.«

»Mh«, macht Levyn und runzelt die Stirn.

»Abgesehen davon ... will ich es tun«, werfe ich ein, während er in seine Gedanken versunken dasteht.

»Ich weiß, Lya. Ich habe mich nicht mit einer Fremden verbunden. Ich kenne dich.« Er grinst liebevoll, bevor wir weitergehen.

Myr sieht uns an, als hätten wir den Verstand verloren, während Arya beinahe stolz aussieht. Lucarys ignoriert mich einfach. Als hätte ich ihm etwas getan.

Das kann ja heiter werden.

* * *

Als wir in der Welt der Dämmerung landen und Levyn meine Hand loslässt, seufze ich genervt. »Werde ich das jemals selbst schaffen?«

»Es besteht die Möglichkeit, dass du es nicht kannst, Lya. So als wärst du an eine Welt gebunden«, erklärt Levyn. Aber wirklich beruhigend finde ich diese Vorstellung nicht. »Hör auf zu schmollen. Ich werde mein Leben lang jedes Gespräch, jede Sitzung und jede Schlacht unterbrechen, wenn du rufst, weil du in eine andere Welt gebracht werden willst.« Er zwinkert mir zu und lässt sich schwarze Schuppen wachsen.

Wir fliegen über das dämmrige Land, bis wir vor einer Wand aus schwarzem Nebel ankommen. Unter uns erstreckt sich ein finsterer Waldrand. Und als wir landen, bebt mein Körper. Ich bin froh, dass ich Levyn nicht dabei zusehen muss, wie er dort hineingeht. Dass ich nicht hier warten muss, mit einer zerfetzenden Angst.

Und das ist auch der Moment, in dem ich verstehe, begreife, was das alles für ihn bedeutet.

Als ich mich nach der Bruchlandung aufrapple, steht Myr mit verschränkten Armen vor mir. Ich gehe einen Schritt auf ihn zu und schlucke schwer, um meine trockene Kehle zu befeuchten. Um etwas herauszubekommen.

»Ich schaffe das. Ich hatte doch den besten Lehrer«, flüstere ich ihm zu und berühre seinen muskulösen, angespannten Unterarm.

»Ich bin dagegen. Ändert das etwas?«, fragt er rau.

Ich schüttle den Kopf. »Um euch hätte ich doch auch Angst.«

Er verzieht seinen Mund zu einem Knurren und greift dann nach meinen Schultern. »Wenn irgendetwas ist, schreist du, so laut du kannst. Und dann werde ich auf die Regeln dieses beschissenen Waldes scheißen und dich da rausholen.«

»Abgemacht«, sage ich lächelnd. Aber er weiß und ich weiß, dass ich ihn niemals in eine solche Gefahr bringen würde. Die Welt der Dämmerung besteht aus so vielen Regeln. Und jedes Königreich hat seine eigenen – so wie sie auch dieser Wald hat. Und die Regel lautet, dass man nur allein hineindarf und auch nur allein wieder herauskommt.

Ich werfe Arya und Lucarys einen Blick zu. Lucarys scheint immer noch sauer zu sein, während Ary mir aufmunternd auf die Schulter klopft.

»Albino ...«, raunt Levyn, als ich mich vor ihn stelle.

»Gruseldämon«, entgegne ich.

Er lächelt matt. Er weiß, dass ich ihn so bezeichnet habe. Am Anfang. Denn er kennt all meine Erinnerungen an ihn.

»Ich gehe«, sage ich dann fest und drücke ihm einen Kuss auf den Mund. Er will noch etwas sagen. Ja, am liebsten will er mich festhalten. Ich spüre es. Aber er lässt mich gehen. Und bevor ich es mir selbst anders überlegen kann, drehe ich mich um und betrete den Wald.

# 18. Kapitel

Dunkelheit umgibt mich. So wie damals. So wie vor alldem. Aber dieses Mal beruhigt mich die Finsternis. Sie ist ein Teil von mir geworden und ich habe keine Angst.

Lauernd gehe ich weiter durch den dichten Wald. Unter mir knacken Äste. Aber die Geräusche klingen gedämpft. Beinahe, als wären sie nicht echt.

Ich höre nichts. Nichts außer meinem eigenen Herzen und meinem Atem. Es ist, als würde hier kein Tier leben. Kein Wind durch die Äste singen. Als wäre das hier nicht echt.

Die Finsternis wird ganz leicht durch das rötliche Licht der Dämmerung erhellt. Aber nur so viel, dass ich die Umrisse der mächtigen, uralten Bäume erkennen kann.

Ich rufe innerlich nach dem Lumen. Aber instinktiv weiß ich, dass es hier nicht herkann. Ich bin allein – so wie es die Regel vorschreibt.

Ich gehe Stunden durch diesen dunklen Wald, bis ich etwas anderes außer mir selbst höre. Ein … leises Knurren. Mit pumpenden Herzen sehe ich mich um. Wachsam. Kampfbereit. Ich suche in mir nach meinem Licht oder einer anderen Macht. Aber auch die sind verstummt.

Meine Hände zittern und die Angst klettert meine Kehle hinauf. Schnürt mir den Hals zu. Trotzdem setze ich weiter einen Fuß vor den anderen. Bis wieder dieses Knurren durch den Wald hallt und meine Beine erstarren lässt.

Hektisch sehe ich mich um. Panisch.

»Konzentrier dich!«, flüstere ich mir selbst zu und denke an alles, was Myr mir beigebracht hat. Ich sorge dafür, dass ich einen festen Stand habe. Hebe meine Hände zu Fäusten geballt vor mein Gesicht und sehe mich strukturiert um. Beruhige meinen nervösen Atem – meinen zitternden Körper.

Und dann spüre ich, dass ich nicht mehr allein bin. Ein zweiter Atem mischt sich mit meinem. Ich beiße die Zähne zusammen und drehe mich um. Starre in grüne Augen.

»Du musst sterben.«

Jason ... Jason ... Jason ... Ich schüttle benommen den Kopf und trete einen Schritt zurück. Angst packt mich. Ummantelt mich. Lähmt mich.

Jason tritt näher. Sein grausames Gesicht ist vor Wut verzerrt.

»Du bist tot!«, stoße ich zischend hervor und versuche wieder einen festen Stand zu bekommen.

»Bin ich das?«, fragt er lachend. Seine Stimme hallt durch den dunklen Wald. Vervielfacht sich, während sie an den rauen schwarzen Rinden abprallt.

Ich ramme meine Füße in den weichen Waldboden, um wegzurennen, doch dann blitzt etwas Grün-Schwarzes in seiner Hand auf. Das Schwert. Das Kurzschwert, das ...

Ich kann nicht wegrennen. Kann nicht zulassen, dass er dieses Schwert Lyria gibt und sie ...

Jason kommt wieder näher. Ich suche in mir erneut nach der Kraft. Suche und suche. Aber da ist nichts.

Was soll ich jetzt tun? Panik will mich einnehmen. Aber ich beruhige mich, während Jason das Spiel zu genießen scheint. Er hebt die Klinge und fährt langsam mit seinem Finger darüber.

Ich atme tief ein und aus. Konzentriere mich. Als ich in Acaris war, hat Myr genau das täglich mit mir trainiert. Nahkampf. Kämpfen ohne Kräfte. Ich kann das. Aber ... Aber Myr war nie bewaffnet – und schon gar nicht mit einer Waffe, die mich töten kann.

Meine Hand wandert hinab zu meinem Waffengurt. Ich ziehe einen Dolch. Einen ... verdammten Dolch. Ein kurzes dummes Ding, das mich zwingt, ganz dicht an Jason heranzukommen.

»Was? Ist deine Macht hier etwa unbrauchbar ... Herrscherin der Elemente?«

Er lacht grausam und kalt. Dann hebt er sein Schwert und lässt die Klinge durch die Luft singen. Ich ducke mich unter dem Schlag hinweg und versuche Jasons Beine mit dem Dolch zu erwischen. Seine Fersen. Aber ich stehe nicht nah genug. Die Klinge ist zu kurz.

Jasons Fuß trifft meine Rippen. Mein Körper fällt zurück und ein erstickender Schmerz breitet sich in meiner Brust und meinem Hals aus. Während ich nach Luft ringe, den Schmerz zu unterdrücken versuche, denke ich nach. Versuche einen kühlen Kopf zu bewahren, denn der Schmerz setzt beinahe meinen Verstand außer Gefecht.

*»Manchmal bist du deine größte Waffe. Manchmal musst du es sein!«*, erinnere ich mich an Myrs Worte.

Jason packt mich an meinen Haaren und schleift mich mit

sich. Ich keuche und knurre vor Zorn und Wehrlosigkeit. Aber ich bin nicht wehrlos. Nein. Wenn ich meine eigene Waffe sein muss, was bin ich dann noch? Was kann ich?

Ich denke zurück an das Boxtraining. Balle meine Hände zu Fäusten, aber Jason steht jetzt vor mir. An meinen Beinen. Und da fällt mir wieder etwas ein.

Mit voller Kraft hole ich aus und trete ihm gegen sein Schienbein. Jason knurrt auf und beugt sich mit schmerzverzerrtem Gesicht nach vorn. Ich richte meinen Oberkörper innerhalb von ein paar Sekunden auf und ramme ihm meinen Handballen von unten gegen die Nase. Tränen schießen in seine Augen. Blut spritzt auf meine Beine. Blind bemüht er sich, nach mir zu greifen, mich zu erwischen, aber ich springe auf. Ramme ihm wieder meine Faust in sein ungeschütztes Gesicht.

»Immer das Gesicht schützen«, wiederhole ich Myrs Worte, als wäre es mein Mantra.

Jason richtet seinen Kopf zu Boden und spuckt Blut.

»Fester Stand. Auf die Beinstellung achten«, rede ich weiter, lege meinen Fuß mit Wucht auf seine Schulter und trete zu. Er fällt nach hinten um und verliert das Schwert, weil ich seinen Arm betäubt habe. Ich springe darauf zu, schnappe es mir und stelle mich über ihn. »Nie den Gegner aus den Augen lassen!«, knurre ich und stoße das Kurzschwert in seine Brust.

Der Griff zerbröselt in meiner Hand zu schwarzem Staub. Jasons Leiche verschwindet. Und ganz plötzlich ist da nur noch mein keuchender Atem und das laute Pochen meines Herzens. Ich bin wieder allein.

Eine halbe Ewigkeit starre ich meine leere Handfläche an. Sehe hinab zu der Stelle, an der gerade noch Blut aus Jasons

Körper geronnen ist – und dann drehe ich mich zur Seite und übergebe mich. Mein Körper entkrampft sich erst, als er all das losgeworden ist, was in mir war.

Mein Magen wehrt sich und schickt Säure durch meinen Hals. Aber ich rapple mich irgendwann auf und gehe weiter. Ich habe längst keine Ahnung mehr, ob ich noch in die richtige Richtung gehe. Ob ich nicht geradewegs wieder zurück zu meinen Freunden laufe. Aber ich gehe trotzdem weiter. Weiter hinein in die Dunkelheit.

Ich reibe immer wieder meine Finger aneinander, als würde ich doch irgendwann dieses Schwert darin fühlen. Aber es kehrt nicht zurück.

Ich stolpere über Äste, bevor ich mir wieder in den Kopf rufe, dass ich mich konzentrieren muss. Stark sein muss. Das Lumen hat gesagt, nur ich kann das hier schaffen. Also muss ich zu dieser Höhle kommen. Ich muss einfach!

Wieder dröhnt dieses Knurren durch die Bäume. Es kommt von überall her. Ich ziehe die kühle Luft ein und wappne mich. Stelle mich fest hin, um dem entgegenzusehen, was kommt. Und dann erkenne ich den dunklen Schatten, der sich über den Boden zu mir schlängelt und vor mir menschliche Gestalt annimmt. Ich erkenne den Anguis sofort. Und beginne zu begreifen, was das hier ist. Was ich tun muss.

Er rammt mich, und weil ich kurz meine Haltung vergessen habe, falle ich, aber ich drehe mich im Fall und stütze mich auf dem moosbedeckten Boden ab, bevor mein Hinterkopf gegen den Stein prallen kann. Wie damals. Der Stein, der mich getötet hat.

Ich knurre vor Zorn und ziehe wieder den Dolch, stehe auf

und schmeiße mich auf das Schlangenwesen. Es schreit bestialisch und schleudert mich mit einer einzigen Bewegung von sich. Keuchend pralle ich gegen einen Baum und schreie auf. Schmerz durchflutet meinen Körper, als der Anguis auf mich zukommt. Ich suche nach der Kraft in mir. Aber sie ist immer noch verschwunden.

Unter Schmerzen richte ich mich ein wenig auf. Hebe die zitternde Hand, die den Dolch umgriffen hält. Zorn brandet in mir auf, als ich mich an das hier erinnere. Daran, wie Levyn weinte und die Götter anflehte, dass ich nicht sterbe. Aber ich denke auch an dieses Gefühl. Denke zurück an das Mädchen, das ich damals war. Das sich immer in Gefahren gestürzt hat, ohne nachzudenken. Und das Mädchen, das immer und immer wieder gerettet werden musste.

Ich beiße die Zähne zusammen und warte. Warte darauf, dass der Anguis sich auf mich stürzt, um mich mit seinen Giftzähnen zu zerfetzen.

Er beobachtet mich. Schlängelt sich vor und springt dann wie eine echte Schlange in übermenschlicher Geschwindigkeit auf mich zu. Ich schließe meine Augen und hebe den Dolch.

Ein erstickter, dumpfer Laut ertönt. Eine mächtige Kraft lässt meine Hand beben. Und als ich meine Augen wieder öffne, sehe ich das aufgerissene Maul des Anguis vor mir. In seiner Kehle steckt die Klinge des Dolches. Über meiner Hand ragen die giftigen langen Zähne. Und dann … verschwindet er. Wird zu schwarzem Staub.

Diesmal bleibe ich nicht lange. Ich verscheuche alle Gefühle, die mich überrennen wollen, und beginne schneller zu laufen. Schneller und schneller. Mein Atem geht hektisch. So schnell, dass ich es kaum höre, als wieder dieses Grollen durch den Wald geht.

Licht ... helles Licht. Nein!

Ich presse meine Lippen aufeinander und sehe mich um. Sehe die Venandi, die ich bereits erwartet habe. Aber damals im Wald habe ich sie erstarren lassen. Was soll ich jetzt tun? Wie soll ich sie besiegen? Sie sind zu mächtig.

Aber keiner von ihnen liest meine Seele. Keiner von ihnen erhält Zugriff auf meine Fantasie, um mich zu manipulieren. Entweder weil ich mich gut schütze – oder weil auch ihre Mächte in diesem Wald nicht funktionieren.

Ich denke nicht weiter nach, umgreife nur den Dolch fester und stürme auf sie zu. Und ja, ich habe das Überraschungsmoment auf meiner Seite, denn sie haben nicht mit mir gerechnet. Haben nicht erwartet, dass ich zuerst angreife. Und niemals haben sie geglaubt, dass ich ihnen meinen Dolch, ohne nachzudenken, in die Brust und in den Hals jage.

Der Letzte der drei weicht ein paar Schritte zurück. Ich bin über und über mit Blut besudelt. Blut, das sich in meinem Gesicht mit den Tränen mischt, die mir aus den Augen fließen wie stumme Gefährten. Wie der stille Hinweis meiner Seele, dass ich noch lebe. Dass ich noch fühle. Dass ich den Tod und das, was ich tue, nicht einfach so hinnehme.

Als ich auch den letzten Venandi getötet habe, lasse ich mich auf den Boden sinken und betrachte meine blutverschmierten Hände. Doch das Blut verschwindet zusammen mit den ermatteten Körpern der Venandi.

Ich spucke vor Hilflosigkeit. Vor Brennen in meiner Seele. Aber ich muss mich konzentrieren. Muss vorbereitet sein.

Was kam als Nächstes?

Ich strenge mich an, mich zu erinnern. Mein Atem stockt, als ich es vor mir sehe. Fylix. Mein Herz bleibt stehen. Fylix. Wie soll ich ihn besiegen, wenn er hier auftaucht? Wie soll ich ...

Ich sehe mich panisch um. Versuche einen Weg zu finden. Er ist stark. Er ist viel zu stark.

Blinzelnd krame ich weiter in meinen Erinnerungen, bis mir plötzlich ein Satz durch den Kopf dröhnt, den Levyn einst gesagt hat. Es ging um den Druiden Merlin, der dieses Schwert geschmiedet hat, und eine Weissagung.

»Der rote Drache kämpft unter der Erde mit dem weißen Drachen«, wiederhole ich Levyns Worte. Merlins Worte.

Ich beiße mir auf die Unterlippe. Beiße so lange und so fest zu, bis ich mein Blut schmecke. Blut, das nicht verschwindet. Ich bin in dieser Welt verwundbar. Ich kann sterben. Und diese Prophezeiung ist alles, was ich habe. Aber ich bin hier über der Erde ... Ich bin ...

Fest entschlossen richte ich mich auf und renne los. Suche den Boden ab. Suche den Wald ab. Nach etwas ... einem Loch ... einem ... Und dann fällt mein Blick auf etwas Schwarzes, einen ... Eingang. Der Eingang zu einer Höhle.

Das Donnern tobt durch die kühle Luft und ich denke nicht länger nach, sondern renne auf diese Höhle zu. Als ich eintrete, höre ich Schritte hinter mir. Angst ummantelt mich, aber ich gehe weiter. Weiter hinab in die Dunkelheit. Unter die Erde. Als ich keine Wände mehr um mich herum spüren kann, irre ich umher, bis ich wieder Erde an meiner Hand fühle. Ich bleibe stehen. Beruhige meinen Atem. Warte auf meinen Vater.

Licht flutet durch die Höhle. Rotes Licht. Feuer. Feuer, das aus der schuppenbesetzten Nase meines Vaters stößt.

Mein Herz bleibt stehen. Warum ist er verwandelt? Wie soll ich ihn so besiegen?

Ich starre die roten Schuppen an, bevor mein Blick auf seinen Mund fällt. Auf seine Lippen, die zu einem grausamen Lächeln verzogen sind.

»Elya …«

Seine Stimme schneidet die Luft. Ich schließe meine Augen und schon stoßen weiße Schuppen aus meiner Haut. Mein Rücken pulsiert. Aber es sind nicht die Flügel, die ich spüre. Nein, ein stachelbesetzter Schweif drängt sich durch meine Haut und stößt gegen die Höhlenwand. Lässt die Erde um uns herum erbeben.

Fylix hebt beeindruckt seine Brauen. Das Lachen bleibt aber. Er wartet nicht länger, sondern stößt Feuer auf mich. Ich springe zur Seite, als er mir beinahe das Gesicht versengt. Und ich tue es immer und immer wieder. Renne weg. Ducke mich.

»Konzentrier dich!«, knurre ich mir selbst zu. Ich benehme mich wie ein Tier in der Falle, und das gibt ihm einen Vorteil. Aber ich bin stärker.

Ich richte mich auf und drehe mich. Schlage ihm die messerscharfen Stacheln entgegen. Er weicht gerade noch so aus und schickt Feuer zu mir. Ich schreie auf, als er den Schweif trifft.

»Das war ein Fehler!«, belle ich und all die Wut kocht in mir hoch. Der Schmerz, diese Verletzung erinnert mich an all die Wunden, die er mir zugefügt hat. All die Schnitte in meiner Seele, für die er verantwortlich ist. An all die Zurückweisung und dieses Gefühl, nicht gut genug zu sein, das mich so lange bestimmt hat. Das Gefühl, dass ich Nähe mit Abweisung entgegentreten muss. Dass ich mich schützen muss. Dass ich jeden Menschen, dem ich etwas bedeute, von mir stoßen muss.

Ich schreie die ganze Wut hinaus und ramme ihm die Stacheln in seinen Leib. Tränen wandern über meine Wangen. Immer mehr und mehr, während ich ihm dabei zusehe, wie er stirbt. Nein – nicht ihm. Ich sehe dem Teil von mir beim Sterben zu, den er in mir ausgelöst hat. Ich töte das Mädchen, das sich an eine Socke geklammert hat. An die beschissene Socke eines Mannes, dem ich nie gut genug war. Und es fühlt sich gut an. Denn ich bin gut genug. Ich bin es wert, dass man bei mir bleibt. Ich bin nicht wie er – und auch nicht wie meine Mutter.

»Ich bin es wert!«, schreie ich ihn an. Brülle es ihm entgegen, während er Blut spuckt. »Und ich bin nicht wie du!«

Meine Brust ist erfüllt von Zorn und einem neuen Gefühl. Einer Art Freiheit. Als würde das hier den letzten Teil meiner Seele befreien.

»Du wirst mich nie wieder benutzen!«

Mit diesen Worten verwandle ich mich zurück. Die Klingen des Schweifs ziehen sich langsam aus seinem Körper. Töten ihn. Und lassen seine Gestalt zu schwarzem Staub zerfallen.

Langsam, aber sicher gehe ich zurück. Zurück durch die Höhle in den dunklen Wald. Ich atme die kühle Luft ein und wieder aus. Und lasse damit auch Fylix und all den Schmerz hinter mir.

Mein Atem geht ruhig, als ich mich weiter fortbewege und darauf warte, dass Nyla auftaucht. Ich werde sie töten, so wie ich sie alle getötet habe.

Als das Knurren durch die Äste getrieben wird, bleibe ich

stehen. Ich fühle mich schmutzig und blutbesudelt. Spüre das klebrige rote Zeug förmlich auf meiner Haut, obwohl es nicht mehr da ist.

Leuchtend blaue Haare erscheinen hinter einem Baum. Es ist seltsam, sie zu sehen. Seltsam, weil sie am Leben ist. Sie ist in Acaris eingesperrt und jetzt ist sie hier. Eine Illusion von ihr. Trotzdem lebt sie. Und ich muss sie töten.

Nyla wehrt sich nicht einmal. Sie hat keine Macht. Sie ist nicht bewaffnet. Und ein Teil von mir schämt sich, als ich ihr den Dolch in das gebrochene Herz ramme. Ein Herz, das Loreley und Levyn ihr gebrochen haben.

Als ihr Körper verschwindet, nimmt sie ein Stück von mir mit. Aber trotzdem gehe ich weiter. Ich spüre die Kraft in mir. Das Leben, auch wenn meine Macht nicht da ist.

Mein Herz geht schnell. Immer schneller. Denn ich weiß, was jetzt kommt. Weiß, dass ich ihr gegenüberstehen werde. Ihr. Dieser grausamen, herzlosen Bestie. Aber sie ist nicht so ein leichtes Ziel wie Nyla. Nein. Lyria ist stark – auch ohne ihre Kräfte.

Ich bleibe stehen und starre auf einen Baum vor mir. Meine Lippen pressen sich zusammen, während ich darüber nachdenke, hinaufzuklettern und sie dann aus dem Hinterhalt anzugreifen. Aber ich weiß, dass das nicht meine Aufgabe ist. Weiß, dass meine Seele einen fairen Kampf braucht. Den Kampf, zu dem ich sie herausgefordert habe. Damals, in der Welt der Vergangenheit. Kurz bevor ich dann doch aufgegeben habe, um ihre Sklavin zu werden.

Es donnert und Lyria erscheint zehn Meter vor mir. Sie sagt nichts. Ich sage nichts. Unendliche Sekunden vergehen, in denen wir uns einfach nur anstarren. Und dann ... rennen wir aufeinander zu. Lyria ist unbewaffnet, also lasse ich den Dolch in dem Waffengurt stecken, und während sie versucht mein Gesicht zu treffen, ducke ich mich und ramme ihr meine Faust in den Bauch. Sie keucht auf, fängt sich aber innerhalb von Sekunden und tritt mir die Beine weg. Mein Kopf prallt unsanft gegen einen Baum. Die Rinde schürft mir die Stirn auf. Wut kocht in mir. Und ich trete zu. Immer und immer wieder. Lyria lacht nur, weil ich sie jedes Mal verfehle. Der Zorn bestimmt mich. Lässt mich nicht klar denken.

Bilder und Erinnerungen von diesem Loch, in das sie mich gesperrt hat, tauchen vor mir auf. Von Shakysas leblosem Leib. Morgans verbranntes, entstelltes Gesicht.

»*Verschwende nicht deine Kräfte! Sie macht dich müde!*«, ertönt Myrs Stimme in mir. Ich stoppe mich selbst. Kühle mein Blut herunter. Aber ich finde trotzdem keine Lösung. Lyria ist ... stärker als ich.

Ich denke wieder an Myr. Myr, der mir einmal sagte, dass kein Gegner stärker ist, wenn man seine Schwächen nutzt. Aber was ist Lyrias Schwäche?

Sie tritt zu, während ich immer noch an dem Baumstamm gelehnt daliege. Ich spucke Blut und Galle.

Was ist ihre Schwäche?

Sie tritt wieder zu. Wieder und wieder. Warum tötet sie mich nicht? Warum landen ihre Tritte immer genau dort, wo sie mich nicht tödlich verletzt?

Ich stocke. Ich bin es. Ich bin ihre Schwäche.

Ich blinzle und denke an all die Male, als Lyria mir begegnet ist. Denke daran, dass sie meine Macht will, aber mich nie getötet hat. Nein, sie hat sogar durch einen Deal, der ihr nichts gebracht hat, verhindert, dass ich kämpfe. Und als ich dann doch kämpfen musste, als ich verloren habe und die Masse nach meinem Tod verlangt hat … da hat sie mich begnadigt. Und auch im Vulkan hat sie mir nichts getan. Sie hat mich am Leben gelassen. Immer und immer wieder. Ich bin ihre Schwäche.

Keuchend greife ich nach dem Dolch in meinem Waffengurt und halte ihn mir an die Kehle. Lyria zuckt unmerklich zusammen und da weiß ich es mit Sicherheit. Sie will nicht, dass ich sterbe. Warum auch immer. Aber das ist ihre Schwäche.

Ich drücke weiter zu. Bis Blut über meinen Hals hinab auf meine Brust tropft.

»Nein!«, keucht sie und tritt einen Schritt vor. Sie streckt ihre Hand nach mir aus. Will mich aufhalten. Doch ich packe ihren Arm, ziehe sie zu mir und ramme ihr den Dolch mit voller Wucht in den Bauch und ziehe ihn hoch. So wie Myr es mir gezeigt hat. Ich will ihr keinen schnellen Tod bescheren. Auch wenn das grausam und selbstsüchtig ist. Ich will, dass sie leidet. Auch wenn das hier nicht die echte Lyria ist.

Es vergehen Minuten, in denen ich ihren krächzenden, sterbenden Lauten lausche und mich schrecklich fühle. Wie eine Bestie. Und bevor sie zu schwarzem Staub verschwimmt, ziehe ich den Dolch aus ihrem Leib und gehe. Laufe durch den dunklen Wald, als wäre ich nur noch ein Schatten meiner selbst.

Bis es wieder donnert.

Ich erstarre. Was? Wer soll jetzt noch kommen? Wer hat mein Leben noch bedroht?

Ich sehe mich um. Warte mit angehaltenem Atem. Und dann gefriert das Blut in meinen Adern. Meine Lippen beben, während meine Augen und mein Herz versuchen zu begreifen. Zu verstehen.

Ich presse meine tränenden Augen zusammen. Immer und immer wieder. Aber die Gestalt vor mir bleibt.

»Levyn?«, frage ich mit schwacher Stimme.

Er sagt nichts. Nichts. Nichts. Leere erfüllt meine Brust. Schwarze, grausame Leere, die mich aufzufressen droht. Levyn ist … Er ist keine Bedrohung für mich. Was macht er also hier?

Mit eleganten Schritten nähert er sich, während ich immer noch wie festgenagelt dastehe und es nicht begreife. Ich begreife es einfach nicht. Was habe ich übersehen? Das alles waren Kämpfe, die ich nicht gewonnen habe. Die andere für mich gewonnen haben oder niemand.

Levyn lacht leise. Es hört sich so echt an. So wie er lacht. Seine finsteren Augen richten sich belustigt auf mich. »Du hast etwas an alldem falsch verstanden.«

Ich beiße die Zähne zusammen, als seine Stimme meine Seele berührt. Sie ist mir so vertraut, so …

Was habe ich falsch verstanden? Sie alle waren meine Feinde. Levyn ist doch kein …

Und da wird es mir klar. Dieser Wald hat mich nicht Kämpfe bestreiten lassen, die ich verloren habe. Nein, er wollte, dass ich mich meinen schlimmsten Feinden stelle. Dass ich mich meinem Inneren stelle. Und dieser Feind … Levyn … steht nicht für ihn. Nein. Er steht für mich. Weil er der andere Teil meiner Seele ist. Weil wir verbunden sind. Deshalb ist Levyn jetzt genauso der Feind, wie ich es selbst viel zu oft für mich bin. Er spiegelt nur wider, was ich bin. Den dunklen Teil von mir. Meine Finsternis.

Und als ich das begreife, ändert sich die Gestalt und ich sehe in schwarze Augen. Meine Augen. Mein Gesicht. Umgeben von schwarzen Haaren, die mein blasses Gesicht einrahmen. Es noch kantiger und schärfer aussehen lassen.

Ich weiche einen Schritt vor mir selbst zurück. Vor mir ... als schwarzem Drachen. In meinen Augen ist nichts. Keine Wärme. Keine Liebe. Keine Güte. Da ist nur bösartige Dunkelheit.

Schluckend gehe ich weiter zurück. Ich kann nicht. Kann mich nicht selbst töten. Ich kann diesen Teil in mir nicht aufgeben. Ich brauche ihn. Ich bin er. Bin das, was ich vor mir sehe.

Das schwarze Spiegelbild meiner selbst kommt langsam auf mich zu. »Töte mich!«

Ich schüttle den Kopf. Immer und immer wieder. Nein! Ich kann ihn nicht töten. Nicht diesen Teil. Den Teil, dem ich mich so verbunden fühle. Oder brauche ich ihn nicht mehr? Habe ich das Dunkle in mir bereits aufgegeben und es ist nur ein Abbild einer Vergangenheit, die nicht mehr zu mir gehört?

»Na los!«

Die Stimme ist so kalt. So gefühllos. Das bin nicht ich. Das da – bin nicht ich. Nicht einmal ein kleiner Teil in mir könnte so sein. Nein. Mein Herz hat eine dunkle Seite, ja. Aber sie ist nicht so dunkel.

Das, was da vor mir steht, ist die schlimmste und bestialischste Form meiner selbst. Es ist das, was ich hätte sein können, aber nicht geworden bin. Und jetzt muss ich mich von dem lösen, was ich so lange in mir zu sehen geglaubt habe. Ich muss den Teil in mir töten, der mich für eine Bestie hält.

Ich trete vor. Umfasse den Griff des Dolches fester. Das hier ist der einfachste Kampf von allen – weil sie sich nicht wehrt. Und gleichzeitig ist es der schwerste. Weil ich mich wehre. Weil meine Seele an ihr festhalten will.

Meine Sicht verschwimmt, als mir Tränen in die Augen schießen. Ich mustere noch einmal das kalte Etwas vor mir.

»Das bin nicht ich!«, flüstere ich und ... steche zu. Töte meine Finsternis. Nehme meiner eigenen Angst, nicht gut zu sein, das Leben. Und spüre, wie diese erdrückende Furcht aus meiner Brust weicht. Aus meinem Herzen. Aus meiner – und Levyns Seele.

Ich halte meinen eigenen Körper in den Armen und weine, weine so lange, bis er in meinen Händen zu Staub zerbröselt und nichts übrig bleibt.

Zitternd atme ich ein und öffne meine Lider, als ich mich bereit fühle. Ungläubig starre ich ins Licht. Hinter den Bäumen, nur zehn Meter von mir entfernt, leuchtet ein grün-goldenes Feld. Es ist nicht das rote Licht der Dämmerung. Nein, dort, hinter dem Waldrand, erstrahlt alles in einem warmen goldenen Licht. Als wäre dort alles in das Metall getaucht worden.

Ich stehe auf und stolpere die letzten Meter. Stolpere durch die letzten Baumstämme und starre in diese glänzende, magische Landschaft vor mir. Meine Brust wird erfüllt von Wärme und ... Glück. Ja, das ist es, was ich fühle. Was dieser Ort in mir auslöst. Diese weitläufigen goldenen Felder. Der gelbe Himmel, in dem kleine Lichter glitzern. Staub wirbelt durch die Luft. Er glänzt wie Tausende Diamanten.

Ich strecke meine Hand aus und fange ein paar Staubkörner auf. Sie fallen auf meine Handfläche wie kleine Schneeflocken.

Mein Blick wandert wieder über die Felder, hin zu einem kleinen Haus, das überhaupt nicht hierherpasst. Es ist so einfach, so klein und unscheinbar, und doch weckt es ein Gefühl von Wärme in mir. Von einem Zuhause, das man sich wünscht. Obwohl es hier angenehm warm ist, steigt silberner Rauch aus dem Schornstein des kleinen Steinhauses.

Meine Beine tragen mich über die Kornfelder. Hin zu dieser Hütte. Ich weiß, dass ich dort den Druiden finden werde. Auch wenn weitläufig erzählt wird, er würde in einer finsteren Höhle hausen.

Es dauert nicht lange, bis ich ankomme und einen süßlichen Duft rieche. Die Strecke sah so weit aus, dass ich mich verwirrt umsehe. Aber der Wald ist in weite Ferne gerückt. Und von hier wirkt er auch nicht dunkel. Nein. Er wirkt befreiend. Als würde er alles hinter sich lassen, was sich drückend auf die eigene Seele legen könnte. Ja, er sperrt die Welt aus. Sperrt befleckte Seelen aus und lässt nur Wesen hierherein, die mit sich selbst im Reinen sind. Die mit dieser Welt im Reinen sind.

Als ich gerade klopfen will, schwingt die Tür wie durch eine unsichtbare Macht auf. Ohne Angst trete ich ein. Ich weiß nicht, ob ich erwartet habe, dass ein Zauber über dieser Hütte liegt und sie im Inneren eher einem kleinen Schloss gleicht, aber ich bin wirklich erstaunt, als ich meinen Blick über urige Holzmöbel wandern lasse. Hin zu dem Kamin, in dem ein kleines Feuer brennt.

Meine Augen richten sich auf eine kleine Küche. Zusammengebastelt aus alten Schränken und einem Ofen, der mit Feuer beheizt wird. Darauf steht ein dampfender Topf, dessen Inneres diesen süßlichen Geruch verströmt.

»Hallo, Elya«, sagt eine sanfte männliche Stimme, die mich so sehr berührt, dass sich eine Gänsehaut über meinen Körper legt.

Ein Mann mit weißen Haaren und hellem Bart tritt aus einer Tür, hinter der ich ein kleines Schlafzimmer erkenne, und deutet auf einen der gemütlichen alten Sessel vor dem Kamin. Langsam gehe ich darauf zu und setze mich. Obwohl ich weiß, dass dieser Mann ein uralter Druide ist, spüre ich keine Furcht. Nicht einmal Ehrfurcht. Es ist, als wäre er ein Freund, den ich schon immer kenne. Dem ich vertraue und der mir vertraut.

»Ich habe dir eine Suppe gemacht. Ich dachte, du brauchst etwas, um wieder zu Kräften zu kommen. Aber du kannst sie natürlich auch ablehnen.«

Ich schlucke, um meine Kehle zu befeuchten. »Ich ... Ich nehme gern etwas. Danke«, flüstere ich mit schwacher Stimme.

Er nickt zufrieden und tritt an den Herd, nimmt eine Holzschale und füllt etwas des süßlichen Gebräus hinein. Als er mir die Schüssel gibt und sich selbst auf einen der Sessel sinken lässt, schenkt er mir ein aufforderndes Lächeln. »Es besteht aus Mineralien«, erklärt er, ohne dass ich fragen muss.

Ich nicke nur und beginne die Suppe zu löffeln. Etwas Vergleichbares habe ich nie zuvor gegessen. Es stärkt mich. Gibt mir meine Macht zurück.

Als ich fertig bin, stelle ich die Schale auf einem Tisch ab und mustere ihn. Er scheint zu warten, bis ich meine Gedanken und Fragen geordnet habe.

»Seid Ihr Merlin?«, frage ich das Erste, was mir in den Sinn kommt.

Er lacht leise, gedämpft. »Ich habe so viele Namen, Elya. Die

Menschen und Drachen haben mich schon immer so genannt, wie es in ihre Geschichten und Mythen gepasst hat.«

Ich ziehe meine Beine an und umschlinge sie mit meinen Armen.

»Du hast mir etwas mitgebracht, nicht wahr?«

Nachdenklich greife ich nach der kleinen schwarzen Umhängetasche, die ich im Wald völlig vergessen habe. Ich bezweifle beinahe, dass sie wirklich da war. Aber ich ziehe die eiserne Maske heraus und reiche sie dem Druiden. Er nimmt sie in seine alten, weichen Hände und mustert sie aufmerksam.

»Sie hat ihre Macht verloren«, stellt er fest. »Sie wurde zu oft missbraucht.«

»Also ist sie wertlos?«, frage ich nervös.

Wieder schenkt er mir dieses weise Lächeln. »Nichts ist wertlos, weißer Drache. Und ein Gegenstand, der sich seiner Macht entledigt, um nicht weiter für die falschen Zwecke benutzt zu werden, ist meiner Meinung nach sogar ziemlich wertvoll.«

Nickend presse ich meine Lippen aufeinander.

»Du bist aber nicht hergekommen, um mir diese Maske einfach zu überlassen. Du möchtest etwas dafür haben.«

Wieder nicke ich. Es hat keinen Sinn, um den heißen Brei herumzureden. »Ihr habt ein …«

Er hebt eine Hand, um mich zum Schweigen zu bringen. »Ich weiß, wonach du auf der Suche bist, Elya. Aber ich kann es dir nicht geben.«

Ich beiße die Zähne zusammen. »Aber ich …«

Ich will sagen, dass ich das alles auf mich genommen habe, nur um dieses dumme Buch mitzunehmen. Dass er hier in dieser wunderschönen goldenen Welt lebt, ohne zu begreifen, dass es Krieg geben wird. Dass wir alle sterben könnten. Aber mein Mund lässt es nicht zu. Als würde er begreifen, dass diese Gedanken nicht zu mir gehören. Nicht mehr. Und auch nicht in diese Welt.

»Ich werde es dir erzählen. Dir allein. Und es obliegt dir, ob du deinen Freunden davon berichtest. Ob du es deinem Gegenstück erzählst. Dieses Geheimnis trage ich seit Tausenden von Jahren mit mir. Und auch seit Tausenden Jahren wusste ich, dass du kommen wirst und ich meine Last damit auf dich übertragen muss. Die Bürde, die mir auferlegt wurde, als ich das Geheimnis der Welten zugeflüstert bekam.«

Ich rücke unruhig nach vorn. Seine grünen Augen sind nachdenklich auf mich gerichtet. Beinahe wehleidig. So als wolle er nicht, dass ich diese Bürde tragen muss. Und ehrlich gesagt weiß ich selbst nicht, ob ich es wissen will. Auch wenn ein Teil in mir unbedingt erfahren möchte, was sich dahinter verbirgt.

»Wolfhart war ein Wolf. Wie ihr es ja selbst herausgefunden habt.«

»Wir haben es nur vermutet«, nuschle ich.

Er leckt sich über die Lippen und legt seine faltigen Finger aufeinander. »Wolfhart – oder unter dem Namen, unter dem ich ihn kannte, Welf – war einer der drei Wölfe der Hekate.«

Ich sehe ihn verwundert an.

»Hekate war die Erschafferin der Welten. Sie war die erste Herrscherin der Elemente. In der griechischen Mythologie wird sie als Göttin verehrt. Sie ist die Bewacherin der Tore der Welten«, fährt er ruhig und langsam fort. »Um diese Welten – die der Finsternis, die des Lichts und die des Mondes – zu schützen, erschuf sie drei Wölfe. Einen weißen Wolf für die Welt des Lichts. Einen schwarzen Wolf für die Welt der Finsternis. Und einen grauen Wolf für die Welt des Mondes. Sie band den weißen Wolf und den schwarzen Wolf aneinander. Verband ihre Seelen und ihr Leben. Den grauen Wolf jedoch konnte sie nicht schützen. Kurz bevor der erste graue Wolf starb, übergab er seine Welt an Wolfhart, der sie lange schützte, aber irgendwann … nicht mehr. Und mit ihm starb auch die Welt des Mondes und damit die Verbindung zwischen dem weißen und dem schwarzen Wolf. Sie begannen sich zu bekriegen. Auf ewig dazu verdammt, die Gegensätze aufrechtzuerhalten, ohne zu begreifen, dass sie das Gleichgewicht brauchen, um die Welten zu schützen.«

Mein Kiefer verkrampft sich. »Der schwarze und der weiße Drache?«

Er nickt. Mein Herz pumpt.

»Aber … wir haben uns vereint. Wir haben das Gleichgewicht wiederhergestellt. Warum ist die Welt des Mondes dann nicht wieder da?«

»Weil die Wölfe in euch nicht erwacht sind.«

»Und wie lassen wir sie … erwachen?«

»Bevor ich dir das erzähle, Elya, musst du wissen, warum das alles über Jahrtausende geheim gehalten wurde.«

Er legt seine Finger an den Mund und sieht kurz zu Boden. Es ist die erste unsichere Geste, die ich an ihm wahrnehme, seit ich hier bin.

»Die sterbliche Welt konnte nur entstehen, weil ein Ungleichgewicht entstanden ist, als die Welt des Mondes vor langer Zeit von dem ersten grauen Wolf verschlossen wurde. Wolfhart hielt sie schließlich noch eine lange Zeit am Leben, doch als auch er ging, starb sie und brachte damit all unsere Welten in Gefahr. Die sterbliche Welt besteht aus Gegensätzen. Tag ... Nacht ... Krieg ... Frieden ... Ich könnte stundenlang so weitermachen.«

Nervös beiße ich mir auf die Unterlippe und schmecke sofort wieder Blut.

»Wenn die Welt des Mondes wiederbelebt wird – was geschehen muss, um die Welten zu retten –, dann wird mit ihrer Auferstehung die sterbliche Welt untergehen.«

Wie in Trance wandert meine Hand zu meinem Mund. Meine Finger legen sich auf meine Lippen. Ich bin nicht in der Lage, zu realisieren, was er gerade gesagt hat.

»Wir ... Wir müssen sie alle ... töten? Ihre Welt vernichten, um ... die anderen Welten zu retten?«

Meine Stimme bebt. In ihr schwingt die Bitte mit, dass er zurücknimmt, was er gesagt hat. Dass er lacht und mir sagt, das sei nur ein Scherz gewesen. Aber das tut er nicht. Nein. Er nickt. Seine vernebelten alten Augen richten sich trauernd auf mich. Mitleidig. Wehleidig auf der einen Seite, weil ich dieses Geheimnis jetzt in meiner Seele trage, und ein wenig erleichtert auf der anderen, weil er diese Bürde teilen kann. Dieses Wissen. Weil er nicht mehr allein mit alldem sein muss.

Ich stehe auf und taumle, stoße gegen den Tisch. Die Holzschale klappert leicht, während ich mich an der Lehne des Sessels abstütze. »Gibt es keine andere Lösung? Warum muss sie untergehen?«

»Weil alles einer Ordnung folgt, Elya. Du kannst diese Welt

der Sterblichen verschonen. Ja, kannst die Welt des Mondes nicht wiederbeleben. Aber die Gegensätze, die die sterbliche Welt hervorgerufen hat, fluten unsere Welten. Fluten sie durch böse Wesen wie die Venandi. Die Anguis ... Oder Drachen, wie Lyria. Und unsere Welten, die Ursprungswelten, sind an das Gleichgewicht gebunden. Kommt es also ohne dieses Gleichgewicht zu einem Krieg, werden die Welten mit ihm untergehen. Weil das Gleichgewicht ohne die Welt des Mondes nicht bestehen kann. Ihr könnt ohne diese Welt nicht siegen.«

»Aber ... Wir sind doch da, um die Menschen zu schützen. Wie soll es dann vorbestimmt sein, dass wir sie alle ... vernichten?«, hake ich nach.

»Die Drachen schützen die Menschen, verhindern Morde und Kriege. Verhindern, dass sie sich selbst vernichten, weil sonst ... Weil die Gegensätze sonst überwiegen und unsere Welt angreifen.«

»Das verstehe ich nicht!«, fahre ich ihn an. Er aber bleibt ganz ruhig und verschränkt geduldig seine Finger.

»Menschen streben nach Macht, wenn sie keine haben. Einer ihrer Gegensätze. Lyria zum Beispiel ... Sie war einst ein Mensch. Ein Mensch, der bitter verletzt wurde.«

Er bittet mich mit einer Handbewegung, wieder Platz zu nehmen. Ich folge seiner Bitte und werfe ihm einen fragenden Blick zu.

»Lyria wurde im Jahre 58 vor Christus als geheimes Kind von Julius Caesar geboren. Nach dem Mordanschlag auf ihren Vater suchte sie lange nach den Schuldigen, wurde aber von den darauffolgenden Caesaren immer wieder gestoppt. Sie verliebte sich in einen der Generäle, mit dem sie zusammen den Mord aufzuklären versuchte. Doch als seine Spionage auffiel, wurde er zum Sklaven und starb schließlich bei Gladiatorenkämpfen, die Lyria mit ansehen musste. Sie wurde schließlich zur Strafe von ihrem angeblichen Bruder Octavian an Marcus Aurelius verheiratet.«

Ich starre ihn ausdruckslos an.

Er seufzt und redet weiter: »Sie verbrachte Jahre damit, einen Weg herauszufinden, bis sie schließlich einer Nixe begegnete. Lyria kannte viele Mythen und Sagen und nahm der Nixe so ihre gesamte Macht, ließ sie als Sterbliche zurück und ging selbst als neugeborener Wasserdrache nach Acaris. Bis sie schließlich irgendwann Loreley ihre Macht raubte. Und noch heute giert sie nach Macht. Nach immer mehr und mehr. Bis sie unsere Welten zerstören wird.«

»Aber nicht alle Menschen sind so«, flüstere ich nach einer Weile des Schweigens.

»Ich weiß, Elya ...« Er atmet schwer und tief. »Aber ihre Existenz macht das alles erst möglich. Ich weiß, dass es eine große Bürde ist, dieses Wissen zu erhalten. Ich weiß es, weil ich sie seit Jahrtausenden mit mir herumtrage und jede Sekunde auf den Tag warte, an dem sich der Himmel verdunkelt und die Welt zerrissen wird. Ich weiß, dass du diese Entscheidung nicht treffen willst und vielleicht auch nicht kannst. Aber was du mit dieser Information machst, ist von nun an dir allein überlassen.«

Er steht auf, nimmt meine Schale vom Tisch und bringt sie zu seiner Küchenzeile.

»Ich werde dir etwas mitgeben, das dir verrät, wie ihr die

Wölfe in euch erwecken könnt. Wie du deine Gabe, eine neue Welt zu erschaffen, nutzen kannst.«

Er geht zu seinem Regal und nimmt ein Blatt Pergament heraus. Als er es mir in die Hand drückt, falte ich es auseinander, doch es ist leer. Ich blinzle.

»Wenn du bereit bist ... wenn deine – eure Seele – bereit ist, wird es dir den Weg weisen.« Er sieht hinab auf das leere Pergament. »Du bist noch nicht bereit. Vielleicht wirst du es nie sein.« Er seufzt wieder und schreitet dann zur Tür. »Es war schön, nach all den Jahrhunderten endlich wieder Gesellschaft zu haben.« Seine Stimme ist rau und belegt. Einsam. »Aber du musst jetzt gehen. Der blaue und der schwarze Drache sind kurz davor, die Schwelle zu meinem Wald zu übertreten. Und das würde sie ihr Leben kosten.«

Ich erhebe mich mit zitternden Gliedern. Starre auf das Feld, das sich vor mir erstreckt, als er die Tür öffnet. »Wie soll ich mit dieser Last leben?«

Er sieht mich nachdenklich an und begreift, dass ich nicht das Hüten dieses Geheimnisses meine, sondern das Vernichten der sterblichen Welt. »Du nimmst nur dir etwas weg, Elya. Nicht ihnen. Denk immer daran.« Er verengt seinen Blick. »Und wenn du es doch nicht aushältst ...« Er zieht einen kleinen Flakon mit schwarzem Pulver aus seiner Tasche. »... dann verletz dich mit dem Schwert der Drachen und streu dieses Pulver in die Wunde. Es ist Sand aus dem Fluss Lethe, der alle Erinnerungen nimmt. Damit wirst du vergessen. Alle, deren Herrscherin du bist, werden es vergessen. Vergessen, dass du je existiert hast. Dass die Mondwelt existiert. Und alles wird ganz leicht sein.«

Ich schlucke und trete neben ihn, nehme den Flakon und verstaue ihn in meiner Tasche.

Er legt seine Hand an meinen Rücken und schiebt mich ganz leicht hinaus. »Viel Glück, Herrscherin der Elemente.«

# 19. Kapitel

Als ich hinaustrete, falle ich ins Leere. Meine Hände krallen sich keuchend in Moos. Erschrocken sehe ich hinauf. Blicke durch die Bäume zu Levyn und Myr, die unruhig im rötlichen Licht stehen und dem Wald verdammt nah sind.

Ich richte mich auf und renne los. Streife Äste und Baumrinde, aber es ist mir egal. Als ich die Grenze des Waldes erreiche, löst sich etwas von meiner Brust und ich falle keuchend auf der Wiese vor dem Wald zu Boden.

»Lya!«

Levyn stürmt auf mich zu und umfasst mein Gesicht. Sucht mich nach Verletzungen ab. Prüft meinen Blick, als könne ich als Übergeschnappte zurückgekehrt sein.

»Du bist wieder da.« Seine Stimme ist kratzig und belegt. Müde.

»Ich danke den Göttern!«, sagt Myr hinter mir, beugt sich vor und drückt mir einen Kuss auf die Haare, bevor er mich zu sich hochzieht und mich in seine starken Arme schließt. »Mach so was bitte nie wieder!«

»Kann ich drauf verzichten«, stoße ich hervor und entlocke ihm ein kleines Lächeln.

»Weg da!«, faucht Arya und stößt Myr zur Seite. Sie sieht mich voller Zorn an. Aber ich kann auch eine unausgesprochene Frage in ihren Augen erkennen. »Warum warst du so lange dort drin?! Denkst du, dass wir uns keine Sorgen machen, wenn du fünf Tage in einem schwarzen Wald verschwindest? Was hast du gemacht? Zwischendurch Nickerchen gehalten?!«, fährt sie mich an. So wütend habe ich sie noch nie erlebt.

»Ich ... Ich war fünf Tage weg?«

»Ja«, raunt Levyn neben mir.

»Es war ... Es waren für mich nicht mehr als ein paar Stunden, die ich dort verbracht habe«, stammle ich. Aryas Blick allerdings wird nicht weicher. »Arya«, flüstere ich flehend und lege ihr eine Hand auf die Schulter. Zornestränen steigen ihr in die Augen. Nein ... es sind Tränen der Sorge und ... Erleichterung.

»Ich lasse dich nie wieder gehen, nur weil der schwachköpfige Herrscher der Finsternis es dir erlaubt!«, sagt sie mit bebender Stimme. Sie klingt beinahe ... schwach. Getroffen. Betroffen. Und trotz all dem, was ich in ihrem Blick erkenne, nimmt sie mich nicht in den Arm, sondern wendet sich von mir ab und gibt damit Lucarys das Signal, auf mich loszugehen. Ich erstarre, als ich seinen Blick sehe. Er ... hat sich auch Sorgen gemacht. Große Sorgen.

»Hast du, was wir brauchen?«, fragt er aber, statt auf diese Gefühle einzugehen, die ich erkenne. Statt sie auszusprechen. Seine Stimme klingt hart und kühl.

»Ich ...«

Sie alle starren mich an. Starren und starren. Ich fühle mich nackt und falsch unter ihren Blicken. Aber ich bin nicht bereit, ihnen zu berichten, was der Druide mir gesagt hat.

Und ich werde nie bereit sein, Levyn von dem Flakon zu erzählen.

»Nein«, presse ich also hervor, weil sie eigentlich nach dem Tagebuch fragen.

»Aber die Maske hat er behalten?«, wirft Ryl ein.

Ich nicke nur.

»Na, der scheint ja ein echt netter Zeitgenosse zu sein«, brummt Myr genervt. »Dann hätte ich die Tarnkappe auch behalten können und Lya hätte sich diesem Wald nicht stellen müssen.«

Ich zucke zusammen, was Levyns Sorge weckt. Ganz vorsichtig berührt er meine Schulter, aber er stellt keine Fragen. Nicht jetzt. Nicht hier.

»Ich muss das, was passiert ist, erst ordnen«, versuche ich mich an einer Erklärung, die die anderen zufriedenstellt. Und sie akzeptieren sie zwar, zufrieden sind sie aber nicht.

Den Heimweg verbringen wir stumm. Myr taucht immer wieder in Gewässer ab und schwimmt so schnell, dass das Wasser erbebt. Er muss Wut loswerden. Wut, die er nur empfindet, weil er sich Sorgen um mich gemacht hat. Und ich habe ihnen nicht einmal ein Wort geschenkt, das erklärt, weshalb sie diese Sorge auf sich nehmen mussten.

Als wir im Firefall ankommen, gehe ich sofort auf mein Zimmer. Levyn folgt mir stumm. Er sagt auch nichts, als ich mich auf mein Bett lege und die Augen schließe.

»Ich bin so müde«, flüstere ich noch, während mich die Bewusstlosigkeit mit schweren Steinen zu erdrücken droht. Mein Körper ist stark, ja. Die Suppe, die der Druide mir gegeben hat, lässt ihn immer noch vor Kraft strotzen. Aber mein Geist ist schwer, schwach und einfach nur noch leer. Und das Letzte, woran ich denken kann, ist meine Mutter. Denn sie ist auch ein Mensch.

* * *

Ich spüre Levyns Blick auf mir, als ich aufwache. Ich spüre die Fragen, die ihn erdrücken und mich durchbohren.

Seufzend drehe ich mich zu ihm. Seine schattenumwobenen Augen sind auf mich gerichtet. »Ich ...«

»Du musst nicht darüber reden, wenn du nicht willst«, raunt er träge. Hat er etwa die ganze Nacht nicht geschlafen?

»Ich will ja ...«, sage ich gepresst. »Aber ich kann nicht. Noch nicht.«

»Und willst du mir von der Begegnung mit dem Druiden erzählen?«, fragt er, weil er genau weiß, dass ich von meinen Erlebnissen im Wald spreche.

Ich atme tief ein, nicke und erzähle ihm dann alles, was der Druide mir gesagt hat. Levyn beobachtet mich aufmerksam. Jede Regung. Jede Träne, die mir bei der Vorstellung über die Wangen wandert, wir müssten die sterbliche Welt vernichten.

Als ich fertig bin, sieht er gedankenverloren an die Decke. »Wir können das menschliche Leben nicht einfach auslöschen. Es muss eine andere Möglichkeit geben.«

»Der Druide meinte, es gäbe keine.«

Levyn schnauft und fährt sich frustriert durch seine dunklen Haare.

»Was ich nicht verstehe ... Wir bilden doch auch Gegensätze. Licht und Finsternis«, murmle ich nachdenklich.

Er verzieht den Mund. »Aber zwischen uns gibt es eine Mitte. Ein Gleichgewicht. Oder … gab es einmal. Eine Mitte zwischen Krieg und Frieden gibt es nicht.«

»Aber bei uns gibt es doch auch Krieg und Frieden«, beschwere ich mich.

»Erst, seitdem das alles aus dem Ruder gelaufen ist und die Venandi, die Anguis und Lyria auf den Plan getreten sind.«

»Dann verbieten wir Krieg.«

Levyn hebt seine Brauen. »Krieg verbieten? Schön wär's.«

»Und … dieser Mythos, dass wir uns nicht vereinen dürfen, weil wir sonst das Gleichgewicht herstellen, ist dann wohl auch etwas, das die Menschen erschaffen haben, um ihre Welt zu schützen. Oder?«, frage ich in die Stille.

»Wahrscheinlich«, brummt Levyn.

»Können wir sie nicht einfach … zu uns holen? In unsere Welten?«, frage ich.

Levyn verzieht den Mund. »In die Welt der Finsternis?«

»Ja.«

»Und was passiert mit ihrem Leben? Mit ihren Häusern und ihren Jobs … mit einfach allem? Und ich befürchte, dass das nichts ändert.«

»Na ja … Das ist doch ein kleiner Preis, wenn man sonst ebenfalls verschwinden würde.«

»Lya«, sagt er sanft. »Wir können nicht sieben Milliarden Menschen in die Welt der Finsternis holen.«

»Warum? Ist sie zu klein?«

»Hör auf damit«, sagt er und streicht mir über mein Haar.

Ich seufze. Natürlich weiß ich, dass wir nicht einfach alle Menschen hierherholen können. Dass sie sich weigern werden.

Dass es hier gar nicht die Ressourcen gibt. Und dass sie wahrscheinlich, auch wenn sie hier sind, zusammen mit ihrer Welt untergehen werden. Aber irgendetwas müssen wir doch tun können, um alle Welten zu retten. Auch die der Sterblichen.

»Und was, wenn Lyria dadurch, dass sie die Welt der Vergangenheit und die der Zukunft erschaffen hat, irgendwie aus Versehen schon das Problem gelöst hat? Die sterbliche Welt ist doch jetzt sozusagen das Gleichgewicht zwischen den beiden.«

Levyn denkt einen Moment lang nach. »Es könnte sein. Aber wer will das riskieren?«

»Irgendwann wird der Tag kommen, an dem wir uns entscheiden müssen.«

»Nicht heute«, entgegnet er, küsst mich auf die Stirn und steht auf. »Wir sollten etwas essen und dann … brauchen wir einen Plan. Unabhängig von alldem.«

Ich nicke und schlendere ihm ins Bad hinterher, um mir den Dreck dieses Waldes und das falsche Blut abzuwaschen.

Beim Frühstück esse ich nur ein wenig trockenes Brot, an dem ich herumnage, als wäre ich zu schwach zum Essen. Zu kraftlos.

»Erfahren wir jetzt, was dieser Druide gesagt hat?«, fragt Arya irgendwann, woraufhin Myr ihr einen mahnenden Blick zuwirft. Ryl sitzt ebenfalls mit am Tisch und scheint ziemlich interessiert daran zu sein, was ich in Erfahrung gebracht habe, während Levyn Lucarys ausgesandt hat, um weitere Informationen über Wolfhart und Herake in Erfahrung zu bringen.

Mir ist speiübel. Am liebsten würde ich auf direktem Weg zurück in mein Bett gehen.

»Ich … Ich möchte mit Levyn, Arya und Myr allein sprechen«, sage ich tonlos. Gepresst, weil ich mich wie der letzte Mensch fühle. Aber ich kenne Ryl kaum. Ich kann dieses Geheimnis nicht mit ihr teilen. Nicht mit jemandem, von dem ich nicht weiß, ob er nicht sofort die menschliche Welt bombardieren würde.

Sie nickt nur, nimmt sich das angebissene Brötchen und verlässt den Raum.

Ich sehe nervös zur Tür. Levyn folgt meinem Blick, dann hebt er seine Hand und schwarze Schatten bedecken die Wände. »Uns kann niemand hören.«

Ich verharre noch einen Augenblick an diesem düsteren Nebel, dann schüttle ich den Kopf und wende mich Arya und Myr zu. Ich erzähle ihnen alles, was mir der Druide gesagt hat. Als ich fertig bin, werfen sie beide Blicke auf Levyn, als wollten sie wissen, was er von alldem hält. Wie er das sieht. Aber Levyn zeigt keine Regung.

»Das klingt … ziemlich scheiße«, sagt Myr dann und durchbricht damit endlich die Stille.

»Wenn ihr die Bewacher der Tore zu den Welten seid …«, beginnt Arya nachdenklich, »muss Lya doch nicht die Herrscherin des Lichts sein, um uns in die Welt des Lichts zu lassen. Oder nicht?«

Levyn verengt seine Augen und rückt ein Stück vor. »Aber die Welt des Mondes fehlt, um … um eine Barriere in der Mitte zu bilden. Also ist es … eine Grenze«, sagt er. »Wenn Lya also ihre Grenzen öffnet, öffnet sie auch unsere und jeder Venandi kommt in die Welt der Finsternis, wenn er es will.«

»So wie ich das alles verstehe, Levyn«, wirft Myr ein, »werden die Grenzen sowieso brüchig, weil diese Welt fehlt. Weil Gegensätze die Grenzen zerstören und damit die Welten.« Er seufzt. »Ich will mir gar nicht vorstellen, was passiert, wenn alle Grenzen fallen und wir eine glückliche große Familie sind.«

Der Zynismus in seiner Stimme ist kaum zu übertreffen.

»Und Morgan hat gesagt, dass Lyria Truppen sammelt. Jetzt ist sie auch noch die Königin der Luftdrachen. Wie viele Verbündete soll sie noch sammeln, bevor wir endlich etwas unternehmen?«

Aryas Stimme ist bissig, aber klar. Glasklar. Und sie spricht genau das aus, was wir alle bereits wissen, aber nicht wahrhaben wollten. Wir müssen Lyria angreifen. Jetzt, da sie nicht weiß, dass wir durch ihre Grenzen gelangen können. Jetzt, da sie in der Welt des Lichts nur die Truppen der Venandi bei sich hat. Keine Menschen aus der Vergangenheit. Keine Anguis. Keine Wasserdrachen. Wenn wir zuschlagen wollen, müssen wir es jetzt machen.

»Wir können da aber nicht mit einem Heer einfallen. Zumal wir nicht einmal ein richtiges Heer haben«, knurrt Levyn zwischen zusammengepressten Zähnen hervor und lässt seine Faust auf den Tisch knallen.

»Sie sieht uns nicht kommen!« Myr funkelt ihn zornig an. Zwischen ihnen sprühen Funken, die man wirklich sehen kann.

»Lyria wird es sehen!«

»Das wird sie nicht! Die Grenzen zur Welt des Lichts sind seit Jahrtausenden für uns geschlossen! Wir werden das tun!«

»Widersprich mir nicht!«, schreit Levyn ihn an und erhebt sich.

Myr tut es ihm nach und tritt demonstrativ seinen Stuhl gegen die Wand hinter sich. »Ach nein? Warum? Darf man jetzt dem großen Herrscher der Finsternis nicht mehr widersprechen? Was? Hast du etwa einen Höhenflug?«

Myr klingt herausfordernd, weshalb ich zusammen mit meinem Stuhl ein wenig nach hinten rutsche.

»Halt. Dein. Dreckiges. Maul!«

Ich habe Levyn noch nie zuvor so voller Wut gesehen.

»Halt du es doch!«, erwidert Myr gelassen.

»Ich bin dein Herrscher!«

»Ja, das bist du. Aber du bist auch mein bester Freund. Ein Freund, der es gerade bitter nötig hat, dass ich ihm seine verweichlichten Pussy-Entscheidungen aus seinem Kopf prügle.«

»Versuch's doch!«, lockt Levyn.

»Jungs!«, unterbricht Arya sie und verdreht genervt die Augen. Aber keiner von ihnen nimmt sie wahr.

Wieder diese Funken.

»Oder hast du Angst?«

Levyns Worte zielen wie Pfeile direkt ins Ziel. Myr stürmt über den Tisch und packt ihn am Kragen. Schlägt mit der Faust zu, erntet aber nur ein Lachen von Levyn, der ihm gegen seinen Oberkörper tritt und damit über den gesamten Tisch katapultiert. Myr rappelt sich voller Zorn auf und stürmt wieder auf Levyn zu. Diesmal ist sein Gesicht von blauen Schuppen übersät.

»Komm, Lya«, sagt Arya gelangweilt und steht auf.

Ich starre sie fassungslos an.

»Was?« Sie zuckt mit den Schultern. »So eine Prügelei kann bei den beiden Kindergartenkindern Stunden dauern. Also los!« Sie deutet mit ihrem Kopf zur Tür.

Ich erhebe mich, als Myr gerade wieder durch den halben Raum fliegt. Aber er landet auf seinen Füßen und lacht. Dann sieht er mich an.

»Tschüss, mein Schatz. Dein Honigbärchen kommt gleich zu dir ins Zimmer, um ein bisschen Händchen zu halten und Schlachten zu ignorieren, die geschlagen werden müssen.«

Levyns Wut explodiert. Mit einer Handbewegung schießt er Schatten gegen die Tür. Sie öffnet sich mit einem lauten Knall. »Raus hier!«, brüllt er mich an.

Ich schlucke schwer.

»Los!«

Ich löse mich aus meiner Starre und gehe zur Tür.

»Das wirst du bereuen, du kleiner Bastard«, höre ich Levyn hinter mir.

»Dann komm und hol mich, du Mamasöhnchen!«

Mit einem weiteren lauten Knall schließt sich die Tür hinter Arya und mir. Ich höre nur noch ein lautes Geräusch im Inneren, bevor alles verstummt. Levyn hat ganz offensichtlich wieder seine Schatten um die Wände gezogen, damit niemand sie hört.

»Die ... Die töten sich jetzt aber nicht, oder?«, frage ich mit zittriger Stimme.

Arya seufzt und wirft dann eine Hand über die Schulter. »Nein. Natürlich nicht. Sie machen das schon seit Jahrhunderten.«

»Und warum machen sie das?«

»Weil ...« Arya wirft mir einen kurzen Blick zu. »Weil sie das brauchen. Sie wissen ganz gut, wann der andere ... na ja ... Dampf ablassen muss.«

»Und wer von beiden muss das gerade?«, hake ich nach und sehe immer noch auf die Tür.

»Vor allem Levyn. Ihm steckt die Sorge um dich noch in den Knochen, weshalb er … übervorsichtig sein will. Er weiß, dass du mitkommen wirst, wenn wir angreifen.« Sie kaut sich auf der Unterlippe herum und deutet mir dann mitzukommen. »Aber Myr braucht das auch. Sie beide sind fast umgekommen, als du so lange nicht wiedergekommen bist. Sie haben keine Sekunde geschlafen.«

Ich atme tief durch und löse mich von der Tür, um Arya zu folgen. »Ist es nicht falsch, Dinge mit Gewalt zu lösen?«

»Spielst du jetzt den Moralapostel? Nach allem, was du in diesem Wald getan hast?«

Ich stocke. »Was?«

»Also hat der Druide dir nicht erzählt, dass ich auch schon sein Gast war?«

Ihre Stimme ist scharf, aber irgendwie auch … verständnisvoll. Mein Mund wird trocken.

»Nein, hat er nicht«, presse ich hervor. »Aber das … was ich getan habe, musste ich tun. Myr und Levyn zwingt keiner dazu, sich blutig zu prügeln.«

»O doch, Lya«, haucht sie und legt mir ihre zarte, aber tödliche Hand auf die Schulter. »Ihre Natur zwingt sie. Vergiss bei allem nicht, dass ein Teil von uns … ein großer Teil … ein Tier ist. Ein wildes, tödliches, gefährliches Tier.«

Ich schnaube, folge ihr dann aber durch die dunklen, steinigen Höhlen, bis wir zu einem kleinen Vorsprung kommen, hinter dem der Wasserfall unablässig hinunterprasselt. Arya setzt sich an einen kleinen eisernen Tisch.

Ich runzle die Stirn. Warum war ich hier noch nie zuvor?

»Das ist mein persönlicher Platz«, sagt sie und deutet mit der Hand auf den anderen Stuhl. Sie sieht mich an, als würde sie sonst niemandem erlauben, hier zu sein. »Die anderen wissen das, deshalb kommen sie nicht her. Falls du dich fragst, warum dein Erwählter diesen Platz vor dir verheimlicht hat.«

Mit zusammengepressten Lippen setze ich mich. Arya hat diese bestimmte Art, in Gesichtern zu lesen, als würde sie wie Levyn Gedanken lesen können. Aber bei ihr ist das anders. Es ist ihre Lebenserfahrung, die sie für diese Dinge sensibel gemacht hat.

Mein Blick fällt auf das rötliche Wasser. »Warum ist es rot und ... leuchtet?«, frage ich und lege den Kopf schief.

»Es sind die Firefalls. Hast du in der sterblichen Welt nie etwas davon gehört?«

Ich schüttle den Kopf.

»Einmal im Jahr können auch die Menschen das rötlich schimmernde Licht des Wasserfalls bestaunen. Sie pilgern in Scharen nach Yosemite, nur um an dem Spektakel teilzunehmen. Sie schieben es allerdings auf ein Phänomen, das die Einstrahlung der Sonne hervorruft.«

»Und wie ist es wirklich?«, hake ich nach, während eine von Levyns Bediensteten kommt und eine Kanne Kaffee mit zwei Tassen auf dem Tisch abstellt. Arya schenkt uns ein und reicht mir eine Tasse. Der angenehme Geruch lässt meinen schwachen Körper ein wenig erwachen.

»Ist dir an Levyns Tätowierungen nie etwas aufgefallen? Ich gehe davon aus, dass du ihn mittlerweile nackt gesehen hast.«

Ich presse meine Lippen aufeinander und denke nach. Was

soll seltsam daran sein? Ja, sie sind nicht ganz schwarz, sondern schimmern ein wenig silbern, aber …

»Die Tinte, mit der diese Bemalungen gestochen wurden, besteht aus Eisen, Nickel und Silizium. Sie gibt ihr einen leicht silbrigen Schimmer.«

»Und das … ist nicht gefährlich?«

»Sicher. Aber bestimmt nicht für Levyn. Er ist der Hüter des Urfeuers. Und diese drei Elemente setzen sich zu dem zusammen, was man als Erdkern bezeichnet und wir als … Urfeuer.« Sie nimmt einen Schluck Kaffee. »Levyns glühende Augen, diese Bemalungen … In ihm schlummert das Urfeuer. Wasser …«, sie deutet auf den tosenden rötlichen Wasserfall, »spiegelt es wider.«

Ich weite meine Augen. Wie habe ich das übersehen können? Mir ist doch aufgefallen, dass der See immer aussah, als würde er eine rötlich untergehende Sonne spiegeln, wenn Levyn in der Nähe war oder darin geschwommen ist. Und auch wenn er Mineralwasser getrunken hat, hat es irgendwie immer … gebrannt. Und in Acaris … Ich habe es zwar darauf geschoben, dass das Licht der Welt der Dämmerung hinunterstrahlt. Aber bevor Levyn da war, war das Wasser einfach nur blau.

»Einmal im Jahr«, erzählt Arya weiter und legt ein Bein über das andere, »ist die sterbliche Welt so finster, weil sie dort Winter haben, dass … nun ja … Dinge aus dieser Welt für die Sterblichen sichtbar werden. Levyns Macht wird für sie sichtbar. Die Finsternis, aber eben auch …«

»Das Urfeuer«, platze ich fasziniert dazwischen.

»Genau. Für die Menschen sieht es dann aus, als würde Lava statt Wasser diesen Berg hinunterfließen. Deshalb nennen sie ihn Firefall. Aber eigentlich ist es nur die Spiegelung der Macht des Urfeuers, die in Levyn schlummert.«

»Aber wenn die Menschen das sehen können … wenn sie irgendwie mit unseren Welten verbunden sind, dann … dann kann es doch nicht der einzige Weg sein, sie zu zerstören.«

»Gleichzeitig beweist es, dass der Druide recht hat und die Grenzen verschwimmen«, wendet sie ein.

»Aber ich kann diese Entscheidung nicht treffen. Er verlangt zu viel!«

»Du kannst. Das Schicksal gibt niemandem eine Aufgabe, die er nicht bestehen kann. Und deine Seele kann diese Last tragen.«

»Musste ich deshalb durch diesen Wald? Musste ich deshalb meine Seele reinigen? Damit sie Platz hat, um … um neu belastet zu werden?«

»Ja«, erwidert sie. »Wir beide mussten unsere innersten Feinde besiegen, um dann einem viel größeren Feind gegenüberzustehen.«

»Was war es bei dir?«, frage ich, ohne nachzudenken.

Aryas Augen blitzen auf. Sie denkt einen Moment lang nach, dann räuspert sie sich. »Meine Aufgabe war es, dafür zu sorgen, dass Myr ein Jahrhundert lang in diesem Gefängnis bleibt.«

Mir stockt der Atem. »Und … Und das hast du getan?«

Sie nickt.

»Aber wie …«

»Ich sagte bereits: Das Schicksal stellt uns keine Aufgaben, die wir nicht lösen können.«

»Wissen sie davon? Weiß Myr es?«

»Natürlich. Als die hundert Jahre um waren und wir Myr

da rausgeholt haben, habe ich es beiden erzählt. Myr war enttäuscht, wütend … traurig. Aber vor allem hat er nicht verstanden, warum und weshalb ich nicht nach einem Grund gefragt habe. Ein Teil von mir hat gehofft, dass der Druide dir erklärt, warum das damals passiert ist. Dass ich es endlich erfahre. Myr … und auch Levyn. Dass ich damit Wiedergutmachung leisten kann. Aber es soll wohl nicht so sein.«

Ich streiche mir langsam mit der Zunge über meine Zähne. Ich wünschte, ich könnte ihr eine Erklärung liefern. Dass der Druide etwas gesagt hätte. Aber … »Es tut mir leid«, flüstere ich.

Sie zuckt nur mit den Schultern. »Vielleicht hätte ich damals einfach fragen sollen. Wer weiß. Vielleicht hätte ich erfahren, weshalb ich es tun muss. Aber ich war zu … egoistisch.«

»Ich habe auch kaum Fragen gestellt«, versuche ich sie zu beruhigen.

Arya wirft mir einen misstrauischen Blick zu. »Ich kenne dich, Lya. Wenn auch nicht so lange wie die anderen. Aber ich weiß, dass du Fragen gestellt hast. Dass du versucht hast, eine Antwort zu bekommen, wie du die menschliche Welt retten kannst. Dass du nachgehakt hast. Ich war nie ein solcher Mensch. Ich habe Befehle bekommen und sie hingenommen. Ich habe nie Fragen gestellt. Nie darum gebeten, dass man etwas für mich tut. Auch wenn es nur eine Antwort ist. Ich hätte auch dich bitten können, den Druiden danach zu fragen. Aber ich habe es nicht getan. Stattdessen habe ich gehofft, dass du mir meinen Seelenfrieden aus diesem Wald mitbringst, ohne dass du etwas davon wusstest.«

»Aber wenn du das weißt … warum änderst du es nicht?«

Sie verzieht den Mund. Dann nippt sie wieder an ihrer

Tasse, bevor sie sie abstellt und gedankenverloren in den rot schimmernden Wasserfall sieht. »Ich wurde als Thronerbin der Luftdrachen geboren. Fünf Minuten vor meinem Bruder. Ich musste nie darum bitten – es ist einfach passiert. Ich musste nie auf Privilegien verzichten. Musste nie durch die anderen Königreiche reisen, so wie Tym es musste, um so Kontakte zu knüpfen. Ich hingegen musste immer Befehle entgegennehmen. Musste die Prinzessin sein, die ich für meinen Vater und das Volk als zukünftige Königin sein sollte. Ich hatte nicht das Recht, Fragen zu stellen – und irgendwann habe ich begriffen, dass es dich deinen Kopf kosten könnte, Fragen zu stellen. Ich habe in einer Welt gelebt, in der mir alles zugeflogen ist, während ich einen anderen Weg gehen wollte. Als die Schlacht geschlagen war und Myr gefangen genommen wurde, habe ich zum ersten Mal in meinem Leben etwas Selbstloses getan. Nur aus ... Liebe für einen anderen Menschen. Ich bin in diesen Wald gegangen, um von dem Druiden zu erfahren, wie wir Myr befreien können. Ich habe meine inneren Feinde abgeschlachtet. Ich habe sogar Tym getötet, weil ein Teil von mir ihn immer als Feind gesehen hat. Ich habe mich selbst getötet. Und schließlich sagte der Druide mir, dass Myr freikommen wird, aber erst in hundert Jahren, und ich dafür sorgen muss. Ich bat ihn nicht darum, mir mehr zu geben. Weil ich diese Aufforderung einfach annahm. So wie mein ganzes Leben lang. Ich wollte nicht schwach und abhängig von einem alten Mann sein. Und ich wollte die Gewissheit behalten, Myr irgendwann wiederzusehen. Hundert Jahre später war es dann aber Meryla, die eine Lösung fand und Levyn davon berichtete. Ich ... war nur Zuschauerin. Wieder einmal.«

»Du hast dich alldem für ihn gestellt, Arya. Und das weiß er.«

Sie hebt eine Braue. »Ich denke, dass ihm das nicht viel seiner Schmerzen nimmt.«

Ich schweige. Schweige, weil ich keine Worte habe. Keine … Meinung dazu. Ich weiß nicht, wer von beiden mehr Lasten tragen musste. Wahrscheinlich beide sehr viel.

»Und hast du versucht herauszubekommen, warum er dort bleiben musste? Hat Myr es versucht?«

»Myr. Ja.«

»Und du?«

»Ich … Ich denke, ich habe zu viel Angst davor, dass ich irgendwann herausfinde, dass es gar keinen Grund gibt. Dass es … nur ein dummes Spiel war, um mich zu brechen.«

»Dann wäre es bei mir auch nur ein Spiel«, erwidere ich nachdenklich.

»Oder wir haben ihn einfach nur falsch verstanden …«

»Er war sehr deutlich«, wehre ich ab.

»Selbst wenn er deutlich war … das, was er meint, und das, was bei dir ankommt – vor allem von dem, was er vielleicht nicht sagen darf –, das sind oft zwei ganz verschiedene Dinge, Lya.« Sie fährt ganz langsam mit dem Finger über die eiserne Tischkante. »Vielleicht spielt er aber auch einfach nur gern. Denn das, was man tun muss, um ihn zu erreichen … das ist auch irgendwie ein Spiel. Oder nicht? Ein Spiel gegen sich selbst, in dem man nicht gewinnen kann, weil man Teile von sich verliert.«

»Vielleicht«, sage ich und trinke den letzten Schluck meines Kaffees aus.

Wir schweigen so lange, bis Lucarys kommt und uns mitteilt, dass er Informationen hat.

Als wir in den Raum zurückkommen, ist er kaum wiederzuerkennen. Ganze Steine liegen auf dem Boden, der Tisch ist nur noch geschreddertes Holz. Ich entdecke Levyn und Myr, die lachend auf den einzigen beiden Stühlen sitzen, die übrig geblieben sind, und Whisky aus einer Flasche trinken. Ich hebe meine Brauen, während Arya neben mir nur seufzt, über die Ruinen des Raumes hinwegsteigt und sich die Flasche krallt, um selbst einen kräftigen Schluck zu nehmen.

Levyn und Myr sehen schrecklich aus, auch wenn ihre Wunden bereits heilen. Das Blut aber bleibt. Und es ist viel Blut.

»Lucarys ist zurück. Er hat Informationen«, sage ich und beobachte weiter das Blut unter Levyns Nase und in seinen Haaren. Sofort setzt er eine ernste Miene auf und steht auf. Er küsst mich flüchtig auf die Stirn, bevor er auf Lucarys zugeht. Ich schüttle nur den Kopf. Ich weiß nicht, ob ich eine Entschuldigung erwartet habe. Ob sie überhaupt angebracht wäre. Aber irgendetwas hätte er dazu sagen können.

»Das passiert, wenn man sich den Herrscher der Finsternis in sein Bett holt«, lacht Arya hinter mir.

Ich verziehe nur den Mund.

»Was gibt's?«, fragt Levyn und durchbohrt Lucarys fast mit seinen Blicken.

»Die Venandi wissen von den brüchigen Grenzen. Sie sammeln sich. Einige sind schon über die Barriere gewandert und schließen sich dort mit Anguis zusammen.«

Levyn knurrt bedrohlich auf. Dann dreht er sich zu mir. »Was machen wir jetzt?«

Ich hebe erschrocken meine Brauen. »Wir …«

Myr tritt neben mich und legt mir eine Hand auf die Schulter. »Wir müssen Lyria und die Venandi angreifen, bevor sie uns überrennen.«

Levyn sieht weiter mich an. Er braucht die Bestätigung, dass ich es wie Myr sehe. Ich nicke. Dann wandert sein Blick zu Arya, die auch zustimmend den Kopf senkt, und schließlich zu Lucarys.

»Wir haben keine andere Wahl. Wenn sie ihre Truppen losschickt, dann …« Lucarys verzieht den Mund und sagt nichts weiter.

»Gut, dann … Myr …«, richtet sich Levyn an ihn. »Du wirst …« Er stockt und erstarrt. Für Sekunden steht er regungslos da, bis sein Blick fassungslos zu mir wandert.

»Was ist los?«, frage ich irritiert.

Levyn presst die Lippen aufeinander. »Nur … Kopfschmerzen.«

»Kopfschmerzen? Verträgst meine Prügelattacken wohl auch nicht mehr so gut«, lacht Myr, doch während er sich lustig macht, verenge ich meinen Blick und mustere Levyn. Ich kenne ihn – und das waren keine Kopfschmerzen. Er bemerkt meinen Blick und schüttelt ganz sanft den Kopf. Ich weiß sofort, das gehört zu der Kategorie der Dinge, die er mir nicht sagen kann. Und es tut weh. Ja, es brennt in meiner Brust – aber ich akzeptiere es.

»Myr, du rufst die Truppen zusammen. Alle meine Männer und alle Drachen, die sich uns anschließen. Und … Hol Tharys hierher.«

»Tharys?«, entfährt es mir erschrocken. »Er ist jetzt Lyrias … Mann.«

»Er ist auf unserer Seite. Und ich brauche ihn.«

»Aber wofür?«

Wieder dieses Kopfschütteln.

»Lucarys, du gehst mit Myr. Arya, du holst Perce und Tym her.«

Ich blinzle ihn erwartungsvoll an. »Und ich?«

»Du ...«

»Machst Brötchen für die lange Reise«, schlägt Myr lachend vor.

»Witzig!«, brumme ich und werfe ihm eine böse Geste zu.

Er zuckt nur mit den Schultern, legt seinen Kopf in den Nacken und lacht weiter.

»Du ...«, beginnt Levyn wieder.

»Ist okay«, wehre ich ab. »Ich habe sowieso noch etwas zu erledigen.«

»Und das wäre?«

Meine Antwort ist ein Kopfschütteln und ein ziemlich breites Grinsen, das auch Levyn ein Lächeln entlockt.

»Chapeau, kleiner Albino.«

# 20. Kapitel

»Erzählst du mir jetzt, wo du hinwillst?«, fragt Levyn und lehnt sich gegen den kühlen Stein meines Türrahmens, während ich mir meine praktischen schwarzen Klamotten anziehe und meine Haare zu einem Zopf binde.

»Nein.«

»Funktioniert Beziehung nicht anders?«, fragt er lächelnd und kommt ein paar Schritte auf mich zu, legt seine Hände auf meine Schultern und sieht mich über den Spiegel an.

»Ich muss etwas ... wiedergutmachen«, druckse ich herum.

»Was hast du falsch gemacht?«

»Nichts«, sage ich. Es geht nicht um mich. Ich muss etwas für Arya und Myr wieder in Ordnung bringen. Und ich weiß auch schon, wo ich zu suchen anfangen werde.

Alyabell, die Nixe aus der Lagune in Acaris ... Erst jetzt habe ich begriffen, dass sie zusammen mit Myr in diesem Gefängnis gesessen hat. Was hätte sie auch sonst meinen können, außer das Gefängnis, als sie sagte, sie seien fünfzig Jahre lang Nachbarn gewesen. Und sie wird mir helfen, herauszufinden, warum Myr damals dortbleiben musste.

»Kann ich mitkommen?«

Ich verziehe den Mund. »Der Herrscher der Finsternis hat gerade wichtigere Dinge zu tun. Ich bin nicht lange weg.«

Er kaut unruhig auf seiner Unterlippe herum. »Mir wäre es aber lieber, wenn ich wenigstens wüsste, wo du bist.«

»Ich muss zu den Nixen.«

»Du ... willst ins Bermudadreieck?«, hakt er mit erhobenen Brauen nach.

Ich nicke nur. Nachdem Nyla in Acaris eingesperrt wurde, konnten die Nixen frei wählen, ob sie zurück auf ihre Felsen im Meer wollen oder in der Lagune bleiben. Alyabell und ein paar andere sind sofort zurück in das sogenannte Bermudadreieck gegangen.

»Aber ... dafür musst du in die sterbliche Welt, Lya. Wie willst du ...«

»Ich will, dass Arya mit mir kommt.«

»Was? Sie muss ...«

»Schick jemand anderen, um Perce und Tym zu holen.«

Er hebt wieder nur seine Brauen.

»Bitte, Levyn.«

Er schluckt und atmet tief durch. Dann nickt er aber. »Und warum sagst du mir nicht einfach, was du da machen willst?«

»Keine falschen Hoffnungen«, lache ich und zwinkere ihm zu. Dann drehe ich mich um und küsse ihn auf die Wange. Er sieht nicht begeistert aus, aber meine Entscheidungen haben ihn schon immer um den Verstand gebracht. Warum hätte sich das mit unserer Verbindung ändern sollen?

»Ich sage Arya Bescheid«, brummt er, legt seine Hände an meine Hüfte und zieht mich ganz eng zu sich. »Und du ... pass bitte auf dich auf.«

»Mache ich. Ich bin nicht lange weg.«

Er nickt, küsst meine Stirn und verlässt dann den Raum. Kurze Zeit später tritt eine ziemlich verwirrte Arya ein und sieht mich an, als hätte ich ihr gerade den Tag versaut.

»Levyn sagt, dass du mich brauchst und jemand anders meine Aufgaben übernimmt?«, sagt sie, als würde sie es nicht wirklich glauben.

»Ja. Wir müssen ... zum Bermudadreieck.«

»Hast du den Verstand verloren?!«

»Natürlich nicht«, brumme ich und verziehe den Mund.

Arya schüttelt nur den Kopf, dann macht sie mir mit einer Kopfbewegung klar, dass ich ihr folgen soll.

»Es gibt eine Stelle in der Welt der Dämmerung, die der in der sterblichen Welt entspricht. Da fliegen wir jetzt hin und dann ... machst du, was du da machen musst. Und ich bete für dich, dass es wichtig ist!«, zischt sie, als wir draußen vor dem Wasserfall stehen. Dann nimmt sie meine Hand und zieht mich mit sich in die Dämmerung.

Wir fliegen dem roten Himmel entgegen, ohne dass Arya ein Wort mit mir wechselt. Sie ist sauer, weil Levyn sie von wichtigeren Dingen abgezogen hat, um meinen Babysitter zu spielen. Aber ich hätte niemand anderen mitnehmen können. Das hier darf niemand außer Arya erfahren.

»Alyabell ist keine nette Zeitgenossin. Das weißt du, oder?«

»Ich weiß, dass sie oft mit versteckten Hinweisen um sich wirft. Und ich denke, einen davon habe ich erkannt«, erwidere ich, nicke und lege meine Hand in Aryas Hände.

Tosende Gischt schlägt mir ins Gesicht. Salzige Luft umgibt mich. Und dieser ohrenbetäubende Gesang, der meine Brust erfüllt. Mich benebelt. Mich ganz leicht macht.

»Lya!«, knurrt Arya neben mir. Erschrocken öffne ich meine Augen. »Konzentrier dich bitte. Ich habe nicht unendlich Zeit!«

Ich sehe mich auf den Felsen um, bis ich die bläulichen Haare der Nixen erkenne und mich über diesen glitschigen Stein vorkämpfe. Der Wind und die Wellen peitschen in mein Gesicht. Ich kann kaum atmen. Mein Herz schlägt so laut und so stark gegen meine Brust, dass sie auseinanderzubrechen droht. Arya zieht mich immer wieder an meinem Arm hoch, wenn ich ausrutsche. Weshalb sie hier so strammstehen kann, ist mir ein Rätsel.

Die Gesänge kommen immer näher, verstummen aber abrupt, als Alyabell mich entdeckt. Sie sitzt in einem kleinen Wasserloch, umgeben von Felsen, die sie vor der schäumenden Gischt und dem tosenden Wind schützen.

»Der weiße Drache«, sagt sie mit erhobenen Brauen. Sie hat mir schon damals in Acaris sehr deutlich zu verstehen gegeben, dass sie nicht viel von mir hält.

»Wir müssen keine Höflichkeiten austauschen und so tun, als könnten wir etwas miteinander anfangen, Alyabell.«

»Sehe ich genauso. Also was willst du?«

»Du warst zusammen mit Myr in diesem Gefängnis.«

Ich höre, wie Arya neben mir schockiert die Luft anhält. Alyabell hingegen zieht einen Mundwinkel in die Höhe und lächelt.

»Ich mag es, wenn jemand versteht, was in meinen Sätzen mitschwingt. Rede weiter!« Sie macht eine Handbewegung in meine Richtung. Arya ist immer noch erstarrt.

»Wenn es vorbestimmt war, dass Myr hundert Jahre in dieser Zelle bleibt, was könnte dafür der Grund sein? Ist in den letzten Jahren dort irgendetwas von Bedeutung passiert?«

»Gibt es nicht für alles einen Grund, weißer Drache? Gibt es nicht immer ein Schicksal? Eine scharfe Klinge, die über uns schwebt und erst dann zuschlägt, wenn der Tag gekommen ist?«

Ich sehe sie ausdruckslos an. Versuche das zu erkennen, was sie mir sagen will. Aber ich verstehe es nicht.

»Wann bist du aus diesem Gefängnis gekommen? Und wie?«

»Der Herrscher der Finsternis, der Luftdrache da neben dir und ein Erddrache haben die Grenzen des Gefängnisses gelöst.«

»Wir haben einen Menschen da reingeschickt und er hat nur Myr befreit«, wendet Arya ein.

Alyabell fixiert sie ein paar Sekunden. »Wenn ein Mensch unsere Welt betritt – einen magischen Ort wie das Gefängnis –, werden die Grenzen brüchig.«

»Aber warum durften diese Grenzen erst nach hundert Jahren brüchig werden? Was hat das für einen Grund? Warum nicht schon vorher?«

»Sie konnten vorher nicht gebrochen werden. Der Mond musste bluten und die drei Himmelssteine fallen.«

»Was?!«, wirft Arya irritiert und auch ein wenig sauer ein. »Kannst du auch in normalen Sätzen mit uns sprechen?«

Alyabell verengt zornig ihren Blick. »Der Mond wird wieder bluten. Und nicht lange danach werden erneut Sterne fallen. Sie werden in einer Nacht fallen, in der der Mond verschwunden ist.«

»Redest du von einer Mondfinsternis?«

»Das Urfeuer wird in einem der mächtigsten Planeten gespiegelt, während der Mond blutet. Euer Freund musste hundert Jahre in diesem Gefängnis sitzen, damit die Tore sich öffnen. Jetzt habt ihr die Chance, sie wieder zu schließen.«

»Die Tore zur menschlichen Welt?«, frage ich blinzelnd. »Was wäre dann mit dir?«

»Wenn man die Grenzen der sterblichen zu unseren Welten schließt, werden alle Menschen in ihrer Welt verbleiben müssen und alle Wesen unserer Welten haben keinen Zugang mehr zur sterblichen Welt. Ich müsste also ebenfalls zurück, weißer Drache.«

»Aber …« Ich schlucke schwer. »Dann muss die sterbliche Welt also nicht zerstört, sondern nur die … nur die Grenzen geschlossen werden?«

»Ist das nicht dasselbe?«, fragt sie mit ihrer melodischen Stimme und wendet ihr Gesicht ab. »Denk darüber nach, Elya. Und denk auch daran, dass es nicht darum geht, was wirklich passiert. Dass du nicht hörst, was es wirklich bedeutet, sondern nur das, was es für dich bedeutet.«

Ich sehe sie tonlos an. Denke nach, warum der Druide mir sagen sollte, dass die menschliche Welt zerstört wird, wenn es nur darum geht, die Grenzen zu schließen. Und da … wird es mir klar.

»Mom …«, flüstere ich.

Mein Herz setzt ein paar Schläge aus und das Blut in meinen Adern gefriert. Alyabell hat recht. Würden wir die Grenzen schließen, müsste ich meine Mom dort zurücklassen und könnte nie wieder zurück. Könnte sie nie wiedersehen. Und für mich ist das, als würde die sterbliche Welt zerstört werden.

Alyabell räuspert sich und sieht dann Arya an. »Und du ... Du wurdest damit beauftragt, die Barrieren zu öffnen, denn nur so besaß unsere Welt wieder den Mond, den sie brauchte. Für dich bedeutete es aber, einen Freund hundert Jahre lang zu hintergehen. Genau deshalb hat der Druide es dir so gesagt. Aber du hattest eine wichtige Aufgabe zu erledigen. Denn nur so kann die Welt des Mondes wiederhergestellt werden.«

»Woher weißt du das alles?«, fragt Arya mit belegter Stimme. Ich habe sie nie so schwach erlebt wie in diesem Moment.

»Ich lebe seit Jahrtausenden, Königin der Luftdrachen. Ich weiß so einiges.«

Aryas Haltung verkrampft sich, als sie sie Königin nennt.

Alyabell lächelt nur matt. »Ihr beiden, ihr spielt eine wichtige Rolle in unserer Geschichte. Nur deshalb gebe ich euch die Antworten, die ihr braucht.« Sie sieht wieder mich an. »Entscheide immer weise. Du kennst die Antwort bereits, weißer Drache. Sie steht neben dir.« Mit diesen Worten taucht sie unter und verschwindet.

Arya und ich stehen minutenlang fassungslos da. Keiner von uns ist in der Lage, zu ordnen, was sie gesagt hat. Dann irgendwann nimmt Arya tonlos meine Hand und verschwindet mit mir in der Dämmerung und schließlich in der Finsternis.

Meine Knochen und mein Kopf wiegen Tonnen, als ich mich auf Levyns Bett lege und darauf warte, dass er zurückkehrt. Als ich durch eine Berührung auf meiner Wange wach werde, schrecke ich zusammen.

»Habe ich geschlafen?«, frage ich müde und reibe mir die Augen.

»Ja. Und mein Kissen vollgesabbert.«

Ich sehe erschrocken hinab, doch Levyn lacht nur leise in sich hinein.

»Hast du die Antworten bekommen, die du wolltest?«

»Ich wollte sie für Arya und Myr haben ...«

Er hebt seine Brauen und setzt sich zu mir. »Und worum ging es dabei?«

»Um den Grund dafür, dass Arya dafür sorgen sollte, dass Myr in diesem Gefängnis bleibt.«

Levyns Kiefer knackt unruhig. »Und?«

»Es ... Alyabell redet in Rätseln. Aber es hat etwas mit einem blutenden Mond und drei Himmelskörpern zu tun, die in dieser Nacht die Barrieren zur sterblichen Welt brüchig gemacht haben.«

»Und warum musste das passieren?«

Ich atme tief durch. »Ich denke, damit wir ... den Mond zurückholen können. Also, im übertragenen Sinn. Ich denke, wir brauchen die Macht des Mondes, um ... die Welt des Mondes neu zu erschaffen.«

»Und damit die sterbliche Welt zu zerstören«, vervollständigt er.

Ich werfe einen Blick in seine dunklen Augen. »Ich ... Ich habe den Druiden falsch verstanden, sagt Alyabell. Er hat mir gesagt, was es für mich bedeutet, wenn wir die Welt des Mondes neu erschaffen und damit die Tore zur sterblichen Welt schließen.«

Levyn sieht mich nachdenklich an. Und als ich selbst begreife, dass ich noch nicht in der Lage bin, das alles auszusprechen, gebe ich ihm die Erlaubnis, in meinem Kopf nachzusehen.

Als er alles weiß, fährt er sich durch die dunklen Haare und verengt den Blick. »Ich …«, beginnt er, doch er redet nicht weiter. Er nimmt mich einfach nur in den Arm und ich lausche seinem Herzschlag. Dem Herzschlag, den wir uns jetzt teilen. Den wir uns schon immer irgendwie geteilt haben. Ich rieche den vertrauten Geruch und spüre diese angenehme Wärme, die von seinem starken Körper ausgeht. »Diese Entscheidung, Lya … die musst du treffen. Ich würde dir so gern helfen, doch das kann ich nicht. Aber ich kann dir versprechen, dass ich an deiner Seite sein werde. Immer. Egal wie du dich entscheidest. Und ich werde auch an deiner Seite sein, wenn … wenn du deiner Mutter gegenübertrittst.«

Ich nicke an seiner Brust. Meine Hand wandert unsicher zu dem Pergament, das ich mir in meine Hosentasche gesteckt habe. Ich nehme es nicht heraus. Ich halte es nur fest. Halte mich an ihm fest. Und dann weiß ich, was ich zu tun habe.

»Ich muss mich verabschieden.«

Ich höre meine Stimme, ja. Aber sie wirkt so fremd. So weit weg. Als hätte ein Teil von mir entschieden, der nicht zu mir gehört. Nicht zu dem, was ich in meiner Seele spüre und will.

Levyn geht, um meine Mutter herholen zu lassen. Es ist, als wüsste er genau, dass ich keine weitere Chance haben werde. Als würde er spüren, dass dieser Kampf gegen Lyria alles verändern wird. Ich frage ihn nicht weshalb. Frage ihn nicht, weil ich noch hoffe, dass es nicht passieren wird. Und ich sehe in seinen Augen. Habe gesehen, dass es diese Hoffnung nicht gibt.

Ich stehe auf und laufe durch mein Zimmer. Summe ein Lied vor mich hin. Das Lied, das meine Mutter mir früher vorgesungen hat. Das Lied, das ich bei Lyria gesungen habe. Es ist wie eine Weissagung. Ein Abschied, den ich nicht will. Aber wer will Abschiede schon?

Als es nach Stunden an der Tür klopft, hält mein Herz inne. Als wüsste es, dass ich noch einen Moment brauche, bis mir der nächste Herzschlag den Schmerz in den Körper pumpt. Und das tut er, als meine Mutter eintritt.

Sie lächelt. Natürlich. Erst habe ich ihr ein Gespräch verweigert und dann habe ich sie nur kurz bei der Verbindung von Levyn und mir gesehen. Wie sehr wünsche ich mir jetzt diese Zeit. Wünsche mir, dass wir etwas mehr davon hätten. Dass sie hierbleiben kann. Dass sie nicht ohne mich leben muss. Ich nicht ohne sie.

»Mom«, sage ich mit zittriger Stimme, als sie eintritt. Hinter ihr steht Levyn und wartet auf ein Zeichen. Ich gebe ihm zu verstehen, dass ich das hier allein machen muss. Er geht und ich ziehe meine Mutter zu mir auf das Bett. »Mom ...«, sage ich wieder, um anzufangen. Aber was soll ich ihr sagen?

»Was ist los, Schätzchen?«

»Ich ...«

Ich schlucke schwer und spüre die brennenden Tränen in meinen Augen. Sie fährt mir sanft über die Wange, so wie sie es immer getan hat, wenn ich traurig war.

»Ich will, dass du weißt, dass ich mich an alles erinnere. An jeden Streit. An jede Umarmung. Jedes Kuscheln. Jedes Sternegucken. Ich erinnere mich an all diese Momente und ... und ich will, dass du weißt, dass es egal ist, wo du bist oder wo ich bin … ich liebe dich. Du hättest keine bessere Mutter sein können. Ich liebe dich so sehr, dass mein Herz bricht, wenn ich mir vorstelle, ohne dich zu sein. Aber …«

Mir stockt der Atem und ein leises Schluchzen wandert meine verkrampfte Kehle hinauf. Mein Herz sticht zu. Als wäre jeder meine Herzschläge ein Stich mit einer scharfen, giftgetränkten Klinge. Als würde es ein Loch in sich selbst schneiden.

Meine Mom ist ganz still. Ihre Finger liegen immer noch auf meiner Wange und irgendwie scheint sie es zu verstehen.

»Aber … wenn es sein muss … werde ich dich gehen lassen müssen. Ich …«

Wieder kommen nur Schluchzer aus meinem Mund. Ich wimmere. Weine. Und als meine Mutter mich an ihre Brust drückt, schreie ich in den Stoff ihrer Jacke, die so herzzerfetzend nach ihr riecht, dass ich beinahe glaube, ich würde auseinanderbrechen.

»Ich liebe dich«, sagt sie dicht neben meinem Ohr und streicht ganz sanft über mein Haar. Mehr sagt sie nicht. Mehr braucht sie nicht zu sagen.

»Ich werde mich immer an das Leben erinnern, das wir uns vorgestellt haben. An das, was wir erlebt haben, und das, was wir nicht mehr erleben können.«

Sie nickt. »Ich werde dann auf dich warten, mein kleiner Engel«, flüstert sie und küsst mich auf den Kopf, bevor sie anfängt das Lied zu singen. Ich weine unendliche Tränen, während sich jeder Ton auf meine Haut legt und sie zittern lässt. Und obwohl ich dieses Stück Hoffnung in mir hatte, spüre ich, wie sie vergeht.

Meine Mom und ich sitzen noch Stunden da und reden über alles Mögliche, bis sie sich in ihr Bett verabschiedet und ich schwer atmend den Zettel aus meiner Hosentasche hole und ihn auseinanderfalte. Er ist immer noch leer. Ich habe mich also trotz allem noch nicht entschieden. Und ja, ein Teil von mir glaubt, dass es eine andere Lösung gibt.

Irgendwann kommt Levyn rein und legt sich neben mich. Ich weiß nicht, wie lange ich weine, bevor ich einschlafe. Und als ich wieder aufwache, ist Levyn weg.

»Lya!«

Ich schrecke hoch, als Aryas Stimme durch das Zimmer hallt. Nervös stürmt sie auf mich zu und zwingt mich mit bösen Blicken, aufzustehen.

»Ich war in der sterblichen Welt und ... dieser blutige Mond ... also, der Blutmond ... Die Mondfinsternis wird morgen Nacht erwartet.«

Ich reiße die Augen auf, ziehe mir etwas anderes an und renne zusammen mit ihr in den Essraum – aber niemand ist da.

»Wo sind die denn alle?«

Arya verzieht merkwürdig das Gesicht, als wüsste sie etwas, das sie mir nicht sagen kann. »Ich ... Ich war gerade noch mit ihnen zusammen.«

»Und was habt ihr gemacht?«

»Tharys begrüßt.«

»Ah ...«, mache ich und spüre, wie Nervosität Besitz von mir ergreift. Vor allem, als ich Schritte in der Höhle höre, die hierherführt. Mein Blick fällt auf Myr, der Levyn zornige Blicke zuwirft. Dann auf Tharys. Er sieht mich einfach nur an. Und weil ich nicht weiß, was ich tun soll, starre ich zurück.

»Hey«, raunt er, als er vor mir zum Halten kommt.

Unbeholfen lege ich meine Hand auf seine Schulter und klopfe darauf herum, als wäre ich bescheuert geworden. Tharys hebt nur belustigt seine Brauen. »Du hast also … geheiratet …«, murmle ich.

Levyn räuspert sich neben mir. Ich verkrampfe meinen Kiefer.

»Ja, aber du wol…«, beginnt Tharys verwirrt.

Levyn hebt eine Hand und bringt ihn so zum Schweigen. Verheimlichen sie mir etwas?

»Was wollte ich? Dass du meine schlimmste Feindin heiratest?« Ich kann nicht verhindern, dass meine Worte wie gefährliche Giftpfeile klingen.

Tharys hebt wieder nur seine Brauen, dann setzt er sich.

»Wenn wir Alyabell Glauben schenken, müssen wir morgen Nacht angreifen. Und vor allem muss Lya …«

»Die Grenzen schließen«, vervollständige ich Levyns Satz.

»Ich habe etwa zweihundert Wasserdrachen, die mitkämpfen werden«, wirft Tharys ein.

Ich mustere ihn nachdenklich. Er steht also trotz der Heirat auf unserer Seite?

»Wichtig ist, dass wir vorher keine Bedrohung durch das Bündnis schicken«, wendet Tym ein, den ich vorher gar nicht bemerkt habe. Ich werfe einen Blick zu ihm und Perce, die danebensitzt. Sie wirkt angespannt. Sie alle wirken angespannt und als würden sie etwas zurückhalten – vor mir.

»Ich denke, das Wichtigste ist, dass Lya diese Barriere zerstört bekommt. Wir alle haben nämlich keine Ahnung, wie das funktionieren soll«, brummt Arya und nimmt sich ein Stück

Brot aus dem Korb, den Levyns Angestellte gerade hereinbringen.

»Ich werde meine Männer an der Stelle postieren, von der wir wissen, dass bereits Venandi hereinkommen. Hundert Mann, um die Finsternis zu bewachen. Der Rest wird dort warten, und da die Grenzen sowieso brüchig sind, wird es für Lya nur so sein, als müsse sie sie erweitern«, sagt Myr.

»Wer sagt, dass ich das kann? Woher wissen wir, ob es nicht Tharys als Herrscher der Lichtwelt ist, der diese Grenzen freigeben muss?«

»Du bist der weiße Drache«, sagt Levyn ruhig. »Das nimmt dir keiner weg.«

Meine Lippen beben, weil etwas in mir spürt, dass genau das meine größte Bedrohung ist. Denn wenn ich kein weißer Drache mehr bin, was bin ich dann noch?

Ich atme tief durch, damit meine Ängste mich nicht überwältigen und ich keine Bedrohung aussende.

»Das Einzige, was ich nicht verstehe«, murmelt Arya nachdenklich. »Weder in der Welt der Finsternis noch in der Welt des Lichts wird dieser blutige Mond zu sehen sein. Wie also bekommen wir Zugriff auf ihn? Wie soll er uns helfen?«

Wir alle schweigen. Denn eine Antwort hat niemand von uns. Vielleicht reicht es ja, dass der Blutmond in der sterblichen Welt zu sehen sein wird. Aber wie es wirklich ist, wissen wir nicht. Und Alyabell ist keine Person, die Dinge erklärt.

»Wir werden es herausfinden. Wir greifen morgen an. Haltet eure Männer bereit. Hier in den Firefalls ist genug Platz für sie.« Levyn legt seine flache Hand auf den alten Holztisch.

»Lya ...« Myr sieht mich traurig an. Ich nicke ihm aufmunternd zu. »Bist du bereit, die Grenzen zu schließen? Bist du … Hast du dich entschieden?«

Ich beiße die Zähne zusammen und denke an meine Mutter. Daran, nie wieder in die sterbliche Welt gehen zu können. Für immer von ihr getrennt zu sein. Beinahe warte ich darauf, dass sich mein Geist spaltet und der Rabe für mich entscheidet. Aber das tut er nicht. Diese Entscheidung muss ich treffen. Und ich spüre schon, wie ich nicke, bevor mein Herz es begreift und bricht und ein seltsames Kribbeln die Stelle an meiner Hüfte berührt, wo der Zettel ruht. Etwas verändert sich.

Ich atme schockiert ein und halte die Luft an. Meine Hand wandert zu dem Zettel und faltet ihn selbstständig auseinander. Es stehen nur zwei Worte darauf.

*Such Karysch.*

Ich blinzle und starre auf den Zettel, als würde er sich weiter füllen. Aber da bleiben nur diese beiden Worte.

»Wer ist Karysch?«, frage ich in die Runde.

Betretene Stille tritt ein. Eine Stille, die mich beinahe erdrückt.

»Karysch ist Shakysas Schwester«, sagt dann endlich Levyn.

»Aber … dafür haben wir keine Zeit!«, wirft Myr nervös ein.

»Wir … Wir müssen uns die Zeit nehmen. Wenn Lya zu Karysch muss, um herauszufinden, wie sie diese Grenzen schließt, dann …« Levyn fährt sich nachdenklich durch die Haare.

»Wir müssen ihr Zeit verschaffen«, sagt Arya fest.

»Ich werde mit ihr gehen!«

»Levyn, wir brauchen dich hier!«, zischt Arya zornig. »Das ist etwas, das Lya allein machen muss.«

»Und warum?« Levyn wirkt so, als würde er die Antwort kennen, müsste sie aber hören.

»Weil Karysch sich nicht finden lassen wird, wenn wir dabei sind, und weil wir diesen Angriff in Gang setzen müssen. Ja, Myr führt deine Truppen an. Aber wenn du nicht dabei bist, werden die Männer unruhig. Du bist ihr Herrscher!«

»Lya kann doch nicht einmal zwischen den Welten wandern! Und wir brauchen sie, um die Grenzen zur Lichtwelt zu öffnen!«

Ich atme tief ein und lege meine Hand auf Levyns Bein. »Wo ist Karysch, Levyn?«

Er sieht mich mit glühenden Augen an. »Ich weiß es nicht. Keiner von uns weiß es!«

Ich sehe wieder auf den Zettel hinab. Vielleicht, weil ich hoffe, dass er mir mehr verrät. Aber er gibt mir keinen Hinweis.

»Wie stand sie zu Shakysa?«

»Sie waren verfeindet«, antwortet Levyn.

Ich presse meine Lippen aufeinander. »Arya, kannst du mich in die Welt der Dämmerung bringen und mich zurückholen, wenn der Blutmond erscheint?«

»Aber woher soll ich wissen, wann dieser dämliche Mond erscheint? Und woher wissen wir, wo ich rauskomme, wenn ich aus der Welt des Lichts in die Dämmerung gehe?«

»Indem wir dorthin gehen. Ich durchbreche diese Grenzen und ... du bringst mich von dort weg. Wenn der Blutmond erscheint, wirst du es spüren«, sage ich ruhig.

»Und woran?« Sie schüttelt zornig den Kopf.

»Etwas wird sich verändern, Arya. Achte auf das Gefühl, das du damals hattest, als ihr Myr befreit habt.«

»Da war kein beschissenes Gefühl, Lya! Da war nur ich, die ihn betrogen hat. Nur er, der mir unwissend in die Arme gefallen ist. Da war nichts außer Verrat und Trauer!«

Myrs Haltung verkrampft sich, während Arya Zornestränen zurückhält.

»Dann … Dann schau auf die Uhr!«, fauche ich.

Arya steht wutentbrannt auf und lässt ihre Faust auf den Tisch knallen. »Eine Uhr, Lya? Eine verdammte Uhr? Hier funktioniert die Zeit anders! Und das wird sie für immer, wenn du diese Grenzen schließt. Aber ich kann dich nicht in der Welt der Dämmerung zurücklassen und … Was, wenn Karysch dich reinlegt? Was, wenn ich dich holen kommen will und du nicht da bist? Was, wenn …«

»Arya …«, unterbricht Levyn sie.

Sie sieht zornig zu ihm, doch er erwidert ihren Blick nur mit finsterer Wärme. »Was? Sie ist dein Gegenstück! Willst du sie wirklich gehen lassen?!«

»Was ist denn dein Vorschlag, Aryana? Dass ich meine Erwählte ankette wie ein Tier? Wie eine Sklavin, die nicht frei ist? Möchtest du, dass ich sie einsperre und ihren Willen breche, bis sie keine eigenen Entscheidungen mehr trifft? Ist es das, was du für sie willst? Das, was erst dein Vater und dann dein Verlobter mit dir gemacht haben? Willst du das für sie?«

Aryas Lippen beben. Und zum ersten Mal, seit ich sie kenne, wandern wirklich Tränen über ihre Wangen, während sie Levyn immer noch fest ansieht.

»Du wirst sie da rausholen, Arya. Ich vertraue dir. Und sie vertraut dir.«

»Und wann? Hundert Jahre später?«, schmettert sie ihm bitter entgegen.

Levyn erhebt sich und geht auf sie zu. Er nimmt ihren Arm, die Faust liegt immer noch verkrampft auf der Tischplatte, und zieht ihn zu sich. Sie wehrt sich, aber gegen Levyn hat sie keine Chance. Er zwingt sie in seine Arme, bis ihre Körperhaltung erschlafft und sie – weint.

Meine Brust brennt, als ich ihren Schmerz so deutlich sehen kann.

»Du hast niemanden verraten. Du wolltest ihn immer nur schützen, Arya. Du ...«

»Ich habe ihn da verrotten lassen!«, schluchzt sie. »Ich habe auf einen alten, dummen Mann gehört und gedacht, ich tue das Richtige. Dabei habe ich euch alle hintergangen und Myr ... Myr habe ich zu einem gebrochenen Menschen gemacht.«

»Manchmal ...«

Ich erstarre, als es Myrs Stimme ist, die durch den Raum hallt.

»Manchmal muss man brechen, Arya, um neu zusammenzuwachsen und stärker und besser zurückzukommen.«

Sie starrt ihn mit tränenden Augen an.

»Du wolltest mich nur schützen.«

»Habe ich aber nicht!«

»Doch, das hast du. Und vielleicht sogar mehr, als du glaubst. Ich war ein dummer kleiner Junge. Neidisch auf meinen Bruder. Verliebt in eine unerreichbare Frau. Ich wollte sein wie Levyn, weil er ein echter Mann ist. Weil er ... Weil er er selbst ist. Ich war es aber nicht. Ich bin es erst durch die Zeit da unten geworden. Du hast mich in vielerlei Hinsicht gerettet.«

Arya blinzelt, während Myr sie ehrlich ansieht. Ja, er versucht nicht, sie zu beruhigen. Er meint jedes Wort ernst.

»Und jetzt, Aryana Aeria, rechtmäßige Königin der Luftdrachen … rette Lya!«

Auf seine Lippen stiehlt sich ein stolzes Lächeln. Untermalt von so vielen Erinnerungen, die er mit ihr teilt.

Arya nickt ganz leicht und sieht dann wieder mich an. »Ich versuche darauf zu achten, ob sich etwas verändert. Und dann rate ich dir, an der abgemachten Stelle zu warten. Ansonsten werde ich eigenhändig alle Grenzen zerstören.«

»Und das wollen wir ja nicht«, lacht Levyn leise.

# 21. Kapitel

*Lyria*

Mit leichten Schritten gleite ich über die Steine. Es ist ein Leichtes, mich hier zu bewegen. Jahrhundertelang habe ich selbst als eine von ihnen gelebt.

»Alyabell!«

Die kleine Nixe taucht ein paar Meter vor mir aus dem Wasser auf. Sie sieht sich um, offensichtlich um herauszufinden, ob Nyla bei mir ist. Aber da ich weiß, dass die beiden nicht wirklich beste Freundinnen sind, habe ich sie in der Welt des Lichts gelassen.

»Ja, Elyria?«, fragt sie mit ihrer melodischen Stimme und hört sich dabei beinahe selbstgefällig an.

»Haben sie dich aufgesucht?«

Sie neigt ihren Kopf leicht. Ein Nicken.

»Und hast du ihnen das gesagt, was vereinbart war?«

»Aber natürlich. Du bekommst das, was du willst, und ich das, was ich will. So, wie es abgemacht war.«

»Ich warte schon Jahrhunderte auf das Wasser der Mondquelle!«, knurre ich zornig. Diese seltsam süße Art der Nixen hat mich schon immer rasend gemacht.

»Geduld ist eine Tugend, meine Liebe. Eine, die wahrscheinlich niemand so beherrscht wie du.«

»Wie auch immer«, winke ich ab und trete einen Schritt näher. Ein Teil von mir, den ich vor langer Zeit vergraben habe, würde gern zu ihr in das Wasser springen. Würde sich gern verwandeln und einfach nur schwimmen. Das Wasser an mir spüren und …

Ich räuspere mich und fixiere meine Gedanken. »Ist Karysch bereit?«, frage ich also.

Alyabell nickt wieder. »Es ist alles vorbereitet, Elyria.«

# 22. Kapitel

Der Abschied von meiner Mutter vergeht viel zu schnell. Ich weiß zwar, dass wir kaum noch Zeit haben und ich Karysch finden muss, aber ich hätte gern mehr Zeit mit ihr gehabt. Einfach mehr. Am besten ein ganzes Leben.

Levyn und Myr begleiten uns zu der Stelle, an der die Venandi gesichtet wurden, um uns Rückendeckung zu geben, aber hier ist niemand. Kein Anguis. Kein Venandi. Keine Spur von irgendwelchen Eindringlingen.

»Lya«, raunt Levyn dicht neben mir, bevor ich versuche, mich so sehr zu sammeln, dass ich das Tor zur Lichtwelt öffnen kann. Allein das könnte Stunden dauern, wenn es überhaupt klappt. Schließlich bin ich nicht einmal in der Lage, zwischen den Welten zu wandern. »Pass auf dich auf … und … bitte denk daran, dass Karysch nicht so ist wie Shakysa. Du kannst ihr nicht zu hundert Prozent trauen. Sie sieht in allem ihren eigenen Vorteil.« Ich nicke, aber eigentlich weiß ich, dass ich ihr werde trauen müssen. Ich habe keine andere Wahl.

»Ich komme zurück«, sage ich und lege meine Hand auf seine starke Brust. Seine Augen sind wieder umgeben von dichten Schatten. Seine Haut glüht.

»Wie wäre es, wenn ich doch mitkomme?« Er grinst mich spitzbübisch an.

Ich schüttle lächelnd meinen Kopf und küsse ihn. Seine Lippen sind kühl. Sein Geruch nach Regen und Nacht betäubt mich beinahe. Als ich mich von ihm löse, schließe ich meine Augen. Konzentriere mich. Ich spüre meine Macht. Spüre aber auch, dass sie auf irgendeine seltsame Art geschwächt ist. Ich kneife die Augen weiter zusammen. Denke immer und immer wieder an diese Grenze. Das Tor, dessen Bewacher ich bin. Ich kann es öffnen. Ich kann es ...

Vor mir flackert die Luft, als ich meine Augen wieder öffne. Ich erwarte ein Lumen vor mir. Erwarte, dass es erscheint und ein Stück des Waldes erhellt. Die Gesichter meiner Freunde. Aber sie sind verschwunden und an ihre Stelle ist ein ... ein leuchtender weißer Garten getreten.

Ich sehe mich blinzelnd um. Die weißen Rosen und exotischen Blüten werden von unzähligen kleinen Lumen beleuchtet, die wie Glühwürmchen herumschwirren. Der Boden ist von reinem weißem Schnee bedeckt. Die Blütenstiele und Sträucher sind umgeben von glänzendem Eis, das wie tausend Diamanten funkelt.

Ganz langsam wandert mein Blick zu einem Brunnen. Das Wasser, das einst hinuntergeprasselt sein muss, ist zu strömendem Eis erstarrt. Mein Herz geht schnell, als ich dahinter eine helle Gestalt erkenne. Sie nähert sich mir mit Bedacht. Eine Frau. Eine wunderschöne Frau. An ihrer Seite geht ein weißer Wolf. Und als sie noch näher kommt, erkenne ich es. Diese Frau ... dieser Wolf ... das bin beides ich. Weitere Teile meiner Seele, die hier sind, um meine Welt zu bewachen.

»Du kommst spät«, sagt meine eigene Stimme. Aber sie ist wärmer, schöner, weiser.

»Ich … Ich muss das Tor öffnen.«

Sie verzieht keine Miene. Der Wolf hingegen kommt auf mich zu und schnuppert an mir. »Warum? Warum willst du das Tor öffnen, Elya? Nachdem du uns hier all die Jahre unserem Schicksal überlassen hast? Zugesehen hast, wie Lyria diese Welt in das hier verwandelt …« Sie deutet auf den Schnee und die vereisten Blumen. Das gefrorene Wasser.

»Das war Lyria?«, frage ich mit bebender Stimme.

»Ja. Sie und ihre Armee der Venandi. Sie haben diese Welt eingenommen, Elya. Sie haben sie kalt gemacht.«

»Und ich … war nicht da …«

Sie nickt.

Mein Herz pumpt Gift durch meine Adern. Seit ich weiß, wer ich bin, habe ich nie versucht hierherzukommen. Ich habe immer und immer wieder zugelassen, dass mir Stück für Stück die Welt und die Macht des Lichts genommen werden. Ich habe … nichts getan.

»Und jetzt möchtest du, dass ich dieses Tor öffne? Das Letzte, was uns geblieben ist, um das Licht zu schützen?«

»Ich weiß, dass ich spät komme. Aber … ich will das Tor nur öffnen, um Lyria zu besiegen. Um diese Welt wieder … frei zu machen.«

»Es wird ganz anders kommen. Aber es ist deine Entscheidung. Du bist der weiße Drache. Der weiße Wolf.«

Ich sehe hinab auf den wunderschönen Wolf. Mich selbst.

»Die weiße Königin.«

Ich blinzle und starre wieder in ihre Augen. Das ist sie also. Die weiße Königin. Ich bin es. Und doch wirkt das alles fremd auf mich. Als hätte meine Seele einen Fehler gemacht. Als wäre ich nicht diese Person, für die mich alle halten. Ich war es nie. Und selbst jetzt spüre ich, dass diese Teile meiner Seele, die vor mir stehen, nicht wirklich ich sind. Noch nicht.

»Ihr müsst es öffnen«, sage ich sicher.

Sie neigt ihren Kopf und damit blendet mich strahlend weißes Licht. Ich werde nach hinten geschleudert und lande in starken Armen, die mich umklammert halten. Ich rieche seinen Geruch und öffne die Augen. Starre in Dunkelheit. Aber ich weiß, wo ich bin.

»Das Tor ist offen«, sage ich schwach und lasse mir von Levyn helfen, wieder festen Stand unter den Füßen zu bekommen. »Wir müssen los«, sage ich zu Arya, küsse Levyn und spüre dann, wie Aryas Hand meine berührt und wir in strahlendem Licht dastehen.

Der Garten ist verschwunden. Was ich jetzt vor mir sehe, hat nichts von dieser Schönheit. Der Boden ist mit weißer Asche bedeckt. Der Himmel ist hell weiß und erhellt die Leere vor uns.

Ich halte den Atem an. Das alles – ist meine Schuld.

Ich schlucke und starre auf die Baumleichen, die weiß in die Luft ragen. Verbrannt – überdeckt mit heller Asche. Und ganz hinten am Horizont erkenne ich ein weißes Schloss, das glänzt, als würde es aus Eis bestehen.

Das hat Lyria also aus dieser Welt gemacht. Und ich habe nichts dagegen getan.

»Wir müssen näher heran«, sagt Arya neben mir und zieht mich ein Stück mit sich, weil ich wie erstarrt bin.

Wir gehen über das öde Land. Unter der Asche ist der helle Boden an einigen Stellen aufgerissen und von Eis umgeben. Wir kommen nur schwer voran, weil das Eis unter uns so rutschig ist. Mein Herz bricht, wie der Boden unter uns auch. Immer wieder knackt er.

»Ich werde sie warnen, dass es hier sehr glatt ist«, nuschelt Arya, als wollte sie um jeden Preis die bedrückende Stille durchbrechen.

»Ich werde das … rückgängig machen«, flüstere ich eher zu dieser Welt als zu Arya. Es ist wie ein Versprechen. Nein. Es *ist* eines.

Als wir das Schloss beinahe erreicht haben, ist diese Welt immer noch stumm und leer. Nirgendwo sind diese Truppen, von denen Morgan berichtet hat. Warten sie etwa alle hinter den großen eisigen Schlossmauern? Lauern, bis sie den Befehl bekommen, uns auszulöschen?

»Wir machen es hier«, sagt Arya und hält mich am Arm fest.

Und bevor ich etwas einwenden kann, bevor ich noch einen letzten Blick auf die Lichtwelt werfen kann, strahlt das rötliche Licht der Dämmerung auf mich hinab.

»Das ist seltsam«, raunt Arya und starrt auf die helle Gebirgskette vor uns. »Wir sind bei den Luftdrachen.«

»Genau da, wo ich hinwollte«, gebe ich wie in Trance von mir. »Du musst gehen. Aber geh direkt in die Finsternis und … hol mich dann, wenn die Zeit gekommen ist.«

Arya nickt nur widerwillig. »Eins noch …«

Ich sehe sie fragend an.

»Ich wollte nicht, dass Levyn dich einsperrt, und … ich vertraue dir. Ich weiß, dass du stark bist. Aber … ich hatte Angst um dich. Du bist meine einzige Freundin.«

Ich lache, weil es mir unangenehm ist. »Du hast doch Perce.«

»Perces Vater ist ein Erddrache. Sie ist zwar selbst ein Luftdrache wie ihre Mutter. Aber sie fühlt sich ihnen verbunden. Hat sogar den Geist der Erddrachen im Bündnis übernommen. Perce fühlt sich in der Welt der Finsternis nicht wohl. Nicht so wie wir. Sie hat ihre ganz eigenen Gründe, weshalb sie Levyn ihre Treue geschworen hat. Zugang habe ich aber nie zu ihr gefunden. Und du ...« Sie stockt und schluckt, als würde sie sich zwingen müssen, weiterzusprechen. »Du bist meinetwegen zu Alyabell gegangen. Du ... hast etwas nur für mich getan. Als wäre ich es wert, gerettet zu werden.«

»Das bist du«, sage ich und berühre ihre Wange und ihren Nacken. »Du bist es wert, gerettet zu werden, Arya!« Ich drücke ein wenig zu, damit sie es auch begreift.

Sie nickt nur. »Pass auf dich auf, Lya. Denn auch wenn du selbst nicht daran glaubst ... Deine Seele ist gut. Sie ist hell und warm. Und wenn jemand diese Lichtwelt retten kann, dann du!«

Mit diesen Worten verschwindet sie und ich drehe mich zu dem Schloss der Luftdrachen. Als ich oben lande, breche ich mir zwar nicht sämtliche Knochen, aber ich bin wirklich nah dran. Ein paar von Lyliths Wachen unterdrücken ein Lachen, als ich gekrümmt und mir den Po reibend an ihnen vorbeigehe. Es kann ja nicht jeder als Luftdrache geboren werden.

Ich finde Lylith in ihrem wieder aufgebauten Thronsaal. Aber auch wenn er wieder steht, kann ich nur an die Stelle starren, wo der Venandi ihren Vater aufgespießt hat.

Ich räuspere mich und erwidere ihre überschwängliche Umarmung. Ich kenne sie zwar kaum, aber weil ich geholfen habe, ihre Stadt und ihren Thron zu verteidigen, fühlt sie sich mir wohl verbunden.

»Was kann ich für dich tun, Elya?«, fragt sie und ruft ein paar Wachen herbei.

»Bitte kein Fest!«, stoße ich hervor, bevor sie ihre Männer instruieren kann.

Sie zieht ihre Brauen zusammen und schickt sie wieder weg. »Was ist los?«

Ich mustere ihre kleine Gestalt. Sie ist sogar kleiner und zierlicher als ich. Ihre gelblichen Haare fallen wie flüssiges Gold um ihre Schultern und ihre hellgrünen Augen strahlen so viel Güte und Wärme aus, dass ich ihr nicht einmal einen Vorwurf machen kann, dass sie auf Aryas Thron sitzt.

»War Tym nicht hier und hat Euch von dem Angriff berichtet?«

»Doch, natürlich. Ich habe Truppen geschickt. Was machst du also hier?«

»Ich ... Ich muss zu Eurem Friedhof.«

»Friedhof?!«, wiederholt sie pikiert. »In der Welt der Dämmerung gibt es gar keine Friedhöfe wie bei den Menschen, Elya.«

»Dann muss ich ...«

»Zu unserer Gedenkstätte?«

»Ja!«, sage ich fest und in der Hoffnung, dass ich keine Zeit verschwende.

Lylith verengt ihre Augen. »Suchst du jemand Bestimmten?«

»Eine Feyne namens Shakysa.«

»Shakysa ... Sie ist in der Gedenkstätte der Feynen untergebracht. Sie befindet sich in einer Höhle unten in Aeria. Wenn du möchtest, begleiten meine Wachen dich.«

»Nein!«, sage ich viel zu schnell und viel zu laut. Ihre Stirn legt sich in Falten. »Ich will allein gehen.«

Lylith nickt und erklärt mir den Weg. Ich verabschiede mich von ihr und fliege dann in das Tal. Als ich unten lande und durch die Gassen von Aeria gehe, erschlagen mich die Erinnerungen beinahe.

Am Marktplatz angekommen erhasche ich einen Blick auf das wieder aufgebaute Etablissement. Es sieht aus, als wäre nie etwas gewesen. Als hätte es dort nicht gebrannt. Als wären dort niemals Feynen gestorben, weil ich bei ihnen war.

Ich atme die kühle Bergluft ein und gehe weiter. Bis ich endlich an den Eingang zur Gedenkstätte komme. In den Stein, der den Eingang markiert, sind wunderschöne Muster und Symbole gehauen. Runen zieren den inneren Rand des Steines.

Ich trete ein und um mich herum schimmert sofort ein gelbliches Licht. Ich frage mich, welcher weiße Drache ihnen diese Lumen geschenkt hat. Denke an Acaris und daran, wie viel Licht ich in diese Welt gebracht habe ... Keines.

Schwer atmend und mit laut hämmerndem Herzen gehe ich weiter. Weiter und weiter hinein, an feuchten Steinwänden vorbei, bis ich eine riesige Höhle erreiche. In der Mitte liegt ein ruhiger heller See, in dem kleine gelbe Lichter schwimmen. Die Wand ist übersät mit kleinen Vierecken, als wären sie herausgeschlagen worden, um dahinter die verbrannte Asche der Feynen zu bestatten. Auf den kleinen Vierecken sind Namen in den Stein gehauen. So viele Namen. Viel zu viele Namen. Mein Herz brennt.

Ich lecke mir über die Lippen und beginne nach Shakysas

Namen zu suchen. Als ich sie endlich finde, hebe ich meine Hand und streiche ganz sanft mit dem Finger darüber. »Es tut mir so leid«, flüstere ich und spüre, wie sich eine Träne aus meinem Auge löst.

»Sie war dir wichtig.«

Ich erstarre. Obwohl ich mit ihr gerechnet habe. Gehofft habe, dass sie hierherkommt, wenn sie meine Anwesenheit spürt.

Ich drehe mich um und keuche, als ich sie erblicke. Als ich in Shakysas Ebenbild sehe. »Karysch«, entfährt es mir.

»Ganz richtig. Das ist aber kein zufälliges Treffen, nicht wahr?«

»Nein. Ist es nicht«, gebe ich zu. »Wie hast du ...«

»Wie ich dich gefunden habe? Ich bin eine begabte Seherin, kleiner weißer Drache. Und es war ziemlich schlau von dir, dich mit etwas in Verbindung zu setzen, das mir sehr viel bedeutet.«

»Sie hat dir also doch etwas bedeutet«, stelle ich fest.

Karysch sieht mich streng an. Mit ihren goldenen Augen und diesen goldenen Haaren hebt sie sich so sehr von den dunklen Steinwänden ab, dass ich nur noch sie sehe. Ihre Aura spüre.

»Als hättest du das nicht gewusst. Warum solltest du sonst ausgerechnet hier auf mich warten?«

Ich nicke und ziehe die feuchte Luft um mich herum ein. Wasser tropft in den kleinen See in der Mitte der Höhle. Das Geräusch hallt von den Steinwänden wieder und imitiert mein Herz. »Ich ... Ich bin hier, weil ich ...«

»Ich weiß, was du von mir willst, Elya. Und du weißt, dass jede Information einer Feyne einen Preis hat.«

Nickend beiße ich meine Zähne aufeinander und lasse meinen Kiefer unruhig knacken.

»Ich werde aber anders bezahlt als meine Schwestern, musst du wissen. Meinen Preis suche ich mir immer selbst aus.«

»Und wie lautet der, den ich zahlen muss? Was wird es mich kosten?«

Sie verengt ihren Blick und läuft langsam um mich herum. Ihr weißes Kleid streift über den Steinboden, aber ihr scheint es egal zu sein. »Es wird dich einen Teil deines Lichts kosten.«

Ich stocke, sage aber nichts. Warte darauf, dass sie weiterredet.

»Weißt du, was passiert, wenn eine Seele geht?«

Ich schüttle den Kopf.

Sie schnaubt. »Sie wird zu Licht und erhellt damit deine Welt.«

»Das … Das ist grausam«, stoße ich hervor, während Übelkeit meine Kehle hinaufklettert.

»Das ist nicht grausam, Elya. Das ist der Lauf der Dinge. Das Licht einer Seele macht diese Welten zu besseren Orten. Zu Orten, an denen wir leben können. Mächtige Seelen geben schon während ihres Lebens viel Licht und Hoffnung in diese Welten. Und wenn sie sterben, tun sie das weiterhin. Sie erhellen diesen dunklen Ort ein wenig. Und sie sind nach ihrem Tod nicht nutzlos.«

Ich schlucke bittere Galle. »Und warum willst du etwas davon haben?«

»Meine Schwester … Die Seele meiner Schwester ist mein Gegenstück.«

Blinzelnd starre ich sie an.

»Ja, Elya. Gegenstücke finden sich nicht immer in einem geeigneten Partner. Man kann sich auch verbinden, wenn man so ist wie Shakysa und ich. Das hat nicht immer etwas mit einer Partnerschaft zu tun.«

»Also willst du Shakysas Seele haben.«

»Ich will meinen fehlenden Teil haben, ja. Und so dafür sorgen, dass sie in mir weiterlebt«, sagt sie mit bitterer Stimme.

Ich mustere sie und werfe dann einen Blick auf Shakysas Namen an der Wand. »Und wie ... soll ich das machen?«

»Du musst sie nur rufen und mir schenken. So wie es schon unzählige weiße Drachen vor dir getan haben.«

Ich sehe mich um. Blicke auf die kleinen Lumen im Wasser. Das sind alles Seelen? Mein Lumen ist auch eine ... Seele? Ich atme stoßartig und weiß nicht mehr, was ich fühlen soll.

»Woher weiß ich, dass du gut mit ihrer Seele umgehen wirst? Dass ich Shakysas Seele nicht verkaufe und du sie dann ...«

»Wie wär's, wenn du sie fragst?«

Ich schließe meine Augen und suche in mir nach der Macht, Shakysa zu mir zu rufen. Ich spüre es ganz deutlich. Es ist wie sonst, wenn mein Lumen erscheint, nur dass es dieses Mal Shakysas Stimme ist, die in meinen Ohren widerhallt und mir Tränen in die Augen schießen lässt.

*Lya ...*

Ihre Stimme klingt so vertraut und wunderschön. Weitere Tränen platzen unter meinen Lidern hervor.

»Ist sie hier?«, fragt Karysch mit einem hoffnungsvollen Strahlen in den Augen.

»Hat sie gute Absichten?«, frage ich laut.

Das Lumen … Shakysas Seele … schwirrt um ihre Schwester herum. Aber sie tarnt sich noch. Karysch kann sie nicht sehen.

*Die hat sie …*, höre ich Shakysas Stimme.

»Und ist es … Ist es okay für dich? Ich würde es nicht tun, wenn ich …«

*Meine Seele wird in ihr weiterleben, Lya. Du wirst danach in ihr immer eine Verbündete finden, so wie du sie in mir gefunden hast. Denk immer daran. Denn irgendwann wirst du ihre Hilfe noch einmal brauchen. Schon bald.*

Ich nicke und wende mich dann wieder Karysch zu. »Ich zahle diesen Preis.«

»Schön«, sagt sie, verzieht aber keine Miene. »Dann werde ich dir jetzt sagen, was du hören willst. Auch wenn es sicher nicht das ist, was du gern hören möchtest.«

*Noch eins …*, unterbricht Shakysa mich. *Sag deinem Gegenstück, dass er seine Antworten in Island findet.*

Ich blinzle, während ich mir nervös auf die Unterlippe beiße. Wenn alles nach Plan verläuft, wird Levyn nicht mehr nach Island gehen können. Wie soll das also funktionieren? Doch bevor ich Shakysa fragen kann, ertönt wieder Karyschs Stimme.

»Wobei ich es dir eher zeigen werde.«

Mit diesen Worten umfasst sie mit beiden Händen meinen Kopf. Ein schrecklicher Schmerz zuckt hindurch und dann sehe ich eine Armee von weißen Gestalten vor mir, bevor mein Bewusstsein aufgibt und mich in eine grausame Dunkelheit zieht.

# 23. Kapitel

Als mein Bewusstsein zurückkehrt, ist Karysch verschwunden. Ich huste Wasser und kämpfe mich aus dem kleinen See, an dessen Rand ich liege. Eine bedrückende Last legt sich auf meine Brust, als ich an das denke, was ich gesehen habe – was ich tun muss.

Spuckend und nach Atem ringend begreife ich, dass ich keine Ahnung habe, wie lange ich hier gelegen habe.

»Arya«, wispere ich, stehe auf und renne los. Renne aus der Höhle hinaus, bis ich draußen ankomme und meine Flügel ausbreiten kann.

Ich fliege, so schnell ich kann. Schlage gegen den Wind an. Ich habe gesehen, was uns bevorsteht. Was meinen Freunden bevorsteht. Was dieser Welt bevorsteht, wenn ich die Welt des Mondes nicht zurückhole.

Ich erkenne Arya schon von Weitem. Doch erst als ich kurz vor ihr lande, sehe ich das Blut an ihr. Die Wunden. Ihren ausdruckslosen Blick.

»Wo warst du?«, schreit sie mich an.

Ich bin wie erstarrt und mustere ihre dreckige und zerrissene Kampfuniform.

»Ich warte seit Stunden hier und ... Wir werden überrannt, Lya! Es war ein Hinterhalt. Lyria wusste, dass wir kommen. Sie waren nicht in dem verdammten Schloss, sondern haben uns von hinten angegriffen!«

Ich weiß, dass ich jetzt stark und konzentriert sein müsste, aber irgendetwas in mir lässt mich stammeln und stocken. Ich bekomme nichts heraus außer: »Leben sie noch?«

Sie weiß, wen ich meine, und nickt. Ich atme auf, als hätte mir die Angst um sie das Herz zerdrückt.

»Wir müssen los, Lya. Aber ... es ist blutig.«

Ich nicke und gebe ihr damit die Erlaubnis, mich mitten in eine Schlacht zu katapultieren. Ich greife nach ihrer Hand und atme tief ein. Als ich ausatme, höre ich ohrenbetäubende Schreie und Klingen, die aneinanderschlagen. Höre Feuerdrachen, die mit Feuer um sich schlagen, und Flügel, die gegen den Wind kämpfen. Ich spüre den Boden beben. Aber ich spüre auch, wie Tausende Venandi Zugriff auf meinen Geist erhalten wollen. Ich wehre sie ab. Wehre mich immer weiter und weiter und starre auf die Drachen, die um mich herum am Boden liegen und sich schmerzverzerrt den Kopf halten.

Arya richtet sich auf und zieht mich mit sich. Und alles, was ich tun kann – alles, was meine Seele braucht –, ist Levyn. Ich muss ihn sehen. Sehen, dass es ihm gut geht. Dass er lebt.

Ich lasse meinen Blick panisch über die kämpfenden Drachen schweifen. Immer und immer wieder. Bis ich schwarze Schemen erkenne. Und zwischen ihnen ... Levyn. Mein Gegenstück. Den anderen Teil meiner Seele.

Mein Herz wird leichter, als ich sehe, dass er lebt.

Neben ihm kämpft Myr. Die Venandi können ihm nichts anhaben. Also schlägt er unerbittlich zu. Er räumt sie aus dem Weg und eröffnet Levyn einen Weg.

Ich sehe mich um und erblicke Lyria, die oben auf einem Berg steht – umringt von Venandi und Anguis – und lächelnd zu Levyn und Myr hinabsieht.

Ich suche wieder nach Arya. Nach Tharys. Versuche das alles zu begreifen. Zu erfassen. Herauszufinden, was ich tun muss.

Ich ziehe das Schwert aus meinem Waffengurt und stelle mich sicher auf den eisigen Boden. Währenddessen suche ich nach meiner Macht. Nach den Elementen. Aber Lyria hat dafür gesorgt, dass ich sie alle nicht nutzen kann. Sie hat diese Welt getötet.

Ich kämpfe mich zu Myr und Levyn durch. Höre Arya an meiner Seite kämpfen und schwer atmen. Aber wir schlagen uns durch. Ich ignoriere die Körper, die durch mein Schwert fallen. Ignoriere die bestialisch hohen Schreie der Anguis. Ignoriere ihre Gesichter und die Tatsache, dass sie zu Menschen werden.

Als wir uns endlich zu Levyn und Myr durchgeschlagen haben, stürme ich auf Levyn zu, packe ihn und küsse sein blutverschmiertes Gesicht, während Myr und Arya weiterkämpfen. »Was ist passiert?«, frage ich ihn atemlos, als er hinter mir einen Anguis ersticht, bevor der mir in den Nacken beißen kann.

»Später, Lya. Wir müssen uns zurückziehen.«

»Und dann?«

»Neu formieren«, sagt er knapp, legt sich zwei Finger zwischen die Lippen und pfeift so laut, dass der ganze Platz zusammenzuckt. Innerhalb von Sekunden verschwinden unzählige Drachen. Und sammeln sich in einiger Entfernung von uns.

Die Venandi und die paar Anguis, die hier sind, stürmen auf sie zu.

Als Levyn meine Hand nehmen will, ziehe ich sie weg. »Ich muss zu Lyria, solange der Mond noch blutet!«, stoße ich hervor und starre zu dem kleinen Berg, auf dem sie steht.

Levyn presst die Lippen zusammen, dann nickt er aber. Als wüsste er bereits, was ich vorhabe.

Ich atme schwer und überlege, was ich tun soll. Dabei weiß ich genau, was ich tun muss. Ich weiß es. Und ich werde es tun. Weil das Schicksal dieser Welten davon abhängt. Weil ich lange genug tatenlos herumgestanden habe.

Also lasse ich Myr, Arya und Levyn zurück, als Tharys zu ihnen tritt, und schicke Licht voraus. Sauge mich selbst aus, bis alle Feinde auf dem Weg zu Lyria erstarren und ich langsam, aber sicher auf sie zuschreite. Ihr Blick wendet sich langsam ab. Hin zu Levyn, der weiter gegen Venandi kämpft.

»Lya!«, schreit er, doch ich blende ihn aus. Blende das alles hier aus. Alles, woran ich denken kann, ist das, was Karysch mir gezeigt hat. Was sie mir gesagt hat. Schneller als die Lichtgeschwindigkeit zu sein, bedeutet auch, dass ich schneller als die Zeit bin. Ich kann Levyn eine Nachricht zukommen lassen.

Ich schicke meinen Geist durch die Zeit. Schicke Levyn eine Nachricht, direkt in den Raum, in dem wir standen, als Levyn plötzlich wie erstarrt dastand und mich fassungslos angesehen hat. Und deshalb weiß ich auch, dass er diese Nachricht bekommen hat. Er wusste längst, dass das hier ein Hinterhalt ist. Er wusste es durch meine Nachricht. Aber er musste alles genau so machen, wie er es ohne die Nachricht getan hätte, weil ich sie sonst nie geschickt hätte.

Ich gehe weiter, bis ich vor Lyria ankomme und sie erwartungsvoll anstarre. »Was für ein Spiel hast du dir heute ausgedacht, Lyria?«, frage ich.

Sie mustert die Venandi um sie herum, die sich nicht mehr bewegen können, und hebt anerkennend die Brauen. »Was? Begleiten dich die Elemente heute nicht?«, fragt sie herablassend. Dabei hat sie dafür gesorgt, dass die Welt des Lichts tot ist. Sie weiß, dass ich hier keine Macht über das Wasser habe, weil es durch ihre Macht erstarrt ist. Dass es keinen Wind mehr gibt. Keine Erde. Sie wusste, was kommen würde. Aber ich weiß es auch.

»Ob du es glaubst oder nicht, Lyria, ich brauche dich.«

»So?«, sagt sie amüsiert. »Na, dann erzähl mir doch, was du haben willst.«

»Ich will nichts haben«, entgegne ich und konzentriere mich weiter darauf, die Venandi um mich herum starr zu halten, während Levyn, Myr und Arya zusammen mit den Truppen verhindern, dass weitere von ihnen auf diesen Berg stürmen. »Ich will dir die Seele des weißen Drachen geben.«

Sie verengt ihren Blick. »Ich glaube dir kein Wort.«

Ihre Hand steigt in die Höhe. Schwarze Wolken sammeln sich am hellen Himmel. Ich sehe mich panisch um.

»Ich stelle dich vor die Wahl, Lya.« Sie lächelt und reibt sich die Hände, als würde sie ein Festmahl vorbereiten. »Ich zerstöre die Welt des Lichts. Jetzt und hier. Oder ... ja, oder ich bekomme die Seele des weißen Drachen.«

Ich beiße die Zähne zusammen und warte darauf, dass sich mein Geist spaltet und mein Ego kämpft. Warte darauf, dass nur der Teil in mir zurückbleibt, der meine Welt schützen will.

Aber ich spüre es nicht. Ich spüre nichts. Und trotzdem erscheint der weiße Rabe auf meiner Schulter. Ich blinzle, weil er da ist, aber auch mein Ego noch in mir ist.

Als ich wieder zu Lyria sehe, zieht sie ein Kurzschwert. Ich sehe noch das schwarz-grün glänzende Metall, bevor es in meinen Raben sticht.

Ein ohrenbetäubender Schrei lässt mich zu Boden sinken. Aber ... ich spüre nichts. Spüre nicht, dass all meine Emotionen, mein Ego sterben. Und als mein Geist eine weitere Nachricht an Levyn sendet, begreife ich es.

Wie in Zeitlupe wandert mein Blick hinab zu dem Flimmern, das gerade stirbt. Dann sehe ich zu Arya, die auf den Berg stürmt und Lyria das Schwert in die Brust rammen will. Aber sie prallt von ihr ab. Als wäre Lyria geschützt.

»Das andere Schwert«, flüstere ich fassungslos.

»Ja, es ist ein toller Schild. Nicht wahr?«

Meine Augen wandern zu Levyn und Myr. Und hinter ihnen ... steht Tharys. Er sieht mich an, als würde ihm gerade das Herz brechen, als Levyns Körper zuckt.

Ich blinzle. Blinzle immer wieder und wieder, als ich erkenne, dass ... Tharys Levyns Herz in seiner Hand hält. Das Leben weicht aus seinen Augen und sein Körper fällt zu Boden.

»Nein!«, schreie ich wie damals. »Nein!«

Ich richte mich auf und renne zu Levyn. Lyria unternimmt nichts. Sie begreift nicht, warum meine Gefühle noch da sind. Warum ich nicht längst nur noch aus der Seele des weißen Drachen bestehe.

Ich schubse die erstarrten Venandi zur Seite, bis ich mich zu Levyn durchgekämpft habe. Eine Wunde klafft in mir. In meinem Herzen. In meiner Seele. So, als hätte man mich in der Mitte durchgeschnitten. Als hätte man mir einen Teil von mir genommen.

»Levyn!«, schluchze ich, als ich bei ihm ankomme, mich zu ihm knie und meine Hände in seinem Blut bade. Er ist ... Nein. Nein. Nein. »Er ist nicht tot«, sage ich immer und immer wieder, bis sich Myrs Hand auf meine Schulter legt.

»Lya«, sagt er sanft.

Ich sehe kurz zu ihm hinauf, als mich eine Klinge durchstößt. Ich spucke Blut. Und sehe von Myrs erstarrten Augen hin zu seiner Hand, die das Schwert umfasst, das sich durch mein Herz gebohrt hat.

»Myr«, hauche ich und greife nach seinem Arm, um nicht zu fallen. Levyns Blut besudelt ihn, während er mich langsam ablegt, zu Levyn.

»Es tut mir leid«, flüstert er, kurz bevor alles schwarz ist.

Karyschs Worte tauchen vor mir auf. Die Bilder von Levyns und meinem Tod. Und von ... von meiner Seele. Dann erkenne ich sie wirklich. Erkenne das helle Licht. Die Seele des weißen Drachen, die ich Lyria geben sollte. Karysch war sehr deutlich. Und genau das habe ich Levyn durch die Nachricht mitgeteilt. Was ist so schiefgelaufen? Warum hat Tharys mich geschützt, indem sie mich aus dem Bündnis geschmissen und ihn zum Hüter der Lichtwelt gemacht haben? Ich sendete ihm sogar, dass er ein Lumen in der Gestalt eines Raben auf meine Schulter setzen solle, um ... zu verhindern, dass Lyria mein Ego tötet. Aber warum ...

»Halt deine Seele fest! Greif nach ihr!«

Ich höre Karyschs Stimme in meinem Kopf. Aber ich sehe

meine Seele nicht. Ich kann nur die des weißen Drachen sehen, und die … darf ich nicht länger behalten. Es ist nicht meine Seele.

Mein Körper ist erfüllt von Schmerzen, als immer wieder Licht vor mir aufblitzt. Ich höre Worte. In einer fremden Sprache. In der Sprache der … der Wasserdrachen. Es sind Myrs Worte. Tharys' Worte.

Immer wieder höre ich die Kampfgeräusche und dann ist wieder alles leer. Aber wenn ich jetzt zurückkehre … besitze ich keine Seele mehr. So wie Loreley einst.

»Greif nach ihr!«

Diesmal ist es Levyns Stimme. Aber ich sehe sie nicht. Spüre sie nicht. Sie ist … umgeben von Dunkelheit.

*Nein … ist sie nicht,* höre ich meine innere Stimme sagen. Ich habe den dunklen Teil in mir im Wald getötet. Nur deshalb habe ich ihn töten müssen. Das alles gehört zum Plan. Und als ich das begreife, erkenne ich sie. Ich erkenne sie und greife nach ihr. Lasse die Seele des weißen Drachen zurück und schnappe nach Luft. Über mir kniet Myr und spricht immer noch diese Worte. Es dauert eine halbe Ewigkeit, bis seine tränenden Augen sehen, dass ich lebe. Mein Herz schlägt. Aber ich spüre, dass etwas anders ist. Und er sieht es.

Ich drehe mich schwach zu Levyn, über dem Tharys kniet und ihn ebenfalls zurück ins Leben holt. Natürlich. Wasserdrachen haben die Gabe, ein Wesen in ihrem Leben wiederzubeleben. Aber …

Levyn hustet und öffnet seine Augen. Und auch wenn mein Herz beinahe vor Freude explodiert, ist etwas anders. Etwas ist zerbrochen.

Seine dunklen Augen suchen nach mir. Aber als sie mich finden und ich die weißen Sterne in ihnen sehe, erkenne ich, was Levyn mit meiner Nachricht angefangen hat. Was er getan hat …

Er hat die Seele des weißen Drachen in sich aufgenommen, um zu verhindern, dass Lyria sie erhält.

Ein markerschütternder Schrei hallt über den Platz. Lyria. Sie hat es auch begriffen. Sie schreit die Venandi an, auf uns loszugehen. Aber weder die Venandi noch die Anguis rühren sich. Nein … Als Levyn sich langsam erhebt, da … verbeugen sie sich vor ihm. Er ist ihr neuer Herrscher. Und er ist so mächtig, dass selbst sie ihn als diesen anerkennen.

Der Rest von ihnen, die, die ihm keine Treue versprechen wollen, verschwinden einfach. Als wären sie nie da gewesen. Und Lyria … Lyria steht allein da.

»Arya!«, schreie ich mit zitternder Stimme. Sie erscheint sofort neben mir. »Hol das Schwert!«

Ich spüre, wie mich etwas zu sich zieht. Spüre, wie ein Teil in mir sich verändert. Und ich weiß auch warum.

Karysch sagte mir, dass ich die Seele des weißen Drachen weitergeben müsse, weil nur ich in der Lage bin, Herrscherin der Mondwelt zu sein. Nur ich konnte der neue graue Wolf werden. Und ich spüre, wie seine Seele in mir wächst. Spüre, wie mich die Welt des Mondes zu sich zieht, während sie sich neu aufbaut.

Als ich beinahe vollkommen verschwinde, als diese Welt und die Kraft des blutenden Mondes mich zu sich zu ziehen drohen, greife ich nach Levyns Hand.

Ein Erdbeben erschüttert den eisigen Boden unter uns, während er langsam schmilzt. Und ich spüre, was dieses Beben ausgelöst hat. Die Grenze zur sterblichen Welt wurde geschlossen. Meine Mutter wurde für immer verschlossen.

Ein Schluchzen entfährt mir. Ich wende mich Levyn zu.

»Ich habe deinen Plan ein bisschen ausgebaut«, sagt er rau und lächelt mich spitzbübisch an.

Eine Träne löst sich aus meinem Auge, weil er nicht begreift, wer ich jetzt bin und dass wir die Grenzen zwischen unseren Welten verschlossen haben. Sie verschließen. Dass auch ich hinter einer dieser Grenzen verschlossen werde, weil ich die Herrscherin des Mondes bin.

Das war das Letzte, was Karysch mir gesagt hat. *»Das ist der Preis, den du zahlen musst. Sie alle werden in ihren Welten zusammenleben können. Aber du bist die Herrscherin des Mondes. Die Herrscherin der Wölfe. Der Elemente. Du bist an diese Welt gebunden und niemand hat Zutritt.«*

Das ist der zweite Preis, den ich in Kauf genommen habe.

Ich lasse meine blutigen Hände über Levyns Wangen wandern. Versuche, mir alles zu merken. Einzuprägen. Für immer in meinem Herzen zu bewahren. Etwas mit in diese Welt zu nehmen, an dem ich mich festhalten kann. Einen Teil von meinem Gegenstück. Dem anderen Teil meiner Seele.

»Levyn«, flüstere ich, während mir weitere Tränen meine Wangen hinablaufen.

»Glaubt nicht, dass ihr gewonnen habt!«, schreit Lyria über den Platz. »Die Welt der Finsternis gehört uns! Ihr hättet sie nicht unbewacht zurücklassen sollen!«

Arya schlägt zu, als sie gerade zwischen den Welten wandern will, und reißt ihr das Schwert aus der Hand.

»Ihr könnt es sowieso nicht gegen mich benutzen!«

Mit diesen Worten verschwindet sie.

Levyn sieht nur mich an. Als würde er sich später um Lyria und ihre Drohungen kümmern. »Was ist los, mein kleiner Albino?«, fragt er sanft und schwach.

Ich sehe hinauf zu Myr und dann zu Arya, die angerannt kommt und mir das Schwert gibt. Ihre Augen sind leicht zusammengekniffen. »Sie geht, Levyn«, sagt sie dann. Sie sieht es in meinem Blick. Sieht, dass ich keine Zeit mehr habe. »Das ist der Preis, den sie zahlen musste.«

»Was? Nein!«

Levyn umfasst meinen Nacken und zieht mich zu sich. Er küsst mich, als wollte er mich davon überzeugen wollen, zu bleiben. Aber diese Entscheidung treffe nicht mehr ich.

Ich schließe meine Augen. Mein Herz brennt. Meine Augen sind erfüllt von Tränen, die nicht einmal ansatzweise den Schmerz ausdrücken könnten, der sich auf meine Seele gelegt hat.

»Ich habe es für uns getan. Für uns alle.«

Ich erkenne Myr, dem ebenfalls Tränen in den Augen stehen. Aber er kommt nicht zu mir. Nein. Er wendet sich ab und tritt gegen den Boden. Schreit und flucht. Nimmt die Waffen der Gefallenen und schmeißt sie herum.

»Ich werde dich da rausholen«, sagt Levyn. Seine Stimme ist belegt und rau. Aber er begreift es nicht. Begreift es einfach nicht.

»Levyn …«

»Nein, Lya!«, brüllt er mich an, steht auf und zerrt mich zu sich hoch. »Egal wie lange es dauert. Und wenn es tausend Jahre sind. Du gibst mich nicht auf! Du gibst nicht diese Verbindung auf. Du darfst sie nicht brechen, nur weil du denkst, dass ich dann befreit lebe! Du darfst sie nicht aufgeben! Du darfst uns nicht aufgeben! Hörst du?« Er schüttelt meinen Körper.

Ich nicke, obwohl ich es nicht so meine. Denn ich werde ihn freilassen. Ich muss. Und jetzt weiß ich auch, was ich zu tun habe.

»Einer von uns musste gehen, Levyn. Und das bin ich. Also bitte lass mich gehen! Gib mir nicht das Gefühl, dass ihr das Leben, das ihr jetzt bekommt, durch eine vergebliche Suche nach mir wegwerft!«

»Ich werde …«

»Levyn, hör mir zu! Du hättest mich nicht besser lieben können. Verstehst du? Du hast etwas in mir geliebt, wovon ich nicht einmal wusste, dass ich es besitze. Du hast mich ganz gemacht. Und es wird nie eine Rolle spielen, wo du bist oder wo ich bin. Ich werde dich immer lieben und zu dir gehören. Aber ich will nicht, dass das dein Schmerz ist.«

»Was?«, fragt er irritiert und umfasst mein Gesicht fester.

Ich schließe meine Augen, hebe das Kurzschwert und schneide ihm eine Wunde in sein Herz. Und dann … nehme ich das dunkel glänzende Pulver des schwarzen Waldes – das, das mir der Druide gegeben hat, damit ich vergessen kann – und schmeiße es in Levyns Wunde. Ein Zischen ertönt. Ich sehe hinauf in den Himmel. Jetzt erkenne ich den blutenden Mond und den Mars, der Levyns Urfeuer widerspiegelt – rot leuchtet – und damit diesen Fluch besiegelt.

»Nein! Lya! Nein!«, schreit Levyn und sieht mich voller Panik an. Voller Liebe.

Mein Herz bricht. Erstickt mich. Und ganz plötzlich erstarrt Levyns Blick und er sieht mich an … als würde er mich nicht kennen. Und als ich spüre, wie die Klinge meines Schicksals zusticht, weiß ich, was Alyabell gemeint hat. Verstehe, was es hieß, dass diese scharfe Klinge über mir schwebt. Und jetzt ist sie gefallen.

Levyn legt ein letztes Mal seine Hand in meinen Nacken und zieht mein Gesicht zu sich. Küsst mich. Aber es sind nur noch Reste seiner Erinnerungen, an denen er sich festkrallt. Und als er von mir ablässt, ist da nichts mehr. Und mit ihm vergessen all die anderen, weil er ihr Herrscher ist. Myr … Arya … sie alle. Und die Verbindung von Levyns und meiner Seele verschwindet – weil er sich nicht erinnert.

»Ich habe dich schon viel früher geliebt, als ich es zugeben wollte«, schluchze ich und presse meine von den Tränen salzigen Lippen aufeinander.

Levyn zieht die Brauen zusammen. »Wer bist du?« Er sieht mich an, als wäre ich ein armes verwirrtes Mädchen.

Ich presste meine Lider zu. Und als ich die Augen öffne … ist Levyn weg. Sie alle sind weg.

Meine Knie geben nach und ich lande auf dem monderhellten Moos. »Es tut mir leid«, flüstere ich in die Stille, was ich noch so gern gesagt hätte. Aber meine Worte sind nur ein Nebel aus Staub vor meinem Mund.

Ich kauere mich auf dem weichen Moss zusammen und weine. Schluchze. Spucke. Fühle mich, als würde mir jemand die Brust herausreißen. Das Kurzschwert ruht immer noch in meiner Hand.

Ich habe mich so lange einsam gefühlt. Und dann sind sie

gekommen und haben alles geändert. Und wenn es sich für etwas lohnt, wieder die Einsamkeit zu wählen, dann für ihr Überleben. Für ihre Sicherheit. Dafür, dass sie weiterleben können.

Ich hebe mein Gesicht aus dem Moos und öffne meine schmerzenden Augen. Sehe hinauf in den dunklen Himmel und den riesigen Mond. Hinein in Levyns Finsternis und mein Licht, das jetzt nicht mehr mir gehört. Sehe hinauf in den Himmel meiner Welt. Einer Welt, die mich in sich eingesperrt hat.

Ich schlucke brennendes Gift. Und dann, ganz plötzlich, höre ich Geräusche um mich herum. Schritte, die sich nähern. Federleichte Schritte.

Und dann berührt etwas meine Beine ... Fell ...

Ich sehe hinab. Sehe mich um und entdecke unzählige schwarze und weiße Wölfe.

Als ich erschrocken aufstehe und sie ängstlich ansehe, legen sie sich vor mir auf den Boden. Sie neigen ihre Köpfe, aber sehen mich alle an. Warten darauf, dass ich ihnen einen Befehl gebe. Aber was soll ich ihnen befehlen? In einer Welt, in der wir allein sind?

In den schwarzen Augen der weißen Wölfe kann ich mein Spiegelbild erkennen. Meine schwarzen Haare und meine hellblauen Augen. Und als ich den ganzen Schmerz, den Hass, die Trauer und diese unbändige Sehnsucht spüre, lasse ich alles frei, was ich bin. Die Finsternis und das Licht und jedes Element, das mir gehorcht.

Ein Sturm fegt durch die Welt. Geleitet von meinem gebrochenen Herzen. Die Wölfe nehmen es einfach hin. Akzeptieren diesen Ausbruch meiner Seele. Die Entfesselung meiner Mächte. Sie können ihnen nichts anhaben. Und als wären sie ein Teil von mir – Wesen, die das fühlen, was ich fühle –, richten sie ihre Köpfe auf und beginnen zu heulen. Zusammen mit dem Wind und der bebenden Erde. Zusammen mit den schwarzen Schatten und dem Licht, das aus meinen Händen in diese einsame Welt fließt.

Zusammen mit meiner zerrissenen Seele.

**ENDE von Band 2**

# Ein zauberhafter Serienauftakt!

Abgöttisch schön, betörend elegant und absolut stilsicher – das sind Eigenschaften, von denen die 18-jährige Sophie nur träumen kann. Bis sie zur Feier ihres Schulabschlusses ins exotische Lloret de Mar reist und dort dem atemberaubend gutaussehenden Taylor über den Weg läuft. Dieser entdeckt das in ihr, was sie niemals in sich sehen konnte: Sophie ist eine Fairy und gehört damit zu den schönsten Wesen des Universums. Zumindest fast, denn vor ihrer endgültigen Verwandlung muss die unsichere Abiturientin erst die Akademie der Fairies besuchen und all das lernen, was die Wesensart einer Fairy ausmacht. Und das ist nicht gerade wenig ...

Stefanie Diem
**Fairies, Band 1: Kristallblau**
416 Seiten
Taschenbuch
ISBN 978-3-551-31712-4

CARLSEN

www.carlsen.de